Lyane Guillaume

LA TOUR IVANOV

Roman

JC Lattès

A Olivier
A Hélène

Avertissement

La Tour Ivanov se dresse encore aujourd'hui à l'angle de la rue de Tauride et de la rue de Tver dans ce quartier paisible et cossu de Saint-Pétersbourg que l'on appelle le quartier de Tauride.

L'histoire de cette maison et de ses habitants, telle qu'elle est évoquée dans ce roman, a été reconstituée à partir de documents et de témoignages. Il en est de même pour la vie quotidienne de Saint-Pétersbourg au début du siècle.

Les personnages principaux de *La Tour Ivanov* sont imaginaires mais leur destin croise celui de personnages illustres. On trouvera en fin de volume un glossaire des écrivains, artistes ou hommes d'Etat russes qui apparaissent dans le roman.

Afin de faciliter la lecture, on a souvent préféré la graphie usuelle en français des noms propres et mots russes plutôt qu'une transcription savante.

« Nous, les Russes, nous devions connaître un “Siècle d'argent”
Et nous avons vécu un siècle de fer. »

Un journaliste du quotidien russe,
Kommersant daily, 1996.

PREMIÈRE PARTIE

« En vérité, nous vivons ici dans un paradis. »

Pierre le Grand (1706)

« Ville somptueuse, ville misérable,
A l'esprit servile, à l'aspect harmonieux,
La voûte pâle de ses cieux,
L'ennui, le froid et le granit. »

Pouchkine (1828)

Saint-Pétersbourg, le 22 avril 1907.

Je m'appelle Anastasia Borissovna Dalmatov et j'ai décidé de tenir un journal dans le but de... Mon Dieu ! Il ne faut jamais commencer par « je », c'est extrêmement malpoli comme dit grand-mère. Bon, à la ligne, recommençons.

L'idée de tenir un journal s'est imposée à moi depuis le 10 mars dernier, jour anniversaire de mes treize ans. Mon but est de décrire ce qui se passe autour de moi, les gens que je rencontre et ce que je fais. Cela pour mieux comprendre la vie et surtout me comprendre mieux moi-même car je veux me corriger...

Quand je pense que je viens de plancher presque dix minutes sur ce premier paragraphe pourtant bien court et bien banal ! Je ne suis pas au bout de mes peines... Que c'est dur d'écrire ! On se concentre, on griffonne, on rature, on s'énerve, on déchire, on recommence... Mais « let's come back to the point »*, pour employer une expression que Miss Melvil, ma gouvernante anglaise, m'a apprise récemment.*

Me corriger donc. Car j'ai très mauvais caractère et je n'arrête pas de faire des bêtises. Ce n'est pas par hasard si Miss ne m'appelle pas Nastia comme tout le monde mais « Nasty », qui veut dire « méchante » en anglais. D'après maman qui est très mystique, la prière est le moyen idéal de « rentrer en soi et de se perfectionner » – ce sont ses propres mots – mais moi, parler avec Dieu ne me satisfait pas car il ne répond jamais. Il a d'autres chats à fouetter comme on dit en français et je doute qu'il s'intéresse à mon humble personne. Parfois je doute même qu'il existe.

Comme papa. Ceci entre nous. En effet, je pense que, contrairement à maman, papa ne croit pas en Dieu. Il se signe dans les églises et pourtant il est A.T. [sic], *j'en suis sûre... Mais alors, lequel des deux a raison ? Papa ou maman ? Oh, que la vie est compliquée ! Au cas où vous existeriez, mon Dieu, pardon pardon pardon si je doute de vous et si je suis parfois méchante avec Miss et avec d'autres... Oh mais il faut que je parle de ma famille, de mes amis ! Et de l'immeuble où j'habite au 3 rue de Tauride ! Et de Saint-Pétersbourg et de...* [paragraphe barré]. *J'en parlerai plus tard...*

Ça suffit. [phrase illisible]. *Il est temps de me relire... une page déjà. La première page de mon journal ! A dire vrai, elle ne me satisfait pas. C'est haché, laborieux, bourré de maladresses, de parenthèses et, sûrement, de fautes d'orthographe. Et puis tous ces « que... qui... que » qui encombrent les phrases ! Mais ça ce n'est pas ma faute, c'est celle de la langue française. Bref, j'ai déjà envie de déchirer la feuille, de rédiger autrement. Mais non. Il ne faut pas. Il faut écrire au fil de la pensée, comme ça vient, sans raturer. Pour être spontanée, je n'en serai que plus sincère. Pas de chichis égale moins d'hypocrisie. Dieu seul est juge puisque ce journal est secret.*

Sans compter que je ne vais tout de même pas passer plus de temps à écrire ma vie qu'à la vivre ! Je ne cherche pas à faire de la littérature mais à comprendre le monde et à m'améliorer de façon à devenir – presque – parfaite. Ainsi, j'aurai des chances de trouver un mari parfait et d'avoir des enfants merveilleux. Vive la vie !

Il est sept heures du soir. De la table où j'écris, j'aperçois à travers la fenêtre l'étang du parc de Tauride. Un cygne glisse au fil de l'eau. C'est beau, et je suis une petite fille heureuse.

Le lendemain, au saut du lit.

J'ai mal dormi. Il pleut. Je suis triste car je viens de relire le début de mon journal et je trouve qu'il n'est pas aussi bien que je le voudrais. Moi qui rêvais d'un beau journal comme celui de Marie Bachkirtsev ! Mais il faudrait pour cela des histoires romanesques : ma famille ruinée, l'exil en France, des robes de chez Worth et surtout plein d'amoureux mais je suis bien jeune pour cela. Ma vie est désespérément paisible... Quant à l'idée de me corriger, il n'y a qu'à relire la dernière phrase d'hier pour constater que je ne suis pas sur la bonne voie. Une page et demie – autrement dit, une heure pendant laquelle j'ai sué sang et eau – pour arriver à cette conclusion : « Je veux être parfaite pour avoir un mari parfait. » Quelle prétention ! Quelle stupidité ! La honte me saisit en traçant ces mots sur le papier, un superbe vélin blanc, immaculé et moelleux comme un pré sous la neige. Si j'avais le cœur pur, je saurais qu'on ne cherche pas à être meilleur pour soi mais pour ceux qu'on aime et même, pour l'humanité, « dans un but social », pour employer le vocabulaire de papa qui est « libéral » – mot à préciser, voir dictionnaire. Et puis d'abord le mariage est démodé. Toutes les jeunes filles de ma condition vont faire leur médecine à Lausanne.

J'aime beaucoup papa mais il m'impressionne. Boris Platonovitch Dalmatov est conseiller d'Etat actuel. C'est un homme exigeant, grave, peu bavard. Il occupe de hautes fonctions au ministère de l'Agriculture. L'an dernier, il a participé aux fameuses « commissions d'organisation des terres », créées dans le but d'améliorer la condition des moujiks. Papa est mince. On le dit « de taille moyenne » mais moi je le trouve très grand. Sa moustache blonde est toujours bien taillée. Quand il me regarde, ses yeux noirs sont pleins de tendresse mais c'est parce que c'est moi. En général, papa sourit peu. On dirait qu'il porte sur ses épaules les malheurs du « peuple russe ». D'ailleurs, depuis les fusillades sanglantes du 9 janvier [il s'agit des événements révolutionnaires de 1905], *ses beaux cheveux blonds ont beaucoup grisonné. Devant moi, il dit qu'il faut respecter le tsar comme son propre père et, pourtant, je l'ai souvent entendu critiquer Nicolas II lors de discussions entre adultes. « L'empereur prétend aimer la paysannerie mais ne la comprend pas », a-t-il confié à maman l'autre jour.*

Quand il est à la maison, papa passe beaucoup de temps dans son bureau, une grande pièce pleine de livres où je ne suis admise que pour les cours de latin. Papa est très calé en latin – il a traduit Tacite –, et c'est lui-même qui me l'enseigne. On trouve de tout dans sa bibliothèque, mais surtout des livres français. Je cite de mémoire : Montaigne, Château-Brillant [sic]*, Victor Hugo (ça, je connais) mais aussi les Enclicopénistes, pardon, les En-cy-clo-pé-dis-tes : Diderot, D'Alembert, et des auteurs inconnus comme Tocqueville ou Fourier. Papa admire la France. Une statuette en bronze de Napoléon trône sur sa table de travail.*

Dans le bureau de papa règnent le silence et une atmosphère très masculine. Tout y est sombre et solennel. Ça sent bon le papier, le tabac et le cuir. Même la peau d'ours qui m'effrayait tellement lorsque j'étais petite et le tapis de Boukhara suspendu au-dessus du divan dégagent des effluves de bois et de poussière, bref un je-ne-sais-quoi que je ne peux associer qu'à papa.

Bien différent est le boudoir de maman. C'est une petite pièce lumineuse et ovale comme un œuf, bourrée à craquer de bibelots et de miroirs, de lampes d'opaline à abat-jour de dentelle. Les murs sont lambrissés d'ivoire et dans un coin, près d'une fenêtre, maman a fait aménager pour ses palmiers en pots une de ces alcôves en rocaille qui font fureur en ville. Il y a beaucoup de tableaux dans notre appartement mais celui que je préfère est suspendu là, dans ce boudoir, audessus de la commode Louis XVI : le portrait d'une « dame en rose » par Winterhalter, une grand-tante de papa paraît-il. Le parfum sucré de Guerlain, un léger relent de sels anglais – maman est sujette à la migraine –, et l'arôme de l'encens qu'elle fait brûler devant une photo de « Grichka », imprègnent le damas saumon des rideaux. Non pas qu'Anna Ivanovna soit frivole. Oh que non ! Elle est même très profonde, c'est « une belle âme », comme dit le prince Golitzine, mais elle a l'art de rester femme même pour parler de Nitche [Nietzsche] *ou de Rudolph Steiner. Inutile de préciser que je ne connais ces messieurs-là que par ouï-dire, papa m'ayant interdit, pour le moment, de mettre le nez dans leurs livres.*

J'ai réussi à employer trois mots différents pour exprimer l'odeur ! Le métier rentre...

J'aime maman plus que tout au monde et je rêve de lui ressembler plus tard. Nous avons les mêmes cheveux roux foncé mais les yeux de maman sont violets comme l'encre de cette plume tandis que les miens sont « porcelaine », ce qui est plus commun. Elle a la peau très blanche, se tient très droite et s'exprime rarement en russe. En revanche, son français est « meilleur que celui des frères Goncourt », dixit Mlle Lévrier, ma gouvernante de français qui est suisse et n'a rien d'un lévrier.

« George-Sandomaniaque », maman l'a été comme toutes les jeunes filles de sa génération et encore maintenant, elle fait venir directement de Paris les derniers romans féminins à la mode. A Rojdestvéno où se trouve notre maison de famille, elle a créé une école de filles malgré l'opposition des paysans qui ne veulent envoyer que les garçons en classe... Avec cela gaie, élégante, aimant aller dans le monde... Comme Sa Majesté Alexandra Féodorovna, maman affectionne ces teintes dites « froides » que je trouve, moi, très flatteuses : mauve, parme, lilas, ardoise, gorge-de-pigeon, qui se marient si bien avec les perles !

Vivement que je puisse porter des perles ! Et comprendre la théosophie ! Et porter des toilettes de dames ! Mais je n'ai que treize ans et mon entrée dans le monde n'est pas pour demain. En attendant, je me contente de rêver aux devantures de l'avenue Nevski : l'horloger Pavel Buhré qui fait de si jolies montres, le fourreur Mertens, au numéro 21, qui habille la Kommissarjevskaïa, mon actrice favorite. Chez Weiss où maman, en tant que cliente privilégiée, a son embauchoir, j'ai remarqué de ravissantes bottines en daim crème. J'en rêve ! Il paraît que j'ai le même pied que la grande-duchesse Tatiana : 5.5, pointure allemande.

[Le bas de cette page est occupé par un dessin au crayon d'Anastasia représentant lesdites bottines.]

Mais je bavarde, je bavarde, alors qu'il me faudrait raconter ma journée en détail comme dans un vrai journal, analyser mes pensées et essayer de m'élever spirituellement. Au lieu de cela, je parle chiffons, je m'égare... Ah, voici Pélagie qui vient faire mon lit.

Dix minutes plus tard.

J'ai bien cru que Pélagie allait me demander ce que je suis en train d'écrire ! De toute façon, notre femme de chambre ne connaît pas le français. Pourvu que personne, jamais, ne tombe sur ce journal ! J'aurais trop honte. Mon

Dieu, inspirez-moi une bonne cachette ! Je jure que si on mettait le nez dans mes écrits, je me suiciderais. On se suicide beaucoup à Pétersbourg en ce moment. « C'est au goût du jour, comme les romans lubriques ! » a ronchonné l'autre jour grand-père Dalmatov en regrettant, comme à son habitude, le bon vieux temps.

(Ne pas oublier de chercher « lubrique » dans le dictionnaire.)

Déjà neuf heures. Il est temps de rejoindre papa et maman pour le petit déjeuner. Dernière chose avant de clore cette page : je me sens déjà beaucoup plus à l'aise qu'hier. Finalement, ce n'est pas si dur d'écrire en français et c'est même très très très amusant.

Paris, le 2 septembre 1947.

La rencontre entre Molotov et les porte-parole des émigrés russes souhaitant retourner en URSS a porté ses fruits. La commission franco-soviétique m'a contactée. J'ai eu une entrevue avec [nom effacé]. *J'ai signé tous les documents. Sans les lire* [phrase barrée].

Ma décision est donc prise. Je repars en Russie, cette chère Russie que j'ai quittée il y a vingt-trois ans et que je n'ai jamais pu oublier. Je repars et je sais que c'est définitif...

[Suit un paragraphe raturé, illisible.]

Minuit. Quand je pense que j'ai connu Viatcheslav Mikhaïlovitch Scriabine autrefois ! Maintenant qu'il est ministre – pardon, commissaire du peuple – pour les Affaires étrangères auprès de Staline, il se fait appeler Molotov. Son oncle, le célèbre compositeur Alexandre Scriabine, venait souvent de Moscou passer quelques jours à la Tour Ivanov. Il me semble que c'était hier...

Le 2 octobre.

Les formalités sont achevées, ou presque.

Elsa me conseille de ne pas emporter mon journal. Les raisons qu'elle évoque ne sont pas très claires... Là-bas, je n'aurai pas le temps de « faire de l'introspection » comme elle dit : la vie en communauté, le travail collectif me tien-

dront éloignée du « culte du Moi » ! Mais que faire de ces trente-sept cahiers ? Les détruire ?

Je suis impatiente de donner un but généreux à ma vie. Ici je vis en solitaire. Je n'ai pas d'enfant, pas de famille, presque plus d'amis. Personne n'a besoin de moi.

Je ne me reconnais pas dans la France d'aujourd'hui. Le Paris de 1947 n'est plus celui d'avant-guerre. Les Ballets russes sont morts. Sartre n'est pas Maïakovski et Dior a chassé Chanel.

Je ne suis pas pauvre. Là-bas, en URSS, je pourrai vivre décemment, repartir sur des bases nouvelles, entreprendre, créer, me rendre utile, régénérer mon destin.

En gagnant la guerre, Staline s'est révélé un grand chef d'Etat. C'est un fait acquis. Et ses déclarations incitant les Russes émigrés, dispersés de par le monde, à « revenir au pays » commencent à rencontrer un écho. Nous sommes nombreux, paraît-il, à vouloir retrouver nos racines et participer à l'effort national. L'URSS n'est-elle pas devenue la patrie des héros ? Staline a promis que nous serions bien reçus, qu'on nous aiderait à nous intégrer...

Dans la nuit.

Pourquoi tant d'efforts pour me justifier ? Pourquoi ne pas dire la vérité, simplement ? Si je ne suis pas sincère avec mon journal, avec qui pourrais-je l'être ? Aurais-je honte d'avouer à moi-même que si je pars, ce n'est pas seulement [souligné] *pour répondre à l'appel de Staline ? Aurais-je honte d'admettre qu'à cinquante-trois ans j'ai encore l'espoir d'aimer et d'être aimée ?...*

Comme tous les Russes, je suis superstitieuse. Par crainte de voir s'envoler mon rêve le plus intime, je le garde en moi. Alors n'en parlons plus et espérons en silence...

Le 4.

Il manque un document. Je ne sais où me le procurer, ni à qui m'adresser. Je hais la paperasserie. Je hais la bureaucratie française si mesquine, si tatillonne.

[phrase barrée]

Moi qui ai connu l'abominable bureaucratie bolchevique, comment puis-je parler ainsi de la France qui m'a accueillie en exil et me permet de repartir ?

Les choses ont dû changer en [mot gribouillé, illisible] *là-bas, depuis le temps ; les choses ont dû évoluer...*

Le 7, quinze heures.

Il me manque toujours ce papier. Et si, à cause de cela, mon départ était différé ? Il ne le faut pas car j'ai peur de changer d'avis au dernier moment. J'ai peur de ma propre lâcheté.

Le 7, dix-huit heures.

Il pleuvine, il bruine. Spleen. Cafard. Bourdon. Dépression. Que de mots en français pour dire ce mal de l'âme...

« Il pleure dans mon cœur comme il pleut sur la ville. »

[en russe] *A Piter, tout doit être blanc, scintillant, resplendissant en ce moment !... Pétersbourg – Je ne me suis jamais habituée à dire Leningrad ! Quelle joie de revoir bientôt ma ville !*

Le 10 octobre au soir.

Formalités enfin achevées. Tous les volontaires devront se rassembler à Sarbourg le 30 octobre. Nous serons logés dans une école. Départ de Sarbourg pour Pétersbourg prévu le 1er novembre par train spécial. Aucune information sur l'itinéraire ni la date d'arrivée.

Maintenant qu'il est assuré, voilà que je me mets à le redouter ce départ ! Car enfin j'ai été heureuse à Paris...

[ligne brouillée]

Je ne connais de l'URSS que ce qu'on m'en a dit, ce que j'ai lu dans la presse. Je me méfie des racontars. Je n'ai toujours pas décidé pour mon journal. Si je le laisse, à qui le confier ? A Elsa ? Je n'ai pas confiance. Dois-je le détruire ?

Pendant la nuit du 10 octobre.

Réveillée en sursaut. Relu les premières pages de mon journal. Pleuré comme une fontaine. Cette petite fille candide et frivole, si gaie, si légère, si confiante dans la vie, c'était moi, moi il y a quarante ans !

Non, je ne brûlerai pas ces cahiers. Toutes ces heures employées à fixer l'instant qui passe et à trouver un sens à mon destin... toutes ces heures, je les laisserais partir en fumée ! Non. Ce serait comme me détruire moi-même. Un suicide. Je l'emporte donc avec moi. On verra bien, une fois là-bas...

Le 13.

Départ de Paris-gare de l'Est pour Sarbourg fixé au 26 octobre.

L'appartement est complètement vide. Je me sens vide moi aussi, calme, anesthésiée... Je ne sais quel adjectif convient le mieux. Comme si je m'enfonçais paisiblement dans la mort avec l'espoir de renaître.

Le 15 [barré] *16 octobre.*

[en russe] *Départ de Paris reporté au 28 octobre. Toujours pas d'information sur la date d'arrivée à Leningrad. Comme c'est pénible cette attente, cette incertitude ! En 1924 déjà, j'attendais, de la même façon, un départ pour l'inconnu. J'ai le sentiment d'un « Eternel Retour » et...* [fin de la phrase brouillée par des larmes].

Le 28 octobre 1947, onze heures du soir.

Finalement, le train part demain matin à sept heures. J'ai réservé un taxi pour cinq heures. Je vais dormir tout habillée. Mes bagages sont prêts, mes trente-six cahiers bien empaquetés au fond d'une valise avec quelques lettres auxquelles je tiens et mes meilleurs dessins.

Ce cahier sur lequel j'écris, je le garderai avec moi dans mon sac à main, entre mon passeport et mon portefeuille. Les prochaines phrases, sûrement, seront rédigées dans le train...

[fin du journal d'Anastasia Borissovna Dalmatov]

Entre les premières pages, écrites en français de la main d'une Nastia ivre de sa propre jeunesse, et ce texte ultime évoquant par phrases lapidaires un retour imminent en URSS, quarante ans s'étaient écoulés, quarante années d'un destin à la fois obscur et glorieux, lumineux et tragique, comme seule a su en produire la Russie bolchevique.

Mon nom est Luc Verdon. J'avais vingt-cinq ans lorsque ce destin inouï rencontra le mien et en changea le cours. Nastia, elle, était morte depuis longtemps. Ainsi, c'est d'une Nastia rêvée, d'une Nastia de papier, que je tombai amoureux. D'une écriture...

Amoureux : l'état de grâce par excellence, l'antidote à l'ennui, à la médiocrité. Je l'avais été pendant sept ans d'une blonde sans histoire, cadre commercial comme moi, moderne, cruelle, vive, émancipée. C'est elle qui me quitta, peut-être sur mes instances silencieuses. J'avais besoin d'un nouvel enchantement. Six mois après notre rupture, je rencontrai Nastia-la-douce, la Russe, la compatissante. Nastia-la morte qui me sauva du désir de mort.

Lorsque le 3 septembre 1993 je partis retrouver ma famille à Thonon-les-Bains pour la succession d'un grand-oncle décédé, j'étais loin de me douter que j'allais au-devant de ma salvatrice. J'étais encore dans les affres du déchirement. Je n'éprouvais plus d'amour pour Ariane mais suffisamment encore pour lui en vouloir d'avoir cessé de m'aimer. Tout mon être était une béance de haine, de révolte et d'espoir confus.

De surcroît, je pataugeais alors sans plaisir dans une routine professionnelle dépourvue de perspectives. Je m'ennuyais ferme au siège du boulevard des Italiens.

Diplômé de l'ESSEC et poète à mes heures – quelques-uns de mes textes avaient été publiés dans d'éphémères revues, ce dont je m'enorgueillissais plus que de mon diplôme –, j'avais passé une année de formation à Harvard et seize mois de service national en coopération à New Delhi, puis j'étais entré au siège du Crédit Lyonnais. Mon séjour en Inde m'avait donné le goût du voyage et de l'exotisme, et je n'excluais pas l'idée de repartir un jour, probablement en Asie.

De mon oncle Joseph Termois je n'héritai pas grand-chose : quelques bibelots et un coffre en sapin au fond duquel un carton poussiéreux dormait du sommeil de l'oubli. Des revues de droit périmées me dis-je. Je fourrai le tout dans ma voiture et rentrai à Paris. Ce n'est que trois semaines plus tard que j'ouvris le carton. Je n'oublierai jamais l'odeur qui s'en échappa : un mélange d'encre et de rose séchées, de cire, de cuir, de miel, de vélin d'antan et de poussière... Ce carton contenait de vieux cahiers serrés les uns contre les autres. Intrigué, j'en pris un au hasard et le parcourus. Sur les pages craquantes aux coins cornés courait une écriture manuscrite difficile à déchiffrer au premier coup d'œil. Des dates... l'an 1913... le jour du printemps... le 1er septembre... Un journal intime !

Je comptai trente-sept cahiers, tous différents. Il y avait ceux de l'enfance, reliés d'étoffe et couverts d'une grosse écriture appliquée où alternaient les pleins et les déliés. Puis venaient les cahiers de la maturité à la graphie menue et presque illisible. Certains, reliés de peau, avaient été tenus de façon régulière et respiraient sans qu'il fût besoin de les lire le bonheur et la douceur de vivre. Des feuilles volantes – listes, factures, coupures de presse, esquisses au fusain, réclames désuètes – y étaient glissées. Aucune photo, semble-t-il... D'autres, de simples carnets bon marché, étaient couverts de haut en bas de notes brèves, griffonnées à la hâte. Manifestement l'auteur – je devinai une main féminine – avait traversé des périodes de dénuement et de détresse.

Etonnant comme, déjà, le souvenir d'Ariane reculait dans ma mémoire !

Ces cahiers étaient rangés en ordre chronologique et portaient chacun un numéro. J'ouvris le cahier numéro un à la première page : « Saint-Pétersbourg, le 22 avril 1907... » J'avais entre les mains le journal – rédigé en français, en russe et parfois en anglais – d'une inconnue du nom d'Anastasia Borissovna Dalmatov, née à Saint-Pétersbourg en 1894 dans une famille de la haute société. Puis je portai mon attention sur la page ultime du dernier cahier, et là, je compris : après vingt-trois ans passés en France où elle avait émigré en 1924, Anastasia, poussée par quelque influence extérieure – cette « Elsa » mentionnée à plusieurs reprises ; les déclarations de Staline aux Russes blancs les exhortant à rentrer – et surtout par la nostalgie, décidait de revenir au pays, et avec elle plusieurs milliers de ses compatriotes que l'on appelle les « ré-émigrés », et dont la mort mystérieuse ou le destin obscur restent encore à élucider. Ces oubliés du XXe siècle trouveront-ils un jour leur historien ?

En attendant, je m'interrogeais. Comment ces cahiers, qu'Anastasia assure avoir emportés avec elle dans le train, s'étaient-ils retrouvés entre les mains de mon grand-oncle Joseph Termois, notaire à Thonon-les-Bains ?

Ce frère cadet de ma grand-mère maternelle, célibataire endurci, un tantinet hypocondriaque, était mort brusquement pendant l'été 1992, à l'âge de soixante-dix-neuf ans, sans avoir jamais mentionné devant quiconque – autant que je sache – l'existence de ce journal, ni prononcé le nom d'Anastasia Dalmatov.

L'idée m'effleura qu'Anastasia, que j'imaginais forcément ravissante, avait fait chavirer le cœur de mon grand-oncle d'un amour qu'il avait tenu secret. Romantique mais peu plausible : elle aurait eu vingt ans de plus que lui. Encore que... Harold et Maud !

L'hypothèse que ce journal pût constituer un quelconque document notarial fut rapidement écartée. Il s'avéra en effet que ces cahiers n'étaient pas inventoriés dans les archives de l'étude Termois.

Dernière possibilité : Anastasia était une parente. Je me souvenais que mon oncle, passionné d'histoire et de généalogie, avait entrepris des recherches sur la famille. Peut-être était-il tombé sur ce journal au hasard de ses investigations ? La mort l'aurait surpris avant qu'il ait eu le temps de révéler l'existence de cette aïeule inconnue.

J'eus alors l'idée de consulter un document qui était dans la famille depuis longtemps mais auquel – n'étant ni un snob, ni, comme mon oncle, un maniaque des vieux grimoires – je n'avais jamais prêté attention : une généalogie compilée par un chanoine à la fin du siècle dernier, faisant remonter les « Chauvigny » – la branche maternelle des Termois – au XIIe siècle. J'y trouvai en effet une allusion à la Russie :

« Fuyant la Terreur, Gilbert de Chauvigny (1762-1825), officier de marine, se réfugia à Saint-Pétersbourg où il épousa en 1802 Anne-Charlotte, fille du général Georges Ernest Sayn-Wittgenstein Berlebourg.

« Georges Ernest était l'oncle paternel du célèbre général Sayn-Wittgenstein, aide de camp du feld-maréchal Koutouzov, le vainqueur de Napoléon pendant la désastreuse campagne de Russie en 1812. »

Ainsi, un de nos ancêtres communs, à mon oncle Joseph et à moi, avait vécu à Saint-Pétersbourg.

Rentré en France à la Restauration, Gilbert de Chauvigny reçut le grade de capitaine de vaisseau et mourut en 1825, laissant une fille qui resta sans descendance.

Dans son journal – je n'allais pas tarder à m'en rendre compte –, Anastasia mentionne une famille Sayn-Wittgenstein dont la propriété se trouvait non loin de celle de son grand-père maternel, mais elle n'évoque aucun lien de parenté. En 1912 – elle a alors dix-huit ans –, elle consacre à ses ancêtres quelques notes brèves. La page sera arrachée, probablement pendant les heures les plus sombres de la Révolution bolchevique, mais ne sera pas détruite. On la retrouve telle quelle, recollée dans le journal à la date du 1er septembre 1924, au moment où Anastasia s'installe à Paris :

Famille paternelle : Dalmatov. Au service du tsar comme officiers ou diplomates depuis des générations. Famille typique de la noblesse moyenne de Pétersbourg.

Mon grand-père, Platon Constantinovitch Dalmatov, ancien élève du corps des Pages et Conseiller d'Etat actuel, fut décoré de la croix Alexandre Nevski. Son père fut longtemps ambassadeur en Perse. De lui, nous viennent les deux grands tapis du salon et un manuscrit du Coran.

Papa prétend qu'un de nos ancêtres Dalmatov épousa au XVIIIe *siècle une « chantrapa ». Si elle ne se distinguait pas par sa voix, cette jeune serve dépassait par l'esprit et la beauté bien des dames de la cour.* [A cette époque, les nobles campagnards entretenaient des chorales de serfs ; le mot « chantrapa », qui est une contraction du français « ne chantera pas », désignait les serfs « impropres à cet usage ». A présent, ce mot signifie « malfaiteur ».] *Il l'éduqua et la jeune femme se révéla une poétesse de talent dont les œuvres ont été perdues, détruites semble-t-il par un descendant honteux du sang « impur » qui coulait dans ses veines. Pourtant, les nobles d'origine serve ne sont pas si rares en Russie.*

Ma grand-mère Dalmatov, née Suzan Nassimovna Tamamchov, est issue d'une riche famille princière de Tiflis [nom de Tbilissi, capitale de la Géorgie, avant la Révolution] *qui ne craignait pas de déroger en s'adonnant au commerce. Plusieurs écrivains-voyageurs, dont Alexandre Dumas, ont décrit le somptueux caravansérail sur la place principale de Tiflis, dont les Tamamchov étaient propriétaires. Dans le récit de Dumas, la jeune fille qui porte à la taille, en guise de boucle de ceinture, une émeraude grosse comme un œuf de pigeon n'est autre que ma grand-mère paternelle ! Cette émeraude exceptionnelle est déposée à la Banque du Commerce privé, et j'en suis, paraît-il, l'héritière.*

Branche maternelle : le nom de Diernov apparaît pour la première fois en 1642 dans le registre de recensement de la ville de Pskov. Riches marchands de tissus élus à des fonctions administratives. S'installent à Pétersbourg à la fin du XVIIIe *siècle. Contacts avec des soyeux de Lyon, avec la Mongolie et la Chine. Mariage de mon arrière-grand-père avec la fille d'un baron de Revel* [aujourd'hui Tallin, capitale de l'Estonie]. *Leur fille épousera un Zakrevski.* [Suivent plusieurs phrases barrées, illisibles.]

Grand-papa, Ivan Ivanovitch Diernov (mort pendant

l'été 1905), possédait l'une des plus importantes manufactures de vêtements de Pétersbourg. Succursales à Moscou, Novgorod, Odessa... Il était conseiller municipal et membre fondateur de nombreuses associations caritatives. L'immeuble où nous habitons rue de Tauride, construit en 1904, lui appartenait. A présent, c'est maman qui en est propriétaire.

Grand-mère maternelle née Krassovski (décédée). Nom d'origine polonaise, mentionné pour la première fois en France vers 1550. Un de nos ancêtres Krassovski était lilliputien. Il fut vendu par sa famille comme bouffon à la reine Catherine de Médicis qui sut apprécier son esprit et ses dons de diplomate. Elle l'anoblit et l'envoya en Pologne négocier, auprès de la Diète, la candidature de son fils Henri d'Anjou au trône de Pologne, la famille royale régnante se trouvant sans descendance. Henri d'Anjou se morfond en Pologne et, à la mort de Charles IX, revient en France pour monter sur le trône sous le nom de Henri III. Le lilliputien Krassovski, lui, reste en Pologne. Meurt sans enfants mais une branche cousine produira une lignée de brillants ingénieurs et architectes.

Apparentée à ma famille ou pas, Anastasia m'intriguait. Qu'elle débarquât dans ma vie au moment où Ariane la désertait n'était pas étranger à ce sentiment. Signe des dieux ? Quand il s'agit de ses amours, le plus rationnel d'entre nous lit son destin dans le semis des hasards dispersés.

Avec passion, avec détermination, je me mis à consacrer mes loisirs au déchiffrement des cahiers. Cette tâche se révéla plus ardue que je ne le pensais : feuilles effritées, détachées, encre pâlie, ratures, phrases inachevées, mots illisibles... De fait, j'eus très vite une vision d'ensemble de l'enfance et de la jeunesse de Nastia mais bien des détails m'échappaient. En outre, toute la partie concernant sa vie à Paris était en russe comme si Nastia avait craint d'oublier sa langue maternelle.

L'habitude typiquement russe de désigner les gens soit par leur prénom suivi du patronyme soit par un diminutif compliquait l'identification des personnages. Il me fallut un certain temps pour comprendre que ce « Grichka » mentionné par Nastia au début du journal, ce Grichka devant la photo duquel sa mère fait brûler de l'encens, n'était autre que Grigori Iefimovitch Novykh, dit Raspoutine, Grichka dans le privé. Diaghilev est souvent appelé « Chinchilla » par ses proches à cause de sa mèche blanche contrastant avec sa chevelure noire. Quant à cette Elsa qui encouragea Nastia à repartir en URSS, c'est bien Elsa Triolet, la femme d'Aragon.

Ces premiers tâtonnements me bouleversèrent. Ce journal était comme une machine à remonter le temps. Il me transportait dans une époque et une culture de façon à la fois intime et brutale. Et, au bout du voyage, il y avait une femme, la plus exquise qu'un homme puisse rêver.

Par ailleurs, je compris que le hasard m'avait mis en possession d'un document exceptionnel dont l'intérêt dépassait le cadre de ma famille, et l'idée de le publier un jour s'imposa à moi. D'autant que les événements récents – la chute du Mur de Berlin en 1989 ; la fin du règne de Gorbatchev et l'éclatement de l'URSS en 1991 – avaient précipité la Russie sur le devant de la scène internationale et renouvelé l'intérêt pour la période pré-révolutionnaire. On fouillait les archives à la recherche de révélations sur l'assassinat de Raspoutine ou l'exécution de la famille impériale. On prêtait une oreille plus attentive aux témoignages des Russes émigrés. Trois ans auparavant, les mémoires de Nina Berberova, *C'est moi qui souligne*, enfin traduits en français, avaient connu un succès sans précédent.

A la librairie Le Tour du monde, rue de la Pompe, je dénichai *Le Caucase depuis Prométhée jusqu'à Chamyll* d'Alexandre Dumas. L'allusion à l'émeraude des Tamamchov y figurait bien ! Cette découverte me troubla : elle ancrait le journal, jusqu'alors abstrait et lointain pour moi, dans la réalité de l'Histoire et de « mon » histoire. Dès lors, je me passionnai pour la Russie et Saint-Pétersbourg, me replongeai dans Tolstoï et Dostoïevski qu'adolescent j'avais adorés, dévalisai la librairie russe de la rue de Buci à la recherche des traductions d'Anna Akhmatova ou de Brodski. Je soignai ainsi ma morne solitude sans Ariane et mes longues heures de bureau à guetter des chiffres sur un écran. Une femme, des livres – romans ou poésie de préférence – avaient toujours été pour moi un remède au spleen. Le journal d'Anastasia m'offrait les deux à la fois.

Un projet commençait à germer dans ma tête : profiter de quelques vacances, partir à Pétersbourg, sur les traces d'Anastasia Dalmatov, reconstituer le destin de cette femme qui avait été une victime de la Révolution mais aussi le témoin privilégié des courants intellectuels et artistiques les plus féconds de son temps, comprendre pourquoi le journal s'était interrompu à la date du 28 octobre 1947 et pourquoi il avait échoué chez un notaire de Haute-Savoie.

Et si, après tout, Anastasia Dalmatov vivait encore ? Je n'y croyais guère. Elle aurait quatre-vingt-dix-neuf ans ! Et dans le fond de moi-même, je préférais garder en tête l'image de la belle jeune femme qu'elle avait dû être du temps où elle tenait son journal.

C'est alors que j'appris que le Crédit Lyonnais cherchait des candidats à l'expatriation pour sa succursale de Saint-Pétersbourg. Bien implanté en Russie depuis 1878, le Crédit Lyonnais avait cessé toute activité en 1920, trois ans après la Révolution. Profitant de la Pérestroïka, il venait de rouvrir sa succursale dans l'ex-capitale des tsars.

J'hésitai. Un tel virage dans ma vie était-il souhaitable ? Mais un soir, j'aperçus Ariane à la terrasse d'un café en compagnie d'un homme. Plus vive et plus blonde que jamais, elle parlait avec animation tandis que l'homme – taille moyenne, cheveux clairsemés – la couvait du regard.

Ainsi, elle avait quitté un grand brun aux yeux bleus pour un nabot presque chauve ! Je passai la nuit à revivre en pensée les meilleurs moments de notre existence commune. Ma routine quotidienne ne m'en parut que plus insupportable. J'exécrai le boulevard des Italiens. La dépression me guettait.

Le lendemain, je déposai ma candidature et m'inscrivis à des cours de russe. Une réponse me parvint par retour : on me proposait un contrat de deux ans comme « chargé de clientèle » au Crédit Lyonnais de Saint-Pétersbourg. C'est ainsi que, sur un coup de tête, je pris le chemin de la Russie.

Je débarquai à Pétersbourg le 12 octobre 1994, en pleine crise financière. La veille, le rouble avait perdu plus de vingt pour cent par rapport au dollar. Les esprits étaient échauffés par l'assassinat d'un journaliste, Dimitri Kholodov, déchiqueté par un colis piégé alors qu'il enquêtait sur les liens de la Mafia et de l'armée. Mon séjour débutait sous de bien mauvais auspices.

Mes lectures, les descriptions de Nastia dans son journal, mais aussi les guides illustrés qui fleurissaient aux vitrines des libraires depuis que l'ancienne capitale des tsars était devenue une destination touristique à la mode, m'avaient préparé à une certaine image de Pétersbourg. Je fus déçu. Où était la « Piter » opulente et pittoresque dépeinte avec une minutie savoureuse par ma chère Anastasia ? Où était la « Palmyre du Nord », la « Venise russe » célébrées par les voyageurs du temps passé ? Soixante-quinze ans de régime soviétique avaient-ils donc à ce point dénaturé la fringante Pétersbourg d'avant la Révolution ?

Je me revois le jour de mon arrivée, déambulant à travers les rues en équerre, désœuvré, le cœur gros, rêvant de l'Orient, le vrai, celui des souks populeux gorgés d'odeurs et de couleurs, rêvant de l'Italie, la vraie, celle des rues tortueuses, des collines et du gai soleil. Comme Pétersbourg me semblait plat, morne, insipide, tristement symétrique et lourdement prétentieux sous le ciel plombé de l'automne finissant !

Quant aux bienfaits du capitalisme renaissant, ils ne sautaient pas encore aux yeux. Certes on ne faisait plus la queue pour acheter un morceau de fromage et la seule queue que l'on pût observer en ville s'étirait.. devant le restaurant MacDonald ! Certes il y avait maintenant des magasins comme en Occident et même quelques boutiques de luxe – Lancôme, Yves Rocher – mais ils étaient concentrés sur l'artère principale : la fameuse *Nevski prospekt*, l'avenue Nevski. Dès qu'on s'en éloignait, on retrouvait ces entrepôts en sous-sol de l'époque soviétique puant le poisson pourri, dont les vitrines presque vides étaient encore surmontées de leurs peu aguichantes enseignes d'origine : « Viande et laitages », « Blouses et chaussures »...

Le lendemain dimanche, vers dix heures, je quittai mon hôtel, le luxueux Nevski Palace, et me dirigeai vers le quartier de Smolny où avait vécu Anastasia Dalmatov, au 3 rue de Tauride. Malgré l'heure matinale et la bruine, la Nevski Prospekt était déjà très fréquentée. Le temps n'avait pas changé où Gogol faisait de cette avenue le rendez-vous de toute la ville, où l'on était « sûr de tomber sur une connaissance ».

Sur la place Vostania, seuls quelques parapluies colorés éclairaient une foule terne. Debout, alignées en file indienne devant la station de métro, des femmes vendaient qui un bouquet de fleurs fraîches, qui un chiot de race, qui du faux parfum français. Dans les kiosques en bois que la privatisation du commerce avait fait se multiplier s'entassaient pêle-mêle vêtements, matériel électronique, caisses d'oranges importées d'Italie, flacons de vodka – frelatée ? –, fausses icônes, livres d'occasion, matriochkas de bois verni à l'effigie de Catherine II ou de Eltsine... A ma grande surprise, les marchands de glace faisaient recette bien que la température ne dépassât pas les cinq degrés. J'aurai lieu de m'étonner encore davantage un mois plus tard en voyant les Pétersbourgeois lécher leurs cornets par moins dix.

Je m'engageai dans l'avenue Souvorov, déserte, puis dans le réseau des rues adjacentes, à la recherche d'un éblouissement inattendu. J'aime qu'une ville me déroute. J'aime l'anarchie des époques mêlées, des reliefs croisés, des ruptures et même des fautes de goût : ruelle pentue dévalant vers nulle part, jardinet assoupi au détour d'un boulevard, bicoques médiévales aux poutres noircies nichées au pied d'une blanche tour futuriste. Paris est ainsi : une grande dame qui sait surprendre sans offenser et choquer avec élégance.

Pétersbourg m'apparut comme l'antithèse de Paris. Arrachée en 1703 au prix d'efforts surhumains aux marais de la Baltique sous l'impulsion d'un Pierre le Grand soucieux d'asseoir son autorité sur une capitale entièrement conçue par lui et pour lui, longtemps peuplée d'officiers et de bureaucrates, soumise à une stricte réglementation en matière d'urbanisme, la cité des tsars avait pénétré dans le XXe siècle en préservant fièrement sa sévère ordonnance impériale, avec l'obstination et le « bon ton » – terme passé au russe – d'une grande-duchesse.

En parcourant ces rues tirées au cordeau et qui se croisaient à angles droits, le terme de « ville-caserne » que j'avais lu sous la plume du marquis de Custine à propos de Pétersbourg s'imposa à mon esprit. Oui, cette ville avait quelque chose de militaire et par conséquent d'« antipoétique » qui me gênait. Cette obsession de la géométrie qui avait présidé à sa construction, ce quadrillage systématique tant admiré des urbanistes tendaient non pas vers l'harmonie mais vers l'uniformité, c'est-à-dire la négation de la vie. Et des vers du poète russe Livchits glanés quelque part me revinrent en mémoire :

Colonnades et portiques,
Vierges de stuc mélancoliques,
Rangées d'arbres taillés,
Mettent à nu sans pitié
L'alliance contre-nature
Du guerrier et de la Muse.

En passant devant un immeuble en réfection de la rue Vostonia, je m'arrêtai, médusé : c'était une de ces pâtisseries XIXe, de style « éclectique », si chères au tsar Alexandre III. On avait gardé intacte l'imposante façade rococo mais derrière la pierre taillée – un simple placage –, murs et plafonds vomissaient un mélange de briques, de caillasses, de poutres, de chaux, bref de remblais des moins nobles et des plus divers !...

Une angoisse morbide me saisit à la pensée que la ville entière – ses places, ses églises, ses théâtres, ses propylées – se réduisait à un fragile décor de carton-pâte. « Tout me semblait construit, écrit Casanova dans ses *Mémoires*, dans le but puéril de produire de belles ruines. »

En effet, les colonnes de marbre étaient du bois peint, les corniches de plâtre s'écaillaient, portiques et frontons de briques s'effritaient. Les angelots, « vierges de stuc mélancoliques », cariatides et autres atlantes s'érodaient inexorablement, giflés par le vent, mordus par le gel, menacés par les incendies fréquents ou les crues dont la date et le niveau s'inscrivaient sur maintes murailles. Comme Venise, ou comme Calcutta, Pétersbourg survivait dans l'angoisse permanente du pourrissement et de la destruction. Tel est le sort des villes « contre-nature ».

Parmi ces palais décatis et ces immeubles pompeux, témoins d'un passé prospère, vivotait un petit peuple laborieux qui tranchait avec son environnement : hommes vêtus de gros chandails tricotés, casquettes vissées sur le crâne ; pâles ménagères ployant l'échine sous le poids des cabas ; bandes d'adolescents en blousons de skaï traînant, les mains dans les poches de leurs jeans, un légitime spleen dominical. Pétersbourg semblait un Versailles à l'abandon, squatté non par des miséreux – je vis peu de mendiants – mais par une foule de fonctionnaires appauvris, disciplinés, résignés, usés, à la fois infiniment humbles et pleins de dignité : les derniers Soviétiques.

Sur les bancs d'un jardin public envahi par les herbes folles et les papiers gras, des spécimens de ce que j'avais cru un mythe – la ventripotente babouchka russe en tablier bariolé, fichu à fleurs noué sur la nuque – papotaient entre elles, la cigarette au coin des lèvres, tout en surveillant d'un œil de gracieuses fillettes qui jouaient à la marelle. Mon regard s'attardait, je l'avoue, sur ces Lolita dont la blondeur illuminait la grisaille du quartier. Avec leurs queues de cheval retenues sur le sommet de la tête par des rubans de couleur vive, et la pudeur charmante, la réserve pleine de maturité dont elles faisaient preuve jusque dans leurs jeux, elles évoquaient les petites filles « modèles » d'autrefois, les Nastia du début du siècle...

Par la rue Nékrassov, je retombai dans l'avenue Souvorov, longue, déserte, interminable. Brusquement, un vent violent se leva, balayant tout sur son passage. Une poubelle se renverse, laissant échapper des rubans de détritus tandis que le couvercle tombe, tinte, roule et poursuit sa route en zigzag avant de s'affaisser dans un choc lugubre. L'horizon s'assombrit, s'éclaire de nouveau, s'obscurcit. Un vol d'oiseaux – mouettes, corbeaux ? – traverse le ciel en diagonale, projetant des ombres mouchetées sur l'asphalte. Un crachin glacial me pénètre les os, tandis qu'un courant d'air plaque un vieux journal humide contre ma figure. Chair de poule, angoisse diffuse, colère...

C'est alors qu'un homme, surgi d'on ne sait où, pieds nus, vêtu d'un peignoir sale, exsangue, hagard, hirsute, ivre peut-être, ou malade, se précipite au milieu de la chaussée. « *Sontsé !* » – « soleil », en russe –, hurle-t-il, les mains en porte-voix vers un ciel déserté par Dieu. La voix est suppliante, caverneuse, comme sortie d'un puits. Le regard halluciné, il braille : « *Pouchkine tojé buil dourak !* » – « Pouchkine aussi était un idiot ! » Puis il disparaît, happé par l'ombre. Je n'oublierai jamais cet homme, ses paroles démentes, son allure de vagabond qui rendaient si improbable l'allusion à Pouchkine. Tout Pétersbourg était là, concentré dans cette brève apparition : l'énigme, la folie, la misère, la poésie, le désespoir... Pouchkine, Gogol, Dostoïevski, André Biély... Eternel retour du mythe !

A peine avais-je parcouru quelques dizaines de mètres que la prière de l'inconnu s'exauçait. Le ciel se dégagea et le soleil apparut, irisant de taches bleu-blanc-or la surface lisse d'une flaque d'eau : les bulbes de la cathédrale de Smolny ! Je venais de les reconnaître, renversés sur l'écran liquide. Je levai les yeux et la célèbre cathédrale bleue et blanche construite par l'architecte italien Rastrelli s'élança dans mon champ de vision, haute, sanglée, éclatante. On n'imagine pas autrement le palais de la Belle-au-bois-dormant. Des pavillons bleus et blancs l'entouraient, agrémentés de balcons dont les volutes de bronze répétaient ceux de la grille. Ces pavillons étaient un monastère ! Sur ces balcons, des nonnes avaient pris le frais ! J'admirai l'audace avec laquelle l'architecte avait su marier la tradition russe et le baroque italien, la solennité orthodoxe et une douceur de vivre toute méditerranéenne.

A Smolny, tout n'est qu'élégance, azur, blancheur, quiétude. Et pourtant, *smolny* signifie goudron – celui qu'on utilisait dans les chantiers navals qui s'étendaient là avant la constrution de la cathédrale.

Personne. Seul un jeune garçon jouait du violon, debout sur l'esplanade. Avec sa frêle silhouette dressée vers le ciel comme en lévitation, le bombé délicat de son instrument verni et rouge, et son pardessus noir trop grand pour lui, il ressemblait aux petits violoneux de Chagall.

Je m'approchai, déposai dix roubles dans sa casquette et m'assis sur les marches. C'est alors que toute détresse tomba. Pétersbourg venait d'avoir raison de mes réticences avec une embardée de lumière, une pincée d'Albinoni et une grappe de bulbes reflétée dans une flaque. Il ne me restait plus qu'à me laisser conquérir. D'ailleurs, un arc-en-ciel s'esquissait dans l'azur mauve. Et je me souvins : parme, lilas, gorge-de-pigeon, c'étaient là les couleurs de Nastia.

Enfin, je débouchai rue de Tauride.

Ce quartier paisible et cossu du début du siècle offre quelques beaux spécimens de l'architecture Art déco, si présente dans les capitales d'Europe de l'Est et si rare à Paris. Je cherchai le numéro 3. Déception. C'était un immeuble très ordinaire, et je ne vis rien de l'extérieur qui pût correspondre à cette « rotonde » dont parle Nastia. J'y pénétrai néanmoins. Dès l'entrée, une odeur de cave et d'urine me saisit à la gorge, mêlée à une autre qui me deviendrait familière : celle de la soupe au chou. Non pas la soupe au chou fraîchement cuisinée mais celle qui s'est mitonnée dans les foyers soviétiques pendant des générations et dont les relents stagnent encore dans les parties communes des immeubles, en attendant le *kapitalni remont*, la réfection complète que l'on effectue tous les quarante ou soixante ans selon les réquisits de la planification.

L'ascenseur ne fonctionnait pas. Les ascenseurs russes sont toujours en panne. J'empruntai l'escalier aux marches de pierre penchées, creusées comme des vasques. Les barreaux manquants dc la rampe avaient été remplacés par de la ficelle. Je ne croisai personne, hormis trois ou quatre chats de gouttière ébouriffés et transis.

L'enduit écaillé des murs laissait apparaître le plâtre et le léger treillis de bois qui le soutenait. Çà et là, des graffitis dans le registre *peace and love* anglophile et très *seventies* du genre *Best of haschich* (*sic*) venaient rappeler qu'on était à la fin du xxe siècle et non pas dans une nouvelle de Gogol. L'éclairage était assuré non par les belles appliques de bronze encore miraculeusement en place bien que dépourvues d'ampoules, mais par un néon criblé de chiures de mouches diffusant une lumière bleuâtre d'hôpital. Des araignées avaient tissé leurs toiles entre les fils électriques qui pendouillaient du plafond comme des guirlandes de Noël, et on avait tendu du cellophane sur les vitres cassées. Je crus le bâtiment désaffecté. J'ignorais que c'était là l'état normal d'un immeuble russe en 1994.

Je montai au deuxième étage – le troisième pour les Russes qui comptent le rez-de-chaussée comme un étage –, là où avait dû vivre la famille Dalmatov. Par terre, sur du journal, une bonne âme avait déposé de la viande avariée pour les chats. La toile isolante qui recouvrait la porte était déchirée. Le rembourrage de crin s'en échappait par touffes. J'hésitai. Sur quel bouton de sonnette appuyer ? Il y en avait quatre, correspondant à quatre noms différents inscrits maladroitement sur des bouts de papier. Un *kommunalka*, appartement communautaire. Et pas un seul Dalmatov, naturellement.

Au premier, je cherchai en vain l'entrée particulière qui, au début du siècle, conduisait à l'appartement privé du grand-père maternel de Nastia, appartement somptueux de vingt pièces qui, après la mort d'Ivan Ivanovitch Diernov, fut loué au général Kouropatkine, ministre de la Guerre sous Nicolas II.

En sortant, je compris ma méprise : l'immeuble de Nastia donnait sur le jardin de Tauride. Or, celui dont je sortais se trouvait quelques centaines de mètres plus haut.

Et pourtant, j'étais bien au numéro 3...

Dès le lendemain, je débutai comme « chargé de clientèle » au Crédit Lyonnais. La banque était sise au 12 de l'avenue Nevski, dans un immeuble néo-classique en grès rose, tout près de l'Amirauté et d'un restaurant indien où, les premiers temps, j'allais apaiser une nostalgie asiatique toute personnelle, assortie d'un dédain buté pour le bœuf Stroganov.

Désormais, mon lot quotidien serait la gestion des comptes d'une soixantaine de firmes étrangères implantées en Russie depuis la chute du communisme : Tefal, Alcatel, Nesté – société finlandaise de distribution de carburants dont le directeur russe serait assassiné par la Mafia, en 1997 –, et bien d'autres...

Qu'on imagine trois étages moquetés et tapissés de velours framboise sur lequel se détachaient avec bonheur des commodes Empire surmontées de toiles abstraites, une bureautique sophistiquée, une cuisine-labo où s'affairaient en permanence deux chefs russes formés par Potel et Chabot, et l'on comprendra mieux comment le Crédit Lyonnais a pu, quelque temps plus tard, sombrer dans une faillite retentissante. Mais noblesse oblige. A Saint-Pétersbourg avait été ouverte, avant la Révolution, la première succursale russe du Crédit Lyonnais, à Saint-Pétersbourg elle devait renaître. Et avec tout le faste d'antan. Mais, en matière bancaire, la nostalgie est mauvaise conseillère. Moscou – et non Pétersbourg – se révéla très vite être le centre des affaires. On conserva l'agence pétersbourgeoise mais le siège fut transféré à Moscou, au 15 de la rue Nikoloyamskaïa. Dans des locaux plus modestes...

L'agence comptait quatre-vingts salariés. Sur les quatre chargés de clientèle, j'étais le seul Français : un expatrié coûte cher. Néanmoins, le salaire de mes collaborateurs russes s'élevait à deux mille dollars par mois, ce qui est exceptionnel en Russie. Jean Dartel, l'aimable directeur général qui, disait-on, cachait une poigne de fer sous une allure de vieux beau, m'octroya un bureau ouvrant sur la grande salle blanche insonorisée, aseptisée, où battait le cœur de la banque. Aucune fenêtre sur l'extérieur mais un plafond en verrière. On aurait pu se croire à Hong-Kong, au dernier étage d'un gratte-ciel.

Ma prise de fonction puis la nécessité de trouver un logement m'éloignèrent quelque temps d'Anastasia. Je retournai le dimanche suivant rue de Tauride mais les deux seuls immeubles d'angle qui eussent pu correspondre à sa description – les numéros 13 et 15 au carrefour de la rue de Tauride et de la rue Saltykov-Chédrine – n'étaient pas pourvus de cette « tour » qui, selon Nastia, dominait comme une proue le parc de Tauride. J'en conclus que la numérotation avait changé et remis à plus tard l'identification de l'immeuble. En attendant, il me fallait me loger. Je contactai quelques agences de location, encore peu nombreuses en 1994. Mon rêve ? Dans un immeuble ancien, un appartement d'angle comme celui de Nastia ou comme celui, transformé en musée, de Dostoïevski. L'idéal : une vue sur la Moïka. Mais la plupart des beaux immeubles du centre-ville abritaient encore des logements insalubres. J'en visitai un avenue Nevski, qui ne manquait pas de ce charme vieillot qu'on ne trouve qu'en Russie : plafonds hauts à moulures, poêles en faïence, piano demi-queue. Mais il aurait fallu – je n'en avais ni le courage, ni les moyens – refaire les huisseries, les peintures, l'électricité, les parquets, et surtout la plomberie dévorée par la rouille. Les canalisations russes constituent en effet le meilleur laboratoire expérimental de musique concrète au monde. L'ouverture d'un simple robinet provoque, sur fond de vibrato métallique, un crescendo tonal qui va du chuintement à l'ululation stridente en passant par le ronronnement, le brasillement, le grésillement et la trépidation. A l'issue du concert vous est octroyé par secousses un filet d'eau ferrugineux au fort relent de chlore.

Je ne tardai pas à comprendre que l'appartement de mes rêves n'existait pas. Et cela pour des raisons historiques : les vieux hôtels particuliers du centre – notamment ceux avec vue sur canal – où vivait autrefois l'aristocratie, avaient été récupérés à la Révolution et divisés en *komunalka* pour les familles modestes. Pendant ce temps, les responsables du Parti se faisaient construire, à la périphérie, des immeubles modernes divisés en appartements individuels. Tandis que les premiers se dégradaient, devenaient sales et vétustes, les seconds s'érigeaient en ghettos de privilégiés. C'est ainsi que les immeubles staliniens de l'avenue de Moscou conduisant à l'aéroport étaient très recherchés des « nouveaux riches », bien que le quartier fût excentré : là avaient résidé les anciens apparatchiks du régime soviétique.

Qu'à cela ne tienne. Je prospectai dans l'avenue de Moscou où une agence spécialisée dans les « *first-class appartments* » me promit un « produit haut de gamme ». Ayant séjourné en Inde où il n'est pas jusqu'au papier hygiénique qui ne porte la mention « *internationally reknown, best for diplomat* » (*sic*), j'étais enclin à la méfiance. Néanmoins, j'acceptai de visiter le studio refait à neuf qu'on me proposait pour le coquet loyer de deux mille cinq cents dollars par mois.

Ni piano ni plafond à moulures dans cette garçonnière mais un bar-kitchenette éclairé de spots clignotants et une baignoire à remous en forme de cœur. Dans la chambre à coucher tapissée d'un papier peint romantique – marquises Louis XV sur fond pervenche – où, de place en place, s'encadraient le portrait d'une célébrité du showbiz ou une reproduction d'un Renoir parmi les plus connus, un drapeau américain flottait au-dessus du lit. Celui-ci, sorte de cabine de pilotage avec tableau de bord, allume-cigare intégré, stéréo, tuner, laser, distributeur de préservatifs, interrupteurs et autres rétroviseurs incorporés, complété d'une peau de tigre en vinyle fluo jetée avec une négligence étudiée sur le matelas multi-spire et multi-positionnel, se répétait à l'infini grâce à un habile jeu de miroirs. Il était flanqué, d'un côté par un flipper à motifs érotiques phosphorescents qui devait servir de veilleuse de nuit, de l'autre par un appareil de musculation tenant à la fois du fauteuil de dentiste et de la chaise électrique. Sur tout cela régnait, raide et majestueux comme la célèbre statue de Pierre le Grand sur son trône par le sculpteur pétersbourgeois Chémiakine, un monumental nounours en peluche rose grandeur nature assis sur un pouf de cuir noir.

J'avais devant les yeux un concentré du kitsch « nouveau russe », produit d'un manque de tradition et d'une acculturation mal digérée. Obsession du corps – du *look* comme du sexe –, goût du clinquant et des paillettes, infantilisme navrant : tout y était. On se serait cru devant une de ces « installations » hyperréalistes comme on en voit dans les galeries d'art contemporain.

J'allais m'abandonner au découragement et opter pour la solution nabokovienne de la vie à l'hôtel lorsque la toute jeune agence Pulforth, *joint venture* russo-britannique, réussit à me convaincre que l'appartement situé au cinquième étage du 8 quai de Pierre dans le quartier dit « du côté de Petrograd » – une des cinq îles qui composent Pétersbourg – était fait pour moi. L'appartement, hélas, ne possédait aucune pièce d'angle, mais il était entièrement peint en blanc – ce qui est rare en Russie où la sobriété n'est pas un critère de bon goût – et, surtout, ses fenêtres donnaient... sur la Neva !

Une scène reste gravée dans ma mémoire, fugace, brutale, cadrée avec une précision aiguë comme la bande de lancement d'un thriller américain. Pour toile de fond, un ciel automnal éclaboussé de soleil, d'un azur céruléen – les caprices de la météo sont une source permanente d'étonnement à Pétersbourg. En attendant la représentante de l'agence Pulforth dont j'anticipe la silhouette pimpante et le gentil minois, je musarde, les yeux levés vers ce qui va être *mon* immeuble, un gigantesque gâteau néo-classique des années 50, surmonté de deux statues de béton à la gloire du socialisme.

D'un côté, bien modeste en comparaison, la maisonnette de Pierre le Grand, première demeure jamais construite à Pétersbourg. De l'autre, l'école des cadets de la Marine et le fameux croiseur *Aurore* dont le coup de canon donna, dit-on, le signal de la Révolution. Devant l'immeuble, impassible, majestueuse, trois fois plus large que la Seine : la Neva...

De silhouette pimpante et de gentil minois, point. Pourtant, l'heure du rendez-vous est passée de cinq minutes. Tout à coup, crissement de pneus, claquement de portière. D'une Mercedes noire dernier modèle garée en trombe au pied de l'immeuble surgissent dans un ensemble parfait quatre solides lascars en costume trois-pièces, armés de téléphones mobiles et peut-être bien de gilets pare-balles. La démarche lente et chaloupée, ils s'avancent vers moi. L'un d'eux arbore un Borsalino, un autre exhibe sa boule à zéro. Des bagues scintillent à leurs doigts. Chicago des années 30... Méfiance. A en croire les médias occidentaux, la corruption et la criminalité règnent ici en maîtres absolus... Et de me voir déjà ficelé, baîllonné, chloroformé, jeté dans le coffre de la Mercedes en attendant d'être balancé, de nuit, dans le fleuve, pour des motifs ignorés de moi...

Erreur. Dans un anglais des plus « oxbridgiens », ceux qui se révèlent être les actionnaires de l'agence Pulforth me saluent avec une courtoisie chaleureuse. Echange de cartes de visite selon une bonne vieille tradition, puis la conversation s'engage. L'un d'eux, qui porte d'ailleurs le nom aussi prestigieux qu'imprononçable de Biélosselski-Biéloziorski, sort d'une école d'officiers, le deuxième a enseigné l'histoire à l'Université et les deux autres sont d'anciens chercheurs en biologie moléculaire. Tous avouent avoir abandonné le secteur public naufragé pour se reconvertir dans l'immobilier nettement plus lucratif. Leur franchise me plaît. L'affaire est conclue. Je n'aurai qu'à m'en féliciter.

Comme quoi ce n'est pas l'habit qui fait le mafieux !

Accoudé à ma fenêtre dans l'appartement vide et sonore, je passais de longues heures à contempler, par-delà la Neva, l'alignement sublime des palais depuis la cathédrale de Smolny, à l'est, jusqu'au palais d'Hiver – aujourd'hui musée de l'Ermitage – à l'ouest. Je me familiarisais avec Saint-Pétersbourg, son relief étal, ses ponts de fonte enjambant un fleuve trop large, ses lents bateaux, ses quais de granit, ses perspectives interminables sous un ciel si vaste qu'il vous donne le vertige. Puis mon déménagement arriva : des livres, quelques tapis, peu de meubles. Un solitaire mélomane et grand liseur s'accommode fort bien d'une vie « au ras du sol ». Je plaçai, bien en vue sur mon bureau, une photo en pied de Joseph Termois. Je scrutais souvent le visage de mon grand-oncle à l'affût d'une réponse à l'énigme Nastia. Mais le regard du notaire demeurait impassible et sa bouche ne s'ouvrait sur aucun secret. Seule s'imposait l'évidence d'une ressemblance entre nous : même silhouette dégingandée, mêmes cheveux noirs, mêmes yeux bleus « en amande » hérités des Chauvigny.

Un samedi exceptionnellement doux de la mi-novembre, alors que j'arpentais la Nevski sans but précis, je fis une rencontre fugace mais qui ne fut pas sans conséquence. J'avais en tête les types humains que croque Nastia dans son journal. Rien n'échappe à sa plume vigilante après une promenade en ville. Ses portraits évoquent Pouchkine aussi bien que Gogol : gratte-papier de quatorzième catégorie – la plus basse dans la hiérarchie des fonctionnaires – rasant les murs d'un ministère ; fringant hussard en sabretache lutinant une très parisienne grisette ; marchand ouzbek vendant ses pastèques à la criée ; pope barbu ; nurse anglaise ; comtesse déployant son ombrelle au sortir d'un fiacre ; mendiant teuton jouant *Charmante Catherine* sur son orgue de Barbarie – qu'on appelle en russe *charmanka* à cause de cette chanson –, ou encore étudiants efflanqués, tout de zinzolin vêtus, au regard exalté d'anarchistes, que les prostituées affublaient du sobriquet de « crayons »... Sans oublier ce personnage à la Dickens qui, à lui seul, symbolise la Piter populaire d'autrefois : le cocher. Bedonnant, gouailleur, le favori broussailleux encadrant une trogne rougeaude, il arbore, avec toute la superbe d'un homme confronté au climat le plus rude de la terre, un chapeau-cheminée garni d'une boucle en cuivre et un caftan de drap bleu doublé d'agneau. Au dos de sa large ceinture est fixée une montre : l'ancêtre du taximètre.

Presque cent ans s'étaient écoulés et il ne subsistait rien de cette faune pittoresque, cosmopolite et bigarrée du début du siècle... ou plutôt si, un un je-ne-sais-quoi de raffiné et de désuet dans la toilette des femmes rattachait encore Pétersbourg à son passé, peut-être ces longs manteaux cintrés qui leur donnent des allures d'amazone, ces cols de fourrure, ces capelines de velours tout droit sortis des pièces de Tchekhov ?

Je décidai d'entrer à l'hôtel Europe où j'étais sûr de trouver des journaux occidentaux. Au moment où le portier en habit noir – du temps d'Anastasia, c'eût été une livrée rouge – poussait devant moi la lourde porte à tambour, la vitre me renvoya le reflet incurvé d'une jeune femme. Je renonçai aussitôt à mes journaux.

Elle passait sur le trottoir d'en face qui longe le bâtiment de la Philharmonie Chostakovitch. Elle était rousse, incroyablement gracieuse, vêtue d'une redingote blanche et d'un béret de cette nuance particulière qu'on appelle « bleu roi ». Et elle était royale en effet, cambrée, le menton haut, tenant en laisse un lévrier afghan. Je la suivis chez Elisseïev. Elle trébuchait un peu sur ses talons hauts.

Cette rousseur, cette allure, ces hauts talons sous des chevilles graciles.. elle me rappelait quelqu'un. Pas Ariane en tout cas, musculeuse et toujours en jeans. Qui donc alors ? Je passai en revue les femmes de ma vie... Non. Une héroïne de Proust... de Modiano ?... Non plus.

Le décor Art nouveau du célèbre magasin d'alimentation Elisseïev lui seyait à ravir. Sous le jaillissement des tulipes géantes, dans l'éclat doré des serpentins de bronze, elle était l'« Inconnue », la « belle dame » chantée par le poète Alexandre Blok, la créature énigmatique aux longs cheveux dénoués chère aux symbolistes. Je la vis ondoyer parmi pampres et goldens tandis que se multipliait à l'infini l'ovale bleu de son béret sur l'aluminium ondulé d'un très soviétique empilement de boîtes de conserve.

Son choix se porta sur une brique de jus de tomate. Puis sur une bouteille de vodka. Je ne vis là rien de trivial. Le bloody mary n'est pas un élixir indigne d'une sorcière. Je le jugeai même admirablement adapté au charisme inquiétant de ma féline Fata Morgana. Au détour d'un rayon, elle se perdit dans la foule. Je la cherchai quelque temps, en vain.

Qui me rappelait-elle : une actrice fameuse, une ballerine, une chanteuse d'opéra ?... Soudain, je compris : elle m'évoquait Zénaïda Hippius, une personnalité du Tout-Pétersbourg souvent mentionnée dans le journal de Nastia. Poétesse distinguée et femme fatale, un peu Colette, un peu Anna de Noailles, Zénaïda Hippius publiait des poèmes philosophiques, exerçait son esprit caustique dans les salons mondains, jouait à broyer le cœur des hommes sous l'œil amusé de son mari l'écrivain Mérejkovski. Zénaïda était rousse, coquette, ravissante. Nina Berberova, toujours avide de « petits faits vrais », va jusqu'à évoquer dans *C'est moi qui souligne* ses innombrables dessous roses, célèbres dans le Tout-Paris de l'immigration. Il me plaisait quant à moi d'imaginer mon inconnue au béret bleu dans ce simple mais affriolant appareil. Je rentrai chez moi seul mais convaincu que je la retrouverais... un jour. Comme *Le Caucase* de Dumas déniché chez un bouquiniste, comme le petit violoniste de Smolny jouant rien que pour moi sous le ciel mauve, cette passante entrevue scellait mes amours toutes neuves avec Piter.

Nina Berberova, Mérejkovski, Zénaïda Hippius, Blok, Anna Akhmatova, Benois, Chagall, Chaliapine, Meyerhold, Diaghilev... ces noms chantaient dans ma mémoire. Ces figures de l'art et de l'intelligentsia russe avaient été les fleurons d'une époque brillante (1895-1915) baptisée par le philosophe Berdiaïev « Age d'argent », en écho à celle où Pouchkine et Lermontov donnaient le meilleur d'eux-mêmes : l'Age d'or. Cette quintessence de la société pétersbourgeoise fauchée par la Révolution ou dispersée à Paris, à Prague, à Berlin, Nastia l'avait côtoyée, d'abord par hasard, parce qu'ils se réunissaient au dernier étage de l'immeuble où elle passa son enfance – ce mystérieux 3 rue de Tauride –, puis par passion... Mais n'anticipons pas. Je cède la parole à Anastasia. Seuls les commentaires entre crochets sont de moi.

[Date non précisée, année 1907.]

Avant-hier, c'était Pâques. Grand-père et grand-mère Dalmatov étaient venus spécialement de Kuokkala [à présent Répino, à quelques kilomètres au nord de Pétersbourg] *pour déjeuner à la maison. Papa s'est moqué de moi parce que ma Paskha n'était pas très réussie. Trop de beurre, pas assez de raisins de Corinthe. Pour une fois que je mets la main à la pâte !*

Sous ma serviette, j'ai trouvé mon cadeau : un petit œuf en émail guilloché d'or signé Fabergé. Au bout du dixième, je pourrai m'en faire un collier.

Ce fut une belle fête familiale mais moi, j'étais impatiente de sortir de table et d'aller rejoindre ma nouvelle amie.

Elle s'appelle Lida et je l'envie beaucoup car elle est née à Paris. Elle a deux ans de moins que moi mais elle est déjà très « mûre », comme on dit. Et puis sous des dehors sérieux, elle est drôle. Elle est la fille de Viatcheslav Ivanov, un grand poète très savant, notre locataire de l'appartement 24, au sixième étage.

Il y a une semaine, Lida est revenue de Suisse où elle était en pension et désormais, elle va vivre auprès de ses parents avec sa grande sœur. J'ai croisé Lida dans le hall de l'immeuble et nous sommes tout de suite devenues amies. Elle a un visage lisse et pâle, des cheveux lisses et pâles, des yeux presque translucides. On dirait une Madone. Elle étudie la musique au Conservatoire, joue du piano à merveille et veut devenir compositeur. Moi qui pensais que c'était un métier d'homme !... Sa mère, Lydia Dimitrievna Hannibal, est écrivain. Il paraît qu'elle a publié un livre sur la mélancolie des animaux. « De drôles de gens », dit Mlle Lévrier, mais maman ne voit aucun inconvénient à ce que je fréquente cette famille où les enfants sont « parfaitement bien élevés ».

Tous les mercredis soir, des poètes, des artistes, des philosophes se rassemblent chez les Ivanov et ne se séparent qu'à l'aube. Parfois, ils montent sur le toit et déclament des vers. C'est Pavel, le concierge, qui nous l'a dit. Et il a ajouté, dans son langage à lui : « Je dis pas qu'y aient pas un p'tit coup de vodka dans l'nez, mais d'après moi, c'est putôt qu'y s'échauffent la tête avec des grandes phrases... Leur bonne m'a dit que quand y causent, on reconnaît même pas que c'est du russe ! »

Selon Pavel, toute la ville n'appelle plus notre immeuble que la Tour Ivanov et les soirées chez les Ivanov les « mercredis de la Tour ». Voilà qui est bien excitant. Je meurs d'envie d'être invitée chez Lida !

6 mai : Saint-Job. Anniversaire de la naissance de sa Majesté Nicolas II. Maman s'absente souvent de la maison pour se rendre chez Militza, la grande-duchesse du Monténégro. Celle-ci organise des séances de mysticisme, d'hypnotisme et de je ne sais trop quoi, animées par le fameux « Grichka ». Papa n'a pas l'air d'apprécier. Maman prétend que ce Grégoire possède des dons surnaturels et qu'il va guérir le tsarévitch. Le petit Alexis est en effet atteint d'une maladie très grave et très douloureuse que lui a transmise sa mère.

Vendredi, quel jour ? J'ai la flemme de vérifier, bref, fin mai.

Hier matin, maman et moi sommes allées faire des courses au Gostiny Dvor [galerie marchande sur l'avenue Nevski] *avec la femme de chambre et le valet de pied. Quand nous sommes revenus à la maison les bras chargés de paquets, l'ascenseur était en panne, ce qui arrive rarement, et nous avons dû prendre l'escalier. Le concierge escortait maman. Sur le palier du deuxième, nous avons croisé un groupe d'une dizaine de personnes qui descendaient sans se presser, tout à leur conversation. Il était question d'« opposi-*

tion hontologic » [sic] *entre le « principe spirituel » et le « principe matériel » – demander à papa.*

C'est difficile à expliquer, mais ces gens me parurent différents, oui, différents de mes parents, de nos relations, de nos voisins – les Ouroussov, les Golitzine, les Engelgardt, le général Kouropatkine... –, et je me suis dit qu'ils devaient sortir de chez les Ivanov. On devinait des personnalités fortes, des cerveaux puissants. Chacun d'eux rayonnait comme un astre. Il y avait deux femmes parmi eux. L'une avait le teint mat et l'air de sortir d'un bal costumé. L'autre – qui fumait le cigare –, je l'ai tout de suite reconnue. C'était Zénaïda Hippius, la poétesse à la mode. J'ai eu le temps de la détailler. Elle est mince, rousse, hautaine, et porte des talons hauts. Ses chevilles sont si fines qu'on craint à chaque instant de les voir se briser comme du verre. Comme elle est belle !

Nous nous sommes donc tous retrouvés sur le palier du deuxième étage, maman, nos deux domestiques, le concierge, les huit ou dix autres personnes et moi, plus nos paquets. Autant dire que personne ne pouvait plus ni avancer ni reculer. Il y a eu un instant de silence gêné malgré le comique de la situation et, tout à coup, un des messieurs du groupe s'est exclamé en regardant ma mère : « Anna Ivanovna, vous ici ! » Et maman a répondu sur le même ton spontané et joyeux : « Vous ici, Chinchilla ! »

J'étais moi-même tellement étonnée et amusée par la réaction de maman et par le nom fantaisiste de ce monsieur que j'ai eu de la peine à me retenir de pouffer. Il faut dire que ce Chinchilla était bien spectaculaire : grand, gros, des yeux tombants et, dans ses cheveux noirs gominés, une mèche complètement blanche.

Le plus drôle est que ce monsieur a voulu faire un baisemain à maman mais qu'il n'y avait pas de place. Ses compagnons, le concierge et même les dames ont dû se plaquer contre le mur pour que M. Chinchilla puisse s'incliner. C'est alors qu'une des dames a éclaté de rire – celle au teint mat, vêtue d'une tunique grecque –, puis maman, puis Chinchilla, puis les autres. Au bout d'une minute, tout le monde se tordait de rire. Je n'avais jamais assisté à une scène aussi drôle dans un escalier. Il faut dire que notre immeuble est très bien fréquenté et qu'on n'y entend jamais aucun bruit. Nos rires se répercutaient dans tout le bâtiment et la générale Kouropatkine est montée voir ce qui se passait. Quand elle nous a vus, tous serrés les uns contre les autres en train de nous gondoler, elle s'est mise à rire, elle aussi, à gorge déployée. J'ai bien cru qu'elle allait tomber en apoplexie.

Il a tout de même fallu mettre un terme à cette situation et se séparer. M. Chinchilla l'a fait avec beaucoup de doigté. Il a remis sa carte à maman en lui disant qu'« il fallait absolument se revoir », et il est reparti avec ses compagnons pendant que nous rentrions chez nous. A la maison, j'ai attendu que maman ait fini de donner ses ordres puis, au moment de prendre le thé, je lui ai demandé qui était ce Chinchilla. Elle s'est un peu troublée et elle m'a répondu, comme si elle pensait tout haut : « Je ne savais pas que Serge Diaghilev était un familier des Ivanov. »

Quelques jours plus tard, Anastasia rapporte non seulement le dialogue avec sa mère mais une découverte qu'elle vient de faire grâce à sa nouvelle amie Lida :

Il n'y a pas que l'appartement 24 au sixième étage qui soit le point de mire de toute la ville, il y a aussi l'appartement 23, juste au-dessous. Là, dans la pièce d'angle, une certaine Elisabeth Zvantseva, ancienne élève de Répine, dirige un atelier de peinture où se rendent régulièrement Diaghilev et ses amis, les peintres Alexandre Benois et Léon Bakst. Entre les habitués du cinquième et ceux du sixième, c'est un va-et-vient permanent. J'aimerais en savoir plus...

Ce qui l'intrigue encore davantage, c'est le lien qu'elle vient de découvrir entre ces deux mondes qui lui paraissaient jusque-là bien distincts : d'une part celui de sa mère, de sa famille, de son milieu, de l'autre celui de la « bohème ».

En 1899, à Pétersbourg, Diaghilev et plusieurs de ses amis écrivains ou artistes avaient fondé un mouvement destiné, par des expositions et des conférences, à faire redécouvrir aux Russes l'art de leur propre pays. Diaghilev baptisa ce mouvement, ainsi que la revue qu'il créa en même temps, « Le monde de l'art ». Sous l'égide du Monde de l'art et grâce à la générosité de quelques mécènes, il avait organisé en 1905, au palais de Tauride, tout près de chez Nastia, une exposition qui rassemblait les meilleurs portraitistes russes des XVIIIe et XIXe siècles. Cette exposition, la première du genre en Russie, eut un retentissement considérable.

Diaghilev avait sillonné lui-même le pays à la recherche d'œuvres à exposer, n'hésitant pas à visiter les gentilhommières les plus reculées et à passer des annonces dans les journaux. C'est ainsi qu'Anna Ivanovna Dalmatov, qui se trouvait en possession de portraits de famille exécutés par des artistes célèbres, était entrée en contact avec Chinchilla, familier non seulement de Viatcheslav Ivanov mais aussi d'Elisabeth Zvantseva.

Presque deux ans s'étaient écoulés depuis cette fameuse exposition lorsque Nastia et sa mère tombent sur Diaghilev dans l'escalier du 3 rue de Tauride. La revue a périclité faute d'argent mais le cénacle du Monde de l'art continue de se réunir et d'agir. Chinchilla a maintenant des projets grandioses par-delà les frontières de la Russie. Il veut étonner l'Europe avec ce que son pays fait de mieux en matière d'opéra et de ballet. Pour l'opéra, il a choisi Chaliapine, pour la danse, une troupe de jeunes étoiles du Grand Théâtre Marinski – le futur Kirov. Un an plus tard, grâce à des mécènes français, cette troupe triomphera au Châtelet sous le nom de « Ballets russes » projetant Nijinski, Anna Pavlova, Tamara Karsavina, Ida Rubinstein, le chorégraphe Fokine et les peintres-décorateurs Bakst et Benois sur le devant de la scène internationale.

Un vendredi de la fin novembre 1994, je m'étais rendu entre midi et deux heures au palais de Tauride, pensant qu'il avait été transformé en musée. Je trouvai porte close. Ce palais, offert par Catherine II à son favori Potemkine en remerciement de la conquête de la Crimée, abrite à présent l'Assemblée de la CEI – la Communauté des Etats Indépendants créée après la chute de l'URSS – et ne s'ouvre au public que dans des circonstances exceptionnelles. Je dirigeai alors mes pas vers le parc où plus rien ne subsiste des quatre ponts, des pêchers sous serres et des pavillons de l'époque de Catherine II, détruits par l'inondation de 1924 puis par les bombes nazies de la Seconde Guerre mondiale.

Les premières neiges apparues mi-octobre avaient déjà fondu mais la terre gelée craquait sous les pas. Je croisai quelques promeneurs : des hommes, la tête couverte de la traditionnelle chapka, accompagnés de chiens de race splendides et bien dressés comme aiment en posséder les Russes ; une jeune femme solitaire, poussant d'une main un landau, tenant de l'autre un recueil de poésie qu'elle lisait en marchant, scène touchante qu'il me sera donné d'observer bien souvent à Pétersbourg. Plus loin, un groupe d'écoliers traversait le parc sous la conduite d'une institutrice. Vêtus à l'ancienne d'uniformes à boutons dorés, ils se tenaient sagement par la main comme nos pensionnaires du siècle dernier. Une fois encore, je mesurai combien l'atmosphère quotidienne de Pétersbourg instille en vous la nostalgie de ce qui n'est plus...

Une scène me ramena brutalement au présent : appuyées contre un buste de Tchaïkovski, deux femmes, jeunes encore, serrées dans des imperméables trop légers pour la saison, se partageaient une bouteille de vodka. Elles buvaient au goulot avidement, chacune à son tour, très vite. A leurs pieds : des sacs en plastique bourrés de vieux chiffons et d'objets divers glanés dans les poubelles...

Parvenu au fond du parc, je m'assis sur un banc au bord d'une pièce d'eau et fixai mon attention sur un monument à la mémoire des jeunes héros de la défense de Leningrad. Et soudain, tout devint clair : j'avais devant moi l'étang – à présent déserté par les cygnes – que Nastia apercevait des fenêtres de sa chambre et, par-delà la haie qui sépare le parc de la rue de Tauride, un immeuble bourgeois à rotonde : la Tour Ivanov.

Anastasia avait donc vécu là, au numéro 35, à l'endroit où la rue de Tauride croise la rue de Tver. J'appris plus tard que la numérotation avait changé à deux reprises, l'immeuble ayant porté successivement les numéros 3 avant la Révolution puis 25 jusqu'au début des années 90, d'où ma méprise.

J'étais sorti du parc de Tauride et je n'étais plus qu'à une dizaine de mètres du numéro 35 lorsque mon attention fut attirée par trois véhicules garés les uns derrière les autres devant l'entrée de l'immeuble : une rutilante BMW encadrée de deux 4×4 Chevrolet. Levant les yeux vers l'appartement d'angle du troisième étage, celui de Nastia, je remarquai entre les fenêtres – pas moins de douze, aux vitres réfléchissantes et aux huisseries flambant neuf –, les caméras d'un système de sécurité sophistiqué. Sur le toit, une batterie d'antennes paraboliques.

En m'approchant, je vis que dans chacun des véhicules un chauffeur attendait, l'œil rivé sur la porte d'entrée de l'immeuble. Un homme entre cinquante et soixante ans ne tarda pas à en sortir en effet, menu, sec, fébrile, le visage barré d'une paire de Ray Ban. Un poète soviétique écrivait à propos de Staline : « Dieu se déplace dans cinq voitures. » Les huiles de la Mafia post-soviétique sont un peu plus modestes : trois leur suffisent.

Talonné par un garde du corps bâti comme un gorille, le caïd de poche aux allures de ouistiti s'avança d'un pas élastique vers la BMW. Aussitôt, le chauffeur se précipita pour lui ouvrir la portière tandis que les gardes du corps s'engouffraient dans les Chevrolet. Les trois véhicules démarrèrent en trombe dans un ensemble parfait, puis disparurent dans la rue de Tver. Je restai béat, presque admiratif. La scène à laquelle je venais d'assister était aussi réglée qu'un ballet de Marius Petipa sur une partition de Tchaïkovski.

Je traverse la rue, bien décidé à pénétrer dans l'immeuble. L'endroit est paisible, résidentiel, une sorte de Neuilly. Sur le mur, entre la porte d'entrée et le magasin qui occupe, comme au temps de Nastia, le rez-de-chaussée de la Tour, je découvre une plaque de marbre rose que je parviens à déchiffrer :

« LE POÈTE VIATCHESLAV IVANOV A VÉCU DANS CETTE TOUR
DE 1905 À 1912.
CHEZ LUI SE RÉUNISSAIT L'ÉLITE DE LA CULTURE RUSSE :
POÈTES, PHILOSOPHES, PEINTRES... »

Cette plaque, est-il précisé, fut offerte en mai 1993 par la commune de Neuvecelle. Pourquoi cette bourgade de Haute-Savoie ?... Je comprendrai plus tard. En attendant je franchis le porche du 35 rue de Tauride, le cœur battant.

Le hall est plongé dans l'obscurité, éclairé seulement par la clarté laiteuse de deux médaillons de stuc en ronde-bosse représentant des scènes mythologiques, que Nastia mentionne en effet dans son journal. Ni poubelles puantes, ni chats errants mais une agréable odeur de peinture fraîche.

M'élançant vers l'ascenseur, je me heurte à une porte grillagée derrière laquelle un gardien en uniforme, braquant sur moi le cône aveuglant de sa torche, m'aboie qu'on ne rentre pas. J'y vais au culot :

« Je suis un poète français, lui dis-je, en me composant un masque de candeur, et j'écris une biographie de Viatcheslav Ivanov... Je voudrais voir son appartement. »

Le gardien ne répond pas, hésite, me jauge. Je roule un billet de cinquante mille roubles – cinquante francs à l'époque – et le plante dans un trou du grillage. Le rouleau s'enfonce lentement, disparaît. La porte s'entrouve.

« Alors, comme ça, vous êtes poète ? » s'exclame le gardien au nez de boxeur en appuyant sur le bouton du sixième. Sa main est entièrement tatouée. « Vous n'êtes pas le premier étranger à venir de loin pour visiter l'appartement d'Ivanov. Avant, c'était un *kommunalka* mais, depuis un an, il n'y a plus personne. »

Je voudrais en savoir plus, lui demander qui habite au troisième étage. Le ouistiti-aux-lunettes-noires-et-aux-trois-voitures ? Un descendant des Dalmatov ? Ou les deux à la fois... Mais mon bagage linguistique est si pauvre que le dialogue tourne court. Je me dis qu'il me faudra prendre des cours accélérés, engager un interprète...

Le voici le haut-lieu de l'Age d'argent ! Le voici l'appartement où la jeune Lida Ivanov entraîna Anastasia Dalmatov dans la grande aventure du décadentisme ! Tout y est délabré, tout y est à l'abandon. Seule une vieille baignoire rouillée oubliée dans un coin atteste qu'il y a peu encore des gens vivaient là, oublieux d'un passé que l'on s'était employé à leur taire.

Dans la rotonde spacieuse, lumineuse – soixante-dix mètres carrés environ, cinq fenêtres ouvrant sur le jardin de Tauride –, les cloisons qui délimitaient trois petites chambres ont été abattues. Le plancher est si défoncé que je n'ose m'y aventurer et je reste là, les bras ballants, pensif, au milieu des gravats, cherchant à reconstituer le décor où Nastia vécut les heures les plus exaltantes de sa jeunesse.

25 mai 1907.

Enfin, je suis allée chez les Ivanov. L'atmosphère, la décoration, les Ivanov eux-mêmes, tout y est étonnant, merveilleux ! On se croirait dans un autre monde... Oui, l'appartement 24 est à la fois un musée, un temple, une tanière, un cabinet de curiosités, une maison de poupée, un sérail...

Je ne savais même pas que l'ascenseur s'arrêtait au quatrième étage. Après, il faut monter à pied un escalier des plus modestes. La maman de Lida est venue nous ouvrir elle-même et j'ai aussitôt reconnu la dame en toge romaine qui accompagnait Chinchilla dans l'escalier.

Lydia Dimitrievna Hannibal ressemble à la déesse

Pomone. Elle est « voluptueuse » comme dirait papa. Elle a une tête de lionne, des lèvres épaisses. Ses paupières soulignées de khôl font ressortir le blanc de ses yeux. Ce qui m'a frappée, ce sont ses oreilles minuscules, ses cheveux crêpus d'une drôle de couleur rose, et son teint qu'on devine cuivré sous la poudre de riz. Il paraît que Lydia Dimitrievna descend de l'arrière-grand-père africain de Pouchkine : Hannibal. Elle nous a fait asseoir dans sa chambre pour prendre le thé. Sa chambre lui ressemble : exotique, excentrique, rose orangé, enflammée, chaleureuse.

Elle a servi le thé puis s'est allongée sur un divan jaune devant un paravent rouge à motifs chinois. Tout en caressant un gros chat siamois d'une main distraite, elle a commencé à me poser des questions. J'ai tout de suite compris que j'avais en face de moi une femme brillante aux idées très avancées. J'étais heureuse et flattée de voir qu'elle s'adressait à moi comme à une adulte. Pendant que nous causions, je la dévorais des yeux car j'étais fascinée par sa tenue. C'était une robe drapée comme en portaient les dames de l'Antiquité, composée de plusieurs tissus superposés, différents mais parfaitement assortis entre eux. On sentait que Lydia Dimitrievna mettait de l'intelligence et de la créativité jusque dans son habillement, et qu'elle éprouvait une joie infinie à jouer avec les étoffes, les teintes, les motifs, comme un peintre joue avec les nuances de sa palette. J'ai bien dit comme un peintre, car ce n'est pas de l'habileté d'une couturière qu'il s'agit : les vêtements de Lydia Dimitrievna ne sont ni cousus ni ajustés ; j'ai même remarqué que sa « traîne » était dépourvue d'ourlet et s'effilochait librement dans son sillage. Non, c'est bien du talent d'une artiste qu'il s'agit.

Tout engourdie par le thé brûlant, bercée par le ronronnement du chat, je me demandais où j'avais bien pu admirer une telle audace et un tel raffinement dans la façon de se vêtir, et je me suis soudain souvenue d'une exposition au musée du baron Stieglitz où j'étais allée, enfant, avec grand-papa Diernov. On y voyait des costumes de cour de la Perse et des Indes, des kimonos princiers... j'ai compris que c'était là que Lydia Dimitrievna puisait son inspiration : Rome, Athènes, les Etrusques, mais aussi l'Orient, l'Afrique, les contrées mystérieuses des Mille et Une Nuits et même des royaumes imaginaires...

[ligne effacée]

Puis Lydia Dimitrievna se redressa sur son divan. D'une main chargée de bracelets qui faisaient « clic-clic » au moindre de ses mouvements, elle me désigna une amphore d'où dépassaient des feuilles de papier roulées comme des parchemins. « Je garde là tous mes manuscrits, dit-elle. Connaissez-vous mon Bestiaire tragique *?... Non ? Il vient de paraître. En voici un exemplaire pour votre maman. Elle décidera elle-même si vous pouvez le lire ou non. »*

PS : je m'aperçois que je viens d'employer le passé simple pour la première fois... le passé simple, comme dans les romans !

[La page suivante est occupée par une esquisse au fusain d'Anastasia représentant Lydia Dimitrievna étendue sur son divan.]

Puis Lydia Dimitrievna et sa fille Lida m'ont proposé de me faire visiter l'appartement et je les ai suivies, éperdue de reconnaissance et d'admiration pour elles. C'est beaucoup moins grand que chez nous et pourtant on se perd, on s'égare tellement il y a de recoins, de corridors, de pièces biscornues remplies de coffres, de poufs, de coussins et de tentures de couleurs vives : jaune, rouge, grenat... Il y a peu de meubles, chez les Ivanov, mais beaucoup de tapis, petits et très beaux. « Ce sont des tapis de prière », m'a expliqué Lida, et elle m'a cité des noms de tribus turques, afghanes, etc., « paloutch » [« baloutch »] *est le nom que j'ai retenu.*

Ce qui correspond chez nous au grand salon en rotonde est divisé chez les Ivanov en trois petites pièces. A droite, la chambre orange de Lydia Dimitrievna. A gauche celle de Viatcheslav Ivanov, tout en longueur et peinte en rouge. C'est dans la pièce du milieu que se déroulent les fameux mercredis. Les murs en sont tapissés de livres du sol au plafond. Il y a des livres partout chez les Ivanov, et pas seulement en russe, en français ou en italien – ils ont vécu en Suisse et en Italie –, mais dans toutes les langues du monde ! Lida était fière de me montrer qu'elle savait distinguer l'arabe du persan. J'étais très impressionnée.

Comme je l'ai dit, Lydia Dimitrievna adore se confectionner des tenues extraordinaires et ce qui m'a éblouie, c'est sa collection de tissus. Elle en possède des centaines d'échantillons, non pas rangés au fond d'un placard mais jetés pêle-mêle dans des corbeilles placées un peu partout dans l'appartement. C'est comme un musée, sauf qu'ici on a le droit de toucher... Il y en a en soie, en lainage, en coton, unis, imprimés, rayés, gaufrés, brodés, etc. Il y en a même de très anciens. Ces étoffes, Lydia Dimitrievna les a rapportées de ses nombreux voyages en France, en Italie, en Grèce, en Turquie, en Palestine...

Tout est si original, tout est si différent chez les Ivanov !

Je me sentais pleine d'affection pour ma nouvelle amie et pour sa mère, et au moment de les quitter, j'ai eu un pincement au cœur...

Voilà. Cela se passait hier. J'ai remis Le Bestiaire tragique *à maman. Elle est en train de le lire et je guette avec anxiété sa réaction.*

Comparé à celui des Ivanov, notre appartement me semble certes fastueux mais banal... prétentieux et banal, bref bourgeois. [Ce dernier mot a été biffé puis ré-écrit et souligné.] *Les Ivanov, eux, sont des artistes !*

PS : J'ai trouvé une bonne cachette pour mon journal.

« Vous en avez encore pour longtemps ? » demande soudain le gardien.

Une vingtaine de minutes ont passé et je suis toujours là, figé comme une statue de sel face à la rotonde inondée de lumière. Dans ma tête, les mots d'Anastasia sont des feux follets qui allument des paillettes aux chiffons de Lydia Dimitrievna Hannibal. La Tour Ivanov de 1907, avec ses recoins, ses coussins et ses livres, est devenue plus réelle que cette baignoire rouillée, ce tas de gravats, ce gardien au nez de boxeur...

« C'est bientôt fini ?

— Oui. Je... Est-ce que... » (Je cherche mes mots en russe.) « ... Est-ce que cet appartement appartient à... la ville, à l'Etat ? »

Front plissé, le gardien s'efforce de trouver un sens à mes gestes. Puis son visage s'éclaire et le voilà qui part d'un grand éclat de rire.

« Ma-fia ! finit-il par articuler en détachant les syllabes. Cet appartement appartient à la Mafia. Vous comprenez ? »

J'ai compris.

Un peu plus tard, j'eus la confirmation que cet immeuble bourgeois construit par le grand-père maternel d'Anastasia et où vécut la fine fleur de la société du début du siècle était devenu, depuis la Pérestroïka, la résidence des plus gros bonnets de la mafia locale.

Les Pétersbourgeois, toujours prompts il est vrai à

vanter le raffinement intellectuel et moral de leur chère cité face à la vulgarité, au mercantilisme et à la corruption de la capitale, prétendent que la mafia est plus discrète chez eux qu'à Moscou. Ce n'est pas l'avis des Moscovites qui, après le mitraillage en pleine rue du député libéral Galina Starovoïtova en novembre 1998, ont sacré Saint-Pétersbourg « capitale du crime ».

« Et l'appartement du troisième ? m'enquis-je. Autrefois, vivait là une famille Dalmatov... Dalmatov, ça vous dit quelque chose ? »

Le gardien secoue la tête et se dirige vers la sortie en agitant ses clés : la visite est terminée. Dans l'ascenseur il se tait, évite mon regard. Je renonce à l'interroger sur ce que fut l'atelier d'Elizabeth Zvantseva au cinquième.

Au rez-de-chaussée, une porte à double battant que je n'avais pas remarquée en entrant attire mon attention. Elle doit conduire au duplex qu'Ivan Diernov, grand-père maternel de Nastia et propriétaire de l'immeuble, avait fait aménager pour lui et qui fut loué, après sa mort, au général Kouropatkine.

A travers sa grille, mon gardien, manifestement radouci, me fait signe de franchir cette porte.

« Jardin d'enfants, me souffle-t-il, allez voir, c'est pas mal non plus ! »

Non, je n'entrerai pas. Pas aujourd'hui. J'ai eu mon content de rêve et d'émotion. Et puis, il est temps pour moi de regagner mon bureau du Crédit Lyonnais : j'ai rendez-vous avec un client. Plus exactement, une cliente...

Jamais je n'aurais pensé que Mlle A., dynamique représentante de la firme Alcatel à Saint-Pétersbourg, russe d'origine, quinquagénaire, célibataire et de ce fait toujours prête à rendre service à d'autres célibataires du sexe opposé, me servirait d'intermédiaire entre deux mondes que je pensais antagonistes : mon environnement professionnel et le journal d'Anastasia.

Après la Pérestroïka, Mlle A. était revenue en Russie pour y travailler et, comme nombre de « Russes blancs » – les Chérémétiev, les Golitzine, les Gagarine, les Obolenski... –, elle avait fait l'acquisition d'un appartement dans la cité de ses ancêtres, espérant y retrouver un peu de l'atmosphère d'ancien régime et y reconquérir, pourquoi pas, une place que soixante-dix-sept ans de communisme avaient ravie à sa famille.

« N'allez pas croire, mon cher Luc, que ce soit un hôtel particulier ou quelque chose de ce genre ! me confia-t-elle après que nous eûmes brièvement parlé affaires. Le palais de ma famille, transformé en lycée à la Révolution, est dans un tel état que je ne le reprendrais pas, même si l'on m'en faisait cadeau !... Non, c'est seulement un petit trois pièces à l'angle du Champ de Mars et du quai de la Moïka. Vous viendrez dîner un de ces soirs, n'est-ce pas ?... »

Tandis qu'elle évoquait ses talents de cuisinière et son goût pour les « petites soirées intimes », je détaillai cette grande et forte femme à la chevelure jaune citron sculptée en colonne ionique. Elle était parée jusqu'à l'ostentation de tous les signes extérieurs de la réussite sociale déclinée au féminin : tailleur noir que seule une jupe ultra-courte révélant deux jambes puissantes empêchait de qualifier de « strict », carré Hermès, double rang de perles, chevalière armoriée et clips en diamants. Quelque chose en elle me rappelait la Castafiore des *Tintin* de mon enfance : l'embonpoint de bon aloi, l'élégance un tantinet voyante et surtout le profil, aquilin et racé du front à la bouche puis noyé dans le double-menton... Mais ce qui me frappait le plus chez ce cadre – doit-on dire cadresse ou cadreuse ? – supérieur à la cinquantaine pimpante mais désespérément solitaire, c'était l'alliance de deux traits de caractère antagonistes, l'un réputé masculin – l'arrivisme – l'autre typiquement féminin, à savoir la certitude d'être une créature précieuse, fragile et absolument irrésisitible, née pour le plaisir et l'oisiveté. Mlle A. vivait mal cette contradiction interne. Cela se voyait comme son grain de beauté au milieu du menton.

De sa voix de gorge, Mlle A. me révéla qu'elle était le pivot de la vie mondaine de Saint-Pétersbourg et l'égérie des Français. « Russes blancs ou pas », jugea-t-elle nécessaire de préciser. Dans sa « bonbonnière » sur la Moïka, elle « tenait salon » comme les grandes dames d'autrefois, et se plaisait à organiser concerts privés, soirées dansantes, tournois de bridge, etc., « et à nouer des intrigues » pensai-je à part moi.

Elle se faisait un devoir de recevoir les célibataires esseulés – « comme vous, mon cher Luc » – et de les régaler de coq au vin, quiches et autres plats bien français, cuisinés de ses blanches mains car pour être une maîtresse-femme on n'en est pas moins bonne maîtresse de maison. Au moment du café, elle ne dédaignait pas de lire l'avenir de ses convives dans le marc – une tradition familiale héritée de sa grand-mère – à moins que ce ne soit dans le creux tout chaud de leurs tendres paumes... Mlle A. m'assura en outre que, tôt ou tard, je serais contaminé par « l'âme slave », sombrerais dans la dépression nerveuse et par conséquent aurais bien vite recours à « ses services ». A moi d'imaginer ce que le concept de « services » recouvrait.

« Le bruit court que vous avez vous aussi des ancêtres russes et que vous avez entrepris des recherches », enchaîna tout à trac Mlle A.

Elle avait rapproché son siège, croisé haut les jambes et plongé ses yeux dans les miens comme pour traquer mes pensées les plus intimes.

Un peu surpris d'apprendre qu'à peine arrivé à Pétersbourg j'étais déjà objet de curiosité dans la communauté française, je n'apportai cependant aucun démenti quant à mes « ancêtres russes ». Ceux-ci, pensais-je, me seraient bien utiles pour justifier mes recherches sur Nastia et éviter les ragots.

« Dans ce cas, mon cher Luc, poursuivit Mlle A. sur le ton de la confidence – n'étions-nous pas entre "Russes blancs" ? –, il y a un homme en ville, et un seul, vous m'entendez, qui puisse vous aider. Un ami à moi, un historien du nom de Victor Sarmanov. Croyez-en mon expérience, il a accès à toutes les archives et vous reconstituera votre généalogie en deux temps trois mouvements. C'est un homme très sollicité, surtout depuis la chute du communisme : tout le monde se prétend noble ! Mais si je lui demande personnellement de s'occuper de vous en priorité, parce que vous m'êtes sympathique – si, si, je vous assure, vous m'êtes particulièrement sympathique... –, il le fera, croyez-moi... »

Encouragé par tant de sollicitude à mon égard, je fis part à Mlle A. de mon souhait d'engager à titre personnel un interprète susceptible de m'aider dans mes investigations. Là encore, Mlle A. avait ab-so-lu-ment ce qu'il me fallait et, tout en scandant chacune de ses phrases par une tape amicale sur mon genou, elle me dicta ses directives.

« Voilà... Vous allez appeler, également de ma part, une certaine Lénora... Elle parle français comme vous et moi... C'est une cousine de mes voisins... eux-mêmes des gens tout à fait recommandables... Elle termine une thèse en littérature – sur la poésie je crois –, et organise, l'été, des visites guidées pour les touristes... Je sais par sa cousine qu'elle a sérieusement besoin d'argent... Sans doute serait-elle ravie, moyennant rémunération, de vous rendre service de temps en temps... »

Mlle A. rayonnait sous le poids de ma gratitude, tout à la joie de se rendre indispensable. Décidée à ne pas s'arrêter en si bonne voie, elle entreprit de me dresser la liste des meilleurs magasins d'alimentation de la ville.

L'heure de mon rendez-vous suivant était déjà passée de plusieurs minutes, et il me fallut jeter ostensiblement plusieurs coups d'œil à ma montre avant que Mlle A. ne se décidât à interrompre son bavardage et à prendre congé.

Je la raccompagnai en lui promettant imprudemment de la tenir informée de mes affaires. Sur le seuil de la porte, elle s'immobilisa, sembla hésiter et, comme prise de remords, bafouilla : « A propos de cette petite Lénora... j'ai pensé à elle parce qu'on m'a dit qu'elle avait besoin d'argent... mais je ne la connais pas plus que cela... Remarquez, pour avoir l'air sérieux elle a l'air sérieux... C'est le genre un peu... comment dire cela sans être méchant ? – Un peu... godiche, oui c'est ça, avec des nattes et des jupes au mollet... Vous voyez ce que je veux dire ? »

Je voyais. Sur ces mots prononcés d'un air entendu, Mlle A. s'en fut, non sans m'avoir gratifié d'une longue et chaleureuse – que dis-je, langoureuse – poignée de main.

Le jour même, j'appelai Victor Sarmanov. Sa femme m'expliqua dans un français parfait – l'intelligentsia pétersbourgeoise était donc encore francophone ? – qu'il était à Moscou pour un congrès de généalogistes et ne rentrerait que le dimanche suivant. Quant à Lénora, je l'engageai dès le lendemain

Qu'elle travaillât sur la poésie d'Alexandre Blok et, par conséquent, sur la période qui m'intéressait, l'Age d'argent, tenait du miracle. Je lui donnai rendez-vous au 82 quai de la Moïka, dans un bar « branché » qui venait d'ouvrir. Ce bar portait le nom du célèbre roman de Dostoïevski, L'Idiot, et était surtout fréquenté par des étudiants américains. Peu d'étudiants russes auraient pu s'offrir le café à huit mille roubles, c'est-à-dire, à l'époque, huit francs. Là, entre les rayonnages de livres, les machines à coudre Singer transformées en tables de bistro et les tableaux rétro peints par la patronne, une pétulante Pétersbourgeoise ayant roulé sa bosse de Miami à la rue Mouffetard, nous fîmes connaissance, Lénora et moi, tandis qu'on nous apportait des *pelmêni* au fromage blanc arrosés de sauce à l'orange, spécialité de la maison.

Avec son gros chandail gris éclairé d'un col Claudine, sa longue jupe informe, son petit bonnet de laine rouge posé au sommet du crâne et ses lunettes à monture démodée, Lénora « avait l'air sérieux », en effet. Mais contrairement aux propos malveillants de Mlle A., elle ne portait pas de « nattes ». Ses cheveux étaient raides et fins, coupés au carré, et d'une teinte assez fade, entre le blond et le châtain. Il était difficile de lui donner un âge. Elle aurait pu avoir seize ans aussi bien que vingt-sept. J'optai pour vingt-trois et en restai là. Son allure de pensionnaire m'inspira confiance. Je lui racontai ma découverte du journal d'Anastasia Dalmatov sans omettre aucun détail, et lui exposai mon but. Elle me promit la plus extrême discrétion.

Lénora connaissait bien le 35 rue de Tauride. Alexandre Blok avait été un ami intime de Viatcheslav Ivanov et de Lydia Dimitrievna, et un habitué des « mercredis de la Tour ». C'est sur le toit de l'immeuble – aujourd'hui hérissé d'antennes – qu'un soir d'été Blok récita pour la première fois son poème le plus fameux, *L'Inconnue*.

C'est l'heure – ou bien ai-je rêvé ? –
C'est l'heure où je la vois marcher
A travers la fenêtre opaque...

... auquel fit écho aussitôt le chant d'un rossignol... Non, elle n'avait jamais entendu parler des Dalmatov... Oui, elle allait chercher à en savoir plus ; oui, elle m'accompagnerait pendant mes enquêtes...

« Dans les années 1905-1910, ce quartier de Tauride était devenu une sorte de Saint-Germain-des-Prés, m'expliqua Lénora. L'éditeur Grjiébine est venu s'y installer, puis les philosophes Struve, Rémizov, l'écrivain bolchevik Alexis Tolstoï, Somov, le peintre des Ballets russes... Plus tard, Anna Akhmatova a vécu tout près, au 3 rue de la Garde-à-cheval. Il y a une boulangerie célèbre rue de Tauride où elle venait acheter son pain... »

Je ne résistai pas au plaisir de lui décrire la première vision qu'avait eue Anastasia d'Anna Akhmatova. C'était un soir de 1910. Nastia, alors âgée de seize ans se rendait chez les Ivanov. Quand elle entra, un spectacle singulier s'offrit à ses yeux. Les invités étaient rassemblés autour du piano à queue sur lequel une femme était enroulée sur elle-même, les membres contorsionnés. Quand le corps se redressa, long, délié, et qu'apparut le visage avec sa frange sombre et son nez aquilin... Nastia reconnut Anna Akhmatova. A cette jeune provinciale qui faisait une démonstration de souplesse on prédisait un brillant avenir, non pas d'acrobate, mais de poétesse.

« Akhmatova était incomparable en tout point, dit Lénora. Son intelligence, son corps souple, son beau visage mélancolique... On comprend qu'elle ait inspiré des peintres : Modigliani, Altman... Mais tout le monde regrette qu'elle n'ait pas épousé celui qu'elle appelait le "roi aux yeux gris", Alexandre Blok, le poète le plus séduisant de sa génération... »

Derrière les lunettes à la monture épaisse, les yeux de Lénora se mirent à pétiller... Amoureuse du beau poète elle aussi ?

J'avais entendu dire que Blok recevait chaque jour des centaines de lettres de jeunes filles désireuses de devenir son égérie et de lui assurer une postérité. A une époque où n'existaient ni le show-business ni la télévision, cette bohème intellectuelle faisait rêver la jeunesse. Blok était en somme le Delon de l'Age d'argent.

« En poésie, continuait Lénora, c'est Akhmatova qui, la première, a laissé tomber les aspirations vers l'Absolu et tout le bric-à-brac symboliste hérité des Français. Ce qui l'intéresse, c'est la vie quotidienne. Ses poèmes sont de vrais romans en raccourci où elle se raconte, où elle raconte les menus détails, les anecdotes de sa propre existence. Tout cela avec une étonnante économie de moyens. Il lui suffit d'écrire "J'enfilai le gant de la main droite à ma main gauche" pour exprimer le trouble de l'amour ou, pour évoquer l'insomnie, "L'oreiller est déjà brûlant des deux côtés"... Comparé aux envolées lyriques de Viatcheslav Ivanov ou au vocabulaire abstrait de Zénaïda Hippius, c'était tout à fait nouveau. »

J'écoutais Lénora me citer de mémoire des passages entiers du *Rosaire* ou de *Requiem* sans me douter qu'Akhmatova était précisément la pierre de touche de l'énigme Nastia, le personnage-clé... J'écoutais et j'étais ému.

Devant le gâteau géorgien aux noix qu'on nous servit au dessert, Lénora m'expliqua qu'en 1912 l'acméisme, le plus extraordinaire des mouvements poétiques nés en Russie, fut créé au cours de l'un des « mercredis de la tour ». Akhmatova, son mari Goumiliov et d'autres poètes comme Mandelstam, Biély ou Gorodetzki reprochaient à Viatcheslav Ivanov et aux symbolistes en général de faire une poésie trop grandiloquente et détachée du réel. Ils voulaient un langage précis et des images concrètes... Il y eut une dispute à l'issue de laquelle ce fut Viatcheslav lui-même qui suggéra le mot « acméisme » – du grec *akmé* : « pointe » – pour désigner cette nouvelle école poétique qui deviendrait rivale de la sienne et la détrônerait.

« Vous n'allez peut-être pas me croire, me confia Lénora en sirotant son café, mais c'est la première fois que je parle librement de cela avec quelqu'un...

— De cela...

— De la poésie de ce temps-là... Avant la Pérestroïka, la position officielle consistait à afficher le plus grand dédain à l'égard des symbolistes ou des acméistes. On les considérait comme le produit sans envergure d'un siècle "bourgeois". On les jugeait décadents... Ces poètes étaient très mal vus à l'époque soviétique. Ceux qui sont morts exécutés par les bolcheviks comme Goumiliov, ceux qui sont morts dans les camps comme Mandelstam, ceux qui ont choisi d'émigrer comme Viatcheslav Ivanov ou le couple Mérejkovski étaient complètement occultés. On évitait de les mentionner dans les manuels scolaires. Leur œuvre était jugée "formaliste" car sans rapport avec la vie quotidienne des "masses laborieuses". Moi-même, je me suis fait mal voir à l'Université en choisissant comme sujet de thèse "La rime dans la poésie de Blok".

— J'ai entendu dire qu'en France on est en train de traduire Zénaïda Hippius, Brioussov, Tchoukovski, Léonide Andréïev...

— Chez nous, on les réédite enfin. Nous découvrons notre propre littérature en même temps que vous !... »

Je lui avouai que je n'avais pas la moindre idée de ce que pouvait être la poésie de Viatcheslav Ivanov. Elle se mit alors à réciter – « déclamer » serait le mot juste s'il n'était entaché d'une nuance péjorative qui ne convenait pas en la circonstance – ces vers mystérieux et profonds que je n'ai jamais oubliés :

Qui fera resurgir d'un clair appel l'homme enseveli ?
Qui donc possède le verbe puissant ?
Où suis-je, où suis-je ?
J'ai soif de moi-même !
Je suis au fond de mes miroirs...

Lénora avait une voix musicale. Et le respect, la ferveur qu'elle mettait à dire ces vers me touchèrent. J'aurais voulu l'écouter plus longtemps, me laisser bercer par les scansions d'une langue qui m'était impénétrable, mais sa mère l'attendait, ou sa tante...

Quand nous sortîmes de L'Idiot, Lénora était redevenue la jeune fille réservée dont le regard de myope et l'allure gauche m'avaient déçu au premier abord. De retour chez moi, ce soir-là, je me couchai de bonne heure, ouvris le cahier numéro un à la page 50 et retrouvai Anastasia.

Le 8 juin 1907 au soir.

Me voici seule dans ma chambre après une querelle avec Mlle Lévrier. Elle s'est plainte de moi à papa et maman. Il paraît que je deviens de plus en plus « évasive, songeuse, romanesque... » – toujours les grands mots ! Je passe trop de temps, dit-elle, à « gribouiller des sottises dans la solitude ». Je devrais étudier davantage. C'est aussi l'avis de Miss Melvil qui prétend que, si je suis moins « nasty » depuis quelque temps, je n'en suis que plus distraite. Il faut dire que je prends tellement de plaisir à mon journal que je néglige le reste, les versions anglaises en particulier. J'ai donc décidé de rédiger certaines de mes confidences dans la langue de Shakespeare, histoire de « faire d'une pierre deux coups », comme on dit en français.

[Ce qui suit est en anglais. Nombreuses ratures.]

Aujourd'hui 10 juin, j'ai le spleen car :

1) Maman ne m'a encore rien dit à propos du Bestiaire tragique. *Soit elle n'en a pas terminé la lecture, soit elle n'a pas aimé et garde un silence poli.*

Je n'ai pas revu les Ivanov. En revanche, dans l'entrée de l'immeuble, j'ai croisé la belle Zénaïda Hippius et son mari Mérejkovski, un petit monsieur très comme il faut. La « Madone des Décadents », comme on l'appelle, a braqué sur moi son face-à-main en or et m'a fixé de son œil vert sans daigner répondre au timide bonsoir prononcé par l'insignifiante gamine que je suis...

2) Papa a l'air contrarié. Il a des soucis au ministère et prend du bromure pour dormir. D'après lui – je cite –, « L'empereur n'a pas encore compris l'utilité de la Douma. Pour lui, un parlement n'a pas de raison d'être dans une monarchie où le souverain tire son autorité de Dieu. Lorsqu'on lui cite d'autres monarchies comme exemples, il se récrie que la Russie est unique et ne peut s'inspirer d'aucun modèle. »

Quand je pense que les réunions de cette Douma se déroulent dans le palais de Tauride, en face de chez nous ! Papa prétend qu'elles sont si houleuses qu'on pourrait entendre les vociférations des députés depuis nos fenêtres.

3) J'ai découvert que j'étais laide. C'est mon miroir qui me l'a dit car, autour de moi, on se garde bien de me révéler la triste vérité. J'ai le nez pointu, des pieds trop grands. J'ai beaucoup « poussé » cette année et je me tiens mal. « Redresse le dos, dégage le cou ! » me répète mon professeur de danse. Depuis quelque temps, mon visage a perdu sa fraîcheur « de rose ». J'ai des boutons d'amour [expression russe pour « acné »]. *Moi qui aurais tant aimé ressembler à Marie Bachkirtsev : teint de lys, taille de guêpe, pieds minuscules.*

Le lendemain : rien à signaler [suit un paragraphe griffonné, illisible]...

16 juin.
La vie est belle :

1) Maman a beaucoup aimé le Bestiaire tragique *et souhaiterait faire la connaissance de Lydia Dimitrievna. Elle me l'a donné à lire et je me délecte. C'est un recueil de nouvelles qui montre que les bêtes peuvent aimer et souffrir autant que nous. Chaque chapitre est consacré à un animal : l'ours, le cheval, le rat, la cigogne... C'est beau et tellement poignant ! Dommage que tous les passages philosophiques m'échappent.*

2) Papa va mieux. Il a eu un long entretien avec Stolypine, le ministre de l'Intérieur, qui l'a assuré de son soutien.

Il a appris, par Pélagie probablement, que je tenais un journal intime. Il m'a encouragée à continuer et m'a promis que personne, dans la maison, ne commettrait l'indiscrétion de le lire. Il s'en est, selon ses propres termes, « porté garant ». Il a ajouté, en riant certes mais ce n'est pas tombé dans l'oreille d'une sourde, que nous vivions dans une maison « intéressante à bien des égards », et qu'il fallait consigner par écrit tout ce qu'il s'y passait... « pour la postérité ! »

19 juin.

Il est minuit et j'écris toutes lampes éteintes tant il fait clair en cette période des « nuits blanches ». Je vais essayer de raconter par le menu ce qui vient de se passer pendant que c'est encore chaud dans ma mémoire, car si j'attends d'avoir dormi pour le faire, une foule de détails sera définitivement perdue... pour la postérité !

Il y a une semaine environ, nous avons reçu un carton d'invitation des Ivanov nous conviant à l'un de leurs fameux mercredis. Il était précisé que « Anastasia Borissovna, amie de notre fille Lida », était aussi invitée. Inutile de dire que, pendant sept jours consécutifs, j'ai été excitée comme un pou ! Papa étant empêché par un dîner officiel chez Stolypine avec le général Kouropatkine, c'est avec maman que je me suis rendue chez les Ivanov, vers neuf heures...

PS : voilà qu'un rossignol se met à chanter dans le jardin de Tauride !

... Dans l'escalier nous parvenaient des éclats de voix, des rires, l'arôme sucré du tabac blond. Maman avait eu le bon goût de se vêtir simplement. Pas de plumes, pas de faux-bouffant dans les cheveux. Un seul rang de perles.

Lorsque nous avons été introduites dans la salle à manger, la plupart des convives, une trentaine environ, étaient déjà là et nous ont accueillies aimablement. J'ai écrit « aimablement » et non « avec chaleur ». On sentait que ces membres de l'intelligentsia ne pouvaient s'empêcher d'éprouver vis-à-vis de la femme d'un conseiller d'Etat actuel... comment dire... un soupçon de méfiance un peu hautaine. Je sais que la plupart d'entre eux méprisent le tsar et la cour. Heureusement, Lydia Dimitrievna et Lida se sont précipitées vers moi et m'ont embrassée comme si elles me connaissaient depuis toujours. Pour mettre maman à l'aise...

La grande table avait été poussée contre le mur pour faire de la place. Un buffet léger y était apprêté. Pendant que les Ivanov présentaient maman à tout le monde, Lida m'a entraînée vers sa demi-sœur, Véra, la fille que Lydia Dimitrievna a eu de son premier mari, un « nihiliste » d'après Mlle Lévrier. Si la fragile Lida ressemble à son père, Véra est le portrait craché de sa mère en plus athlétique – « androgyne » est le mot qu'a prononcé maman à son sujet.

Véra, qui doit avoir dix-sept ans, m'a beaucoup plu. C'est une passionnée de théâtre qui voudrait monter sa propre troupe. Elle m'a expliqué que ses parents venaient de s'agrandir en louant des mansardes contiguës à leur appartement. « Tu comprends, m'a-t-elle dit – et je rêvais en l'écoutant d'appartenir moi aussi à cette famille si moderne –, il nous faut une salle de répétition, une salle de gymnastique, une chambre pour les amis de passage... »

Maman, qui est propriétaire de l'immeuble, ne m'en a jamais parlé mais je suis au courant par Mlle Lévrier qui ne sait pas tenir sa langue. Comme à son habitude, elle a émaillé ses propos de commentaires malveillants : « L'argent ne vient pas de lui, vous pensez... un poète ! C'est elle qui est riche, la négresse en péplum [sic]... *Son grand-père était prince de Serbie. » Et elle a ajouté ces quelques phrases qui m'ont fait mal et que je n'ai pas osé répéter à maman : « Cette Lydia Dimitrievna n'a pas écrit que sur les animaux. Elle a écrit un livre intitulé* Les Trente-Trois Petits Monstres, *et qui est lui-même rien moins que monstrueux ! J'espère que votre "amie", puisque vous la considérez comme telle, n'aura pas la mauvaise idée de vous l'offrir car, alors, je jugerais de mon devoir de mettre en garde votre père... En attendant, n'oubliez pas ceci : c'est une famille bien louche que cette famille Ivanov... »*

Oui, tu as bien compris, lecteur de la postérité, ma gouvernante a prononcé le mot « louche » à propos des Ivanov. Mais oublions la grosse Lévrier et revenons à l'appartement 24.

[A partir de là, chaque description de personnage est accompagnée d'une caricature, très stylisée, de la main de Nastia.]

Viatcheslav Ivanov lui-même – que sa fille tutoie et appelle, allez savoir pourquoi, « Tsar Bélier » – a fait avec nous le tour de ses invités. Je ne pouvais m'empêcher d'admirer l'aisance du maître de maison, sa voix profonde, nasale, son front bombé, ses gestes coulés comme ceux d'un prestidigitateur, et je comprenais qu'on l'appelât « Viatcheslav le superbe ». Il paraît qu'il a beaucoup étudié les langues anciennes, la religion des Grecs et en particulier le dieu Dionysos. Ses cheveux blonds frisés mêlés à la fumée de sa cigarette lui font comme une auréole autour de la tête. Il se déplace avec la légèreté d'un oiseau. Quand il parle, ses mains, gantées de noir – car couvertes, dit-on, d'eczéma –, s'agitent, décrivent des cercles, planent comme deux aigles. Viatcheslav Ivanov ressemble à un personnage des contes d'Hoffmann, à un ange, à un diable... bref, à un être surnaturel.

Le cérémonieux Mérejkovski s'est profondément incliné devant maman tandis que sa femme m'adressait un sourire entendu. Moi, en revanche, j'ai bien failli ne pas la reconnaître, la belle Zénaïda aux chevilles de verre filé, car cette fois, elle était vêtue en homme ! Voilà de quoi choquer Mlle Lévrier. Mais George Sand ne portait-elle pas elle aussi des pantalons ?

Je me sentais intimidée devant ces gens. Pourtant, j'ai très vite compris, à de petits détails, qu'ils étaient « comme les autres » non pas du point de vue de l'esprit, qu'ils ont en abondance, mais du point de vue de l'âme.

Il y avait par exemple Rémizov, un individu à l'allure d'homme des bois – il collectionne les vieilles légendes populaires russes – ; un autre, bouillonnant, très méditerranéen, qui promène une longue barbe noire taillée en pointe : le philosophe Berdiaïev ; un autre encore, affublé d'un corps de géant et d'une tête de gamin, Korneï Tchoukovski. J'ai entendu Tchoukovski dire à Rémizov dans le dos de Berdiaïev : « Comment se fait-il que, dans les livres de Berdiaïev, la page 11 soit toujours ennuyeuse ? »

Rémizov : « Tout le monde peut écrire dix pages. C'est

la onzième la plus difficile. Si elle est ratée, tout le livre est raté. »

Tchoukovski à voix très basse : « Disons que Berdiaïev est un marxiste reconverti qui écrit des livres ratés. »

(Parenthèse : essayer d'en savoir plus sur « marxiste ».)

Cela dit, Tchoukovski a été le seul de ces messieurs à m'adresser la parole. « Je me suis querellé avec mon petit garçon pour une histoire de pomme de pin, m'a-t-il déclaré dans un anglais parfait. Je souhaiterais connaître votre point de vue. D'après vous, est-ce que c'est la pomme de pin qui grimpe sur l'arbre ou l'arbre qui ramasse la pomme de pin ? »

Tout interloquée que j'étais, je rétorquai du tac au tac :

« Ni l'un ni l'autre, le pin étant un arbre, il produit des fruits qu'on appelle pommes de pin. »

Juré, promis, je n'exagère rien : Tchoukovski a pris un air pâmé comme si je venais d'inventer le taximoteur. « Merveilleux, formidable ! m'a-t-il répété plusieurs fois. Voilà ce que j'aurais dû répondre à mon fils. Merci, merci, chère amie... »

A cette époque le jeune Korneï Tchoukovski, traducteur de Shakespeare et de Mark Twain, « publiciste » comme disent les Russes – autrement dit critique littéraire et journaliste – n'était pas encore le célèbre écrivain pour enfants, le Charles Perrault russe qu'il allait devenir après la Révolution. Lui et Nastia ignoraient également que leur amitié durerait toute une vie.

On ne s'ennuyait jamais chez les Ivanov. On y parlait littérature, philosophie, art, religion, politique en toute liberté, dans une atmosphère intime et amicale où la tolérance était de mise. Le vin, mais aussi la gaieté et l'élégance de la maîtresse de maison aidant, on s'étourdissait d'idées, de mots, de couleurs. De musique aussi car Glazounov, alors directeur du Conservatoire de Pétersbourg et le Moscovite Scriabine – l'oncle du futur ministre de Staline – venaient régulièrement se produire à la Tour. La nuit s'achevait sur la poésie.

En tant que chef de file de l'Ecole symboliste russe, Viatcheslav-le-superbe se plaisait à découvrir de jeunes talents et à les encourager. Il faisait et défaisait les réputations littéraires, aussi ses jugements étaient-ils redoutés. Chaque semaine, des poètes tremblant de peur venaient au 3 rue de Tauride déclamer leurs vers en public sous l'œil impassible du « maître ». Suivait un long moment de suspense pendant lequel le maître arpentait la pièce sans mot dire, les mains dans le dos, le regard inspiré, tirant parfois une bouffée de son fume-cigarette tandis que chacun se taisait, attentif et anxieux, attendant le verdict. Alors Viatcheslav Ivanov reprenait vers par vers le poème déclamé, le commentait, le disséquait, l'analysait pour finalement l'encenser ou... le réduire à néant. C'est ainsi qu'il se brouilla avec le poète Lev Goumiliov – mari d'Anna Akhmatova – dont il avait éreinté un quatrain.

Lénora me dit un jour que le propre de ces poètes du tournant du siècle était qu'ils ne faisaient pas la différence entre l'art et la vie. Les « décadents » vivaient leur œuvre et leur œuvre se nourrissait de leur biographie. Ainsi, le livre de Lydia Dimitrievna mentionné par Mlle Lévrier, ce livre maudit, intitulé *Les Trente-Trois Petits Monstres*, raconte les chassés-croisés amoureux du couple Ivanov avec Marguerite Volochine. Marguerite, épouse du poète Maximilien Volochine, était une belle brune au teint clair originaire du Causase. On l'appelait le « Botticelli oriental ». Tout le monde tombait amoureux d'elle, y compris Viatcheslav Ivanov et Lydia Dimitrievna qui se la disputèrent... sans jamais cesser de s'aimer. Lydia lui dédia son *Bestiaire tragique*, Viatcheslav son *Cor Ardens*.

« Eros » était l'un des thèmes de prédilection du maître de maison mais on ne l'abordait jamais avant minuit. Quoique Anastasia fût trop jeune pour assister à ces discussions érotiques – sa mère l'emmenait se coucher vers dix heures pour aussitôt remonter chez les Ivanov où elle restait jusqu'à l'aube, au grand dam de Boris Platonovitch Dalmatov –, elle était assez fine pour avoir remarqué certains gestes, certains regards, qui semblaient anticiper sur les débats au programme : « L'amour est-il égoïste ? », « Désir et sentimentalité »...

Ainsi, n'était-il pas évident qu'Alexandre Benois était amoureux de Zénaïda Hippius alors que celle-ci n'avait d'yeux que pour Filosofov, le cousin et ami « très intime » de Diaghilev ? Et ce poète-musicien du nom de Kouzmine que Nastia représente sous les traits d'un dandy proustien au sourire triste et aux grands yeux cernés, ne dit-on pas en ville qu'il est le chantre des « mœurs asiatiques » – autrement dit, de l'homosexualité ?

Kouzmine est un être bien mystérieux, écrit Nastia. *On raconte qu'il a dansé le French-cancan à Paris avec les modèles de Toulouse-Lautrec avant de passer deux ans à Venise comme moine pénitent...*

A travers la porte de la cuisine où Nastia et Lida finissent toujours par se réfugier pour piquer des fous rires et chaparder des cornichons, leur parviennent des bribes de conversation...

Dans un coin, Ivanov explique la naissance de la tragédie à travers l'opposition Apollon-Dionysos à Lounatcharski – futur ministre de Lénine – qui lui rétorque que le prolétariat est « la ré-incarnation de l'Eros antique ». Alexandre Benois décrit sa mise en scène du *Pavillon d'Armide,* « avec des moutons vivants », sans s'occuper de Mérejkovski qui écoute un Vieux-croyant lui décrire une scène de suicide collectif. Zénaïda Hippius assure Marguerite Volochine qu'elle « s'aime à l'égal de Dieu » alors que Goumiliov glose sur Théophile Gautier en s'empiffrant de biscuits, son œil torve, chaussé d'un monocle, fixé sur le décolleté d'Anna Ivanovna Dalmatov.

Mais voici que l'hôte réclame le silence. La conférence va commencer. Un dernier coup d'œil à ses notes et Léon Chestov s'éclaircit la voix. « Thème de ce soir : l'avenir de la Russie : évolution ou révolution ? »

Ainsi, tandis qu'elle se frottait, sans bien les comprendre, aux idées nouvelles – « Le Méonisme ou la philosophie du non-être », « Socialisme et Individualité » – et qu'elle se représentait la Turquie, l'Egypte, l'Afrique ou la Palestine à travers les récits de ces intellectuels qui étaient aussi de grands voyageurs, Nastia mûrissait, évoluait...

Je ne suis plus une petite fille depuis que je fréquente chez les Ivanov, écrit-elle fièrement en juin 1907. *J'ai l'impression de vivre hors du temps, une vie qui n'a rien à voir avec celle du commun des mortels. Quant à maman, elle est devenue une « disciple » de Lydia Dimitrievna et porte des tuniques agrafées sur l'épaule. Tous les vendredis, des dames avides de parler d'elles-mêmes, de Dieu, du diable, de l'indicible et de la Beauté-qui-sauvera-le-monde, de l'Anarchisme mystique et de la Nouvelle spiritualité se retrouvent dans la chambre orange de Lydia ou le boudoir saumon de maman. On fume des cigarettes anglaises en suçant des pastilles Essentouki, on se pâme sur le dernier roman de Léonide Andréïev, on fait tourner les tables en psalmodiant les incantations sibyllines de Chérubina de Gabriac ou les vers précieux de Balmont :*

Muguets, marguerites, mamours.
Murmure moelleux, monotonie marine.

Mais voici que l'été arrive. Soleil, joies rustiques, air pur et vacances. Les Dalmatov s'évadent dans la propriété des grands-parents paternels de Nastia, à Kuokkala. Cette localité, à l'époque en territoire finlandais, est située à une quarantaine de kilomètres de Saint-Pétersbourg, sur la rive septentrionale du golfe de Finlande et s'appelle à présent Répino, en souvenir du peintre Répine qui y possédait une maison, « Les Pénates ».

La vaste datcha des Dalmatov, peinte en rose pâle, surplombe un étang vert, « *rond comme le cratère d'un volcan* ». Aucune autre précision topographique dans le journal si ce n'est cette phrase : « *Répine – un petit barbichu très aimable qui se met en colère dès qu'on lui fait un compliment – habite à deux pas.* »

De la terrasse vitrée où ronronne le samovar, le golfe de Finlande resplendit sous le soleil. « *C'est aussi beau que la Côte d'Azur !* » écrit Nastia qui ne connaît pas encore la France. Les pages du journal de cet été 1907 sont maculées de taches. Vertes pour l'herbe, rouges pour les baies. La confiture colle, le sable crisse. Nastia n'écrit plus à sa table de travail comme en ville mais sur la plage, dans les bois ; en goûtant, en pique-niquant. D'ailleurs, elle délaisse un peu son journal, préférant nager ou monter à cheval.

La fin de l'été voit la famille migrer au sud de Pétersbourg. Un week-end à Pavlovsk chez des amis. Nastia y pêche en compagnie des enfants du grand-duc

Constantin, alors propriétaire du palais. Puis ce sont dix jours dans la maison léguée par le grand-père maternel, à Rojdestvéno. « Les Sorbiers », avec son « *porche surmonté d'un fronton* », se trouve non loin de la propriété de ces Sayn-Wittgenstein dont l'un de mes ancêtres épousa la fille.

Chaque jour vers cinq heures, je fais une longue promenade avec papa et maman. Nous croisons régulièrement un couple accompagné de deux petits garçons. Ils doivent avoir sept ou huit ans. D'habitude nos parents se saluent d'un simple signe de tête. Aujourd'hui, ils ont échangé quelques mots :

« Nous partons à Biarritz à la fin du mois, a dit Monsieur à propos des vacances.

– Quelle chance ! s'est exclamée maman. Vos enfants vous accompagnent ?

– Oui, ils sont comme nous : ils adorent l'océan Atlantique. N'est-ce pas, Vladimir ? Et toi, Serge, qu'en penses-tu ?... »

Les deux garçons ont acquiescé poliment. Je les dévisageais tellement je les trouvais rigolos et mignons à croquer avec leur costume marin et leur canotier... deux parfaits petits gentlemen... Qu'ils sont trognons !

En 1996 je découvrirai l'œuvre de Vladimir Nabokov – « l'écrivain des obsessions » comme le qualifie le Larousse –, non pas *Lolita*, que j'avais lu à vingt ans comme tout le monde mais *Ada ou La Passion*, *Machenka*, *La Défense Loujine* et la merveilleuse autobiographie qu'il publia en 1947. Dans celle-ci, Nabokov évoque les trois propriétés familiales où il se rendait, enfant, pendant les vacances : Rojdestvéno – transformé en un musée –, Vyra et Batovo aujourd'hui disparues. Toutes trois se trouvent à proximité des Sorbiers, le domaine d'Ivan Ivanovitch Diernov. Dans le même ouvrage, une photo montre le petit Vladimir à deux ans assis près de son frère Serge d'un an plus jeune. « C'était à Biarritz en 1901, écrit Nabokov à propos de cette photo, nous y retournâmes à l'automne 1907. »

Aucun doute. Les « deux parfaits petits gentlemen » n'étaient autres que Vladimir Nabokov – le plus « trognon » des écrivains russes de l'émigration – et son frère... Un rêve : et si Nastia avait servi de modèle pour la jeune héroïne de *Machenka* ?

L'automne 1907 sera douloureux pour Nastia : Lydia Dimitrievna Hannibal meurt le 17 octobre. Rien ne sera plus jamais comme avant...

A Kuokkala, je m'y rendis un dimanche brumeux, carte routière en main, au volant de la Volvo que je venais d'acquérir. Je voulais retrouver « *la datcha rose au bord d'un bel étang tout rond* » où Nastia passait une partie de ses vacances.

Je n'étais pas seul. Ayant eu vent de cette excursion que j'avais pourtant pris soin de ne pas ébruiter, Mlle A. avait insisté pour m'accompagner car :

elle souhaitait visiter « Les Pénates », le lieu de villégiature de son peintre favori,

elle avait l'intention d'acheter une Volvo et... « ma foi c'était l'occasion d'en essayer une »,

elle était – argument décisif – esseulée ce dimanche-là.

Le long de la route bordée de pins, de bouleaux et de petits immeubles miteux qui nous conduisait vers Répino, ne me furent pas épargnées les exclamations convenues sur la poésie des bouleaux et la laideur des HLM soviétiques. Histoire d'exercer un sens du paradoxe et de la formule poétique que j'avais depuis un certain temps délaissés, je me mis à louer la pureté de ligne des cubes en béton et à déplorer l'ennui généré par la reproduction, à des milliers d'exemplaires, d'un seul et même arbre, de surcroît rachitique. J'ai toujours eu horreur de l'instinct grégaire, surtout dans la nature. Je me laissai même aller à improviser quelques vers « cubo-futuristes » dans le style de Maïakovski sur le thème de la supériorité esthétique de la ville sur la campagne. Mlle A. m'écoutait, un peu déroutée.

Cet humour cachait en fait une profonde déception. Ce que je découvrais de la campagne russe ne correspondait pas à l'image idyllique que m'en avaient donnée la littérature classique et le journal de Nastia.

Dans les sous-bois où les Russes viennent accomplir le rite sacré de la cueillette des champignons et des baies, le long des routes où de vieilles femmes frigorifiées attendent des heures durant qu'un automobiliste daigne s'arrêter pour leur acheter quelques méchantes pommes de terre, aux abords des isbas croulantes dont seul le mince filet de fumée qui se dégage des cheminées de guingois signale qu'elles sont habitées, s'entassent des monceaux de détritus, de vieux pneus, des carcasses de machines agricoles. Quant aux vestiges de l'industrie lourde soviétique – usines désaffectées aux vitres brisées, cheminées de briques calcinées, pylônes tordus, tuyaux éventrés... –, ils se dressent comme autant de monuments post-modernes édifiés à la gloire d'une idéologie défunte et d'un empire éclaté.

Ces paysages champêtres transformés en « zones » dégagent une nostalgie poignante. Jamais comme en Russie, je n'ai ressenti l'acuité de ce mot nouveau-né venu d'on ne sait où, « *destroy* », dont les seules consonances évoquent les grincements du vent dans la charpente rouillée d'une grue à l'abandon. Dans ce contexte, la présence à mon côté d'une forte femme en « tenue de chasse » vert bronze, arborant crânement un feutre piqué d'une plume de faisan, et le bistro sordide – une caravane condamnée à la sédentarité –, où, faute de mieux, nous entrâmes prendre un thé pour nous réchauffer, me rappelèrent certaines scènes du film *Bagdad-Café*. C'est là, attablée au comptoir de formica graisseux devant un gobelet en plastique tiédasse et une tranche de pain noir égayée d'une rondelle de saucisson racornie, un vieux chien asthmatique râlant à nos pieds tandis qu'un antique pick-up hurlait *Aux Champs-Elysées* de Joe Dassin, que Mlle A. saisit ma main et l'ouvrit pour y lire mon avenir. Le temps d'une prophétie : « Je vois deux femmes, non trois... Je vois plusieurs femmes... Vous croyez aimer l'une mais c'est l'autre que vous choisirez... » Mais j'avais déjà retiré mes doigts, recompté ma monnaie et entraîné « de main ferme » Mlle A. vers la sortie.

Près de la pancarte signalant Répino, des hommes emmitouflés vendaient de la vaisselle de cristal, debout derrière des tréteaux de fortune. Des vases, des carafes, des flûtes à champagne scintillaient de toute leur inutilité, de toute leur futilité...

« Ils revendent ce que la cristallerie qui les emploie leur donne en guise de salaires, m'expliqua Mlle A. Bien des usines au bord de la faillite en sont là... Il y a même une entreprise de pompes funèbres dans l'Oural qui paie ses ouvriers en cercueils ! »

Et comme je m'étonnais de la résignation des salariés : « Les Russes ont l'habitude d'encaisser sans broncher », m'assura-t-elle doctement.

A Répino, nous constatâmes que la propriété de l'« aimable-petit-barbichu-qui-n'aimait-pas-les-compliments » était fermée au public pour cause de réfection. Quant à la datcha rose des Dalmatov située « à deux pas », je n'en vis rien.

Mais que pouvait signifier « à deux pas », pensai-je, sous la plume d'une très jeune fille : à cent mètres ? à deux kilomètres ? Bien que mal équipée pour la circonstance – la « tenue de chasse », d'une élégance déplacée, était complétée d'une paire de mocassins en crocodile –, Mlle A. insista pour prospecter avec moi autour des « Pénates », autrement dit patauger dans la boue dans un rayon d'environ trois kilomètres.

Je découvris le « village » russe. Là encore, déception : les isbas du siècle dernier peintes en bleu, jaune ou vert, aux fenêtres encadrées de dentelles de bois blanc, ne manquent certes pas de charme vues de la route, et l'absence de fondations leur donne à toutes un petit air penché comme les maisonnettes des contes pour enfants, mais il suffit de s'en approcher pour constater que les planches en sont pourries et les toits délabrés. Certaines sont tellement enfoncées dans le sol que le rez-de-chaussée a dû être condamné. Réfugiés à l'étage, de vieilles gens vivent là depuis toujours, ne sortant que pour aller chercher du bois ou puiser l'eau. Les jardins minuscules servent de dépotoir. Ustensiles usagés, tuyaux de poêle, bicyclettes déglinguées rouillent sur place dans l'attente d'être revendus ou réutilisés au milieu des vieilles boîtes de conserve recyclées en pots de fleurs. Seul me séduisit – sans doute parce qu'il éveillait en moi le fantasme d'une Russie romantique – un petit cimetière champêtre où les tombes, selon la coutume, s'égaillaient en désordre, chacune entourée de sa balustrade de fer.

Et là, devant la grille du cimetière, se produisit un événement que je ne suis pas près d'oublier.

Une voiture à cheval passe près de nous. L'homme qui tient les rênes est un paysan encore jeune, engoncé dans une pelisse grossière en peau de mouton. Nous sommes à quelques kilomètres de la deuxième ville de Russie et cet homme conduisant un attelage a l'air tout droit sorti d'un roman de Tourgueniev ! Il ralentit, regarde longuement ces deux étrangers qui, de la boue jusqu'aux mollets, ont l'air de s'être égarés. Puis il saute de sa carriole et s'adresse à nous en russe.

« Il demande ce que nous cherchons », traduit Mlle A. qui entreprend aussitôt de lui donner des explications.

Tout à coup, il tombe à genoux, saisit la main de Mlle A. et l'embrasse fébrilement. Un dialogue s'engage entre eux auquel je ne comprends pas un traître mot. L'homme parle d'une voix précipitée, hachée par l'émotion. Sa grosse moustache humide frissonne tandis qu'il se relève, attache les rênes du cheval à un tronc d'arbre et nous fait signe de le suivre.

« Nous sommes sur la bonne voie, m'annonce, triomphale, Mlle A. Je lui ai précisé que nous étions des descendants de la famille Dalmatov. Il a entendu parler de cette famille par son père et son grand-père morts à présent. Les Dalmatov étaient généreux avec les gens d'ici, et personne ne les a oubliés, même après la Révolution. Il dit qu'il ne reste rien de leur maison. »

Nous longeons pendant une dizaine de minutes un sentier étroit envahi par les ronces, et nous voici devant le « bel étang tout rond comme le cratère d'un volcan ».

Le temps avait passé et le bel étang était devenu une mare débordante d'immondices : canettes de bière, emballages en polystyrène et même une vieille bouteille de gaz. Des sacs-poubelle dispersés par le vent égayaient comme des fanions bleus les tronçons d'arbres morts émergeant de la vase verte. Et je compris ceci : *The Stalker*, le film de Tarkovski, n'est pas un film de science-fiction mais une œuvre réaliste.

Et pas un muret à proximité, pas une poutre, pas une brique, rien qui ne rappelât une « datcha rose à deux étages, avec vue sur le golfe de Finlande ».

« Il dit que la maison a été bombardée par les Allemands pendant la guerre... Il ne sait rien de la famille Dalmatov, simplement qu'ils étaient bons et que cette bonté est restée gravée dans les mémoires à travers les générations... »

La voix de Mlle A. me parvient, indistincte, comme dans un rêve tandis que je regarde l'homme s'éloigner. Il se retourne à plusieurs reprises pour nous faire des signes d'amitié, souriant et pataud dans sa grosse pelisse. Avant de disparaître, il met ses mains en porte-voix pour nous livrer un dernier message.

« Il dit qu'il est pressé... mais qu'on peut revenir le voir un jour si on veut... Il est heureux, très heureux de nous avoir rencontrés... Et que Dieu nous protège... »

Nous regagnons la voiture, moi sous le choc de cette rencontre, Mlle A. accrochée à mon bras pour ne pas glisser dans la boue.

« Mon cher Luc, reprit-elle d'une voix douce et insinuante, en se serrant très fort contre moi, nous ne sommes pas si nombreux, à Saint-Pète, comme Français. Tout finit par se savoir...

— Mais encore ?

— Pourquoi avoir fait croire que vous aviez des ancêtres russes ? »

J'étais abasourdi. Sans se démonter le moins du monde, Mlle A. poursuivit :

« Victor Sarmanov est venu dîner l'autre jour à la maison avec Jean Dartel, votre patron. Alors que nous parlions de vous... en bien, naturellement, tout le monde vous adore, Luc, si, si, je vous assure, tout le monde vous estime beaucoup... Victor a évoqué ce journal intime dont vous avez hérité et que vous lui avez confié. C'est absolument pas-sion-nant ! »

J'avais, en effet, remis la photocopie de quelques fragments des cahiers à ce généalogiste du nom de Victor Sarmanov, que m'avait recommandé Mlle A. Sarmanov, petit homme replet, souriant, sans histoire et, disait-on, d'une discrétion parfaite, avait dû commettre l'imprudence de faire allusion au journal d'Anastasia devant Mlle A., et il s'était laissé tirer les vers du nez par cette commère dont le passe-temps favori consistait à s'immiscer dans les affaires d'autrui.

« ... Je n'ai pas pu m'empêcher, pardonnez-moi, de cuisiner un peu Victor sur le sujet, reprit Mlle A. Il ne serait pas impossible que le journal de votre Nastia contienne des informations sur ma propre famille. En effet ce général Kouropatkine, le locataire des Dalmatov, avait un frère dont la fille aînée épousa le neveu par alliance d'une belle-sœur de ma grand-mère, la comtesse A... qui... »

Je la laissai poursuivre, atterré. Que tous les Français de Saint-Pétersbourg découvrent le motif de mon séjour en cette ville n'avait pas, en soi, grande importance, mais je haïssais l'idée que le journal d'Anastasia pût devenir l'objet de leur curiosité. J'avais mon jardin secret, et j'entendais bien le préserver.

« Si j'ai bien compris, dis-je en essayant d'apaiser mon agacement par un rien d'ironie, depuis que le KGB n'existe plus, ce sont les bavardages des expatriés en mal de ragots qu'il faut redouter...

— Voyons, mon cher Luc, ne vous vexez pas. Premièrement, le KGB existe encore même s'il s'occupe davantage d'espionnage industriel et commercial que d'autre chose ; il a simplement changé de nom et s'appelle à présent le FSB. Deuxièmement, je pensais vous aider en vous faisant profiter de ma connaissance de la Russie. Troisièmement, je... vous... C'est difficile à dire mais... je dois avouer que... » La voilà qui se fait dangereusement caressante ! « que vous ne m'êtes pas indifférent... »

Dès lors, je n'eus plus qu'une idée : ramener cette commère nymphomane à « Saint-Pète », comme elle disait, et, dorénavant, l'éviter. Je déclinai froidement son offre d'aller dîner ensemble au Bistro français et, tandis que je la déposais rue Galernaïa devant le rendez-vous gastronomique de toute la communauté française où je me promettais de ne jamais mettre les pieds, j'anticipais déjà sur mon programme du dimanche suivant en compagnie de Lénora.

Ce fut pendant le trajet en direction de Pavlovsk – où Nastia avait joué avec les enfants du grand-duc Constantin – que Lénora me révéla l'origine de son prénom. Il s'agissait d'une contraction un peu fantaisiste de *Lénine, Nacha Armia*, « Lénine, Notre Armée ».

« Mon père était un communiste sincère, un vrai militant. A cause de ce prénom qu'il avait tenu à me donner, j'étais très respectée au komsomol. Mais, intérieurement, j'en avais honte. J'en ai toujours eu honte. C'est pourquoi je ne vous ai pas détrompé, le premier jour, lorsque vous m'avez appelée Eleonora, croyant que Lénora était un diminutif. »

Je ris, sentant bien que ce sujet lui était douloureux et je proposai de couper la poire en deux. Désormais, entre nous, son prénom serait Léonora.

Je mentirais en disant que Léonora, à ce moment-là de ma vie, m'attirait. Je la voyais non pas comme une amante potentielle mais comme une collaboratrice efficace. Sa culture m'impressionnait. Sous des apparences de jeune provinciale, elle cachait une grande volonté et beaucoup d'entregent. Pour ce qui est de la discrétion, je réservais mon jugement. Mlle A. m'avait enseigné la méfiance, à mes dépens.

Un dimanche enneigé et ensoleillé de début décembre, nous avons pris la route vers neuf heures du matin. Tout était encore d'une pureté diaphane. Léonora m'avait apporté un livre qu'elle venait de découvrir, les Mémoires de Lida, la fille de Viatcheslav Ivanov : *A propos de mon père*. Ces Mémoires ont été publiés à titre posthume, en 1992, à Moscou, et ne sont malheureusement pas traduits en français. Selon Léonora, les descriptions de la Tour Ivanov et des événements qui s'y sont déroulés correspondent assez bien aux récits de Nastia mais, à première vue, celle-ci n'y est pas mentionnée. A moins que certains diminutifs affectueux, çà et là, ne servent à la désigner. D'ailleurs, la plus grande partie de l'ouvrage est consacrée à la vie de Lida et de son père dans l'émigration. Lida est morte à Rome en 1985, après avoir réalisé son rêve de devenir compositeur.

Quelques photos illustraient ces Mémoires. Je les détaillai longuement, constatant à quel point Nastia avait su capter dans son journal les caractéristiques de chacun : les poses alanguies de Lydia Dimitrievna, son allure « Bohème chic », les « gestes coulés » de Viatcheslav Ivanov, le visage d'icône de sa fille.

Dans son livre, m'expliqua Léonora, l'amie de Nastia évoque les deux grands drames de sa jeunesse : la mort de sa mère – Lydia Dimitrievna avait succombé à une scarlatine alors qu'elle était allée soigner des enfants malades dans un village –, et l'invraisemblable mariage que son père contracta par la suite et dont il ne fit part à sa fille qu'en 1912 au moment où, déjà, sa nouvelle épouse attendait un enfant...

Alors que nous approchions de Tsarskoïe Selo, le « village du tsar », à une vingtaine de kilomètres de Pétersbourg, j'appris à Léonora que, de mon côté, j'avais fait deux découvertes intéressantes. La première était que l'appartement des Dalmatov au troisième étage du 35 rue de Tauride était occupé par un certain Anton Koustiev qui en était également le propriétaire. Anton Koustiev était connu comme actionnaire principal du plus prestigieux restaurant de Saint-Pétersbourg, Le Nid des aristocrates, où j'avais eu l'occasion de dîner lors d'un congrès du Crédit Lyonnais. Il y avait fort à parier que cet Anton Koustiev et le mafieux aux allures de ouistiti que j'avais entrevu rue de Tauride fussent une seule et même personne.

« Ce nom de Koustiev me dit quelque chose, fit Léonora. Si c'est bien l'homme auquel je pense, il était à l'époque soviétique le responsable des cantines d'Etat de la région de Leningrad. A la Pérestroïka, il s'est déclaré propriétaire de ces cantines et les a transformées en restaurants de luxe ou en boîtes de nuit. Il possède également plusieurs grandes surfaces et des usines de produits alimentaires. Ce n'est pas tout. Il est député à la Douma et l'un des piliers du Renouveau orthodoxe, une organisation politico-religieuse florissante depuis la chute de l'URSS.

— Je vois, un "réac" de la pire espèce.

— Réac ?

— Réactionnaire : qui veut revenir en arrière, qui défend farouchement les valeurs du passé. »

Léonora eut un haussement d'épaules.

« Ce mot ne convient pas chez nous. Qui doit-on appeler "réac" dans la Russie actuelle : les libéraux alliés à l'Eglise orthodoxe ou les nostalgiques du communisme ? Anton Koustiev est par tempérament un nationaliste proche de Jirinovski. S'il s'est fait élire à la Douma, c'est pour bénéficier de l'immunité parlementaire et couvrir ses douteuses tractations financières... Nous voici déjà à Tsarskoïe Selo. Filer directement sur Pavlovsk sans faire une halte ici pour visiter le palais de Catherine, ce serait dommage. Qu'en pensez-vous ?

— Vos désirs sont des ordres. Mais vous ne m'avez pas demandé quelle était ma deuxième découverte.

— En gourmette (*sic*) invétérée que je suis, répondit-elle dans son français (presque) parfait, j'aime savourer sans me goinfrer. Je vous prie donc de garder cette information pour le dessert... disons après la visite. »

Je m'inclinai, séduit par la vivacité de Léonora, son humour... Une complicité amicale s'installait entre nous.

« En gourmand invétéré que je suis, dis-je une heure plus tard en ôtant mes *tapotchki* – redoutables patins de feutre dont le port est obligatoire en Russie pour toute visite d'un bâtiment historique orné de parquets cirés –, j'avoue que ces enfilades de salons dorés m'ont épuisé. Je vous propose une pause-déjeuner dans un restaurant du coin. »

Léonora éclata de rire, découvrant des dents petites et régulières : « Il n'y a pas de restaurant ici, en tout cas au sens où vous l'entendez. Seulement ces *stolovaya* soviétiques où on mange debout dans les vapeurs de graisse. Que diriez-vous d'un pique-nique au pied de la statue de Pouchkine ? »

Assis, méditatif, le regard tourné vers le lycée où il étudia le français sous l'égide du frère cadet de Marat, Pouchkine – l'aïeul de Lydia Dimitrievna Hannibal, pensai-je – dominait de sa fière allure le banc public où Léonora déballa les provisions qu'elle avait préparées de ses mains. Après que j'eus balayé d'un revers de manche la neige qui le recouvrait, nous nous assîmes sur ce banc, aveuglés par tant de blanc, éblouis de silence. On aurait dit que la terre était saupoudrée de cristal en poudre. Chaque tronc d'arbre s'y détachait comme tracé à l'encre de Chine. Les buissons semblaient des coraux calcifiés. L'air vif et doux à la fois sentait la pastèque. Au-dessus de nous, le ciel était du même bleu Nattier que le fastueux palais de Catherine que nous venions de visiter. De notre banc, nous apercevions les cinq bulbes dorés qui couronnent l'église du palais. Entourés de petits nuages blancs joufflus comme des anges baroques, ils scintillaient sous le soleil. Plus près de nous, une chapelle tout droit sortie d'un conte pour enfants se pelotonnait sous son édredon de neige. Qu'une procession vînt à passer, et ce paysage typiquement russe eût ressemblé à un tableau de Nestérov.

Givre et soleil :
Jour merveilleux !

« Tous les Russes connaissent ces vers de Pouchkine, dit Léonora en me tendant un de ces *pirojki* – petits pains fourrés au chou – si typiquement russes eux aussi. C'est le premier poème qu'on nous fasse apprendre à l'école. Chez nous, Pouchkine est vénéré comme un saint... »

Malgré la somptuosité du lieu et la gaieté de Léonora, une immense mélancolie m'envahit. Ces modestes *pirojki*, ces biscuits à l'eau, ces quartiers de pomme enveloppés dans une serviette en papier, ce vieux thermos, me touchèrent... Je mesurai tout à coup et la délicatesse de Léonora et sa pauvreté. Dans un éclair de lucidité, je me vis tel qu'elle devait me voir avec ma Volvo toute neuve, ma montre Rolex, mes dîners professionnels au Nid des aristocrates et mon intérêt obstiné pour la Russie tsariste : un jeune cadre français naïf et prétentieux, un nanti incapable de comprendre la réalité russe...

« Et maintenant, Luc, racontez-moi votre deuxième découverte. »

Deux jours auparavant, Victor Sarmanov m'avait informé par téléphone que le nom de Zakrevski dans la généalogie d'Anastasia, du côté maternel, l'intriguait beaucoup.

« Deux hypothèses s'offrent à nous, m'avait-il dit, aussi étonnantes l'une que l'autre. Soit il s'agit de la prestigieuse famille des Zakrevski dont l'un des membres, Arsène Zakrevski, fut ministre de l'Intérieur de Nicolas Ier puis gouverneur de Moscou. Sa femme, Agraféna, fut aimée de Pouchkine qui l'a immortalisée sous le nom de « Vénus d'airain »... Ou bien il s'agit de la famille d'Ignati Zakrevski – rien à voir avec le précédent –, obscur sénateur mort en 1904 et dont la fille n'est autre que...

— Marie Zakrevski, devenue par un premier mariage Benkendorff puis baronne Boudberg par un mariage blanc... », compléta Léonora alors que je lui faisais part de ma « seconde découverte ». Ses yeux brillaient comme si je venais de lui réciter du Blok.

« Dans ce dernier cas, poursuivit-elle, Anastasia serait apparentée à l'une des plus célèbres espionnes que la terre ait portées, une sorte de Mata Hari...

— Plus étonnante encore que Mata Hari car la baronne Boudberg bâtit sa vie tout entière sur le mensonge et la mystification et berna tout le monde. Sur les conseils de Victor Sarmanov, j'ai couru à l'Institut français emprunter l'*Histoire de la baronne Boudberg*, de Nina Berberova. Je l'ai lu en une nuit. Quel personnage que cette baronne Boudberg ! Elle eut au moins trois amants célèbres : Lockhart, diplomate et espion britannique en poste en Russie sous les Bolcheviks ; Gorki qui lui dédia son dernier roman et dont elle aurait, dit-on, livré les archives à Staline ; enfin l'écrivain anglais Wells, auteur de romans d'anticipation et créateur de *L'Homme invisible*. Beau tableau de chasse... D'après Sarmanov, une sœur de Moura épousa un Français du nom de Moulin, ce qui pourrait constituer une piste. Mais il n'y a pas de Moulin dans ma famille et, quand bien même j'entreprendrais des recherches dans ce sens, le nombre de "Moulin" dans l'annuaire suffirait à me décourager !

— Moura Boudberg, qui est morte dans les années 70, je crois, était une contemporaine de Nastia. Etes-vous sûr qu'elle ne soit pas mentionnée dans le journal ? Sous le nom de Maria Ignatievna ? ou comtesse Zakrevski ? ou Maria Benckendorff ? ou baronne Boudberg ? ou tout simplement Moura ?....

— Je n'en suis pas certain. Rappelez-vous que je n'ai pas fini de déchiffrer ces trente-sept cahiers et que la plupart des passages en russe ne sont pas encore traduits.

— Me feriez-vous confiance au point de me prêter ce journal ou de m'en remettre une copie ? »

Nous avions atteint Pavlovsk et déjà – peut-être parce que nous venions d'évoquer « la plus célèbre espionne que la terre ait jamais portée » –, je regrettais d'avoir acquiescé sans restriction à la requête de Léonora. N'était-elle pas, comme on dit, « trop polie pour être honnête » ?

Nous pénétrâmes dans la cour de ce qui me parut une imposante « maison de campagne » plutôt qu'un véritable palais. Au milieu de cette cour en arc de cercle, bordée d'une galerie à colonnades, la statue d'un Paul Ier à la face simiesque et à l'œil globuleux jaugeait les touristes, peu nombreux en cette période de l'année.

On peut ne pas être sensible au luxe clinquant et surchargé des résidences impériales russes comme Tsarskoïe Selo ou Petrodvorets mais Pavlovsk, avec ses petits salons tous différents, ses harmonies de teintes pastel et son raffinement intime, très féminin, ne peut que séduire. Le plus étonnant est que ce palais, bâti par l'architecte anglais

Cameron pour le tsar Paul Ier et entièrement détruit pendant la Seconde Guerre mondiale, fut reconstruit à l'identique par Staline. Réflexe nationaliste ? Sans doute mais surtout : Staline avait la nostalgie de l'Empire.

Tandis que nous parcourions les allées enneigées du parc à l'anglaise, je songai que Nastia avait joué là, petite fille, en compagnie des enfants du grand-duc Constantin Constantinovitch, petit-fils de Nicolas Ier, dernier propriétaire de Pavlovsk avant la Révolution et poète de talent.

Nous avions passé le pavillon des Trois Grâces et nous longions l'étang de Mariental. La neige bleutée s'enfonçait sous nos pas. Un silence presque inquiétant faisait résonner chacune de nos phrases.

« ... Pardonnez-moi de revenir en arrière, fis-je après une pause. A propos des Zakrevski dans la généalogie d'Anastasia, si la piste Marie Zakrevski-Moura Boudberg est fascinante, celle d'Agraféna, la muse de Pouchkine, ne l'est pas moins. D'ailleurs, les deux s'entremêlent puisque Moura s'est toujours prétendue, à tort, certes, la descendante de cette "Vénus d'airain" aimée du poète...

— Vous avez décidément l'imagination d'un romancier. »

Il était à peine quatre heures et déjà l'obscurité enveloppait le parc, cette légendaire obscurité hivernale qui a fait de Pétersbourg une ville de dépressifs, de fous, de suicidaires. Il était temps de quitter Pavlovsk. Nos bottes crissaient dans la neige. Léonora grelottait. Elle portait un pantalon de toile peu adapté aux rigueurs de l'automne russe et un vieil anorak qui accentuait son allure d'écolière. Ses cheveux – dont j'avais oublié la teinte – disparaissaient complètement sous son bonnet rouge. Je me pris à penser qu'en dépit de ses airs de petite fille modèle de l'ère brejnévienne Léonora faisait preuve d'une culture très cosmopolite et d'une liberté de pensée qu'auraient pu lui envier bien des Parisiennes « branchées ».

Sur le chemin du retour, entre le concerto pour piano et orchestre en ut mineur, *opus 18*, de Rachmaninov et *Victim of Love* d'Elton John – elle connaissait l'un et l'autre –, Léonora me proposa de passer prendre le thé chez elle. J'acceptai non sans ajouter qu'étant invité à un cocktail au consulat général de France, je devrais partir assez tôt. Ce cocktail n'était qu'un prétexte. En fait, j'avais rendez-vous au club de l'hôtel Astoria avec une femme.

C'est à l'occasion de l'ouverture d'une boutique de cosmétiques Nina Ricci au 24 de l'avenue Liteïny, dans cet immeuble de style mauresque connu sous le nom de Maison Mourouzi – où vécurent les Mérejkovski et, plus tard, le poète Joseph Brodski avant son exil forcé aux Etats-Unis –, que j'avais fait la connaissance de Tamara.

Parmi la foule huppée des diplomates, hommes d'affaires, journalistes et « nouveaux Russes » qui s'agglutinaient autour des petits fours Potel et Chabot, il m'avait été impossible de ne pas remarquer cette créature arachnéenne et vénéneuse aux longs cheveux bleus à force d'être noirs, qui dépassait tout le monde d'une tête et qui, dans sa robe-fourreau lamée aux reflets métallisés, ressemblait à une mante religieuse. Elle était seule et m'avait adressé tant d'œillades artistement mises en valeur par la gamme des fards à paupière Nina Ricci que j'avais abandonné toute méfiance et l'avais abordée. Tamara était *facial designer* et travaillait à mi-temps à la boutique.

« Ah, la France, le pays de la beauté ! » s'était-elle exclamée à plusieurs reprises en révélant le blanc de ses yeux anthracite puis, sentant que la conversation ne tarderait pas à tourner court, elle avait entrepris de me dresser la liste de ce qu'elle savait dire en français : « maquillage » – c'est le même mot en russe –, « beau monde » – « *bomond* » en russe –, « Alandiélon » – Alain Delon –, et cette formule que j'ai souvent entendue dans la bouche des Russes sans qu'aucun puisse m'en expliquer l'origine :

« Chercher la femme... » En la circonstance, l'expression n'était pas inappropriée et nous étions convenus, ma conquête et moi, de nous retrouver ce dimanche.

La perspective d'une soirée, voire davantage, en compagnie de Tamara m'avait égayé, et c'est peut-être avec un peu trop de jovialité que je saluai la mère de Léonora venue nous ouvrir la porte de l'immense corridor du kommunalka où elles habitaient. Le long du mur, éclairés par une ampoule nue qui pendait du plafond, s'alignaient des tables à repasser, un sommier crevé, des armoires croulant sous des valises poussiéreuses, une antique lessiveuse de zinc, des sacs de pommes de terre. D'une porte entrouverte nous parvenaient des effluves d'eau de Javel et de caca d'enfant – on entendait d'ailleurs un bébé pleurer –, d'une autre suintait une odeur de vieux chien malade. Une autre encore, close, bourdonnante de voix jeunes, hystériques, et portant une pancarte « *Do not disturbe* » (*sic*), abritait une tabagie collective. Tout à coup, le vacarme d'une tempête : quelqu'un remplissait une baignoire...

Au bout de ce corridor aussi foisonnant de bruits et d'odeurs qu'un bazar oriental, la famille Klein – c'est-à-dire Léonora et sa mère – avait son nid à elle : une minuscule entrée donnant sur la chambre de Mme Klein et une cuisine-salle de bains qu'il fallait traverser pour accéder au « salon », qui servait également de chambre à Léonora.

Pourquoi les photographes occidentaux s'obstinent-ils à matraquer de leurs appareils la Saint-Pétersbourg « éternelle » – la forteresse Pierre-et-Paul au soleil couchant, la place du Palais sous la neige – au lieu d'immortaliser ce qui est en train de disparaître ? Lequel aura enfin l'idée de pénétrer dans l'intimité des Pétersbourgeois pour fixer sur la pellicule ce qui appartient déjà au passé : ces vieux intérieurs bourgeois soviétisés qui « parlent » autrement plus que leurs habitants ? Car j'avais tout compris de la famille Klein bien avant que Léonora ou sa mère ne « parlent ».... Il m'avait suffi de regarder autour de moi.

Prenez deux réalités pour nous antagonistes : un taudis de Calcutta et une boutique d'antiquités de la rue des

Saint-Pères. Superposez-les en imagination et vous aurez une idée de ce qu'était alors l'appartement des Klein. Nulle part comme à Saint-Pétersbourg on ne trouve l'équivalent de ces logements misérables et pourtant raffinés abritant ce qui reste d'une intelligentsia hautement sophistiquée, ruinée par la Révolution.

A l'heure où j'écris ces lignes, la mère de Léonora est morte. L'appartement communautaire de trois cents mètres carrés a été acheté par un « nouveau Russe » qui a dû fournir en échange à chacune des sept familles qui vivaient là un logement en banlieue. Le deux pièces des Klein est sans doute devenu une vaste cuisine intégrée semblable à toutes les cuisines intégrées du monde, mais jamais je n'oublierai ce qu'il était alors et l'atmosphère unique qui y régnait.

Dans tout appartement russe digne de ce nom, l'entrée doit comporter une « coiffeuse » et surtout une « garde-robe », indispensable dans un pays où les hivers sans fin imposent le port de vêtements volumineux. Chez les Klein, la garde-robe était un chef-d'œuvre de l'Art déco en acajou massif. Quant à la coiffeuse sur laquelle traînait, détail touchant, un tube de crème Nivéa entamé – sans doute le seul produit de beauté de Léonora –, c'était un somptueux bureau dos d'âne de style Boule dont le plaquage en écaille de tortue aurait exigé restauration, une dépense que ni Léonora ni sa mère ne pouvaient se permettre. Je me déchaussai sur un paillasson que j'identifiai comme un fragment de Tabriz usé jusqu'à la corde, puis je pénétrai dans la chambre de Mme Klein.

On remarquait à peine le papier peint beigeasse taché et déchiré par endroits, dissimulé qu'il était par une quantité impressionnante de tableaux anciens. On attira mon attention sur un portrait de Paul Ier exécuté par un peintre français du nom de Voyle. Il y avait aussi une scène de bal signée Bilibine et des aquarelles d'Albert Benois.

« C'est ce que nous avons de plus intéressant, m'expliqua timidement Mme Klein. C'est ce que nous avons de plus intéressant... Nous avons vendu la plupart de nos meubles mais nous nous sommes débrouillées pour sauver les tableaux. »

Menue et translucide comme une opaline, cachant sous un châle défraîchi – une chose ancienne et splendide venant du Cachemire – son tablier de cuisine impeccablement repassé, la mère de Léonora ne manquait pas de distinction. Elle s'excusa de parler aussi mal le français. Elle avait été bibliothécaire au département de français de l'Université mais ne pratiquait plus cette langue depuis des années.

On me fit traverser très vite, et dans l'obscurité pour que mon regard ne s'y attarde pas, la cuisine-salle de bains sans fenêtre ni aération. L'odeur d'humidité vous prenait à la gorge. J'eus le temps d'apercevoir un évier exigu et une baignoire-sabot desservis, comme c'est souvent le cas en Russie, par un seul et même robinet tout en longueur, quelques casseroles soigneusement astiquées, du linge séchant sur un fil et un réchaud à gaz... allumé. Une vieille habitude soviétique : on gelait dans les cuisines et le gaz ne coûtait rien.

Puis je me retrouvai au milieu d'un bric-à-brac : la chambre de Léonora. Faute de place, on avait aligné contre le mur les derniers vestiges, bancals et dépareillés, d'un mobilier de famille qui avait dû connaître ses heures de gloire au siècle dernier. Comme toujours chez les Russes, pas un seul centimètre carré n'était laissé vide. Partout des objets, des livres, des bibelots, de vieux journaux, des paperasses, comme si la vie se passait à empiler, à entasser, comme si jamais on ne se décidait à jeter.

Sur une table en bouleau de Carélie, le couvert était mis pour trois personnes. Mme Klein, je le devinai, avait consacré toute une journée et une partie de sa maigre pension à ce « goûter surprise ». Le halo d'une lampe Majorelle à abat-jour vert éclairait le service à thé en porcelaine si typiquement russe, à croisillons bleu et or, les *zakouski* – hors-d'œuvre variés – disposés dans des plats avec un sens presque japonais de l'esthétique, une coupe de verre remplie de bonbons. Des blinis roulés s'alignaient, accompagnés de crème fraîche, de *tvarog* – sorte de fromage blanc – ou de confiture de baies rouges. On avait sorti, spécialement pour moi, un flacon de vodka et une bouteille de « cognac » russe. Un samovar de cuivre aux flancs bombés luisait dans la pénombre comme luisait, par-delà les vitres opaques, le dôme cuivré de la cathédrale Saint-Isaac couvert par endroits de plaques de neige. Il faisait tiède et doux dans la pièce.

Pourquoi fallait-il que mon regard fût attiré par des détails triviaux : le coton jauni colmatant la double-fenêtre et les objets dérisoires posés sur le rebord : un cactus étique émergeant d'une vieille boîte de conserve, le petit arrosoir de plastique rouge poussiéreux, les bocaux vides et les bouteilles consignées que Mme Klein, comme tous les retraités, devait revendre pour quelques roubles ?

Tandis que Mme Klein s'affairait dans la cuisine-salle de bains, Léonora me montra sa collection de livres « miniatures » – adaptés aux logements exigus ! – qu'on publiait à l'époque soviétique... Mais mon esprit était ailleurs. Il me semblait qu'on nous écoutait, qu'on nous épiait... Je crus percevoir des frôlements tout près de moi. Je me retournai brusquement et me retrouvai nez à nez avec un monstre à écailles dressé sur ses pattes. Un crocodile empaillé ! J'éclatai de rire et mon malaise se dissipa. Un plateau était posé sur les pattes avant de l'animal.

« Autrefois, les invités y disposaient leurs cartes de visite, m'expliqua Léonora. Ce crocodile appartenait à une cousine, Olga Wrangel...

— Wrangel, comme le général ?

— Oui. C'était un cousin de mon grand-père. »

Léonora, fille de communiste convaincu, était apparentée au général de l'Armée blanche qui avait combattu les Bolcheviks en Ukraine et en Crimée dans les années 20 ! Décidément, mon séjour à Pétersbourg me réservait des surprises et m'amenait à réviser bien des idées reçues.

Pourquoi Léonora ne m'avait-elle jamais parlé de cela ? Réponse évidente : parce que c'était banal. Parce que les intellectuels pétersbourgeois de 1994 étaient pour la plupart les enfants déclassés de l'élite d'ancien régime. J'aurais l'occasion plus d'une fois de le vérifier. Ainsi, je découvrirais que l'un de mes collaborateurs au Crédit Lyonnais était l'arrière-petit-fils de Kharitonov, le cuisinier de la famille impériale exécuté avec celle-ci dans les caves de la maison Ipatiev à Iekaterinbourg.

Cette classe déchue avait été la victime de l'un des plus monstrueux bouleversements de l'Histoire mondiale. Elle le savait et s'y était résignée. Elle avait survécu en dépit des humiliations et des souffrances. Elle n'avait que faire de notre pitié. Tout à coup, mon intérêt passionné pour Anastasia, pour la Tour Ivanov, les recherches que j'étais venu entreprendre, tout cela me parut factice, superficiel.

Mme Klein ôta son tablier de cuisine, posa ma tasse sous le robinet du samovar. « A la russe ! » fit-elle en ajoutant à mon thé, en guise de sucre, une cuiller de confiture. Nous prîmes place cérémonieusement dans le halo intime de la lampe verte et un bref silence s'installa entre nous. C'est alors que j'entendis une respiration rauque mais retenue comme si quelqu'un nous observait, tapi dans l'ombre à deux pas de nous. Je n'avais pas rêvé : nous n'étions pas seuls.

Léonora, mal à l'aise, remplissait mon assiette en faisant cliqueter les couverts. Mme Klein me sourit comme pour s'excuser :

« Rien de grave. Telle est la vie quotidienne en Russie... »

La respiration rauque se mua en raclement de gorge, en toussotements prolongés. J'entendis des ressorts grincer. Quelqu'un se retournait dans son lit, gémissait, crachait... quelqu'un qui vivait là, tout près, derrière une mince cloison.

« Notre voisin est un homme exquis, reprit Mme Klein. Malheureusement, il est âgé et sort rarement de chez lui. Nous lui faisons ses courses... »

Les accès de toux reprirent de plus belle.

« Ça ne va pas bien, Evguéni Ossipovitch ? » Mme Klein avait à peine haussé la voix pour se faire entendre de son voisin.

« Une grippe, répondit le vieillard du fond de son lit, mais ça va passer... Je suis tellement heureux d'entendre parler français, ça me rappelle ma jeunesse. Quelle belle langue que le français ! De la poésie à l'état pur, de la musique !... Continuez, continuez... »

J'étais abasourdi. J'avais l'impression de jouer dans un film, de vivre un rêve éveillé.

« Je ne sais pas si vous avez prêté attention à la façade de notre maison, reprit Léonora en s'adressant à moi sur un ton de gaieté forcée comme pour détourner de moi toute velléité d'apitoiement. Mais c'est un très beau palais. Autrefois, il appartenait au comte Zoubov, un favori de Catherine II qui fut aussi l'un des assassins de Paul Ier. Ici (d'un mouvement de tête elle désigna leur pauvre petit deux-pièces, la chambre du voisin catarrheux, et par-delà celle-ci, d'autres logements aussi misérables), c'était la salle de bal. Les plafonds y sont tellement hauts que, lorsqu'on l'a divisée en appartements après la Révolution, on s'est contenté de monter des cloisons à mi-hauteur.

— J'ai connu cette époque, dit Mme Klein. Nous étions huit familles à vivre là. Les enfants grimpaient sur les meubles pour s'interpeller d'une chambre à l'autre. On savait tout les uns des autres. Parfois c'était insupportable, d'autres fois réconfortant.

— Le plus souvent insupportable, rectifia Léonora. Tu te souviens, quand j'étais petite, nous avions une voisine, une vieille demoiselle acariâtre et alcoolique. Elle détestait les enfants. Elle posait des fers à repasser brûlants, par terre, dans le couloir communautaire où j'apprenais à marcher...

— Ce n'est qu'en 1950 que l'on a rehaussé les cloisons jusqu'au plafond. Regardez... »

Mme Klein saisit la lampe verte et l'éleva au-dessus de nos têtes. Là-haut, à une distance que j'évaluai à cinq ou six mètres, une flopée d'angelots mafflus dansaient la sarabande. De cette fresque fissurée, noircie par le temps et les générations qui avaient respiré, toussé, s'étaient reproduites et avaient fait mijoter leur tambouille au-dessous, je ne voyais qu'une partie car elle se prolongeait bien au-delà de l'appartement des Klein, au-delà de la chambre du vieillard. Un des amours avait même été coupé en deux...

Ainsi, je me trouvais dans une sorte de vaste dortoir divisé en boxes comme un pensionnat, une caserne, un hôpital, une étable. Je connaissais bien sûr l'existence des kommunalka mais je n'avais pas imaginé cette atmosphère de confinement, cette promiscuité, ces bruits diffus, ces odeurs...

La mélancolie qui m'avait accablé à Tsarskoïe Selo me submergea de nouveau mais ce n'était plus de la compassion. C'était un réflexe d'autodéfense profondément égoïste : je n'en pouvais plus de tant de pauvreté, de détresse, de résignation. Il fallait que je parte, et vite. Ces taches d'humidité sur les murs, cette fenêtre calfeutrée de coton jauni, ce vieillard qui crachotait l'oreille collé au mur, je ne pouvais plus le supporter. La bonté de Léonora et de sa mère, leur distinction, leur dignité même, m'agaçaient, me dégoûtaient. Je ne voulais pas me sentir concerné. Je ne voulais pas me sentir atteint dans mon intégrité rassurante, celle du jeune cadre français sans histoire, d'un enfant gâté de l'Occident. J'étais venu en Russie pour retrouver les traces d'Anastasia Borissovna Dalmatov, pas pour contempler la laideur.

Je jetai discrètement un coup d'œil à ma montre. L'impatience d'en finir avec tout ça : cette crasse, ces destins gâchés, l'espoir grisant de passer la nuit dans un hôtel de luxe avec une belle fille avide de vivre, me rendirent presque arrogant :

« Je mangerai très peu si vous permettez... J'ai ce cocktail au Consulat... »

Mais les voici qui papillonnent autour de moi, fébriles, enjouées, presque suppliantes. Mme Klein dépose un blini dans mon assiette : « Un seul, rien qu'un seul...

— Oui, ce serait dommage de ne pas y goûter. Maman les réussit si bien... Et la confiture de framboise, c'est moi qui l'ai faite. »

Léonora fait bouffer ses cheveux. Furtivement. Mais j'ai tout vu. Nos regards se sont croisés dans le grand miroir ovale, le miroir où ses aïeules accrochaient des diamants à leurs gorges de nacre. Les premières mesures de la *Symphonie de Leningrad* s'élèvent vers le ciel délabré où s'ébattent les Cupidons. Léonora a mis une cassette et m'assure que le voisin ne dira rien. Il a l'habitude. Et lui aussi adore Chostakovitch, le compositeur favori des habitants de Piter.

Les cheveux de Léonora ont la couleur du sable. Léonora est-elle jolie ? Oui. Non. Je ne sais pas. Je revois la longue chevelure bleutée de Tamara, sa chute de reins prometteuse, son allure de femme fatale.

« Vodka ou cognac ? »

Je ne puis refuser. Une boîte à chaussures est posée sur la table, près de ma tasse : de vieilles photos... Elles n'existent pas seulement dans mon imagination les aïeules endiamantées, à la gorge de nacre. Mme Klein farfouille dans la commode. Les boîtes s'entassent sous mon nez.

« Maman... Tu l'embêtes !

— Mais puisque tu me dis qu'il s'intéresse à... tout ça ! »

Je me surprends à ajouter : « Ce serait amusant si votre famille avait connu celle d'Anastasia.

— Nous savons peu de chose sur notre famille, dit Léonora. Mes parents ont détruit la plupart des documents en 1936, au moment des grands procès staliniens. Dans mon enfance, on évitait de parler de tout cela... Tenez, cette photo-là, un grand-oncle, je crois. Ses épaulettes d'officier ont été découpées aux ciseaux par une main prudente. Du côté de maman, des militaires, du côté de papa, des médecins.

— L'arrière-grand-père paternel de Léonora était le dentiste attitré de la Cour, précisa Mme Klein non sans fierté. Une famille juive très en vue...

— Tellement en vue qu'elle pouvait résider à Saint-Pétersbourg, poursuivit Léonora, ce qui était alors interdit aux Juifs. Mon arrière-grand-père paternel n'a pas quitté la Russie en 1917. C'était un libéral. Quand la Révolution a commencé, il a cru qu'enfin la Russie allait s'ouvrir, la société devenir plus égalitaire. Tout comme mon arrière-grand-père maternel qui était colonel et s'est rallié aux Bolcheviks... Vous avez l'air surpris... N'allez pas croire que toute l'élite ait émigré. Qui étaient, à votre avis, les cadres de l'Armée rouge ? Pour la plupart d'anciens officiers tsaristes... La fidélité à la patrie l'emportait sur les divisions idéologiques.

— Cela ne les a pas empêchés d'être exécutés plus tard comme "ennemis du peuple", poursuivit Mme Klein.

Les clichés s'éparpillaient sur la table, mêlant les époques et les styles en de violents contrastes. Les premiers dataient de 1860 et montraient des dames en crinoline, des messieurs guindés en gibus. Sur un autre, une jeune fille blonde et saine telle que les aimaient Hitler et Staline exhibait ses cuisses musclées lors d'un défilé de gymnastes. « Maman en 1952 », dit simplement Léonora. Ici, un jeune homme, son père, en uniforme kaki de Komsomol, là une scène de pique-nique à la campagne vers 1910. Je me pris à rêver : et si Anastasia se trouvait parmi ces jeunes filles en fleurs ? Hormis quelques brèves indications – grande, maigre, des cheveux brun-roux, des yeux pervenche... –, le journal ne contenait aucun portrait d'elle, aucune photo. Mon héroïne était sans visage...

Je me levai brusquement. Le temps avait passé sans que je m'en aperçoive. Tamara devait m'attendre depuis déjà vingt minutes. Je m'en voulus. J'en voulus à ces deux femmes.

« Votre réception au Consulat ! s'exclama Léonora, partez vite ! »

On m'enfila mon manteau. On me fourra un pot de confiture maison dans la poche. Je fus dehors.

Des détails anodins sont souvent des déclencheurs psychologiques. Ce pot de confiture m'émut aux larmes. Je regrettai aussitôt ma précipitation, ma goujaterie. Je compris que je venais de passer des instants uniques qui resteraient à jamais gravés dans ma mémoire. Déjà le halo de la lampe verte, les photos entassées dans la boîte à chaussures, le geste furtif et féminin de Léonora dans le miroir, sa simplicité, sa grâce, son mystère me manquaient...

Je n'avais plus du tout envie de revoir ma *facial designer*. Nous n'avions rien à nous dire. J'allais m'ennuyer à mourir avec cette poupée de papier glacé. Je n'avais plus envie de son corps métallique et de ses cheveux bleus. Pétersbourg me mettait subitement face à moi-même, à celui que j'étais alors : un homme qui se croyait blasé et qui était simplement malheureux, en quête perpétuelle de ce qui lui échappait, fuyant perpétuellement ce qui s'offrait à lui, un Don Quichotte de l'amour et du bonheur, incapable de s'aventurer au-delà de la citadelle des apparences.

Me voici au milieu de la place Saint-Isaac désertée et figée dans le givre et le silence, tel un soliste sur la scène du théâtre Marinski. La statue équestre de Nicolas Ier se découpe sur un firmament violacé si criblé d'étoiles qu'on croirait un satin usé tendu sur le néant. Personne. Pourtant, il me semble que, dans mon dos, une foule retient son souffle, attendant le lever du rideau.

Toile de fond : la cathédrale construite par le Français Montferrand, massive, austère, fantomatique.

Côté cour : l'hôtel particulier du comte Zoubov où vit Léonora Klein, descendante de Wrangel.

Côté jardin : l'hôtel Astoria où se suicida le poète Essénine, où s'impatiente à présent une créature arachnéenne à la cervelle d'oiseau. Suis-je dans un opéra de Tchaïkovski, un drame shakespearien ou un conte d'Hoffmann ? A Piter, on ne sait jamais... Que dois-je faire ? rejoindre la belle Tamara dont j'ai déjà oublié les traits ? Reprendre ma Volvo garée sur le parking de la place et rentrer chez moi ?

Et si je jouais mon destin à pile ou face comme Hermann dans *La Dame de Pique* ? La vie est un jeu. La vie est un songe... La lune ronde toute proche, le moelleux factice de la neige, un silence inquiétant comme au fond des mers m'environnent. J'ai le trac. Je me tâte. Je tergiverse. Je me prends pour un héros antique acculé à un choix existentiel. Le pot de confiture au fond de ma poche aura raison de mes hésitations.

DEUXIÈME PARTIE

« Nous allons te bouffer
comme de la viande, toi, le siècle. »

Maïakovski, *Tragédie* (1913).

arachnéenne

« Saint-Pétersbourg, jeudi 20 avril 1910.

Me voilà une actrice !

(Pardon pour les « o » aplatis, les « l » avachis et la ponctuation torturée mais j'écris allongée sur mon lit.)

Hier soir, la représentation de La Dévotion à la Croix *chez les Ivanov a été un triomphe. Il est dix heures du matin et j'en suis encore toute retournée. Je n'avais qu'un petit rôle mais il paraît que j'ai su lui donner une « dimension plastique » – dixit Meyerhold. Papa et maman étaient très fiers de moi en dépit de Mlle Lévrier qui, trouvant ce drame espagnol « échevelé, indécent et immoral », a refusé d'assister au spectacle. C'est l'histoire d'un orphelin devenu un brigand au grand cœur, Eusébio, qui tombe amoureux d'une jeune fille, Julia. A la fin de la pièce, Eusébio et Julia découvrent qu'ils sont frère et sœur. Dieu merci, Eusébio meurt après s'être confessé en bonne et due forme auprès du vieux moine Alberto, et Julia monte au ciel comme une sainte. J'ai eu beau expliquer à Mlle Lévrier que cette fin édifiante rachetait tout le reste, elle a fait la sourde oreille.*

Autre petite déception : Alexis Alexéïévitch n'a pas apprécié le spectacle. Il s'attendait à des déclamations, du pathos et des costumes d'époque. Il n'a rien vu de tout cela... Je suis de plus en plus persuadée que nous ne sommes pas faits l'un pour l'autre, Alexis Kouropatkine et moi. Ce n'est pas parce que nous sommes voisins et amis d'enfance ! Quoi qu'il en soit, je n'ai pas la tête à « cela ». Seize ans, c'est trop jeune pour se marier. Et en ce moment, je ne vis que pour l'Art. L'Art est mon destin. L'Art n'est-il pas la manifestation la plus élevée de l'Etre ?

[paragraphe biffé, illisible]

Mais il faut que je raconte notre aventure théâtrale depuis le début. Voilà plus de deux ans que Véra, la demi-sœur de Lida, prend des cours de théâtre pour devenir metteur en scène. Elle nous a souvent utilisées, Lida et moi, dans ses expérimentations, et cela pour notre plus grand plaisir car nous adorons jouer la comédie.

Après la mort de sa mère, Véra a voulu créer un « théâtre de la Tour ». Elle a commencé modestement en montant La Farce de Maître Pathelin *avec quelques amies, Lida et moi-même. C'était une petite fantaisie sans prétention, dépourvue de décor, dans le genre Commedia dell'arte mais Viatcheslav Ivanov a insisté pour que nous la présentions à l'un des mercredis de la Tour, devant Meyerhold, le nouveau metteur en scène des Théâtres impériaux. Meyerhold a beaucoup aimé* La Farce. *Il a encouragé Véra et lui a suggéré une pièce plus complexe pour son prochain spectacle :* La Dévotion à la Croix *de Calderón, un dramaturge espagnol du* XVIIe *siècle. La pièce a été traduite en russe par le poète Balmont. Le choix des acteurs, la répartition des rôles, tout cela s'est fait rapidement et sans problème, les participants étant pour la plupart des familiers de la Tour.*

***Julia** : Natacha Krasnova, une amie de Véra.*

***Eusébio** : Véra, adorable dans ce rôle avec sa silhouette de garçon.*

***Curcio, père d'Eusébio** : le poète Kouzmine. Entre nous, Véra pique un fard chaque fois qu'elle lui adresse la parole...*

***Alberto, le vieux moine** : un ami de Viatcheslav Ivanov.*

***Menga, une paysanne** : Lida – si drôle, si drôle !*

***Ricardo, compagnon d'Eusébio** : le jeune poète Piast. Celui-ci tient aussi le rôle des compagnons d'Eusébio.*

*Moi, je jouais **Arminda**, la suivante de Julia.*

Début novembre, nous avons commencé à nous réunir pour lire et relire la pièce. Pendant les séances de lecture, chacun y allait de son petit commentaire mais nous sentions que nous piétinions. Véra ne savait pas encore quel sens, quelle coloration donner à sa mise en scène. Dès que nous avons commencé à connaître notre texte par cœur, nous avons répété dans la salle à manger des Ivanov où devait se dérouler le spectacle. Cette salle à manger est petite et desservie par une seule porte donnant sur le vestibule. Le problème était d'y faire tenir la scène et les spectateurs, une cinquantaine environ. Véra pensait pouvoir le résoudre en concevant son spectacle comme une succession de petits tableaux, de miniatures. Mais tout cela restait encore très vague.

Pour nous aider à « changer de peau », Véra prit l'habitude de nous faire répéter avec, drapés autour des épaules ou de la taille, les chiffons de Lydia Dimitrievna que ses filles avaient laissés intacts dans les corbeilles depuis sa mort. Véra n'avait pas encore une idée très précise en ce qui concerne les costumes. Elle envisageait d'en emprunter au théâtre Alexandrinski par l'intermédiaire de Meyerhold.

Un après-midi où nous répétions dans un coin de la salle à manger arrive Viatcheslav Ivanov accompagné de Meyerhold – tignasse broussailleuse, nez busqué – et d'un monsieur aux allures de dandy qui fumait la pipe : Soudeïkine, un peintre déjà célèbre que je connaissais pour l'avoir croisé dans l'atelier du cinquième.

Je me souviens qu'à ce moment-là Meyerhold, qui venait de mettre en scène *Boris Godounov* était furieux contre Chaliapine parce que, le jour de la première, celui-ci s'était mis à genoux devant le tsar au moment de saluer. Et Meyerhold méprise le tsar.

« Continuez, nous dit Meyerhold, faites comme si nous n'étions pas là. »

Je les vois qui palabrent entre eux pendant que nous reprenons notre répétition, puis Viatcheslav Ivanov se retire. Au bout de dix minutes, Meyerhold et Soudeïkine interrompent la répétition par des applaudissements.

« Bravo, s'exclame Meyerhold, vous avez tous si bien travaillé que Soudeïkine et moi, nous avons décidé de vous aider à faire de cette représentation une création révolutionnaire. Du jamais vu ! »

J'avoue que le mot « révolutionnaire » m'a fait un peu peur. Néanmoins, nous avons accepté de nous laisser guider *par ces deux grands artistes et nous avons repris les répétitions avec eux. Meyerhold a pratiqué quelques coupures dans le texte de Calderón mais il a gardé l'idée de Véra de traiter le spectacle comme une succession de miniatures.*

« Puisque nous n'avons pas de scène et très peu de place, aplatissons le spectacle. Plutôt que de faire évoluer les acteurs dans une boîte en trois dimensions, suggérons un bas-relief. Seulement voilà : qui dit bas-relief dit stylisation de la perspective. » Devant nos airs perplexes, il a ajouté : « Rassemblez tous les tapis de l'appartement, vous allez comprendre... »

Nous avons entassé une quarantaine de ces « tapis de prière » qui avaient fait mon admiration la première fois que j'étais entrée chez les Ivanov. Meyerhold les a roulés et dressés contre le mur les uns à côté des autres, les grands derrière, les petits devant, de façon à créer deux niveaux, une « stylisation de la perspective ». Il a bien calé le tout puis il a placé dessus d'autres tapis pliés en long en guise de plancher.

[Suit un schéma au crayon.]

Enfin, Meyerhold a aidé Véra et Natacha Krasnova à grimper sur ce « mol échafaudage ». Natacha sur le niveau supérieur et Véra au-dessous, de façon que la tête de Véra arrive aux épaules de Natacha.

« Maintenant, les filles, a ordonné Meyerhold, marchez de long en large en vous imaginant que vous êtes les personnages d'un bas-relief. » Natacha Krasnova et Véra se sont mises à arpenter la « scène » comme on marche dans la rue, avec « naturel ». Très vite, elles se sont rendu compte qu'elles faisaient fausse route. L'espace étant réduit, elles allaient et venaient sans cesse et se gênaient l'une l'autre. On aurait dit deux mouches dans un verre. Alors Meyerhold s'est tourné vers moi et m'a dit : « Nastiouchka, à toi. Essaie de marcher comme dans une fresque. »

Je me suis alors souvenue des chorégraphies d'Isadora Duncan et des décors de Bakst pour les Nuits égyptiennes*, le ballet de Fokine. J'ai placé ma tête de profil, mes pieds parallèles au public et, le corps figé dans cette position, j'ai traversé la scène à pas mesurés, lentement, comme un auto-*

mate ou comme une danseuse de cordes. Meyerhold était fou de joie. Il m'a dit : « Nastiouchka, tu comprends plus vite que la Kommisarjevskaia. » Ce compliment m'a fait rougir jusqu'aux oreilles.

Puis les autres acteurs sont montés à leur tour sur l'échafaudage de tapis, par groupes de deux, trois ou quatre, pour s'exercer à marcher comme moi. Il a fallu des heures de travail à Piast pour qu'il arrive à se déplacer ainsi, plaqué au mur, le cou tordu. La plus à plaindre était Natacha Krasnova qui devait passer toute une partie de la pièce derrière le grand tapis usé qui servait de toile de fond, juchée sur une chaise, tandis que Véra, genou en terre, lui jouait une sérénade à la guitare. Un carré découpé dans cette toile permettait à Natacha d'« apparaître » à la plus haute fenêtre du couvent, cheveux dénoués.

Cependant, Soudeïkine avait renversé les fameuses corbeilles de Lydia Dimitrievna et pioché parmi les échantillons de velours, de percale ou de soie. Séduit par nos drapés de fortune, il avait décidé que le décor et les costumes de La Dévotion devaient être composés exclusivement [souligné] de ces bouts de tissu. Il fallait le voir en proie aux affres de la création. C'était en soi tout un spectacle. Il les faisait glisser entre ses doigts d'un air songeur, les mêlait, les pétrissait, les rejetait, en reprenait d'autres, les disposait ici ou là, les drapait autour de nous, penchait la tête, clignait des yeux puis se précipitait sur de grandes feuilles blanches agrafées entre elles, posées à même le sol. Là, à quatre pattes et toujours la pipe à la bouche, il se mettait à dessiner d'une main rapide pour se redresser aussitôt. Il faisait ainsi la navette entre les étoffes et son papier. C'était extraordinaire. Je pensais que Lydia Dimitrievna aurait été heureuse de voir ses coupons achetés en solde entre les mains d'un artiste aussi génial. C'était comme si elle se mettait à revivre parmi nous, avec ses tenues exotiques et sa chaleureuse personnalité.

Au bout de quelques semaines, grâce à une équipe de couturières bénévoles dont maman, nos costumes étaient prêts, de vrais costumes de contes de fées dans le style du Moyen Age, avec une note orientale. Les teintes s'harmonisaient avec celles des tapis : du rouge, du pourpre, du jaune orangé sur fond noir. Lorsque nous nous déplacions devant *le décor, nous nous fondions avec lui comme les motifs d'une tapisserie. Piast portait un turban chamarré. C'est un grand jeune homme charmant, le meilleur ami de Blok...*

A cause des répétitions, j'ai raté beaucoup de leçons au grand dam de Mlle Lévrier et de Miss Melvil. Moi, au contraire j'étais ravie. Lecteur de l'avenir, ne m'accuse pas de paresse ! J'étais ravie parce que j'ai appris bien plus en quatre mois avec Meyerhold qu'en plusieurs années avec ces deux bas-bleus.

Pourtant, Meyerhold était très exigeant. Il nous faisait reprendre des dizaines de fois la même séquence, répéter des dizaines de fois la même phrase. Je devais me plier moi aussi à ce rythme car pour Meyerhold, les petits rôles doivent être autant travaillés que les rôles principaux.

Il ne fallait pas gesticuler, ni crier trop fort. Chaque pose était étudiée jusque dans ses moindres détails comme une pose de danseuse. Il nous apprenait à faire des mouvements amples, expressifs, à respirer en jouant. Je n'avais jamais réalisé à quel point le théâtre est une activité physique. D'ailleurs, avant chaque répétition, nous faisions des exercices de gymnastique et de respiration, très utiles pour Piast qui devait se livrer à des acrobaties cocasses pendant le spectacle.

Selon Meyerhold, il n'y a pas de différence entre le comique et le tragique. L'important est d'« empêcher la beauté de choir dans le sentimental ». C'est pourquoi on rit pendant tout le spectacle, même si la pièce est triste avec ses histoires de crimes, de trahisons et d'amours contrariés.

Bien que longues, les répétitions semblaient passer comme un rêve. Nous travaillions dans une sorte de fièvre. Nous déjeunions sur place de sandwichs. Pour nous détendre, Kouzmine se mettait au piano et improvisait une mélodie sous l'œil énamouré de Véra. Ou bien Meyerhold faisait le pitre. Il louchait en essayant de poser son énorme nez sur son plastron. Ou bien il imitait des gens célèbres – Chaliapine se prosternant devant le tsar –, c'était à mourir de rire. Puis on se remettait au travail.

On peut dire que c'est grâce aux obstacles techniques auxquels Meyerhold et Soudeïkine se sont heurtés que le spectacle est si original. Si nous avions eu un vrai théâtre à notre disposition, toute une machinerie compliquée, jamais cette pièce ne serait devenue le petit chef-d'œuvre que les spectateurs ont applaudi debout hier soir...

Mais je meurs de fatigue. Je vais m'étendre un moment et reprendrai mon récit plus tard.

22 avril.

Rien fait aujourd'hui. Pélagie m'a massée. Je suis comme vidée. Lida et moi avons passé notre temps à nous préparer pour les agapes de ce soir en parlant encore et encore du spectacle. Elle m'a confirmé que sa sœur est amoureuse de Kouzmine. Je serai en vert tilleul. Maman veut bien que je me poudre un peu le cou. On a coupé mes nattes. Désormais, je porterai un chignon sur la nuque comme les dames.

Au fait, mon journal a trois ans aujourd'hui !

Le 24 au soir.

Le banquet a duré toute la nuit. J'étais comme dans un rêve ! Piast était assis à côté de moi. Il m'a embrassé le creux du coude, là où c'est chaud, doux, blanc, intime sans être interdit. Ce n'est pas Alexis Alexeïévitch qui aurait eu l'idée d'un geste aussi admirable ! Il faut être poète pour avoir une telle idée ! J'avais bu plusieurs verres de veuve cliquot. J'étais grisée mais pas simplement d'alcool. Pour la première fois, je me sentais une « femme ». Je m'observais moi-même en train de jouer à la « grande dame » à l'« actrice adulée des foules »... Et quelque chose me disait que j'étais en train de vivre les meilleurs instants de mon existence...

Mais voici maman.

Une demi-heure plus tard :

Maman a fait irruption dans ma chambre avec un paquet de journaux. Toute la presse parle de notre spectacle : « Un festin pour les yeux... Ce spectacle semi-amateur monté dans l'appartement du poète Viatcheslav Ivanov avec un minimum de moyens bouleverse les règles du théâtre classique... C'en est fini de l'illusion des trois dimensions... Meyerhold abolit les frontières entre acteurs et public, etc. »

J'avais précisément interrompu mon journal au moment où j'allais décrire les aspects les plus étonnants du spectacle. Je reprends donc.

Oui, ce sont les contraintes techniques qui ont poussé Meyerhold dans ses retranchements. Nous n'avions ni coulisses ni éclairages. Meyerhold voulait que ces carences fussent prises par le spectateur pour une astuce du metteur en scène. Le souffleur ne devait pas se cacher – où l'aurait-il fait ? – mais s'asseoir parmi le public. Les acteurs devaient entrer sur scène par la porte du vestibule et transporter eux-mêmes les accessoires. Ainsi, la fameuse échelle par laquelle Julia s'enfuit du couvent, c'est Ricardo – Piast – lui-même qui l'apporte sur la scène en passant à travers le public. D'après les journaux, on n'avait encore jamais vu cela. De même, lorsque Ricardo déroule un tapis fleuri sur le sol pour signifier qu'il va s'asseoir sur la pelouse d'un jardin, le public s'est extasié.

Ont fait sensation également les deux garçonnets grimés en négrillons et vêtus de costumes orientaux du XVIIIe siècle – des enfants de Pavel, le concierge – à qui était dévolu le « rôle » de lampes et de rideaux de scène. Ils se tenaient de chaque côté du podium, un chandelier en main. S'il fallait éclairer tel détail, ils s'approchaient. S'il fallait que la scène fût dans l'ombre, ils s'éloignaient. A la fin de chaque tableau, ils déployaient une toile devant les acteurs en attendant le début du tableau suivant. Le succès du spectacle reposait en grande partie sur les épaules de ces deux enfants, et Meyerhold les a chaudement félicités sous l'œil attendri de Pavel.

Voilà, je crois avoir décrit à peu près fidèlement la première de La Dévotion à la Croix de Calderón, donnée à la Tour Ivanov le mercredi 19 avril 1910.

PS : Ce grand dadet de Piast m'aime-t-il ? Je crois que oui, bien qu'il n'ait rien fait pour me revoir. Comme son baiser était doux ! Je regarde sans arrêt le creux de mon coude comme si une fleur devait y pousser. Et moi ? Est-ce bien de lui que je suis éprise ? A travers lui, n'est-ce pas plutôt de son ami Blok, le célèbre poète au teint mat, aux yeux gris, aux cheveux bouclés entrevu chez les Ivanov ?

La nuit.

Ce n'est ni Blok ni Piast que j'aime. C'est de la Vie que je suis amoureuse. Et de l'Art encore plus. Et de moi-même !

Cette nuit, j'ai compris la phrase de Zénaïda Hippius qui m'avait tant choquée : « Je m'aime à l'égal de Dieu. » Et j'ai compris aussi ceci : Si je ne m'aime pas moi-même très fort en donnant un sens à ma vie à travers l'Art, je ne peux aimer ni Dieu ni ses créatures.

J'ai oublié de dire pour Véra : Kouzmine lui a dit franchement qu'il était « introverti » et pratiquait « les mœurs asiatiques ». Pauvre Véra déchirée entre la joie de son succès et la douleur de son amour impossible !

Ces pages du journal, écrites en russe, provoquèrent l'enthousiasme de Léonora. Pour elle, il s'agissait d'un véritable document historique apportant des informations inédites et un éclairage nouveau sur cette soirée du 19 avril 1910 restée célèbre dans les annales du théâtre. Sa mise en scène de *La Dévotion à la Croix* était en effet si novatrice que Meyerhold la citera en exemple dans son livre *Sur le Théâtre* paru en 1913, un ouvrage de référence qui sera le livre de chevet d'artistes tels que Brecht, Louis Jouvet, Charles Dullin, Jacques Copeau et Eisenstein.

Tous les procédés d'avant-garde qui donneront naissance au théâtre contemporain sont là : le refus du naturalisme, l'affirmation que le théâtre n'est pas « la reproduction de la réalité » mais un ensemble de conventions avec lesquelles il faut jouer, l'importance accordée à l'espace, à la verticalité, aux décalages de niveaux, etc., les principes de la biomécanique qui font du corps de l'acteur le pivot de la représentation, l'idée que le théâtre doit abolir les frontières entre l'art noble et l'art populaire, entre le « sérieux » et le « bouffon », entre la tragédie et le cirque. Enfin, la notion de « spectacle total » qui exige une attention portée au moindre détail et une mobilisation de toutes les formes d'art ou d'artisanat.

Léonora me fit remarquer que la mode parisienne d'avant-guerre – le style de Poiret en particulier –, si minutieusement décrite par Proust et dont l'inspiration est à chercher du côté des Ballets russes, se trouvait déjà dans les costumes de *La Dévotion* : couleurs vives, clins d'œil orientalistes, silhouettes fluides et floues, superpositions de motifs, effets de contrastes... Lydia Dimitrieva Hannibal, comme Meyerhold et Soudeïkine, était en avance sur son temps. Quant à la conception « en aplats » de la mise en scène, ne préfigure-t-elle pas le cubisme aussi bien que l'Art déco ?

Léonora traduisit pour moi les témoignages qui existent sur ce spectacle resté célèbre : un recueil de poèmes de Viatcheslav Ivanov intitulé *Tendre Secret*, les mémoires du poète Piast publiés en 1929 sous le titre *Rencontres* et un article tiré du numéro 8 de la revue *Apollon* de 1910. Elle évoqua également un opéra écrit par Lida bien des années plus tard, en souvenir de cette soirée, et alla jusqu'à me démontrer que les négrillons mentionnés dans le *Poème sans héros* d'Akhmatova ne sont autres que les enfants du concierge Pavel.

Je ne me laissai gagner qu'à moitié par l'enthousiasme de Léonora. C'était celui, compréhensible, d'une historienne qui cherche à reconstituer une époque. En ce qui me concerne, moi qui entretenais avec Nastia des rapports plus subjectifs, un détail me chagrinait. Que Meyerhold, Viatcheslav Ivanov ou la revue *Apollon* ne mentionnassent pas Nastia n'avait rien d'étonnant car elle n'avait qu'un petit rôle, mais que le poète Piast n'accordât pas dans ses mémoires une place, même modeste, à la jeune fille en vert tilleul dont il avait embrassé « le creux du coude » me serra le cœur. Pudeur ? J'en doute, car « Le lendemain, j'allai à la campagne avec Natacha Krasnova », écrit-il, laconique. Pauvre Nastia...

Qu'importe, elle avait vécu intensément. Cette année 1910 – qui vit mourir Tolstoï, Marius Petipa et la Kommisarjevskaia, l'actrice favorite de Nastia – marque d'ailleurs une étape dans sa vie. C'est décidé, elle n'épousera pas Alexis Kouropatkine. C'est décidé, elle consacrera sa vie à l'art – pardon, à l'Art. Mais que choisira-t-elle : le théâtre, la danse, l'écriture, le dessin ?

Le journal de 1911 offre le portrait d'une jeune fille gâtée, comblée, à qui tout semble sourire. Insouciante, sûre d'elle-même et de l'avenir, Anastasia s'éparpille, s'admire comme s'admirait Marie Bachkirtsev – « *Je pense parfois sincèrement que je suis géniale tant je suis douée pour tout* ». Elle brille, étincelle. Elle écrit – son journal, des poèmes, une nouvelle dont il ne reste aucune trace –, participe au théâtre de la Tour avec Véra et Lida, apprend à danser, dessine...

Beaucoup. Et tout le temps. De même qu'elle sait camper par écrit un personnage, elle excelle à crayonner des portraits. Dès 1909, elle les a montrés à Elisabeth Zvantseva, qui tient l'atelier de peinture au cinquième étage. « *Elle, d'habitude si avare de compliments, m'a félicitée* », écrit Nastia. La même année, l'atelier ferme et Zvantseva quitte la rue de Tauride mais pendant quelques mois, Nastia a eu le temps de s'initier au dessin auprès de Bakst, Doboujinski, Somov, Benois. C'est dans ce même atelier qu'elle a rencontré deux jeunes artistes encore inconnus qu'elle n'est pas près d'oublier : le premier se prénomme Vadim, le second n'est autre que Chagall. Bien plus tard, Chagall dira : « Ma rencontre avec Bakst à l'atelier de Zvantseva a déterminé toute ma vie et toute ma carrière. »

Si Nastia pressent que la Tour Ivanov a vu naître le théâtre de l'avenir, elle ignore qu'elle a abrité les prémices de la musique concrète et de l'art non figuratif. Le peintre-compositeur Matiouchine, théoricien du futurisme sonore qu'il mit en pratique dans la musique de l'opéra *Victoire sur le soleil*, fréquentait l'atelier du cinquième étage. Il y exposa ce que personne n'osait encore exposer à l'époque : des souches à peine effleurées par la gouge du sculpteur, des racines d'arbre presque brutes. Dans ce même atelier, dès 1908, sa femme, le peintre-poète Héléna Gouro, couvrait de lignes sinueuses à l'encre colorée des enveloppes que les historiens d'art s'accordent à considérer comme les premiers dessins abstraits du XXe siècle.

Tout attirée qu'elle soit par la Bohème artistique, Anastasia n'en renonce pas pour autant à la vie mondaine. Les Dalmatov ne cessent de s'enrichir et Anastasia est une « jeune fille en vue ». Les domaines rapportent. L'argent placé fructifie. Du côté Diernov également, les affaires prospèrent. D'ailleurs toute la Russie prospère. Elle est devenue le premier producteur et exportateur mondial de céréales et, depuis les années 1880, sa croissance économique annuelle est de cinq pour cent. Là est le paradoxe : à la veille de 1917, la Russie était l'un des plus puissants pays du monde. En 1913, Lénine, réfugié en Suisse, aura ce mot : « Si ça continue, on n'aura plus besoin de faire la Révolution ! »

Pâques 1912 : Papa a acheté trois tableaux de Corot et une Benz ! Il a engagé un chauffeur et nous sommes allées, Lida et moi, faire une promenade dans l'île Elaguine. Nous avons canoté. J'ai donné à Lida sa première leçon de tennis...

Le journal fait état d'une activité débordante, d'une volonté frénétique de « jouir de la vie », sentiment partagé, si l'on en croit les chroniques de l'époque, par toute une classe sociale qui pressent confusément sa mort prochaine. Spectacles, bals, mascarades, débats nocturnes sur l'Amour, Satan, le Sexe... séances de spiritisme, tout est bon pour s'exalter, s'enivrer d'émotions inédites...

Les rumeurs en ville vont bon train et Nastia y prête une oreille complaisante.

Le 2 janvier 1911.
On a vu la Duncan à un bal costumé chez les Elisseïev au bras du millionnaire Singer.

Le 24 janvier 1911.
Assisté à la première du ballet Giselle *avec Nijinski et Tamara Karsavina. Féerique !*

Quelques jours plus tard :

Nijinski a été renvoyé des Théâtres Impériaux par ordre du tsar ! Motif : le costume qu'il portait à la première de Giselle *était indécent. J'avoue que sa culotte bouffante dessinée par Benois ne m'a pas choquée. Papa et maman non plus. L'Impératrice douairière serait à l'origine de cette décision.*

Le surlendemain :

Du nouveau dans l'affaire Nijinski. Nicolas II aurait agi sous l'influence de la danseuse Kchessinskaïa, son ancienne maîtresse, car celle-ci est jalouse du succès de Karsavina. On dit que, dépité par la décision du tsar, Nijinski va quitter définitivement la Russie pour la France. C'en est fini pour nous des Ballets russes ! Créés à Pétersbourg, les voici qui quittent à jamais Pétersbourg. Papa m'a promis que nous irions les applaudir à Paris...

En effet, Anastasia se rend à Paris avec sa mère en juillet 1914.

Habituée qu'elle est au jaune « Rossi », au rose et au rouge sang-de-bœuf de sa cité natale, Nastia s'émeut de la monochromie apaisante de Paris. « *Une ville beige et gris-bleuté* », notera-t-elle dans son journal après une promenade sur les Grands Boulevards, « *une ville couleur de pigeon* ». A Paris, tout la charme : les femmes pétillantes et coquettes, les terrasses de café illuminées, le Louvre « *aussi vaste que le palais d'Hiver* », les devantures des magasins « *plus luxueuses qu'à Pétersbourg* ». Elle assistera à une représentation de *L'Après-midi d'un faune*, s'écriera qu'il n'y a rien de plus beau, verra sa mère et Diaghilev se jeter dans les bras l'un de l'autre – « Chinchilla !... Anna Ivanovna ! » –, et Diaghilev lui présenter l'élégante comtesse Greffulhe, égérie de Proust et mécène des Ballets russes. « *Il y avait aussi,* ajoute Nastia, *entourant Diaghilev et la Comtesse, un groupe de jeunes messieurs très snobs* »...

Jean Cocteau ? Jean Lorrain ? Lucien Daudet ? Reynaldo Hahn ? Marcel Proust lui-même, encore tout ému de la publication de *Du côté de chez Swann* ?

De leurs bouches, Nastia recueille un bouquet d'expressions à la mode qu'elle ne manquera pas d'utiliser à Pétersbourg : « avoir sa baignoire au Français », « être pourri de chic »...

Insouciante, légère, Nastia ne se doute pas que ces rencontres avec l'intelligentsia parisienne la sauveront, plus tard, de la misère...

Quelques factures conservées comme des reliques par Nastia et épinglées dans le journal attestent que les dames Dalmatov ne se sont privées de rien dans la capitale française :

Dix nuits à l'hôtel Carlton des Champs-Elysées.

Fruits de mer chez Poirier.

Deux robes du soir – Madeleine Vionnet.

Douze flacons de *Rosine*, le parfum de Paul Poiret.

Deux séances à l'institut de beauté Keicher-Valentin, 9 rue Volney, qui avait une succursale à Pétersbourg, au 29 Grande Rue des Ecuries.

« *Paris : tourbillon enchanteur !* » s'écriera Nastia tandis que sa mère, pressée de rentrer en Russie avant que la toute récente déclaration de guerre ne ferme définitivement les frontières, renonce, faute de temps, à investir dans un appartement parisien une somme d'argent qui aurait ainsi échappé aux Bolcheviks et amélioré considérablement la vie de Nastia dans l'émigration. Mais nous n'en sommes pas là...

En attendant l'enfer de la guerre, l'enfer de la Révolution, Nastia s'étourdit aux folles nuits de Pétersbourg.

Janvier 1912. Bal chez les Youssoupov en présence du couple impérial. Les pages du journal fourmillent de remarques brèves et sans suite témoignant d'une panique bien compréhensible : « *Ma révérence sera ratée, j'en suis sûre... je n'ai jamais été aussi laide...* «

Un différend oppose Nastia à sa mère à propos de la robe. Nastia la veut originale, « artistique », quelque chose comme les tenues de Lydia Dimitrieva, ou comme le tutu rose et rouge de Karsavina dans le ballet *Pétrouchka*. On l'assure que le rose ne va pas avec le rouge, pas plus que le bleu avec le vert. « *Alors pourquoi Alexandre Benois marie-t-il ces couleurs ?* » s'insurge Nastia. « *Il y a des teintes que l'on peut porter sur une scène de théâtre mais qui offenseraient le goût à un bal,* rétorque sa mère. *Et d'ailleurs, pour une jeune fille, il faut du pastel...* »

Nastia, renfrognée, avale la couleuvre et se laisse attifer d'une tarlatane bleu pâle façonnée par une certaine Mme Boisson, « couturière de Paris ». Nastia se souviendra plus tard de ces diktats quand elle travaillera dans la mode. Pour les enfreindre...

Maints croquis commentés jalonnent les interrogations angoissées de Nastia concernant sa robe qu'elle portera un rien décolletée, complétée par de longs gants de suédine et une « palatine de zibeline » prêtée par sa mère.

Je ne peux résister au plaisir de mentionner ici quelques fournisseurs de ces dames dont les cartes de visite, collées à même les pages du journal, attestent de l'omniprésence et du prestige de la France :

« *Mme Badière-Saquiot, modiste, 3 Petite Rue des Ecuries, Téléphone 526 64* [c'est dire le nombre d'abonnés à Pétersbourg à cette époque !]. *Chapeaux, plumes, fleurs, boas, manchons, corsets élastiques : les dernières nouveautés de Paris directement chez vous !* »

« *Raymond Richard, rue Galernaïa. Pour vous immortaliser en tenue de soirée ou de carnaval, vous tire le portrait sur cartes postales.* »

Et cette réclame, la plus savoureuse :

« *La Maison de la Beauté, 66 avenue Nevski. Vous y découvrirez une méthode de beauté miracle : la masséconide ou automassage liquide* [l'ancêtre du « gommage » ?]. *Enlève boutons, rides, bajoues, pattes d'oie, dissout tout empâtement et irruptions graisseuses. Absolument inoffensif. Attestations de célébrités : Zambelli, Pavlova, etc.* »

Avant que d'évoquer le bal, une réclame encore, la dernière, collée dans le journal sous la rubrique « Idées de cadeaux » :

« *L'autopiano chez Hans Munter, 74 avenue Nevski. A la portée de tous. Chacun peut y interpréter les compositions les plus difficiles.* » [L'ancêtre du karaoké ?]

Rue de Tauride, le 4 janvier 1912.

Contre toute attente, je suis déçue par la soirée d'hier. Malgré la magnificence du palais Youssoupov, quai de la Moïka, le scintillement des bijoux sous les lustres éclairés a giorno, malgré la gentillesse et le charme d'Irène et Félix Youssoupov et la présence exceptionnelle des souverains, mon premier bal ne m'a pas comblée de joie. Ce désappointement est-il lié aux incessantes querelles qui, pendant des semaines, m'ont opposée à maman ? Je ne crois pas. N'est-ce pas plutôt le regard sombre de papa au moment de me rendre au palais d'Hiver, ses recommandations laconiques ?

« *Profite bien de cette fête, ma chérie, a-t-il murmuré*

en m'aidant à monter dans le traîneau, tout cela ne durera pas... »

Cette phrase m'a troublée. Que dois-je entendre par « tout cela » ? Ces bals, ce luxe, cette existence dont j'ai bien conscience qu'elle est « dorée » ?... On parle de grèves dans les usines, de colère parmi le petit peuple... Pour la première fois, des voleurs se sont introduits dans notre maison de Rojdestvéno. On brandit la menace d'une nouvelle révolution, pire encore que celle de 1905...

Depuis l'assassinat de son ami Stolypine, en septembre 1911, papa est plus tourmenté que jamais. Je sais qu'il vient de rejoindre le parti « Cadet » [le parti Konstitutionnel-Demokrat créé par Milioukov et Nabokov, le père du futur écrivain].

« Nous voulons éviter à la Russie de nouvelles journées sanglantes », m'a expliqué papa.

En tout cas, ce que j'ai vu et entendu hier au palais Youssoupov ne m'a laissé qu'un goût d'amertume. D'abord, les innombrables « leçons d'étiquette » de la comtesse Vorontsov ne m'ont servi à rien. Je me suis trouvée perdue au milieu d'un groupe de jeunes filles de l'institut Smolny plus godiches les unes que les autres, et personne n'a fait attention à moi. Au moment d'esquisser ma révérence devant l'impératrice Alexandra Féodorovna, celle-ci a tout juste daigné me jeter un regard. Et quel regard ! Si indifférent, si triste, si abattu...

D'emblée, je ne sais pourquoi, je me suis sentie étrangère et j'ai décidé de suivre le déroulement de la soirée en observateur. Grâce aux leçons de la comtesse Vorontsov, la mazurka et la polka n'ont plus de secret pour moi mais j'ai entendu dire qu'à Paris, une nouvelle danse fait fureur : le tango... A défaut de tango, j'ai dansé la valse à traîne déployée. J'avais appris à me passer d'un page.

[Le mot « page » désigne ici un ruban que les jeunes filles portaient enroulé au poignet, et dans lequel elles glissaient leur traîne pour danser plus commodément. A la cour ou en présence du tsar, le port du page n'était pas admis et il fallait danser à traîne déployée.]

... Au buffet, caviar à profusion. Une des demoiselles d'honneur à chiffres s'est effondrée sur le sol en croquant un

radis : son corset était trop serré et elle s'est trouvée mal. Les jeunes messieurs m'ont paru ennuyeux, engoncés dans leurs uniformes et leurs principes. Pas un seul ne m'a parlé art ou littérature... Je pensais à la Tour Ivanov, à Blok, à Meyerhold, à Vadim, à Chagall... Là est mon milieu, là est ma vraie famille.

Le tsar s'est approché de notre groupe et a devisé d'un air distrait avec les aspirants-officiers. Il est doux, distingué, petit de taille. Ses yeux bleux semblent s'écarquiller de bonté, de droiture, j'allais dire : d'innocence. J'ignorais qu'il eût tant de tics : il ne cesse de porter la main à son col, de se lisser la moustache...

Lui et l'Impératrice se sont retirés de bonne heure.

Ce faste, cette étiquette, m'ont paru d'un autre âge. Chacun s'appliquait à son rôle sans y croire. On dirait que l'essentiel se joue ailleurs. Le « tout cela ne durera pas » de papa résonne encore à mes oreilles...

Anastasia mûrit. Encore un an et les déceptions, les doutes, auront fait d'elle une adulte.

Lundi, mardi, je ne sais plus... 1912.

Ce matin, je suis montée chez les Ivanov pour voir Lida dont je n'avais plus de nouvelles. Elle était seule, effondrée sur son lit. Elle sanglotait. J'ai aussitôt pensé à une déception amoureuse et j'ai pris ses mains glacées dans les miennes en la suppliant de se confier à moi. Elle secouait la tête : « Je ne peux pas te dire, c'est trop affreux... » Tout à coup une pensée terrible m'est venue : elle était amoureuse de Piast. Elle pensait que je l'étais encore de lui. Elle nous croyait rivales.

J'allais lui expliquer que mon béguin pour Piast n'avait été qu'un feu de paille, que nous n'étions plus que de bons camarades, que... Alors de la bouche de Lida jaillirent des mots qui ne concernaient ni Piast, ni moi, ni elle-même, des mots qui pourtant me glacèrent d'effroi : Viatcheslav Ivanov veut épouser Véra, la fille de sa défunte femme Lydia Dimitrievna, Véra qu'il a connue enfant, Véra qui a vingt-quatre ans de moins que lui, Véra qu'il a élevée, Véra, la demi-sœur de Lida, Véra qui ne rêve que de Kouzmine !

Viatcheslav Ivanov veut epouser sa fille ! [la phrase est soulignée avec rage]

Il paraît qu'il ne manifeste, me dit-elle, aucune honte, aucun remords. Il se sent en paix avec sa conscience, se conformant, prétend-il, aux dernières volontés de Lydia Dimitrievna ! Je ne peux y croire.

Comble de l'horreur : Véra attend un enfant !

De cette union « contre-nature » un garçon naîtra : Dimitri. En attendant, Nastia passe des nuits blanches à ressasser les confidences de Lida, à fouiller dans ses propres souvenirs. « Des gens louches », avait précisé Mlle Lévrier à propos des Ivanov, « un manipulateur », disait Zénaïda Hippius de Viatcheslav. Comment, à présent, concilier l'admiration que voue Nastia au savant, au poète, et le dégoût qu'elle ressent pour l'homme ? Comment regarder Véra droit dans les yeux ?

L'inceste inscrit dans *La Dévotion à la Croix* s'est mué en réalité. Tandis qu'Eusébio-Lida courtisait sa propre sœur devant le public de la Tour, Véra se consolait de son amour impossible pour un poète homosexuel – son père au théâtre –, dans le lit de Viatcheslav Ivanov – son père dans la vie ! Le destin des hommes inspire la littérature mais la littérature anticipe sur le destin. L'Art est un jeu dangereux, le monde un chaudron fumant où bouillonnent, mélangés, le bien et le mal. Ainsi songeait Anastasia.

En cette année 1912, Viatcheslav Ivanov quittera le 35 rue de Tauride avec Véra et Lida pour n'y plus jamais revenir. Après un séjour à Moscou et à Bakou, il émigrera en Italie où un prêtre bénira en secret son mariage avec Véra juste avant la mort prématurée de celle-ci. Cette union ne sera jamais pleinement officialisée puisque l'acte de baptême de Dimitri portera la mention : « Né de père inconnu. »

Finis les mercredis de la Tour, le théâtre de la Tour, la Bohème à domicile...

Je ne peux me résigner au départ de Lida, écrit Nastia. *Je me sens désœuvrée, morose. J'ai compris que le bonheur est chose fragile. Je me sens vieille...*

Un an après, ce sont les Kouropatkine qui quittent le 35 rue de Tauride. Exit Alexis, le fiancé peu amène... Leur succède dans le vaste duplex du premier étage une famille juive richissime du nom de Gordon. Boris Abramovitch, le père, est un industriel du tabac – sa cigarette, la « Gordon », est l'équivalent de la Gauloise. Il est aussi banquier et éditeur. Rien alors ne laisse supposer que sa fille Hélène, âgée de quatre ans en 1913, sera un jour la créatrice du célèbre magazine féminin français : *Elle*...

Le 10 mars 1913.

Aujourd'hui, j'ai dix-neuf ans et le cœur plein d'amertume : un journal des plus vulgaires a publié une liste des maîtresses de Raspoutine. Maman y figure.

« Des gens louches », disait Mlle Lévrier à propos des Ivanov. Nous voilà nous aussi devenus des gens louches...

Le sillage d'une mante religieuse parfumée à *L'Air du temps* traversait parfois mon sommeil, mais plus encore celui d'une rousse en cape blanche arpentant en talons aiguilles les rayons du magasin Elisseïev. Je pourchassais son ombre d'un bout à l'autre de la Nevski, de l'Amirauté à la Laure, sous les arcades de Notre-Dame-de-Kazan, sur les bancs de la place Ostrovski, au pied de la statue de la Grande Catherine, dans les vitres teintées de l'hôtel Europe. En vain. Elle s'était évaporée dans l'air glacé de Pétersbourg comme un être etheré qu'elle était.

J'aurais pu me rabattre sur Tamara, la traquer dans sa boutique Nina Ricci de l'avenue Litéïny. Je préférais les fantômes. Depuis ce jour où, retenu chez les Klein, j'avais laissé passer l'heure du rendez-vous au bar de l'hôtel Astoria et m'étais retrouvé, indécis et solitaire, dans la blancheur ouatée de la place Saint-Isaac, j'avais compris que seules les absentes ont ma faveur.

J'avais donc décidé d'aller me coucher. Et seul. Comble de malchance ma voiture – neuve ! – refusa de démarrer, la température atteignant les moins vingt ce soir-là. Chassant de moi l'idée qu'il s'agissait d'un stratagème de la Providence pour me jeter dans les bras de la *facial designer*, j'entrepris de rentrer à pied. Trois quarts d'heure me suffiraient, pensais-je, pour longer les quais jusqu'au Champ de Mars, traverser les huit cents mètres du pont de la Trinité et regagner ainsi mes pénates du quartier de Petrograd. Tel Napoléon guidant ses grognards vers Moscou parmi les congères, j'avais sous-estimé mes forces. En revanche, bien des mystères de la culture russe me furent ainsi révélés.

J'inhalai du cristal. Le froid, tel une louve, dévorait mon visage. Le monde était comme pétrifié dans le vide. L'immobilité, l'absolue pureté de l'atmosphère carillonnaient à toute volée dans mes oreilles, contre mes tempes. A vous rendre « sonné », mot que je n'emploierai plus avec légèreté. Pendant mon séjour indien, j'avais appris que les soufis, les mystiques de l'islam, « entendent » les cloches du silence...

Une main serrant le col de mon manteau, l'autre enfoncée dans ma poche, les doigts gourds malgré mes gants fourrés, je pris la direction du fleuve, mon nez roide fendant douloureusement l'air.

Le manteau, le nez, ces deux accessoires qui ont chacun donné à Gogol le thème d'une nouvelle. Mon être se réduisait à cela : un manteau qui protégeait 95 % de la surface de mon corps et un appendice nasal non couvert – les 5 % restants –, offert au gel, à l'anéantissement, à la mort. Je compris que les nouvelles de Gogol ne sont pas des récits fantastiques. Sortez par moins vingt dans la nuit pétersbourgeoise et vous aurez véritablement la sensation que votre nez se détache de votre figure, vous échappe, se met à flotter. Qui, alors, pourrait l'empêcher de se fixer sur un autre corps, par exemple sur une de ces petites frappes au crâne rasé, au regard inquiétant qui, jusqu'à l'aube, font le guet bien au chaud dans les Mercedes, en attendant que leur gros mafieux de patron sorte du casino ?

J'ai traversé le square des « Décembristes » où, dit-on, des nez, des mains tranchées, des morceaux de chair sanglante restèrent longtemps suspendus dans les arbres enneigés après que l'armée de Nicolas Ier eut fait tirer à bout portant sur les hommes de Mouraviev, Troubetskoï, Volkonski... C'était le 14 décembre 1825, d'où le nom de « décembristes » donné à ces jeunes aristocrates libéraux réunis ce jour-là devant le palais d'hiver pour exiger du tsar l'abolition de l'esclavage.

Tout est jaune et blanc autour de moi : blanches la

neige, la Neva gelée et les colonnes néo-classiques qui ornent les bâtiments jaunes de l'Amirauté, du Sénat et du Saint-Synode. Dans la palette pétersbourgeoise, c'est le jaune qui domine, ce jaune qu'un architecte italien nommé Carlo Rossi plaqua, au siècle dernier, sur un ensemble architectural qu'il trouvait trop rouge et trop baroque.

Me voici, silhouette dérisoire, face au fleuve gelé si large, si puissant, si omniprésent que, sur l'autre rive, le palais Menchikov et l'Université me paraissent d'humbles maisons de poupées qu'un enfant aurait saupoudrées de sucre. C'est le poète Brodski, je crois, qui comparait ces enfilades de façades grandioses de près, minuscules de loin, à un train échoué en rase campagne.

Jamais ce qui caractérise Pétersbourg, à savoir son urbanisme aplati, dispersé, étalé le long des voies d'eau, ne me frappa avec tant d'acuité. Qui n'a vu la Neva encaparaçonnée de glace n'a rien vu de la Russie. Sa surface n'est pas lisse, loin de là. L'eau en gelant a gardé intacte l'empreinte des remous. Ce n'est que lorsque la neige les aura entièrement recouvertes que ces « montagnes russes » se transformeront en patinoire.

Un peu raide sur son gros cheval cabré qu'arrime au sol un bloc de granit sanglé d'un reptile, Pierre le Grand offre aux regards attendris une tête menue coiffée d'une ridicule calotte glacée, indigne du *Cavalier de bronze* décrit par Pouchkine. C'est que la neige brouille le réel, le réinvente, le démystifie. Au fait, qui se souvient de la jeune Française d'à peine vingt ans, l'assistante du vieux sculpteur Falconnet – de surcroît, sa belle-fille et... son amante – qui modela cette tête de bronze ? Certainement pas les jeunes mariés qui, sacrifiant à la tradition, viendront au printemps se faire photographier au pied de la statue.

J'avance, tendu vers mon but, concentré sur le rythme de ma marche. J'écrase de mes bottes la neige qui, à chaque pas, émet des « tchreu...tchreu... » qui sont comme les sonorités mêmes de la langue russe. J'ai atteint le pont du Palais. Ce qui s'étend sous mes yeux est d'une splendeur telle que, malgré le froid pinçant, je fais halte et contemple. A ma droite, le long du quai, le palais d'Hiver couleur d'émeraude – il était rouge sang du temps de Nastia –, qu'un éclairage au laser récemment offert par la ville de Lyon transforme en vaisseau de cristal. A ma gauche, par-delà le fleuve, la flèche dorée de la cathédrale Pierre-et-Paul – celle que Céline dans *Bagatelles pour un massacre* décrit comme « le terrible poignard d'or, tout aigu... la flèche d'une paroisse d'assassinés » –, s'élance dans le ciel d'encre.

Mais voilà qu'il se met à tomber des flocons ronds, des flocons drus. Le vent se lève, souffle, siffle, piaule, fait grincer des mâts, crisser des cordages. Des tourbillons de neige balaient la ville, égalisent les reliefs, noient les repères. Ma vue se brouille. Mes yeux pleurent du verre. Des glaçons plein les cils, j'avance « au nez », frigorifié, titubant comme un ivrogne. Dans mon dos, à peine étouffé, un bruit de sabot : Pierre le Grand a sauté de son piédestal. Il s'est lancé à ma poursuite. Malgré la lourdeur de sa monture, il brave la tempête d'un galop agressif. Je l'ai vexé avec mon histoire de galette sur la tête. Voilà ce que c'est que de se moquer d'un empereur.

Lui échapper, à tout prix ! Courir ! Je tente d'accélérer le pas. Je patine. La tempête s'amplifie. Je bute contre d'éphémères congères. Je m'enfonce dans d'inexplicables trous. Je ne distingue plus le trottoir de la rue, la rue du fleuve, le fleuve du ciel. Seul, de place en place, l'éclat huileux des réverbères me guide à travers ce qui n'est plus qu'un jeu de miroirs, l'illusion d'une ville. Et si la malédiction d'Eudoxia, femme répudiée de Pierre le Grand, se réalisait ? Si le brouillard gluant, l'eau putride et la neige ensevelissaient à jamais Piter comme le prédit dans un poème Zénaïda Hippius ?

Tu sombreras dans la boue noire,
Ville maudite honnie de Dieu.
Et le vers des marais, vorace
Rongera ta fière carcasse.

La tempête fait rage. Craquements. Galopades. Ululements. Une cavalcade ! Ce n'est pas seulement Pierre le Grand qui me pourchasse mais avec lui toutes les statues de Pétersbourg : tsars, tsarines et généraux en tête, escortés de la piétaille anonyme des anges, nymphes, sylphes, amours et autres dryades qui se dressent le long des toits des palais, hantent les squares, nichent dans les alcôves, et n'attendent qu'un signe du tyran pour foncer sur vous, vous étouffer de leurs ailes, de leurs flèches vous crever les yeux...

Mais la foule la plus redoutable ne s'est pas encore mise en branle. Ceux qu'anime le sentiment aigu de la revanche, ceux qui conservent au fond de leur cœur de brique et de stuc le souvenir des bâtisseurs de Pétersbourg – bagnards effondrés dans la boue des canaux, prolétaires entassés dans la poussière des briqueteries, poètes condamnés au silence, soldats, résistants –, ce sont ces innombrables atlantes qui, bras levés, échine ployée, soutiennent les auvents, les portiques et les balcons de la ville. Le vrai symbole de Pétersbourg, la meilleure allégorie de l'esprit de son peuple, ce sont eux, ces gardiens de l'Histoire. Qu'ils lâchent prise, qu'ils s'insurgent, se rebellent, et la ville s'effondre, sombre dans le chaos.

Et dans mon dos susurrent leurs voix d'outre-tombe : « Ne pas fouiller le passé, ne pas déranger les morts... » Les atlantes de Pétersbourg me mettraient-ils en garde ?

Je panique. Plus vite ! Mes pieds s'enlisent. Le souffle me manque. Un vent venu de l'Arctique me rive au sol. Transformé en bonhomme de neige, j'affronte les rafales, les bras tendus comme un aveugle. Je suis ce pauvre Eugène du *Cavalier de bronze* dont Alexandre Benois a fixé la silhouette exsangue et effarée dans une gravure désormais célèbre.

Une phrase tranche le ronron confus de mes pensées : « Je suis givré ! »... Givré comme on le devient peu à peu à Pétersbourg, givré comme le sont les rejetons de cette cité trop belle édifiée sur la tourbe et les ossements par un souverain paranoïaque, cette cité glaciale, venteuse et glauque où le givre précisément engourdit le corps, embue l'âme, grippe le cœur et détraque le cerveau... Kropotkine, Raspoutine, le Raskolnikov et le Stavroguine de Dostoïevski, le Bazarov de Tourgueniev, le Nicolas Apollonovitch et le Doudkine d'André Biély ne pouvaient naître qu'à

Pétersbourg, foyer de tous les excès, creuset de toutes les démences. La folie ne peut être que russe... Et toujours ce bruit de galop étouffé comme un ronflement continu. Et toujours ce concert de voix mêlées, indistinctes : « Ne pas fouiller le passé, ne pas déranger les morts... »

Je tente de me retourner. De jeter un coup d'œil derrière moi. Les flocons m'assaillent comme des guêpes. Grenaille céleste. L'air me scie les poumons. J'étouffe. Trou noir. Ou plutôt trou blanc. Troublant : ni cavalier, ni général, ni faune, ni cariatide mais deux lueurs jaunes qui me talonnent, lentes, menaçantes, comme deux bombes transportées dans l'obscurité par deux inconnus.

Pétersbourg, ville de la folie meurtrière, des nihilistes, des attentats ! Je crois voir devant moi, ensanglantant la neige, le corps déchiqueté d'Alexandre II après l'attentat fatal dont il fut victime. Léonora m'a dit qu'à l'école on leur faisait apprendre par cœur la biographie de chacun des « héros » qui participèrent à cette boucherie. Des bribes de ma dernière lecture affluent à ma conscience : *Pétersbourg*, d'André Biély –, un familier de la Tour dont Nastia admirait le talent et les jaunes yeux de tigre ; *Pétersbourg*, le plus beau roman jamais écrit sur Saint-Pétersbourg, aussi éblouissant, aussi novateur que *La Recherche du temps perdu* ou *Ulysse* ; l'histoire d'un exalté qui sillonne, de nuit, les rues de Piter une bombe à la main et veut anéantir la ville. Dans le roman de Biély, comme chez Goethe et Garcia Lorca – la symbolique des couleurs n'est-elle pas universelle ? –, tout ce qui est jaune signale un danger : murailles des ministères, eaux du canal grouillantes de bactéries sous la croûte gelée, ronds lumineux des réverbères pareils à du jaune d'œuf dilué dans la neige. En russe, on appelle « presse jaune » la presse à scandale. Oui, c'est de l'ordre de la métaphysique, le jaune recèle une menace. Comme ces deux lueurs jaunâtres noyées de brume – ne dirait-on pas deux bombes portées par des terroristes, des agents du FSB, des mafieux ? – qui me rattrapent...

Me dépassent, s'immobilisent. Les phares d'une Peugeot ! Ce n'était que ça le ronflement, la rumeur dans mon dos...

Derrière la vitre embuée s'esquissent les contours flous d'un visage féminin. Un instant, l'idée me traverse que Tamara a cherché à me retrouver...

La portière s'ouvre et, dans l'intimité tiède et lumineuse de l'habitacle s'encadrent... la ronde figure de Mlle A., surmontée d'une toque de vison « Castafiorique », et celle carrée, débonnaire, rassurante, du conducteur : Jean Dartel, mon patron, le directeur du Crédit Lyonnais.

Ils reviennent du Bistro français. Ils ont bien bu, bien dîné. Ils ont chaud. Ils sont rougeauds. Ils respirent la santé. Ils rayonnent de bon sens. Leur cœur déborde de pitié pour moi, moi qui suis grelottant, à jeun, pâle, défait et à demi inconscient, moi qui les écoute, avec une reconnaissance éperdue, me « faire la leçon », comme à un enfant :

« C'est donc bien vous !... Mais vous allez geler sur place ! Rentrez vite au chaud dans la voiture ! On va vous ramener chez vous et vous mettre au lit avec un bon grog et une bouillotte. Non mais ! Il faut être... »

J'anticipe, je frémis...

« Il faut être FOU pour sortir par un temps pareil ! »

Sauront-ils jamais que je viens de vivre une hallucination, de frôler la folie comme les héros des romans russes !

Ainsi s'acheva mon épopée fantastique en jaune, rouge et blanc à travers la nuit pétersbourgeoise. J'avais effleuré de troublantes vérités, frôlé l'ineffable, caressé l'indicible.

Léonora ayant décidé de s'isoler quelque temps pour achever sa thèse qu'elle devait soutenir à l'automne, je me retrouvai plus que jamais solitaire, privé à la fois de son aide « professionnelle » et de son amitié.

Vers la mi-décembre, Victor Sarmanov m'appela. Il avait retrouvé les traces de mon ancêtre dans la généalogie des Sayn-Wittgenstein. Anne-Charlotte, cousine germaine du célèbre général, avait bel et bien épousé un officier français du nom de Gilbert de Chauvigny. Cela dit, rien ne permettait d'établir un rapport quelconque entre ma famille et celle de Nastia. Quant à d'éventuels descendants de la famille Dalmatov, Sarmanov fut formel, il n'y en avait pas.

« En revanche, ajouta Sarmanov, il s'avère que les Sayn-Wittgenstein étaient liés aux Nabokov. Henri, le dernier propriétaire, avant la Révolution de 1917, du domaine des Sayn-Wittgenstein à Droujnocélié, avait pour femme Elizabeth, la tante paternelle de l'écrivain. »

Que la belle-famille de mon ancêtre fût apparentée à un écrivain que j'admirais ne parvint pas à me consoler d'une double déception :

Anastasia Dalmatov et moi, nous n'avions aucun lien de sang.

Espérer rencontrer des Dalmatov était désormais impossible, la famille s'étant éteinte.

Moitié par désir d'échapper aux festivités organisées par Mlle A. à l'occasion du réveillon, moitié par espoir de découvrir « sur le terrain » des réponses aux questions que je me posais, je me rendis au moment de Noël à une cinquantaine de kilomètres au sud de Pétersbourg, au-delà de Gatchina, dans le but de visiter deux villages : Rojdestvéno, où devaient se trouver Les Sorbiers, la propriété des Diernov-Dalmatov si souvent mentionnée par Nastia, ainsi que la maison-musée de Nabokov ; Droujnocélié, où les Sayn-Wittgenstein possédaient un domaine.

Des Sorbiers, il ne restait qu'une aile de style néo-classique transformée en hangar. Du matériel agricole à la technologie dépassée y rouillait sur place : le kolkhoze créé là à la Révolution était en faillite depuis la Pérestroïka. Le parc à l'abandon était, semblait-il, régulièrement visité par des pique-niqueurs peu concernés par les problèmes d'environnement. Aucune trace du « zoo privé » décrit par Nastia, ni de la roseraie, ni du « kiosque chinois », ni des serres où l'on cultivait des ananas. Du pont néo-gothique enjambant le canal, on ne distinguait plus qu'un éboulis de briques rouges.

La propriété des Nabokov, quant à elle, venait de brûler complètement. Accident ou incendie criminel ? Les gens du coin hochaient la tête...

A Droujnocélié, la chapelle mortuaire des Sayn-Wittgenstein s'élevait encore au bord de l'étang. Sa coupole fendue, hérissée d'herbes folles, n'abritait plus que des tombes violées depuis longtemps mais le palais lui-même existait encore, transformé en hospice. Dans le « jardin d'hiver » où des vieillards en pyjama jouaient aux échecs parmi les odeurs de potage et d'éther, trônait un buste de Lénine. Le temps semblait s'être arrêté...

Je revins, morose, dévoré de mélancolie. En réalité, ces errances solitaires me minaient. Non seulement elles débouchaient sur le néant – je n'avais rien trouvé sur la vie de Nastia après son retour en URSS, et aucune explication sérieuse ne s'était présentée quant à la présence de son journal chez mon grand-oncle Joseph – mais elles me mettaient face à l'amère réalité : en m'installant à Saint-Pétersbourg, je n'avais laissé aucun de mes problèmes à Paris. La vie de bureaucrate était aussi routinière en Russie qu'en France, le monde de la finance aussi desséchant.

J'avais tout quitté pour venir vivre dans un pays dévasté, un champ de ruines où la laideur soviétique avait à jamais défiguré le passé, une « Utopia » de pacotille qui avait berné des générations d'âmes éprises d'égalitarisme et qui, maintenant, avait rejoint la liste noire des régimes les plus corrompus.

Je déprimais. Les mises en garde de Mlle A. me parurent moins ridicules quoique, Dieu merci, le besoin de recourir à ses bons offices ne se fît pas encore sentir. Puisque Anastasia se dérobait, puisque la Russie ne m'avait pas conquis, puisque l'avenir du Crédit Lyonnais à Saint-Pétersbourg me laissait indifférent, mon séjour avait-il encore un sens ? J'en doutais. Dans ce cas, comment faire marche arrière alors que j'avais signé un contrat de deux ans ? Démissionner ? Et quelle raison invoquer ?... Que mon travail ne me passionnait pas ? Que la fascination – tardive – que la ville avait exercée sur moi était retombée ? Que ces journées d'hiver réduites à quelques heures me donnaient l'impression de vivre au ralenti une existence diminuée ? Que Paris – que j'avais fui ! – me manquait ? Que l'ambiance provinciale qui régnait parmi la communauté française réduite à quelque deux cents personnes me pesait ? Autant de motifs inavouables.

Pour couronner le tout, je reçus un courrier d'Ariane. Des amis communs lui avaient communiqué mon adresse. Le message tenait en trois lignes sur une carte de vœux format huit sur cinq : « Bonne année 1995. J'espère que la Russie te plaît. Tout va très bien pour moi. Bisous. »

Par dépit, par désœuvrement, je plongeai dans la vie nocturne, découvris les lieux « chauds » de Saint-Pétersbourg : le dancing Le Sénat – aménagé dans les sous-sols de ce même Sénat où André Biély place son héros, Apollon Apollonovitch, victime désignée de la bombe –, L'Aquarium, dans le quartier de Petrograd, où sur une piste lunaire sans limites visibles planent les rythmes répétitifs et décervelants de la techno, enfin Les Nuits de Hollywood, un tout nouveau night-club sur la Nevski, très chic, « *klass* » comme disent les Russes. Si

Pétersbourg se refusait à me livrer les secrets de son passé, peut-être me laisserait-il goûter aux charmes de ses filles superbes, les plus belles du monde dit-on...

Il est loin le temps où Proust, évoquant la beauté de la comtesse Greffhule, soulignait « l'énigme de ses yeux » et un « je-ne-sais-quoi dans le modelé des cartilages ». On ne perd plus son temps à de telles finasseries propres à l'époque révolue où une aristocratie oisive et hyper-sophistiquée se plaisait à couper les cheveux en quatre. Aujourd'hui, il faut que la beauté saute aux yeux, et vite, qu'elle soit immédiatement perceptible même pour les moins raffinés d'entre nous. D'où l'adjectif « canon », qui a remplacé l'infinie variété des « goûts et des couleurs » et fonctionne comme un dénominateur commun, un critère accessible à tous fondé sur ce principe unique, simple et évident comme une formule mathématique : la longueur des jambes. Sur ce plan, la jeune fille russe des années 90 ne souffre aucune concurrence. Il semblerait qu'avec la Pérestroïka, l'irruption sur le marché de produits occidentaux « allégés » et le retour des valeurs « bourgeoises » – individualisme, plaisir, souci de la mode, culte du corps –, une nouvelle femme soit née : haute sur pattes, anémique, anorexique, fofolle et fragile.

Tous les vendredis soir, Les Nuits de Hollywood se peuplent d'une meute de ces bêtes de race tenues sous haute surveillance par leurs « protecteurs » : ex-apparatchiks du PC reconvertis dans le business, le cigare – et non plus le couteau – entre les dents, frimeurs au crâne glabre en trois-pièces de chez Hugo Boss, exportateurs de vodka, croqueurs de diamants, fabricants d'icônes, industriels de l'armement, usuriers, usurpateurs de titres nobiliaires, banquiers, banqueroutiers, intermédiaires de tout poil, tricheurs, revendeurs de tracteurs, rouleurs de mécaniques, trafiquants d'informatique, noceurs, baroudeurs, spéculateurs, tireurs d'élite, tueurs à gages, tous accoudés au bar « entre mecs » devant un cognac, leurs armes « déposées au vestiaire » comme les en exhortait une pancarte à l'entrée de l'établissement mais leur « mobile » à portée de main, le front plissé, l'œil mauvais, la lippe pendante, l'air de dire « Ces filles sont à nous. Elles nous coûtent assez cher. Pas touche, sinon... »

Assis dans un coin obscur, j'observais discrètement ces jeunes femmes – que Proust aurait parées du terme évocateur de « demi-mondaines » – moulées dans des robes voyantes de chez Versace, le couturier fétiche des nouveaux Russes. Je scrutais leur expression de profonde concentration quand, penchées au-dessus de leur poudrier, elles retouchaient leur maquillage ou traquaient une ridule. Je tendais l'oreille à leurs chuchotements d'écolières en mal de confidences, à leurs éclats de rire débordant d'une solidarité toute féminine que venait parfois contredire, involontaire et d'autant plus menaçant, le crissement nerveux d'un ongle manucuré sur la banquette de cuir, à l'approche d'une nouvelle arrivante encore plus mince, encore plus belle.

Dans un pays où le féminisme occidental des années 70 n'a pas pénétré, les jeunes filles de 1995 ont un comportement minaudier et des rêves de midinettes parfaitement ajustés au machisme de l'homo post-sovieticus obsédé par le cours du dollar, sa masse musculaire et la cylindrée de sa bagnole. On est loin de la « kolkhozienne » soviétique, joufflue et solide sur ses jambes, brandissant la faucille et le marteau, loin aussi de ces jeunes bourgeoises d'avant la Révolution qui, comme l'écrit Anastasia, « allaient faire leur médecine à Lausanne ».

Je rentrais toujours déçu de ces escapades nocturnes. Aborder ces créatures était un jeu dangereux, une provocation, et surtout, elles ne m'attiraient pas. Trop froides, trop stéréotypées, ces déesses de papier glacé ne provoquaient en moi aucune émotion, tout juste un frémissement esthétique. Où étaient les Zénaïda Hippius, les Véra Ivanov, les Anastasia Dalmatov de cette fin du XXe siècle ? Où étaient ces beautés cultivées, à l'esprit étincelant, à l'âme vibrante ?

Peu à peu, je pris l'habitude de flâner sur le quai Griboïédov entre midi et deux heures, près de l'université d'Economie et des Finances où j'avais déjà remarqué une faune estudiantine fortement féminisée.

Ce quartier de Pétersbourg ressemble à Venise ou à Amsterdam. Le long des façades étroites aux teintes ocre, brique, ou saumon s'écoulent, profondément encaissées, les eaux verdâtres du canal. Les quais de granit couleur lie-de-vin ont cette porosité granuleuse qui, d'après le poète Brodski, adhère à la semelle du promeneur et « l'imprègne d'un désir quasi sensuel de marcher ». Quant au pont de la Banque il est, malgré son nom, le plus romantique de Saint-Pétersbourg. Avec ses quatre griffons barbus aux ailes dorées qui tiennent dans leurs gueules les haubans, des globes lumineux en équilibre sur leurs crânes, on le prendrait pour un décor de *Roméo et Juliette*. Passé le numéro 29, le quai perd son cachet italien : le plus élevé des cinq bulbes de la très orthodoxe cathédrale Saint-Sauveur – celui qui ressemble à une crème glacée – est entré dans votre champ de vision. Et là, pas de doute, on est bien en Russie, même si devant la façade vert Véronèse du numéro 23 tremblote au fond de l'eau le crucifix doré de cette maladroite réplique de Saint-Pierre de Rome : Notre-Dame de Kazan.

Je me revois, le *Petersburg Times* roulé sous le bras, faisant les cent pas devant l'université, en quête d'une idylle improbable. Il me fallait un nouvel amour pour effacer l'échec de mon séjour en Russie, me venger d'Ariane, oublier Nastia.

Les étudiantes sortaient par petits groupes, dévalaient le quai d'un pas pressé en jacassant. Après quelques repérages, je jetai mon dévolu sur une blonde en noir. Blonde comme Ariane, mais pâle, mais maladive. Rien à voir, non plus, avec Nastia. Elle affichait cet air distant à la Greta Garbo qui, tout à la fois, effraie et fascine les hommes. Elle marchait lentement, esseulée, hautaine, énigmatique, comme une héroïne égarée dans les rues d'une ville inconnue. Je la vis un lundi, l'attendis en vain le mardi, revins le mercredi. J'étais décidé à la suivre et à l'aborder. Entretemps, je fantasmais...

Ce serait les Nuits Blanches. Baignant dans une lumière d'opale, une barque silencieuse nous conduirait le long du petit canal Krioukov, depuis l'église Saint-Nicolas-des-Marins jusqu'à la Nouvelle Hollande, le quartier le plus fantomatique de Pétersbourg. Nous longerions d'abord un immeuble de granit noir aux atlantes puissants où vécut Chaliapine, puis l'arrière du théâtre Marinski qui ressemble à un paquebot échoué. Nous passerions sous la rue des Décembristes avant de rejoindre le canal de la Moïka et le pont des Baisers. L'arche de granit à moitié éboulée, les hangars de briques désaffectés le long desquels saules et tilleuls se mirent dans les eaux calmes seraient le cadre idéal pour une étreinte nocturne.

Mais je ne revis jamais ma Greta Garbo. Elle s'était évanouie, dissoute dans les brumes du quai. Tant mieux car je me serais lassé d'elle comme je m'étais lassé de tant d'autres...

Dès lors, j'abandonnai au hasard ma quête d'une femme idéale. A l'heure du déjeuner ou le soir après mon travail, qu'il neige ou qu'il vente, j'arpentais la ville, un recueil de poèmes – Supervielle, Saint-John Perse, Akhmatova – dans une poche, un carnet à spirale dans l'autre histoire de fixer sur le papier mes émotions passagères, un poème improvisé ou quelques réflexions amères sur la nostalgie de l'Absolu ou l'incommunicabilité entre les sexes. De la place des Arts à la place aux Foins, du musée Pouchkine au marché Vladimir, je me grisais d'air glacé, de marche, d'illusions et d'irréalité. J'étais triste et exalté.

Le jardin Michel était mon lieu de prédilection. J'y pénétrais par la grille qui s'arrondit autour de l'église Saint-Sauveur. Un chef-d'œuvre que cette grille aussi rococo que celle du jardin d'Eté est sobre ! Ses fleurs géantes, ses feuillages en volutes font écho aux arcs, bulbes, coupoles et autres balustres renflées de ce château de conte de fées tout droit sorti d'un parc d'attractions qu'est Saint-Sauveur-sur-le-sang-versé, ce berlingot géant typiquement XIXe que Céline décrit en ces termes : « Saint-Sang... torsades... torsions... girolles... cabochons... en pustules... toutes couleurs... mille et mille. Crapaud fantastique crevé sur son canal. »

Des femmes, j'en croisais tant et plus... En chacune, je m'efforçais de capter un détail séduisant : une allure, un geste, une expression du visage... Parfois, une blonde attirait mon attention, mais elle n'était pas en noir et marchait comme un genadier. Une autre fois, un regard croisait le mien : des yeux violets, comme ceux d'Anna Ivanovna !... Cette rousse-là avait la cheville épaisse, des épaules de déménageur – comme Ariane – et le chien qu'elle tenait en laisse n'était pas un lévrier afghan... Cette jeune femme traînant par la main un enfant braillard avait les cheveux noir bleuté de Tamara et les yeux byzantins de Marguerite Volochine mais le ton qu'elle prenait pour gronder son fils me déplut... Et celle-ci – douze ans, quatorze ans ? – qui courait après un ballon, n'avait-elle pas, comme Lida Ivanov, le visage lisse et pâle d'une Madone ?...

Un jour que je longeais la Moïka devant le consulat général de France, un petit bonnet de laine rouge traversa mon champ de vision... une jeune fille un peu gauche, des livres sous le bras... Léonora ? Mais non, voyons...

Vint le dégel avec ses sautes de température et son orchestre de craquements, d'écoulements, de clapotements, de chuintements... Le bruit le plus caractéristique est celui de la glace qui fond à l'intérieur des chéneaux, énormes à Pétersbourg : un roulement de tambour. Parfois, une stalactite tombe d'un toit et provoque un accident. On conseille aux enfants de ne pas jouer sous les corniches à cette période de l'année. Ni sous les balcons. Jamais entretenu, souvent encombré de ces vieilleries qu'une population marquée par la pénurie ne se décide jamais à jeter – pots de fleurs ébréchés, planches vermoulues, réfrigérateurs hors d'usage –, le balcon pétersbourgeois constitue un réel danger pour les piétons. Chaque année, à la fin de l'hiver, les « chutes de balcons » émaillent régulièrement la rubrique des chiens écrasés du *Petersburg Times*.

Rues et trottoirs sont impraticables. La neige fondue se transforme en une gadoue visqueuse. Qu'il regèle pendant la nuit et cette gadoue devient un verglas qui ramollira le lendemain. Cycle infernal. Avec la fonte des neiges s'efface la Pétersbourg lisse et immaculée des cartes postales. Réapparaît la Piter jaunâtre, malsaine et putride d'André Biély et de Dostoïevski, et avec elle le mal de vivre que cette ville édifiée sur la tourbe sécrète depuis presque trois cents ans. De place en place, un tas d'immondices datant de l'été, un panneau renversé refont surface. On cherche en vain cette nuance bleu-violet de la boue pétersbourgeoise au printemps, que Nabokov nous assure n'avoir jamais vue ailleurs. On glisse. On patauge. On s'embourbe. On déprime. Comment faisait la belle Nathalie, l'épouse de Pouchkine, avec ses robes à rouleau et ses pantoufles de soie ? Sans doute passait-elle ses journées confinée chez elle à rêvasser dans l'attente du prochain bal.

Moi aussi, je rêvassais dans l'attente de je ne sais quel bal, de je ne sais quelle Nathalie... Mes dimanches devinrent lugubres. Je m'adonnais au *cocooning* en regardant la Neva charrier paresseusement les blocs de glace descendus du lac Ladoga. A quand les bateaux ? A quand le soleil ? L'hiver pétersbourgeois est interminable. Il vous mine. Si l'on n'y prend garde, il s'attaque à vos os, à vos muscles, à vos poumons, à votre cerveau, annihile votre volonté, vous dépouille de toute énergie.

Maria, la babouchka sexagénaire qui s'occupait de mon appartement, redoublait pourtant de zèle pour égayer ma vie quotidienne. Elle me gavait littéralement de conserves préparées de ses mains : cornichons marinés, confitures de baies. Les cornichons provenaient du potager de la datcha. Les baies avaient été récoltées dans les bois autour de la datcha. Celle-ci était le thème principal des conversations de Maria, l'objet de toutes ses pensées et de tous ses soins, le pivot de son existence.

La datcha n'est pas seulement pour les Russes l'antidote du métro-boulot-dodo, un coin de nature où se ressourcer, elle est une nécessité vitale. A l'époque soviétique, on y cultivait ce pour quoi, en ville, on devait faire la queue. A présent, dans un contexte économique où le salaire moyen permet tout juste de se procurer les denrées de base, on y cultive par souci d'économie tomates, concombres et carottes.

Un dimanche à la datcha de Maria allait m'ouvrir les yeux. Rien à voir avec nos maisons de campagne ni même nos « fermettes » les plus rustiques. Le lopin de terre que le mari de Maria, ingénieur, avait reçu de son entreprise en 1975, n'excédait pas cent mètres carrés. L'environnement – une voie ferrée et une décharge – n'était guère plus riant que la banlieue-dortoir où ils résidaient pendant la semaine, et la cabane en planches au toit de tôle construite de leurs propres mains était plus exiguë encore que leur deux-pièces HLM. L'électricité n'avait été installée qu'à la fin des années 80. Quant à l'eau, il fallait aller la chercher au puits, commun à une dizaine d'autres datchas si misérables que l'on se serait presque cru dans un bidonville indien... Mais, le dimanche soir, quelle satisfaction de reprendre le train pour Pétersbourg les bras chargés de fruits, de légumes et de toutes les victuailles de la semaine !

Vieux réflexe soviétique, Maria ne jetait jamais rien. Ni les fleurs dont elle faisait des bouquets séchés, ni les sachets en plastique qu'elle rangeait avec soin. Et qui servaient à tout. Les plus chics – ceux de Stockman, le supermarché finlandais de luxe – poursuivraient une carrière de cabas, voire de sac à main. Ceux de la chaîne soviétique Gastronom finiraient en sacs-poubelle.

A l'occasion de quelques dîners d'affaires – des « fourchettes » puisque telle est la façon, en russe, de désigner un « buffet » – que je pris le risque d'organiser à la maison, j'appris à mes dépens que nombre de plats russes portant des noms français ne correspondent pas exactement à ce que l'on est en droit d'attendre. Un soir, Maria servit à mes invités en guise de « potage Julienne » une sauce épaisse à base de crème fraîche, d'oignons et de champignons, si indigeste que chacun la laissa dans son assiette et, comme dessert, une *charlotka* qui se révéla non pas une charlotte mais un genre de tarte aux pommes à base de pâte à pain. Un autre soir, j'eus l'occasion de découvrir que ce que nous appelons « salade russe » est appelée en Russie « salade Olivier », du nom d'un cuisinier français autrefois au service du tsar, que la « vinaigrette » n'est pas une simple sauce mais une roborative salade composée de betteraves rouges et de navets, et que la « compote » est un jus de fruits.

Maria n'en vaquait pas moins dans mon appartement avec autant d'agilité que le lui permettait sa lourde silhouette, frottant peu mais chantant à ravir des romances d'Essénine, un poète-paysan des années 20 qu'elle idolâtrait. Comme tous les Russes de sa génération, Maria vouait à la littérature, à Pouchkine en particulier, un culte quasi religieux. Elle avait appelé son fils Klim en référence au roman de Gorki et sa chienne Medji du nom de la chienne du fou de Gogol. En matière de culture générale, le niveau de Maria était bien supérieur à celui d'un cadre français. Fallait-il rendre hommage à l'école communiste, à l'esprit résolument passéiste des Pétersbourgeois ou déplorer que, dans la Russie de la fin du XXe siècle, tout le monde fût sous-employé ?

Maria se désespérait de me voir encore célibataire à mon âge. Elle s'enquérait sans cesse de Léonora qu'elle n'avait aperçue qu'une fois mais à laquelle elle vouait une admiration et une affection sans faille.

« N'oubliez pas de la féliciter le 8 mars », m'avait prévenu Maria.

Le 8 mars est une fête sacrée en Russie. C'est le jour des femmes.

Je profitai de l'occasion pour reprendre contact avec Léonora.

« J'allais justement vous appeler, me dit-elle. J'ai une suprise pour vous : le fils de Viatcheslav Ivanov vit encore. Je tiens l'information de mon directeur de thèse avec lequel il est en contact. Peut-être a-t-il connu Anastasia ?... Quoi de neuf de votre côté ?

— Pas grand-chose. » Et je lui communiquai les dernières conclusions de Victor Sarmanov.

En réalité, j'étais en train de reprendre goût à la vie. Plus encore que la nouvelle qu'elle m'annonçait, c'était la voix de Léonora qui me donna du baume au cœur. Ce timbre harmonieux qui m'avait frappé lors de notre premier entretien, ce ton déterminé, cet optimisme, cette spontanéité balayèrent d'un coup mes doutes et mes angoisses... Etait-il possible que cette petite étudiante « bas-bleu » m'ait manqué à ce point ?...

Agé de quatre-vingt-trois ans, Dimitri Ivanov résidait à Rome où il dirigeait des travaux de recherches consacrés à son père. Converti, comme lui, au catholicisme, il avait fait ses études en France et acquis une certaine notoriété comme journaliste à *Combat* puis à *France-Soir*, dont il avait été le correspondant à Moscou dans les années 50.

Dimitri Ivanov avait également écrit plusieurs livres sous le pseudonyme de Jean Neuvecelle, le nom du bourg de Haute-Savoie où il était né en 1912 – ses parents ayant quitté Pétersbourg où leur mariage avait fait scandale. Voilà qui expliquait la mention « Offerte par la commune de Neuvecelle » sur la plaque commémorative de Viatcheslav Ivanov au 35 rue de Tauride.

J'appris qu'après sa naissance les parents de Jean Neuvecelle étaient retournés en Russie, non pas à Pétersbourg mais à Moscou où la Révolution les avait surpris. Après la mort de Véra en 1920 des suites d'une longue maladie, la famille était allée vivre dans le Caucase. En 1924 – la pression idéologique du régime se faisant de plus en plus ressentir à l'université de Bakou où il enseignait –, Viatcheslav Ivanov avait décidé de quitter définitivement l'URSS pour émigrer en Italie, accompagné de sa fille Lida et du jeune Dimitri alors âgé de douze ans.

1924 : cette même année, Nastia elle aussi émigrait...

A Rome, le grand poète symboliste qu'avait été Viatcheslav Ivanov en Russie à l'époque de l'Age d'argent continua d'écrire et de publier tout en enseignant dans divers établissements d'études supérieures. Il était mort en 1949 sans avoir revu sa patrie qui, d'ailleurs, l'avait un peu oublié entre-temps. Il avait fallu attendre 1976 pour qu'une maison d'édition de Leningrad publie timidement l'un de ses recueils de poésie. En revanche, il avait été redécouvert et réédité à la faveur de la Pérestroïka. On assistait même, depuis quelques années, à un véritable engouement pour son œuvre.

A plusieurs reprises, je tentai de joindre Jean Neuvecelle par téléphone. En vain. J'en conclus qu'il était en voyage et pris mon mal en patience.

Un jour que je parcourais distraitement le *Petersburg Times* au bar de l'hôtel Europe, je tombai sur un article intitulé « Le roi de la gastronomie pétersbourgeoise sous les verrous ». C'était le député Anton Koustiev, propriétaire de l'appartement des Dalmatov. On l'accusait de trafics illégaux, de corruption.

J'éprouvai à la lecture de cet article un sentiment étrange. Mon enquête sur la vie d'Anastasia me mettait en présence de deux mondes antagonistes : celui des poètes de l'Age d'argent et celui de la Mafia d'aujourd'hui. La Tour Ivanov se dressait à la jonction de ces deux univers comme pour rappeler que les entreprises humaines les plus brillantes sont vouées à l'oubli et que la victoire de l'Intelligence sur l'Obscurantisme, du Bien sur le Mal, de la Lumière sur les Ténèbres, n'est jamais acquise.

Le *Petersburg Times* affichait d'ailleurs un pessimisme alarmant. Le 1er mars, le très populaire présentateur de télévision de la chaîne ORT, Vladislav Listiev, avait été retrouvé assassiné. Il avait eu le tort d'évoquer à l'écran les liens du pouvoir et de la Mafia. Les petites annonces du style « jeune sportif de haut niveau, bien entraîné et discret, propose ses services pour mission très spéciale » proliféraient dans les quotidiens russes. Les pratiques mafieuses s'affichaient au grand jour.

Dans un tout autre registre, un sujet faisait la une des journaux à la fin de l'hiver 1995 : le « trésor » caché dans les caves du musée de l'Ermitage. Des Renoir, des Van Gogh, des Degas, des Cézanne ayant appartenu à des collectionneurs juifs allemands, avaient été confisqués par les nazis pendant la guerre puis récupérés comme butin par l'Armée rouge. Leur stockage dans les réserves de l'Ermitage avait été tenu secret jusqu'à la Pérestroïka. L'Allemagne en réclamait la restitution. La Russie faisait la sourde oreille. L'Ermitage, quant à lui, préparait une exposition de ces œuvres que l'on avait crues à jamais perdues. Cette exposition attira des quatre coins du monde des dizaines de milliers de visiteurs.

Mes errances solitaires à l'Ermitage étaient toujours accompagnées d'un espoir fou : y retrouver cette « Dame en rose » de Winterhalter qu'Anastasia avait vue pendant toute son enfance suspendue au mur du boudoir de sa mère. Devant les Corot, mon esprit s'emballait : lesquels avaient été volés aux Dalmatov pendant la Révolution ?... Mais plus que l'Ermitage qui n'abrite que des œuvres étrangères, c'était le Musée russe qui avait ma faveur. J'y allais chaque semaine après avoir puisé dans le journal de Nastia de quoi me faire aimer l'art d'un Bakst, d'un Soudeïkine, d'un Altman, d'un Larionov ou d'un Malévitch, de quoi comprendre l'essence du « Monde de l'Art » et plus tard de « l'alogisme » ou du « constructivisme ». Je traversais les salles vides sur la pointe des pieds comme j'aurais traversé un temple. Tapies dans les coins, les gardiennes me guettaient du coin de l'œil, cerbères vieillissants aux cheveux teints au henné, que leur souci de ne pas être confondues avec les radiateurs pousse à afficher une élégance voyante. Osez une question, et leurs visages s'illuminent, et un flot d'informations se met à couler de leurs lèvres peintes.

C'est en observant ces femmes que me vint à l'esprit une pensée que j'avais inconsciemment écartée. Je ne me représentais Anastasia que sous les traits d'une fraîche jeune fille, jamais comme une femme d'âge mûr – or, en 1947 à son retour en URSS, elle avait déjà cinquante-trois ans –, et encore moins comme une petite vieille...

Une nuit, je m'éveillai en sursaut, couvert de sueur. J'avais vu en rêve une sorcière aux cheveux rouges, au visage plâtré, aux membres tordus par l'arthrose, vêtue comme une gardienne de musée : « Je suis Anastasia Dalmatov, j'ai cent un ans, et je ne suis pas morte. »

Vadim ! Vadim ! Vadim ! Vadim ! Vadim ! Vadim ! Vadim !

Ce prénom, écrit cent fois sous différentes graphies, recouvre toute la page.

Le texte suivant a été traduit en français par Léonora. Nombre de passages obscurs sont des pastiches de Maïakovski ou de Vadim lui-même, des allusions à l'avant-garde futuriste : rassemblements de peintres (la Queue d'âne), expositions (la Cible), théories du langage poétique (Zaoum, « Bobêobi » de Khlebnikov), brochures (« Grr... ondons »), etc.

Vadim ! (de 4 à 6 mètres, parle, peint)
Voilà mon poème à moi
Mon vers, un vers unique
C'est bien plus inouï que
L'alogisme
Plus carnassier que
Le Parnasse Rugissant ou Tchoukouriouk
Nous-sommes... j'ai-oublié-la-date-ça-m'est-égal-car-suis-hors-du-temps...
Le 20 novembre 1914 (peutaitre), Mille neuf-cent quatorze :
L'année de toutes les souffrances et de toutes les Odasses !
L'Année du Vadisme

Epourmoiletandelamourfou

Qui suis-je ?
Une monade nomade
Sous une lune crevée
Où suis-je ?
Sur l'île Saint-Basile dans une ville
dépossédée de son nom
Plus de nom
La ville de Pierre
Verbe à la dérive
Rive d'herbe rêvée
Abolie sous la pierre
Plus de nom
Plus de cloche pour sonner le temps
Un seul son cogne en ma tête :
Vadim * Dimav * Midva * Divam* Vdiam * Vmdai
Vadim jeu dvaim !

Plus / cubiste qu'une Tour Eiffel de Léger éventrée par un cure-dent
Plus / hyléen que la Queue d'âne
Plus / français que « Robes et modes »
Plus / [triangle colorié en jaune] que la chemise de Maïakovski
Plus / Supremus que MXCET-OBRZA
Plus / transmental que Zaoum
Plus Boêobi que

Dyr-boul-chtchyl

Plus / aiguë que la Cible
Plus / imminent que la Rêve-olution
Plus / futuriste (ego ou pas) que tous les Marinetti du monde
Plus / géant, plus grouillant, plus grr...ondant que New-York
Plus /rouge, plus beau et plus moderne que to
Ut ce qui est
Rouge, be
Au, modern
E

Plus / fort que moi
Plus / ceci que tout ça

Anna m'a dynamo-déclamé (en vers !) :
« Lui et Toi, vous vous ressemblez
Vous étiez nés pour vous aimer »

Les paroles d'une poétesse me
sont plus... que
C- Cosmos
H- Hérédité
E- Etat
R- Raison + Religion
E- Etat
S- Sécurité

Et je croque des dés
d'ananas dans le champagne
aboli des jeux d'Eden

Et je me couronne de ma ***pheauly****.*

[Suit le portrait au fusain d'un jeune homme longiligne à la chevelure abondante : Vadim]

Je noircis du papier à la lueur d'une chandelle. Il fait sombre. Mes pieds sont glacés. J'ai gardé mes gants pour écrire. Et pourtant, je sens en moi une chaleur et une force inconnues...

J'aime.

Pourquoi faut-il que le bonheur m'étreigne alors qu'autour de moi tout est noir ?

La guerre. La mort. On dit que les troupes russes seront à Berlin pour Noël mais des rumeurs terribles nous parviennent du front : manque d'armes, de munitions. Des morts, beaucoup de morts... Sankt-Peterburg, nom jugé trop « allemand », a été « slavisé » en Petrograd, et la physionomie de la ville s'en trouve transformée. On a jeté dans la Moïka les chevaux de fonte qui dominaient le toit de l'ambassade d'Allemagne. Les rues sont plongées dans l'obscurité, encom-

brées de neige sale, de déchets. L'élan patriotique qui enflammait la Russie à la déclaration de guerre s'est consumé. Les gens ont faim. Le pain, le sucre, le thé sont devenus très chers et on se bat aux portes des magasins. La nécessité de survivre a transformé les humains en bêtes immondes. On a perdu le respect de tout. Dans le square près du Marinski des soldats désœuvrés, ivres morts, s'entraînent à tirer sur les chiens. Des ouvriers insultent les dames. Juchés sur le Cavalier de bronze, des gamins de dix ans fument des cigarettes de contrebande, quand ce n'est pas de l'opium...

Mon séjour à Paris me semble un rêve. Je me demande parfois si c'était bien moi la jeune fille en chapeau fleuri qui dégustait des huîtres chez Prunier. J'ai renoncé aux chapeaux. Mes cheveux sont courts. Je ne mange pas toujours à ma faim et j'ai rompu avec mes parents.

Ils voulaient me voir épouser Alexis Kouropatkine. J'ai refusé, comme j'ai refusé d'autres prétendants. J'aime Vadim, dont ils ne veulent pas entendre parler sous le motif qu'il... « n'appartient pas à notre milieu » ! Au cours d'un entretien houleux avec papa, j'ai rappelé à celui-ci que maman était fille de marchands. Réponse : « Précisément. Les jeunes filles bien élevées doivent se marier juste au-dessus de leur condition. Le fils d'un ancien ministre aurait été parfait pour toi. »

Vadim est né en Crimée en 1891 dans une famille de menuisiers. Ses parents ont fait beaucoup de sacrifices pour envoyer à l'école du village cet enfant particulièrement intelligent. Plus tard, Vadim est entré à l'Académie des Beaux-Arts de Kiev et a dû exercer les métiers les plus divers – gardien de nuit, jardinier, homme-à-tout-faire... – pour s'offrir des cours de dessin auprès des grands maîtres, s'acheter du matériel et des livres.

Un jour que je citais en exemple Gorki et Chaliapine, « enfants du peuple » devenus des célébrités mondiales, papa m'a répondu par ces mots terribles que je ne pourrai jamais lui pardonner :

« Ce n'est pas pareil. Gorki et Chaliapine, eux, ont vraiment du talent... »

Vadim aussi a du talent, du génie même. Je le sais, je

le sens. C'est l'artiste le plus doué et le plus complet de sa génération. Il est peintre et poète. C'est un visionnaire. Sa poésie, comme sa peinture sont fiévreuses, primitives, bourrées d'archaïsmes et d'audaces. En poésie, son modèle est le poète français Arthur Rimbaud qui se disait inspiré par « la littérature démodée, latin d'Eglise, livres érotiques sans orthographe, romans de nos aïeules, contes de fées, petits livres de l'enfance, opéras vieux, refrains niais... »

La peinture de Vadim n'a plus rien à voir avec la préciosité du Monde de l'Art, encore moins avec le réalisme de Répine et des peintres « ambulants ». Influencé par Cézanne qu'il considère comme son maître, Vadim va chercher son inspiration du côté de l'artisanat populaire de sa Crimée natale, des icônes ou des louboks *: enseignes d'auberge et décors naïfs ornant rouets et poteries. Ces motifs gais et brillamment coloriés envahissent ses toiles auxquelles il intègre par collage des extraits de ses poèmes. Pour Vadim, l'expressionnisme venu d'Europe doit se transformer au contact de la Russie, s'enrichir de notre passé oriental. En cela, il se sent proche de Kontchalovski et de son groupe « le valet de Carreau », proche surtout de son ami Chagall avec lequel il fréquentait l'atelier d'Elisabeth Zvantseva.*

C'est là, au cinquième étage de l'immeuble, que j'ai vu pour la première fois ce grand garçon maigre aux cheveux roux ébouriffés, aux pommettes saillantes, aux yeux toujours baissés. Il portait des bottes de cuir fauve, une chemise de paysan boutonnée sur le côté. Il était accompagné de Chagall qui s'est montré fort aimable à mon égard. Vadim, lui, n'a rien dit, n'a pas levé les yeux vers moi. Il avait des taches sur sa blouse, de la peinture sous les ongles. Un rustre...

Puis nous nous sommes perdus de vue jusqu'à ce jour de septembre où je l'ai croisé dans l'ascenseur du 3 rue de Tauride. Il revenait de chez Zvantseva... Aujourd'hui encore, je ne peux sans trouble me remémorer ces instants.

Nous voilà seuls, tout près l'un de l'autre, enfermés dans cette cabine qui descend trop vite à mon gré. La tête de Vadim touche le plafond. Une odeur de térébenthine flotte autour de lui. Je crois défaillir ! Je n'ose lever les yeux vers lui mais je sens une force d'attraction irrésisitible se dégager de sa poitrine, de ses épaules, de son front, de toute sa personne. Je lutte avec moi-même pour ne pas me laisser attirer par cette force enveloppante et je me répète : « Cette odeur de térébenthine : quelle horreur ! Et ce garçon : quel rustre ! » Mais au fond de moi-même, je souhaite défaillir et qu'il me soulève dans ses bras. Je veux me rendre intéressante aux yeux de Vadim. Je veux qu'il me réconforte avec ses mots frustes et qu'il me câline avec ses mains calleuses maculées de peinture. Nous voilà en bas mais, au lieu de sortir, Vadim appuie sur le bouton du dernier étage. L'ascenseur remonte. J'ouvre la bouche pour demander une explication mais les mots s'étranglent dans ma gorge. Vadim se tait, les yeux toujours baissés. Et moi je meurs de chaleur... et de tendresse pour ce géant hirsute. Quand l'ascenseur atteint le quatrième étage Vadim, d'une main tremblante, appuie sur le bouton du rez-de-chaussée. L'ascenseur redescend. Je rassemble mes forces, balbutie quelques mots qui n'ont strictement, mais alors strictement rien à voir avec ce que j'avais l'intention de dire. Vadim n'a pas l'air surpris. En guise de réponse, il marmonne d'une voix inaudible quelques vers de Lermontov eux aussi parfaitement inadéquats. J'ai très chaud et l'odeur de térébenthine aidant, je me laisse un peu aller dans les bras de Vadim à partir du deuxième étage. Je pense : Ce n'est pas un péché puisque je suis véritablement [souligné] *en train de défaillir. En outre, je n'ai pas mes sels sur moi.*

Combien de fois sommes-nous montés et redescendus ? Je n'en ai pas la moindre idée. En tout cas, lorsque l'ascenseur s'est enfin immobilisé au rez-de-chaussée, j'étais passionnément éprise de Vadim. Je ne sais pas comment je me suis retrouvée assise près de lui sur un banc du jardin de Tauride, la tête sur son épaule. Au moment où j'ai repris connaissance pour de bon, je me suis aperçue que le banc faisait face aux fenêtres de notre appartement. « Marchons voulez-vous ? » ai-je dit. J'avais tellement peur que maman nous voie !

Nous avons arpenté les allées du jardin de Tauride au pas de charge, l'un derrière l'autre, et sans un mot. Vadim marche comme un grenadier et, malgré toute ma bonne volonté, j'avais du mal à le suivre. Je m'apprêtais à lui en faire la remarque, vexée qu'il n'ait pas daigné me prendre par la main quand soudain il tombe à genoux, enfouit son visage dans les plis de ma robe.

« Vous êtes une demoiselle et je suis un artisan... Je suis accablé de timidité... Je suis mort de peur... Je ne parle pas français... Je sens mauvais... Je suis indigne de vous... D'ailleurs je vais me taire car je ne sais plus ce que je dis et je sens que vous êtes fâchée... »

Je déborde de bonheur et je fais ce geste que je n'ai jamais fait à quiconque, mon premier geste d'amour : je caresse la nuque de Vadim. Très femme soudain, très maîtresse de moi-même, je place mes mains en conque autour de son visage et l'oblige à lever son regard. Enfin je vois ses yeux ! Ils sont roux comme ses cheveux. J'y vois défiler des images fulgurantes, l'histoire de notre vie. Mon instinct ne m'a pas trompée : c'est lui, ce « rustre », que le destin m'a choisi ! Vadim m'enlace. Ou plutôt non, il m'étreint, me serre jusqu'à m'étouffer. J'ai oublié l'odeur de térébenthine... Si Mlle Lévrier m'aperçoit du balcon, cela fera un beau scandale. Qu'importe ! Ça y est, c'est mon tour : il est arrivé le Grand Amour !

Voici deux mois que Vadim et moi nous ne nous quittons plus. La mansarde que nous louons dans l'île Vassilievski est étroite comme une barque. Sur le mur du fond, l'œil-de-bœuf est un hublot s'ouvrant sur un océan de toits. Parfois, une mouette se pose sur la corniche. Les poutres craquent quand le vent souffle. Le lit où nous chavirons est une maigre paillasse où j'ai jeté un châle blanc brodé de pivoines roses, de lilas bleus. A côté : deux tabourets de paille, un pupitre d'écolier... Ce qui reste d'espace est encombré d'un chevalet, de toiles, de tubes de couleur, de bocaux de céruse ou de vernis posés à même le sol. J'ai planté pinceaux, grattoirs et spatules dans une cruche. Une malle recouverte d'un tissu bleu sert d'armoire et de banquette ; trois étagères font office de bibliothèque. Ces quelques mètres carrés peints en rose pâle du plancher au plafond nous sont plus précieux que toutes les richesses du monde.

J'aime Vadim, son rire éclatant, carnassier, son côté faune, son côté fauve. J'aime l'enfant qui sommeille en lui. J'aime la folie qui l'habite. Elle me comble. Elle me nourrit. Elle m'exalte. Elle me pousse à créer moi aussi, à aller au bout de mes limites. Mes cartons, mon fusain ne me quittent pas. Où que j'aille, je dessine avec fébrilité comme si une nécessité intérieure me poussait moi aussi à saisir une atmosphère, une attitude. J'aime aussi gribouiller les vers libres, sans prétention, qui poussent en moi comme des herbe folles. Je n'exerce aucune censure sur moi-même car j'ai compris ceci : les temps sont venus de fixer l'éphémère. Ce qui a été ne sera plus.

Pour oublier la guerre et conjurer l'angoisse, nous passons nos soirées au Chien errant. Nous y retrouvons nos amis et toute la bohème de Petrograd. Avec ses murs recouverts par Soudéikine de fleurs et d'oiseaux et son atmosphère enfumée où l'on refait le monde, ce cabaret littéraire est devenu notre famille, notre refuge, notre paradis.

Le Chien a son livre d'or relié en peau de porc que l'on appelle entre nous « cahier du cochon ». On y inscrit ses remarques, ses doléances. On y fait de l'humour, on s'y épanche. Les poètes y griffonnent des bouts-rimés, les peintres s'y essaient à la caricature. On s'y transmet des messages d'amour. Car les couples se font et se défont aussi vite qu'apparaissent et disparaissent les nouvelles écoles, les nouvelles tendances de l'art : à peine le futurisme est-il né qu'il est « pompier ». Naît alors le motorisme aussitôt détrôné par le métachronisme que remplace déjà l'omnisme... Plaisanterie à part, tout va très vite. Obsédé par la guerre et la mort, chacun veut dévorer la vie à belles dents. Hic et nunc. *Petrograd a oublié les « belles manières », la lenteur, la mesure. Ce n'est ni bien ni mal, c'est ainsi.*

L'ambiance qui règne au Chien est bien différente de celle de la Tour Ivanov même si l'on y retrouve quelques anciens des mercredis : Kouzmine, Akhmatova, Tchoukovski Soudeïkine ; Goumiliov et Mandelstam quand ils sont en permission – car beaucoup de nos amis sont partis se battre. J'y ai retrouvé aussi des familiers de l'atelier de Zvantseva : Matiouchine, Doboujinski, Bakst... Chagall est à Paris, dommage.

Ici, la clientèle est bruyante, spontanée, tapageuse. On parle tous en même temps. On échange des idées qui auraient paru folles il y a un an. Rien à voir avec les conversations feutrées de la Tour. C'est que les temps ont changé. La guerre est arrivée et avec elle la barbarie qu'on croyait d'un autre âge. Notre génération ne veut pas mourir. Elle se projette dans l'avenir. Et l'avenir n'est pas du côté des salons mondains, des rêveries mystico-symbolistes et des philosophies éthérées. L'avenir est du côté de l'action. Viatcheslav Ivanov, avec sa barbiche soigneusement taillée, son pince-nez, son érudition gréco-latine et ses manières onctueuses me semble à présent un personnage du XIXe *siècle. L'esprit de la Tour n'est plus. Mon enfance a pris fin avec elle. Ce n'est ni bien ni mal. C'est ainsi.*

Même nous, les jeunes filles, sommes différentes de nos mères. Nous avons perdu le goût des dentelles, des parfums, des « petits gâteaux »... D'ailleurs, ces choses-là sont devenues introuvables.

Anna-la-brune et Olga-la-blonde sont les deux reines du Chien errant. Toutes deux minces, souples, vêtues de robes fluides et coiffées d'un bandeau sur le front à la façon de Lydia Dimitrievna Hannibal, elles incarnent pour moi la femme moderne. J'aime leurs gestes libres, la façon qu'elles ont de parler aux hommes d'égal à égal. Lorsque Anna Akhmatova monte sur l'estrade du Chien pour réciter son Rosaire *sobrement, sans emphase ni minauderie, le silence se fait et chacun comprend qu'elle sera la plus grande poétesse russe de notre siècle.*

Quant à son amie Olga – femme de Soudeïkine et actrice de la troupe de Meyerhold –, elle enchante le public du Chien par des danses d'une audace jamais vue. Chorégraphiées par Boris Romanov sur des musiques de Kouzmine ou d'Ilya Sats, ces compositions s'inspirent des principes rythmiques de Jaques-Dalcroze, des Ballets russes, du folklore et surtout du style d'Isadora Duncan. Mais l'ensemble est si original qu'on ne peut s'empêcher de penser : voilà ce que sera la danse de demain !

Les artistes qui se réunissent au Chien partagent tous la même aspiration à un art libéré de cette contrainte : reproduire le monde visible. L'art a ses propres lois, qui échappent à notre conscience. Tel est le credo des temps futurs.

Depuis son ouverture, il y a trois ans, le Chien attire des célébrités du monde entier. Marinetti y a lu en public son manifeste futuriste, Emile Verhaeren ses Villes tentaculaires. *Richard Strauss y a joué son* Till Eulenspiegel *et Max Linder, le « roi de l'écran », exhibé ses pitreries. Récemment y sont venus Diaghilev et Jean Rouché, directeur de l'Opéra de Paris. Les accompagnait non pas Nijinsky, marié depuis un an et brouillé avec Chinchilla, mais le beau Léonide Massine, la nouvelle étoile des Ballets russes. Paul Fort, sacré « Prince des Poètes », a déclaré que le Chat noir et la Closerie des Lilas ne valaient rien en comparaison du Chien.*

Le Chien est le lieu de toutes les rencontres, de toutes les expériences, de toutes les fantaisies. Karsavina y a dansé sur un miroir. On y a mimé la Cène, acteurs et public mêlés. Ilya Sats y a joué pour la première fois ses « pièces pour cognements, brisures et autres bruits » en trafiquant les cordes du piano. Sévérianine y a lu pour la première fois ses poèmes ego-futuristes, pleins du tapage de la ville et des jeux érotiques de notre temps. Khlebnikov y a exposé sa théorie de la poésie « transmentale » – la poésie est forme avant d'être sens – dont j'ai essayé de donner un exemple, de mon cru, au début de cette page. Mon poème-objet a eu le privilège de plaire à Larionov. Il l'a fait paraître dans son almanach La Queue d'Ane *sous le pseudonyme que je me suis choisi : N. Bléklov... Mais je dois poser mon crayon. La bougie se consume. Mes doigts sont gourds. Il fait froid comme au fond d'un puits !*

Huit heures du soir. Vadim est sorti chercher du bois à l'autre bout de l'île. Il n'est pas encore rentré. Je tremble pour lui chaque jour. En tant que soutien de famille il n'a pas été mobilisé, mais si la guerre se poursuit...

Le 21 novembre.

Il est dix heures du matin. Vadim dort. Hier soir, il est revenu sans bois de chauffage mais avec... un os de mouton déniché Dieu sait où, qu'il serrait contre lui amoureusement !... Il n'y avait pas un gramme de viande autour de l'os mais Vadim était fou de joie. Il l'a placé bien en valeur au milieu de la pièce et, pendant toute la nuit, il a essayé de fixer sur son chevalet les idées et les émotions que cet os lui inspirait. Les génies vivent vraiment dans un autre monde !

Petrograd le 11 février 1915. Minuit. Le Chien errant.

... Mon cahier sur les genoux, je note par bribes – car tout se passe en même temps – et en anglais, c'est plus discret... Un feu flambe dans la cheminée... Tintement des verres, brouhaha des conversations, chaleur, buée, arôme âcre des cigares... Un spectacle est prévu en fin de soirée, dont les bénéfices iront aux soldats... En attendant, Kouzmine improvise au piano, son regard langoureux accroché au lustre d'où pend le long gant blanc abandonné par une actrice célèbre... Près de moi, sur la banquette, des gens de la revue Apollon*... Ils s'entretiennent avec le baron Wrangel, le comte Zoubov et le marchand de tissu Jéverjéïev, trois mécènes passionnés d'art et de littérature qui ne regimbent pas à financer sur leurs deniers les innovations les plus hardies. Olga Soudeïkina, assise sur les genoux du compositeur Arthur Lourié, et Anna Akhmatova, perchée loin de Goumiliov sur un de ces hauts tabourets à trois pieds comme on n'en voit qu'ici, échangent des conseils sur la meilleure façon de séduire les hommes... Leurs paroles me parviennent, indistinctes, à travers le bruit et la fumée... Les blondes doivent être bouclées et les brunes avoir les cheveux lisses... Et moi qui suis une brune frisée !...*

Akhmatova, Goumiliov... deux grands poètes que j'admire... Le bruit court que leur relation est devenue sadomasochiste, qu'Anna a une liaison avec un grand-duc pendant que son mari est au front... Jamais les langues n'ont été aussi malveillantes, les esprits aussi échauffés !... Le peintre

Altman – il vient d'entrer – a fait d'Anna un portrait dont tout le monde parle en ville : influence cubiste évidente, jeux de contrastes entre le jaune et le bleu... Il passe, dit-il, ses journées à capturer des cafards et à peindre leurs carapaces avant de les relâcher. « Ça au moins, c'est de l'art vivant ! », proclame-t-il... Vautrés autour de la grande table ronde, les « pharmaciens » jettent autour d'eux des regards furtifs, à la fois effrayés et fascinés qu'ils sont par ces « affreux modernistes »... Leurs femmes sont grasses, emplumées comme des volailles... Elles rient aux éclats en se donnant des coups de coude. Je parie qu'elles donneraient cher pour être la muse d'un Goumiliov ou d'un Vadim !...

Les « pharmaciens », c'est ainsi qu'on désigne les nouveaux riches apparus au début de la guerre, boursicoteurs, industriels de l'armement, commerçants engraissés par le marché noir. Ils ne comprennent rien à l'Art mais viennent au Chien pour se donner l'impression d'appartenir à l'intelligentsia. Si leur présence est tolérée, c'est parce que ce sont eux – et non pas nous pauvres artistes ! –, qui alimentent les caisses du Chien.

Salué par un coup de gong, voici l'acteur Youriev, très en vue à la cour malgré son goût pour les garçons. A sa vue, Pronine, le cocasse directeur du Chien, « docteur en esthétique » et roi de la dérision, entonne comme il se doit l'hymne « Cave canem... ». Youriev fait le beau, frétille, aboie : c'est qu'il est depuis peu « Chevalier de l'Ordre du Chien » !... A son bras un éphèbe : le jeune Ivan Mosjoukine... Depuis qu'ils l'ont vu jouer dans le film de Protazanov, La petite maison de Kolomna, les snobs désertent les théâtres pour les salles de cinéma...

Entre Piast, long comme un jour sans pain... Pronine le complimente sur son pantalon rouge et son gilet taillé dans une aube sacerdotale, l'embrasse et... l'entraîne vers moi... « Tu écris en anglais ! Des secrets je présume... ». Quelle gageure de chercher à s'isoler dans un cabaret pour prendre des notes !... Difficile d'être à la fois dedans et dehors... Débarque Zdanévitch, – grand prêtre du « toutisme », qui se peinturlure tout le corps et s'auto-proclame œuvre d'art... Puis Larionov, cuiller en bois à la boutonnière... Son tableau, Saucisson et poisson rayonnistes, est *encore dans toutes les mémoires. Pour Larionov, « la matière est énergie » et c'est cette énergie qu'il cherche à exprimer par des lignes qui giclent et raient la toile... Il discute avec Vadim. Je les entends critiquer Malévitch et ses théories « suprématistes » de la création « sans objet », Malévitch pour qui la matière est non pas énergie mais géométrie... Sa toile intitulée* Carré noir sur fond blanc, *déjà célèbre parmi nous, va être révélée très bientôt au public : « la mort de l'art ! » râlent les uns, « l'essence de l'art ! » clament les autres. En tout cas, partout, à Berlin, à Londres, à Paris, l'art russe défraie la chronique... Les Européens s'étonnent de voir nos artistes assimiler si vite les nouveautés de l'Occident pour les dépasser aussitôt ! Selon Vadim, Picasso appartient déjà au passé, Marinetti est « provincial »... Parlent aussi du décès de Scriabine... et de la guerre bien sûr... Des morts, beaucoup de morts... Entre Kliouïev, un de ces poètes-paysans à la mode... doué, dit-on, de pouvoirs surnaturels ! Certains le dévisagent avec méfiance... prétendent qu'il a essayé de prendre la place de Raspoutine au côté d'Alexandra Féodorovna... Alexandra Féodorovna : un nom qui porte malheur... On reproche à la tsarine ses origines allemandes, le sang « vicié » qui coule dans ses veines, l'infuence déplorable qu'elle exerce sur Nicolas II... Encore des « pharmaciens »... Je me pousse pour faire de la place... Ils commandent du cognac... L'alcool est interdit... Mais Pronine en apporte dans une théière... Il faut bien faire tourner le Chien !... Ces pharmaciens-là sont venus avec leurs provisions... jambon, saucisses, caviar. J'avais oublié que cela existait, le caviar... Il y a deux ans, j'en mangeais à la cour... Un bal à la cour !... Il me semble que c'était dans une vie antérieure... Les paroles de papa résonnent encore à mes oreilles : « Tout cela ne durera pas... » Les artistes regardent les pharmaciens qui mangent leur caviar... Les pharmaciens ne regardent pas les artistes, absorbés qu'ils sont par leur caviar... Je me surprends à saliver... Mon crayon aurait besoin d'être taillé... Vadim parle toujours avec Larionov... d'art ou de la guerre ?... Coup de gong, applaudissements, frissons... Les pharmaciens cessent de mastiquer, fourchettes en l'air... Maïakovski, l'idole de la jeunesse, vient de faire une spectaculaire apparition...*

Grand, fier, insolent, désinvolte, il s'avance dans la beauté de ses vingt-deux ans. Sa voix de basse résonne sous les voûtes du Chien tandis qu'il déclame ses poèmes cubistes :

Je vous donne des vers aigus et nécessaires
comme des cure-dents...

De mes doigts je n'ai qu'à toucher vos têtes
et il vous poussera
des lèvres faites pour d'énormes baisers...

Comme Vadim, Maïakovski incarne l'homme moderne : cheveux courts, mâchoires volontaires, épaules athlétiques... Il porte un chapeau noir à large bord, une chemise sans col rayée jaune et noir... Jaune : la couleur du futurisme... On dirait qu'à la faveur de la guerre un nouveau type physique est apparu : l'homme du XXe *siècle. Cet homme nouveau méprise la mièvrerie, le sentimentalisme, la faiblesse et la maladie bien qu'il ne dédaigne pas de prendre des risques et de jouer avec la mort. Il traverse la vie avec assurance. Il ne croit en rien, ne prend rien au sérieux, cultive le détachement, l'humour farceur et la dérision. Il cherche à donner à son apparence un caractère uique, original ; il aime le sport, la vitesse, la foule, la technologie, la trépidation des machines, l'anonymat des villes, le poker, le cinéma... Maïakovski vient d'ailleurs de se produire dans un film,* Drame au cabaret futuriste numéro 13... *Il a déjà sa légende qu'il entretient soigneusement... On raconte qu'il collectionne les armes à feu et les conquêtes féminines... Comme toujours, il est accompagné de ses acolytes – avec qui il a signé le manifeste du futurisme russe,* Gifle au goût du public : *le poète Kroutchionykh, épileptique professionnel à la lippe dédaigneuse et Khlebnikov – faciès de Pierrot lunaire, accoutrement de clochard... On ne peut pas ne pas remarquer la tendresse ostentatoire que le beau Maïakovski prodigue au repoussant Khlebnikov, « celui qui crache la ponctuation par-dessus son épaule, disloque le verbe et sème la pagaille dans la syntaxe... » L'excentrique trio se dirige vers le samovar – il n'y a pas de serveurs au Chien –, puis rejoignent Akhmatova, Olga Soudeïkina, Lourié et Altman... On cite*

Cendrars, Apollinaire... Il est une heure du matin... Nouveau coup de gong : le spectacle va commencer... Le rideau se lève. Les frères Bourliouk apparaissent sur la scène devant le décor conçu par eux : barrant un grand œil vert, la silhouette orange et violette d'une femme-cyclope dévêtue, exhibant un sein tranché et une jambe déchiquetée. Tout autour, des couteaux ensanglantés...

« Des lions capturés pour vous de par le monde vont se livrer sous vos yeux à un carnage en rose et bleu... », annonce David Bourliouk.

On s'exclame, on ricane, on s'interroge... A l'autre bout de la salle, Vadim me fait un signe de la main... Il semble que la soirée se déroule comme prévu, sur le mode « bourliesque » cher au Chien errant... Je vais poser mon crayon, me dégourdir un peu les doigts... Tandis que Vadim s'approche et vient s'asseoir à mon côté, j'observe à la dérobée sa haute stature, ses cheveux fous, ses mains calleuses aux gestes un peu brusques, son allure « plébéïenne » comme dit Blok... et j'ai la conviction que je l'aime pour toujours. Mais que se passe-t-il ? Maïakovski bondit sur la scène... apostrophe l'assistance, un doigt accusateur tendu vers le groupe des pharmaciens...

« A vous les bourgeois, marchands de canons ou trafiquants de tout poil, vous qui trimbalez votre bedaine de bouffe en bouffe, vous qui possédez salles de bains et gogues bien chauffés, c'est à vous que je m'adresse. N'avez-vous pas honte de vous empiffrer de caviar sous nos yeux alors qu'au front, une bombe est en train d'arracher la jambe de Durandov ou le bras du camarade Popov ?... »

Les pharmaciens se lèvent... Protestations... Menaces...

« Et d'abord, poursuit Maïakovski de plus en plus excité, que venez-vous faire ici, bandes de voyeurs ? Qu'est-ce que vous pouvez comprendre au Zaoum vous qui en êtes restés à Pouchkine et à Michel-Ange ? Vos femelles veulent-elles vérifier que même nos bites sont jaunes ? »

Maïakovski a dépassé les bornes. Une pharmacienne crie au viol et tombe dans les pommes. Une rixe éclate. Des pharmaciens grimpent sur la scène... agrippent les jambes de Maïakovski... Galvanisé par le scandale qu'il vient de provoquer, le beau poète perd l'équilibre et disparaît dans la mêlée non sans une ultime prophétie : « Bourgeouille, ta dernière heure est arrivée ! »... La longue silhouette de Tchoukovski glisse d'un protagoniste à l'autre... Il exhorte au calme... Quelqu'un vocifère : « Appelez la police ! »... Toutes les lumières s'éteignent comme à la fin d'un spectacle. Vadim m'entraîne par la main... Il faut quitter les lieux...

Par cette description sur le vif d'une soirée au Chien errant commence le troisième cahier du journal de Nastia. C'est un simple carnet sur lequel elle griffonne à la hâte, et dans les moments les plus inattendus. Les pages sentent non plus le « Guerlain de maman » mais la suie, le tabac et... l'essence de térébenthine ! L'écriture aussi a changé. Moins appliquée, plus nerveuse, elle laisse deviner une Nastia mûrie mais rebelle. En l'espace de deux mois, sa vie a basculé : la passion pour Vadim, la déclaration de guerre...

La voilà éprise d'un artiste, d'un marginal. La voilà en conflit ouvert avec ses parents. Cela devait arriver. Sa génération aura subi de plein fouet tous les chocs du XXe siècle. La Russie, plus riche et plus créative qu'elle ne l'a jamais été mais enceinte d'une révolution, est entrée dans la Première Guerre mondiale. Et Pétersbourg, capitale de l'empire, danse sur des charbons ardents, souffre, rit, flirte, se lamente et se grime, insulte les « pharmaciens » – nouveaux Russes de l'époque –, brûle chapeaux et corsets, déclare que Picasso est dépassé, titube dans la neige une coupe de veuve cliquot à la main, invente l'écriture automatique et se découvre dada bien avant le dadaïsme. Le creuset de tout cela : la Tour Ivanov puis, à partir de 1912, Le Chien errant.

Au-delà de la fascination qu'exerçaient sur moi ces lieux de toutes les audaces et de toutes les potentialités, ce qui me troublait, c'était la fraîcheur de ce passé, sa continuité dans le présent. En 1995, Pétersbourg était comme le château d'une Belle au Bois dormant endormie depuis soixante-dix ans. A la Révolution, les Bolcheviks avaient non pas « fait table rase du passé » comme ils le croyaient mais simplement « gelé » l'Histoire. A la Pérestroïka, la glace avait fondu, et voici que le passé refaisait surface et se ressoudait au présent.

Ainsi, ce baron Wrangel était un parent de Léonora, et c'est dans le palais de ce comte Zoubov que Léonora habitait. La fille du marchand de tissus Jéverjéïev avait épousé un jeune chorégraphe qui se rendrait célèbre sous le nom de Balanchine. L'acteur-vedette du cinéma muet, Ivan Mosjoukine, deviendrait le père – présumé – de l'écrivain français Romain Gary... Quant à Kontchalovski, le chef de file du Valet de carreau, il aurait pour petits-fils deux cinéastes internationalement connus : Mikhalkov et Kontchalovski.

Et le grand amour de Nastia ? Ce Vadim vibrant comme un dieu, primitif comme un faune, ami de Chagall et de Maïakovski, ce « plébéien » génial que Nastia s'obstine à ne désigner que par son prénom, qui était-il ? Qu'était-il devenu ?

Début mai, j'appelai Léonora pour lui faire part du récit de Nastia et lui demander ce qu'elle savait du Chien errant. Elle proposa elle-même que nous y allions ensemble le samedi suivant. Niché au fond d'une cour au numéro 5 de la place des Arts, ce lieu de rendez-vous de la bohème de l'Age d'argent était, m'assura-t-elle, en pleine réhabilitation.

« C'est à cause du scandale provoqué par Maïakovski que le Chien a définitivement fermé ses portes... En outre, Pronine était couvert de dettes. Avec l'aide de Meyerhold, de Soudeïkine et de quelques "pharmaciens" généreux, il a bien essayé de ressusciter le Chien dans une autre cave, à l'angle du Champ de Mars et du canal de la Moïka. Mais la luxueuse Halte des comédiens n'a pas connu le même succès. Une inondation a tout détruit, puis la Révolution est arrivée, et Pétersbourg n'a plus jamais été comme avant... »

Ce samedi-là, la température s'était brusquement radoucie et une atmosphère printanière baignait Piter. Oubliés comme par enchantement le vent pinçant de l'hiver, les journées avortées, le bourdon matinal ! J'avais repris confiance et retrouvé un intérêt tout neuf pour le journal de Nastia. Je me réjouissais de retrouver Léonora, espérant secrètement qu'avec le retour des beaux jours elle aurait renoncé à ses superpositions d'anoraks et à son petit bonnet rouge.

Les statues se découpaient sur un ciel net, lavé de frais, d'un bleu de Prusse amidonné et fraîchement repassé. Dressé sur son socle à hauteur des arbres, le Pouchkine de la place des Arts désignait aux passants les bourgeons éclos le matin même. A ses pieds, des étudiants de l'Académie des Beaux-Arts en bras de chemise installaient leurs chevalets.

Je me garai devant la salle de la Philharmonie et pénétrai dans l'hôtel Europe où j'avais pris l'habitude de prendre mon café le samedi. Avec ses boiseries blondes, ses vitres teintées et son choix de journaux occidentaux présentés sur des baguettes, le bar de l'Europe avait un petit côté club anglais qui seyait à ma solitude oisive du week-end. Après avoir épluché le *Financial Times* et le *Monde des Livres* en sirotant un espresso, je constatai que je disposais encore d'un quart d'heure et dirigeai mes pas vers le magasin d'antiquité de la place des Arts.

A l'instar de la plupart des commerces de Pétersbourg, l'antiquaire était en sous-sol. Une pénombre de bon aloi y régnait, où flottait un parfum de bois verni. Sur le seuil, je m'arrêtai net : ma rousse Fata Morgana, ma réincarnation de Zénaïda Hippius était là, me tournant le dos, appuyée au comptoir. J'avais reconnu les jambes nerveuses juchées sur des talons aiguilles, le béret bleu dissimulant la chevelure dont la rousseur m'avait séduit, ce jour où je l'avais suivie jusque chez Elisseïev. Elle portait un blazer bleu marine et une jupe blanche. Je cherchai des yeux – en vain – le lévrier afghan.

Ainsi donc, elle fréquentait les antiquaires. Habitait-elle le quartier ? Vivait-elle seule ? Chez ses parents ? Avait-elle un mari, des enfants, une carrière ? Sans perdre de vue aucune de ces hypothèses, je passai en revue les différentes façons de l'aborder rêvant – sans toutefois exclure la possibilité d'une durable histoire d'amour – d'une liaison d'autant plus fulgurante qu'elle serait éphémère.

Elle parlait avec l'antiquaire. Je m'approchai en catimini, faisant mine de m'intéresser à un bronze. Elle était en train dc négocier le prix d'une lampe ancienne. Mais non pour l'acheter... pour la vendre ! En Russie, il faut se méfier des apparences. La pauvreté peut revêtir la dépouille d'une princesse en béret bleu. Elle est plus secrète, plus digne, moins revendicatrice que chez nous.

« Quoi qu'il en soit, je vous la laisse, dit la jeune femme en posant la lampe sur le comptoir, voyez ce que vous pouvez en tirer... »

Mon sang ne fit qu'un tour : je connaissais cette voix. La jeune femme n'était pas celle que j'avais suivie chez Elisseïev mais Léonora. J'avais aussi reconnu la lampe : c'était la lampe Majorelle à abat-jour vert qui avait éclairé ma première visite chez les Klein.

J'intervins discrètement. La lampe, Léonora et moi-même, nous nous retrouvâmes dans la voiture où je me revois encore expliquant qu'il était hors de question de se séparer d'un tel objet. Léonora m'écoutait, penaude. Des mèches – non pas rousses mais châtain – s'échappaient de son béret bleu. Sa mère avait insisté... Elles avaient besoin d'argent...

Je savais qu'elle ne mentait pas. La pension de Mme Klein, comme celle de tous les retraités, devait s'élever à trois cents roubles, c'est-à-dire à l'époque, trois cents francs auxquels s'ajoutait, deux ou trois fois dans l'année, un salaire temporaire d'interprète ou de traductrice.

C'est alors que je pris une décision devant laquelle j'avais toujours reculé : confier à Léonora le déchiffrement et la traduction intégrale du journal d'Anastasia, autrement dit, lui remettre une copie du texte intégral. Ainsi, je lui assurais un revenu modeste mais régulier. J'eus honte, rétrospectivement, de la méfiance que j'avais témoignée à son égard le jour où, dans le parc enneigé de Pavlovsk, elle m'avait fait elle-même cette proposition. Tout en lui soumettant avec douceur et fermeté les termes d'un contrat qui venait tout juste de germer dans ma tête, je posai ma main sur son épaule, relevai d'un doigt son menton, écrasai une larme.

L'ex-Chien errant se trouvait au fond d'une cour semblable à toutes les cours de Pétersbourg : sombre, puante, à moitié inondée par la fonte des neiges. J'observais non sans amusement les souliers à talons de Léonora éviter avec précaution les flaques. Pourquoi avait-elle chaussé ces fragiles escarpins à talons que je ne lui connaissais pas ? Pour faire bonne impression auprès de l'antiquaire ou pour saluer les premiers rayons du soleil ? Je n'avais jamais vu Léonora qu'engoncée dans des vêtements d'hiver. A la faveur du printemps, je découvrais qu'elle avait une silhouette plutôt flatteuse et... les chevilles « de verre filé » à la Zénaïda Hippius tant admirées de Nastia.

Quelques marches encombrées de gravats qui s'enfoncent dans l'obscurité, une porte cadenassée surmontée d'une pancarte « *Remont* » – Travaux en cours –, c'est tout ce que l'on pouvait voir du Chien errant. Un vieillard édenté qui passait par là nous dit que la restauration avait été interrompue faute d'argent, que de toute façon il ne restait plus rien des fresques de Soudeïkine.

« On parle même d'aménager un parking souterrain à la place, laissa-t-il tomber d'un air las. Et pourtant, ce n'est pas faute d'avoir protesté. Que voulez-vous, c'est le progrès : le capitalisme et la spéculation immobilière... »

Ainsi, j'arrivais trop tard ! Que restait-il, à Pétersbourg, des lieux qui avaient vu naître et s'épanouir l'Age d'argent, des lieux qui avaient ébloui la jeunesse de Nastia ? Rien... La Tour Ivanov était propriété de la Mafia. Le Chien errant allait abriter des Mercedes volées en Allemagne ! Les Russes réamorçaient comme en 17 le processus de destruction de leur patrimoine culturel, mais sous une forme « libérale » cette fois.

J'étais découragé. Je m'assis sur un tas de gravats, la tête dans les mains.

« Et si je vous faisais découvrir l'endroit où se retrouvent les Larionov et les Maïakovski d'aujourd'hui ?... »

Léonora, timidement, essayait de me consoler.

« Au numéro 10 de la rue Pouchkine, il y a un immeuble squatté depuis le milieu des années 80 par des artistes d'avant-garde, d'anciens dissidents. Un des gourous du lieu, Timour Novikov, est un ami. Il a fondé un "club des amis de Maïakovski" et fait partie du comité de réhabilitation du Chien errant. Peut-être sait-il qui était ce Vadim ? »

Perpendiculaire à l'avenue Nevski, la rue Pouchkine est la dernière rue avant la gare de Moscou. Au numéro 10, les fenêtres aveugles sont bouchées par des planches et du carton. Ici vivent et travaillent, dans des ateliers vétustes sans eau ni électricité, une centaine d'artistes.

Trente-cinq ans et des poussières, teint mat, traits ciselés, pupille de braise et nez busqué, Timour Novikov est le type même de l'homosexuel latino-romantique, le genre qui plaît tant aux femmes. Peintre, sculpteur, photographe, il m'explique avoir commencé sa carrière sous le signe du « minimalisme textural » en collant des échantillons de tissu sur des assemblages de photos. Ses maîtres ? Les primitivistes, Kontchalovski, Chagall, Larionov...

« Comme Vadim », commente judicieusement à mon oreille Léonora.

Je m'apprête à lui exposer le but de ma visite mais Timour Novikov a manifestement peu de temps à nous consacrer : il prépare une exposition sur le réalisme socialiste.

« Avec l'aide de la fondation Soros, nous avons pu réunir un certain nombre d'œuvres représentatives de l'art soviétique parmi les plus kitsch. Le vernissage a lieu mercredi. Vous êtes les bienvenus. »

Le mercredi suivant, il s'en fallut de peu que je n'annule le rendez-vous. Je n'étais pas sûr d'avoir envie de visiter une expo « kitsch » dans un lieu « *destroy* ». En réalité, j'avais l'intention d'inviter Léonora à dîner, non pas à l'Idiot comme d'habitude mais dans un vrai restaurant. Je comptais lui apporter les cahiers de Nastia – écrits en russe – qui couvrent les vingt-trois années qu'elle avait passées en France.

En outre, j'avais une information à lui communiquer. Je m'étais fait envoyer la liste des livres ayant appartenu à mon oncle Joseph. Y figurait une biographie du pape Jean XXIII signée Jean Neuvecelle. Converti au catholicisme et devenu journaliste, celui-ci s'était en effet spécialisé dans les affaires relatives au Vatican. Je n'avais pas encore joint le fils de Viatcheslav Ivanov au téléphone mais l'idée que mon oncle et lui aient pu se connaître – le village de Neuvecelle n'était pas si loin de Thonon-les-bains – apportait un éclairage nouveau à mon enquête.

Léonora jugea convaincante cette hypothèse que nous convînmes de baptiser « piste savoyarde » mais insista pour que nous nous retrouvions au vernissage.

« C'est un événement. Toute l'avant-garde de Pétersbourg y sera. »

J'obtempérai et retrouvai Léonora devant le squat du 10 rue Pouchkine, sans savoir que j'allais y découvrir l'une des clés de l'énigme Nastia.

Sous les hauts plafonds noircis se pressait une faune *cool* et branchée : rockers post-modernes couverts de piercings et de tatouages, néo-babas, pseudo-dandys. Les filles avec leur teint livide, leur crâne rasé et leurs jeans informes, me parurent d'une laideur effrayante en comparaison de Léonora, élégante et classique dans son blazer bleu, le teint frais, la jambe nerveuse.

A la lumière tremblotante des bougies, le vaste appartement aux corridors labyrinthiques qui avait dû être cossu au siècle dernier prenait des allures de château hanté. Empilements de chaises cassées, cadavres de bouteilles, divans salis, toiles d'araignées poussiéreuses composaient un décor qu'on aurait cru conçu pour un film de Wim Wenders. Des vitres sales donnaient sur une cour intérieure. Au milieu de la cour s'élevait un bûcher éteint. Le dimanche, les squatters y faisaient brûler leurs poubelles et griller des saucisses. Il y avait dans l'air un je ne sais quoi qui rappelait les années 70, y compris un léger relent de marijuana qui couvrait à peine la puanteur d'un WC bouché.

Timour Novikov saluait chaque nouvel arrivant avec force démonstration d'amitié comme le faisait Pronine, le patron du Chien errant. Il se déclara flatté de ma présence, me présenta Victor Mazine, philosophe et traducteur de Derrida, Xénia, une *fashion designer* très *grunge*, vêtue de vieilles nippes démodées qui semblaient sortir de chez le fripier, et Afrika, un artiste en pleine ascension qui s'était rendu célèbre, dix ans auparavant, avec un buste en plâtre de Staline badigeonné de vert.

Une rousse sculpturale dotée d'un appendice nasal à la Barbra Streisand et sanglée dans une salopette léopard me tomba dans les bras en sanglotant d'émotion, me prenant sans doute pour quelqu'un d'autre. Ses yeux jaunes à la pupille dilatée par la cocaïne ne se fixaient nulle part, fouillant le vide. Elle avait appartenu à un groupe de rock féminin célèbre au moment de la Pérestroïka : le trio Kolibri. A présent, elle vivait à Monaco avec un homme d'affaires suédois et se mourait d'ennui. Dieu merci, son amant, un jeune écrivain antillais qu'elle rejoignait une fois par mois à Paris, lui faisait découvrir le marquis de

Sade et Georges Bataille. Elle s'étonna que je ne connusse point Edouard Limonov, l'écrivain le plus sulfureux de la Pérestroïka.

« Un ancien fabricant de pantalons devenu pornographe », me souffle Timour à l'oreille...

Je me rattrapai en affirmant qu'en revanche j'avais ado-ré la mise en scène des *Bonnes* de Jean Genet par Viktiouk, un spectacle-culte de la Pérestroïka joué par des travestis.

Dans un coin, un couple de lesbiennes déguisées en Dianes chasseresses prenait des poses provocantes devant le photographe d'une revue underground locale. Je songeai aux réunions féminines « mythologiques » dans la chambre orange de Lydia Dimitrievna, à l'audace de ses propos dans les *Trente-Trois Petits monstres*, aux chassés-croisés érotico-philosophiques de la Tour Ivanov. Décidément, les Russes sont doués pour la décadence.

Trois quadragénaires aux gestes ralentis, arborant une barbe de huit jours et une mine d'enterrés vifs, venaient d'entrer – l'un d'eux sur une jambe de bois.

« La guerre d'Afghanistan... », murmura Léonora, laconique.

Et Timour d'ajouter : « Ce sont des représentants du nécroréalisme, la vague noire qui a envahi l'art russe juste après la Pérestroïka : refus du social, goût du désespoir, de l'absurde, attrait pour la mort... Ils font des installations à base de cadavres d'animaux avec effets sonores et olfactifs... »

En comparaison, les « petits frères » – ainsi s'appelaient-ils entre eux – du groupe « Mitki », faisaient figure de joyeux drilles avec leurs cheveux longs, leurs manières joviales et leur penchant patriotique pour la vodka. Ce groupe fondé en 1983 avait pour credo « Orthodoxie, autocratie et nationalisme » et faisait fi de l'Occident. Des hippies version slavophile, en somme. En art, ils donnaient dans la technique de l'icône, les matériaux naturels et le primitivisme. Pour ce qui est de leur philosophie, ils préconisaient un idéal de vie en communauté fondée sur le mépris de l'argent et la théâtralisation du quotidien. Cet idéal avait plus ou moins trouvé sa réalisation dans le squat de la rue Pouchkine où les « petits frères » peignaient, palabraient, exposaient – pardon, « installaient » –, versifiaient, cuisaient leurs brochettes et multipliaient pamphlets et manifestes comme pour prolonger indéfiniment l'esprit vivifiant et provocateur de la Pérestroïka.

« Tout cela ne rime plus à rien », déclara en me prenant à part un homme élégant en veste de tweed qui se présenta, dans un français à peine teinté d'un léger accent, comme le directeur de l'Institut Goethe de Saint-Pétersbourg. « La Pérestroïka est morte et avec elle l'enthousiasme libérateur, la frénésie créatrice qui ont suivi la chute du communisme. Rien de nouveau ne se fait plus en Russie depuis que les autorités ont cessé de balayer les expositions dissidentes au bulldozer. Désormais, les Russes peuvent tout dire. Résultat : ils n'ont plus rien à dire... Il y eut une époque, il n'y a pas si longtemps, où des galéristes américains, suisses ou allemands venaient hanter les ateliers clandestins installés dans des appartements communautaires, prêts à payer le prix fort pour la moindre esquisse. Fini tout cela. Le squat de la rue Pouchkine appartient désormais au passé. J'y reviens par nostalgie... ».

Moi-même, trois ans plus tard, au printemps 1998, je reviendrais faire un tour au squat de la rue Pouchkine. Je trouverais l'immeuble transformé en centre culturel municipal. Timour Novikov, atteint d'une maladie incurable et devenu aveugle, viendrait de fêter ses quarante ans et de se marier. Le Musée russe s'apprêterait à lui rendre hommage en lui consacrant une vaste exposition !

Un retardataire eut droit à tous les honneurs : Lev Dodine. Râblé, de noir vêtu, la barbe argentée, le metteur en scène le plus en vue de Saint-Pétersbourg fit une apparition brève mais remarquée. Son spectacle *Gaudeamus*, auquel il nous convia dans son petit théâtre de la rue Rubinstein, venait de faire un tabac à Paris.

Accompagné de Léonora, je pénétrai enfin dans la salle d'exposition où je ne remarquai d'abord que les tableaux spectaculaires : portrait de groupe du comité central du Parti communiste en 1931 ; portrait de groupe du quatrième congrès, etc., et des affiches de propagande, dont une, datée de 1929, qui en disait long sur l'insensibilité des Soviétiques aux problèmes de pollution : une épaisse fumée noire s'échappe d'une cheminée et flotte au-dessus d'un jardin où des jeunes gens expriment leur foi en l'avenir par une farandole. Légende : « Les citoyens de l'URSS. sont fiers de respirer la fumée de leurs usines. »

Tout à coup, Léonora me saisit le bras.

« Regardez ce tableau-là... un autoportrait signé Vadim Batiouk... un nom ukrainien. Ce pourrait être lui. »

Un visage anguleux, des pommettes saillantes, des yeux rapprochés, des cheveux grisonnants qui avaient dû être roux... La ressemblance avec le croquis de Nastia était frappante. La facture extrêmement classique, convenue même, de cette huile sur toile me consterna. Rien à voir avec l'art « fiévreux, primitif, bourré d'archaïsmes » et les effets de collage dont parle Nastia... Avec cet autoportrait daté de 1951, on était plus proche des pompiers du XIXe siècle que de Chagall ou de Malévitch !

Nous fîmes le tour de l'exposition en fixant notre attention sur les œuvres signées Vadim Batiouk. Trois en tout et pour tout. Il y avait une nature morte – « *natiourmort* » en russe – dite « à l'épi de blé », de quoi vous dégoûter à vie de la campagne. Un couple de mariés souriants surmonté d'une guirlande de roses en forme de cœur ; à l'intérieur du cœur, la faucille et le marteau. Enfin, une affiche de propagande sous forme de bande dessinée datée de 1932, censée initier le prolétaire aux rudiments du marxisme-léninisme : se laver les dents chaque soir ; rentrer à la maison après le travail sans s'arrêter au bistro ; faire du sport en famille – jusque-là rien à dire, quoique ces directives apparemment anodines m'évoquassent les pires moments du pétainisme – ; mais aussi ne pas hésiter à dénoncer au représentant local du Parti ceux des camarades qui n'appliqueraient pas les règlements susdits.

Voilà donc ce qu'était devenu, avec le temps, le Vadim « génial, audacieux, inspiré » dont Nastia était tombée amoureuse : un médiocre suppôt du stalinisme ! Ayant quitté le pays en 1924, elle n'avait pas assisté à la déchéance de cet homme dont elle avait encensé dans son journal le talent et le courage.

Autour de nous, les gens jetaient sur les œuvres exposées des regards ironiques mais dépassionnés. L'indignation et le sarcasme, si répandus en France, ne sont pas des traits du caractère russe. Néanmoins, l'un des visiteurs que son accoutrement extravagant et une attitude désinvolte rattachaient à l'underground local, faillit provoquer un *happening*. Il sortit son briquet et l'approcha d'une des affiches en grommelant :

« On a bien déboulonné la statue de Lénine, pourquoi est-ce qu'on ne brûlerait pas ces horreurs ?

— On a déboulonné quelques statues de Lénine, et pas des plus réussies, c'est vrai, s'interposa Timour. Mais on a su s'arrêter à temps dans le rejet d'un passé dont nous sommes nous-mêmes, nous les Russes, en partie responsables. En voulant mettre le feu à une œuvre qui est le témoignage de toute une époque, tu te comportes comme Staline lui-même ordonnant, dans les annés 30, qu'on détruise les œuvres de l'avant-garde. Ce qui a eu lieu a eu lieu. Il faut assumer notre passé, en tirer des leçons pour l'avenir. Tu ne peux corriger les excès de notre histoire par une simple provocation. »

J'admirai l'à-propos de Timour, son calme, son éloquence. A la fin du vernissage je lui posai, en anglais, les questions qui me brûlaient les lèvres : que savait-il de Vadim Batiouk ? Avait-il entendu parler d'une jeune artiste du nom d'Anastasia Dalmatov ?...

« Le nom d'Anastasia Dalmatov n'évoque rien pour moi. Si, comme vous me le dites, elle a quitté la Russie en 1924, tout le monde a dû l'oublier ici, l'époque soviétique ayant délibérément occulté les artistes de l'Age d'argent. Quant à Vadim Batiouk, ce n'est pas un inconnu. C'est un artiste mineur par le talent mais qui a joué un rôle important dans la propagande des années 30 et 50. Lui aussi, on a dû s'empresser de l'oublier sous Khrouchtchev, au moment du "dégel" : il était trop lié au nom de Staline...

— Mais, dans les années 1915-1920, il passait pour un peintre d'avant-garde plein d'avenir, protestai-je, un artiste révolutionnaire du niveau de Chagall !...

— Peut-être, mais l'adjectif "révolutionnaire" n'a jamais le même sens pour les artistes et pour les politiciens. Pour les artistes, il signifie la liberté d'expression individuelle ; pour les politiciens, la soumission aux exigences du Parti. Dans un premier temps, le gouvernement bolchevique a soutenu l'avant-garde dans sa remise en question des valeurs du passé. Puis, peu à peu, Lénine et ses sbires en ont eu assez de ce qu'ils considéraient comme des provocations gratuites, des expérimentations élitistes de cubo-futuristes et autres toutistes. Dès les années 20, on a commencé à menacer les artistes. La répression puis les arrestations. Le poète Goumiliov a été fusillé. Ceux qui avaient quitté le pays à temps, comme Chagall, ont pu demeurer fidèles à eux-mêmes et faire une carrière internationale. Pour les autres, il ne restait plus qu'à s'adapter aux diktats du réalisme socialiste érigé, dès 1932, en dogme d'Etat. Certains sont morts d'avoir accepté ce compromis. Essénine et Maïakovski se sont suicidés. D'autres, comme Vadim Batiouk, ont survécu en renonçant à eux-mêmes. Ils se sont affadis, ont noyé leur talent dans la propagande de bas étage et le conformisme petit-bourgeois de l'ère stalinienne... »

Je demandai d'où venaient les œuvres de Batiouk exposées.

« L'affiche qui a failli flamber m'appartient mais les toiles proviennent des réserves du Musée russe. Nous avons dû négocier âprement pour nous les faire prêter. On ne fait pas confiance aux gens du 10 rue Pouchkine, vous vous en doutez !... Mais si vous êtes à ce point passionnés par Vadim Batiouk, je pourrai vous introduire auprès du conservateur du Musée russe. »

Je quittai le squat de la rue Pouchkine plein de gratitude envers Timour Novikov, et plus encore envers Léonora qui avait eu la bonne idée de me mener jusqu'à lui. Si Nastia était encore un fantôme, son amant, lui, avait maintenant un visage, un regard, même si ce regard cachait des tourments inavouables, des secrets sordides...

Emerger, à la sortie du squat de la rue Pouchkine, dans la rue baignée de la lumière surnaturelle des nuits blanches, c'était comme débarquer sur une autre planète. L'été avait fondu sur Pétersbourg, chassant les miasmes de l'hiver, les idées maussades et les inhibitions. A mon côté, Léonora rayonnait. Je n'avais nulle envie de me séparer d'elle. Sa pensée vint au-devant de la mienne : « Si on faisait le point ?

— J'allais vous le proposer... à condition que vous acceptiez de dîner avec moi au Café littéraire.

— Mais je ne suis pas... habillée ! » me répondit Léonora.

J'avais oublié : elle n'allait jamais au restaurant. Depuis la Pérestroïka, ils étaient devenus inabordables, et pour Léonora, un dîner dans un établissement fréquenté surtout par des touristes devait exiger au moins une robe du soir ! Je la rassurai :

« Vous êtes très bien ainsi. »

Le Café littéraire se trouvait à l'angle de la Nevski Prospekt et du canal de la Moïka. Nous remontâmes l'avenue en voiture en direction de l'Amirauté.

On préparait la commémoration du cinquantième anniversaire de la victoire sur les nazis – qui avait mis fin à ce que les Russes appellent encore leur « Grande Guerre patriotique » –, et sous l'égide du très charismatique maire Anatoli Sobchak, l'artère principale de Piter faisait peau neuve. Des balayeurs, et surtout des balayeuses en bleu de chauffe, héritage du « féminisme » à la soviétique – faisaient crisser leurs balais de crin contre le pavé. Sur leurs échafaudages, des peintres en bâtiment donnaient de grands coups de pinceau rose bonbon, jaune citron, bleu layette ou vert guimauve, les nouvelles couleurs de Pétersbourg. On suspendait des banderoles, on pavoisait. Je remarquai quelques boutiques nouvellement installées : Charles Jourdan, Lacoste, Disegni... Les banques s'étaient multipliées. Le centre-ville était plus pimpant, plus prospère, plus européen qu'il ne l'avait jamais été. L'atmosphère, on le sentait, était à l'optimisme. La Russie changeait. Une classe moyenne était en train de se former qui croyait dur comme fer au capitalisme sauvage. L'espoir d'une vie meilleure prenait corps, espoir qui serait brisé par le krach financier du 17 août 1998.

Il y avait peu de monde ce soir-là au Café littéraire : quelques Italiens, un groupe de touristes anglais. Dans la salle du fond, dérobé au regard des clients, un orchestre jouait Tchaïkovski en sourdine. Bien que le Café littéraire ne se distinguât pas par sa gastronomie, c'était un endroit très pétersbourgeois, calme et feutré, confortable sans ostentation, épargné par les stridulations des téléphones mobiles. En effet, les Nouveaux Russes n'avaient que dédain pour le Café littéraire, lui préférant la Nouvelle douane ou les palaces internationaux.

Du temps où il s'appelait Chez Wolf et Béranger, le Café littéraire avait été un salon de thé à la mode fréquenté par Lermontov et Pouchkine, et plus tard par Dostoïevski. Ces plafonds voûtés, ces gracieux lampadaires en forme d'arbustes dressés le long de l'allée centrale avaient été les témoins d'un événement historique : le 27 janvier 1837, Pouchkine y but son dernier thé en compagnie de son ami et témoin Danzas peu avant le duel fatal où le poète allait trouver la mort.

Je repérai une petite table isolée et aidai Léonora à retirer son blazer. Ses bras – que je voyais nus pour la première fois – attirèrent mon regard. Ils étaient souples et fins comme des bras de petite fille. Je me souvins alors du corps d'Ariane, musculeux, épanoui, conquérant. Les bras de Léonora suscitaient la tendresse plus que le désir. Des phrases du journal de Nastia – du temps où elle avait le béguin pour Piast – me revinrent en mémoire :

Il m'a embrassé le creux du coude, là où c'est chaud, doux, blanc, intime, sans être interdit... Il faut être poète pour avoir une telle idée !

Elle portait un collier de perles que je ne lui connaissais pas. Un bijou de famille sans doute, qu'Ariane aurait trouvé « ringard ». N'importe, Léonora était parfaitement à sa place au Café littéraire. Elle avait ce charme retenu, cette distinction subtile des femmes d'autrefois, si éloignés de la sensualité explosive de la femme moderne. C'est pourquoi Léonora me déroutait et m'intimidait. Pendant qu'elle consultait le menu, je mesurais à quel point son apparence physique s'était transformée depuis notre première rencontre. Léonora me parut presque belle. La chrysalide était-elle en train de devenir papillon ?... Et je me disais que Proust n'aurait pas été insensible à ce visage rond et pur comme une lune, à ce teint de lait parsemé de taches de rousseur, à ce cou délicat. Une bougie allumée entre nous réveillait des reflets cendrés dans ses cheveux qu'elle fit bouffer avec ce geste qui m'était devenu familier.

Après le départ du garçon, Léonora prononça ces paroles surprenantes : « J'ignorais, en faisant votre connaissance, que je...

— Que vous...

— Que je... »

Elle hésitait. Je me surpris à espérer je ne sais quoi, des confidences ou même... une déclaration d'amour !

Jusqu'à ce jour, j'avais été habité de la proustienne certitude que Léonora « n'était pas mon genre ». Sa dégaine de collégienne, son petit côté « cuistre », la modestie de sa mise, de son maintien, ce que je prenais pour de la pruderie, mais aussi ce que je savais de son enfance douloureuse et du drame de sa famille, tout en elle m'inhibait. Elle était si différente d'Ariane et de mes amies françaises, petites filles gâtées des « trente glorieuses », libres, sexy, provocantes, légères, si légères... Léonora n'était pas une enfant gâtée. Elle n'était ni légère ni provocante. Elle était grave, profonde et sans artifice. Elle forçait le respect. Léonora me touchait. Elle me bouleversait.

« ...Que j'en viendrais à me passionner autant que vous pour le journal d'Anastasia, reprit-elle à ma grande déception. Puisque vous êtes résolu à me le confier, ce dont je vous remercie, je vous promets qu'à la rentrée de septembre j'aurai terminé de le traduire, en particulier les cahiers en russe de la période parisienne. J'ai bien avancé ma thèse ces derniers temps, et je pourrai donc cet été, à la datcha, me consacrer à Nastia...

— Vous ne partez pas en vacances ? »

Léonora fit non de la tête et je regrettai aussitôt ma question. Je revis l'appartement communautaire, la cuisine-salle de bains sans fenêtre, la lampe verte posée sur le comptoir de l'antiquaire.

« Maman m'a chargée de vous remercier. L'argent que vous m'avez donné est une aide précieuse et...

— Ne parlons pas de cela... Ne devions-nous pas "faire le point" comme vous dites ? »

J'imitai le ton de sa voix pour la taquiner. Léonora reprit avec le plus grand sérieux :

« Oui. Procédons par ordre. Anastasia Dalmatov n'est pas de votre famille. C'est un fait acquis. Comment et pourquoi son journal, tenu de 1907 à 1947, s'est retrouvé chez votre oncle notaire, voilà qui ne va pas tarder à être résolu si votre "piste savoyarde" se révèle être la bonne. Dans ce cas, le fils de Viatcheslav Ivanov serait la pièce maîtresse du puzzle : c'est lui qui aurait remis le journal de Nastia à votre oncle.

— Les dernières pages du journal ne font aucune allusion à lui, que ce soit sous le nom de Dimitri Ivanov ou de Jean Neuvecelle... »

Le garçon apportait les crêpes au caviar et une bouteille de pouilly-fuissé...

« Attendez d'avoir parlé avec cet homme avant d'affirmer qu'Anastasia ne l'a pas connu, protesta Léonora. Même s'il n'était pas né à l'époque de la Tour, Ivanov-Neuvecelle est tout de même le frère de la meilleure amie de Nastia ! Imaginons que celle-ci ait retrouvé les Ivanov dans l'émigration. Des liens d'amitié ou d'affection se tissent entre Nastia et Dimitri au cours des années. En 1947, apprenant que Nastia veut retourner en URSS, Dimitri devenu Jean Neuvecelle essaie de la convaincre de n'en rien faire. En vain. De guerre lasse, le jour de son départ il se rend à la gare, la supplie de rester, de ne pas se jeter dans la gueule du loup. Refus de Nastia. Il n'obtient qu'une chose : qu'elle lui remette son journal intime qui la rendrait suspecte aux yeux des Soviétiques. Nastia repart sans ses cahiers. Mais, surveillé par le KGB, Dimitri ne peut les garder chez lui. Il les remet discrètement, et sous le sceau du secret, à un honorable notaire savoyard – votre oncle – qui, jusqu'à sa mort, restera muet comme une tombe...

— Vous m'étonnerez toujours, Léonora. Je ne sais ce qu'il faut admirer le plus : votre imagination ou votre sens logique. »

Tandis que je remplissais nos verres de pouilly-fuissé, elle retira ses lunettes pour les nettoyer et je vis ses yeux. Ils étaient beaucoup plus grands, beaucoup plus beaux que ce que j'avais imaginé, et d'une teinte peu commune : caramel, presque beige, mouchetés de taches de son comme ses joues. Léonora avait des yeux de chat. Elle était belle.

Non, elle n'était pas belle : voilà qu'elle chaussait de nouveau ses lunettes et reprenait le ton professionnel et didactique qu'elle jugeait de mise avec moi :

« Nous avons passé beaucoup de temps à reconstituer la jeunesse d'Anastasia Dalmatov mais nous n'avons aucune idée de sa vie après son retour en URSS. Avez-vous des indices ?

— Non.

— Et la date de sa mort ?

— Victor Sarmanov n'a rien trouvé dans les registres officiels.

— Qu'en pense-t-il ?

— Il dit que le cas d'Anastasia est loin d'être unique.

— C'est vrai... Et vous, qu'en pensez-vous ?

— Pas grand-chose pour le moment... On peut imaginer qu'à son retour au pays natal, Anastasia ait eu envie de poursuivre les activités qu'elle avait à Paris : la mode, le journalisme... »

Léonora me regardait comme on regarde un enfant se dépatouiller avec un problème d'arithmétique : avec indulgence, presque avec commisération.

« Je crois qu'il ne faut pas vous faire trop d'illusions. Le fait que l'on n'ait aucune trace à Pétersbourg de la mort d'Anastasia laisserait supposer qu'elle a fini ses jours ailleurs... dans un camp. Sous Staline, tant de gens ont péri de façon inexpliquée. »

Cette phrase me glaça. Je restai interdit.

« J'ai été brutale. Pardonnez-moi. Mais il faut être réaliste. Les "ré-émigrés" ont pour la plupart connu un sort peu enviable.

— Staline les aurait encouragés à revenir pour grossir les rangs des indésirables entassés dans les goulags ?

— Les indésirables étaient moins dangereux entassés dans les goulags que libres à l'Ouest. Et puis, ne croyez pas qu'on les laissait se tourner les pouces. On les faisait trimer dans les kolkhozes, les usines... »

Tandis qu'on déposait devant nous le « steak de saumon grillé », j'eus cette vision atroce : Anastasia vieillie, enlaidie, éreintée, en guenilles, déchargeant des caisses ou serrant des boulons sur une chaîne de montage dans le chahut infernal des machines et la poussière de charbon. La Nastia primesautière et polyglotte qui avait dansé à la cour et fréquenté les esprits les plus raffinés de l'Europe aurait fini sa vie dans la misère et l'oubli !

« Il faudrait demander à Victor Sarmanov de vous raconter ce qu'il a vécu, reprit Léonora, lui aussi est un ré-émigré.

— Il ne me l'a jamais dit.

— Les ré-émigrés ne parlent jamais d'eux. Par pudeur, par peur aussi... Ils étaient mal vus des Soviétiques... Mais les temps ont changé. Et puis, Victor est devenu votre ami... Vous devriez essayer de l'interroger. Son expérience pourrait vous aider à imaginer le retour de Nastia, et même à reconstituer ses dernières années... Autant que je sache, Victor Sarmanov et sa femme ont quitté définitivement la France pour l'URSS, en 1955, à l'époque du dégel, ce qui explique qu'ils soient encore vivants et en bonne santé... car le sort des ré-émigrés revenus, comme Nastia, avant la mort de Staline, a été le pire de tous... »

Tout à coup, je fus envahi d'une détresse diffuse.

J'avais comme une boule au fond de la gorge. J'étais un enfant perdu, une âme à la dérive. Il fallait que je me confie à Léonora, ici, maintenant, tout de suite. Absolument.

« Savez-vous, Léonora... » Je vidai mon verre pour me donner du courage, me penchai au-dessus de la table. « Savez-vous que je me pose beaucoup de questions à votre sujet ? »

Elle sursauta. « Vraiment ? Je pensais que vous réserviez votre temps et votre énergie à vous interroger sur Nastia.

— L'un n'empêche pas l'autre. Vous, vous êtes bien vivante. Vous êtes jeune, cultivée, charmante... Il n'y a donc personne dans votre vie ? »

Elle rougit violemment. Où avais-je trouvé la force d'aller si loin, de frapper si fort ? Au fond de mon verre de pouilly-fuissé ? dans la lueur des bougies qui éclairaient de façon si flatteuse le visage de Léonora ? dans la blancheur de ses bras ? dans la tragédie d'Anastasia ?

Soudain, Léonora me parut fragile, désarmée. Je me repris :

« Excusez-moi. J'ai été indiscret... Mais vous parlez si rarement de vous.

— Vous n'avez pas fait appel à mes services pour que je vous raconte ma vie mais pour que je vous aide à...

— Oublions un instant Anastasia Dalmatov.

— D'accord. Dans ce cas... » Je vis qu'elle reprenait un peu d'aplomb. « Dans ce cas, c'est vous qui allez me parler de vous.

— Moi ? »

J'étais déconcerté. Je ne m'attendais pas à ce retournement de situation. Léonora était décidément très rusée et pleine d'imprévu. Décidément, elle me plaisait plus que je ne voulais l'admettre.

« Mais oui !... Vous en savez davantage sur moi que je n'en sais sur vous. Vous m'avez beaucoup parlé de vos ancêtres maternels mais jamais de vos parents. Commençons par le début. Vous êtes né à Paris ? Vous avez des frères, des sœurs ?...

— Je suis né à Tours où mon père enseignait l'histoire

à l'Université. Puis il a été nommé en Sorbonne lorsque j'avais une dizaine d'années et nous sommes venus habiter Paris. Ma mère était prof elle aussi et pas très "mère de famille". Après m'avoir mis au monde elle a jugé qu'elle avait assez donné. Je suis donc fils unique... »

J'avais mis de l'humour dans ces deux dernières phrases pour montrer à Léonora que je n'en voulais pas à ma mère. Celle-ci n'aimait pas pouponner et préférait enseigner. C'était son droit. Mes parents avaient été, dans l'ensemble, des parents irréprochables, modernes, compréhensifs, avec qui je n'avais jamais eu de conflits majeurs.

Léonora m'écoutait avec attention, les mains posées sur le bord de la table : « Continuez...

— Vous savez, tout cela n'a rien de très passionnant. Mon adolescence a été banale...

— Qu'est-ce que vous entendez par "banale" ?

— Normale... semblable à celle de milliers de petits Français des classes moyennes nés à la fin des années 60. J'allais même dire... désespérément normale.

— Pourquoi ce "désespérément" ? Pour moi l'équilibre, la bonne nourriture, l'absence de conflits, bref cette vie que vous me décrivez, tout cela me paraît au contraire très positif. Ce qui est "désespérément" anormal, c'est la faim, la peur, la solitude... »

Léonora et moi, nous avions le même âge à deux ou trois ans près et pourtant, c'était comme si plusieurs générations nous séparaient. Face à elle, je me sentais un enfant gâté, un petit-bourgeois inconsistant. Le drame de sa famille, celui de son pays donnaient à la personnalité de Léonora une épaisseur dont je me sentais dépourvu.

La nature est ainsi faite qu'on envie jusqu'au malheur d'autrui. Je n'étais pas moins jaloux du passé douloureux de Léonora qu'elle ne m'enviait mon « enfance de rêve ». Elle reprit :

« Pourquoi avoir quitté votre beau pays pour venir vous enterrer ici ? Seulement à cause de... Nastia ? »

Elle avait dit « Nastia » comme s'il s'agissait d'une femme aimée, d'une maîtresse... J'eus envie de lui parler de ma rupture avec Ariane, puis j'y renonçai.

« Sans doute suis-je un instable, un inquiet, dis-je. Parfois, j'ai l'impression de ne pas être doué pour le bonheur.

— Ah bon ?

— Pour être concret, disons que mon travail m'apporte peu de satisfactions. Je me suis trompé de carrière, voilà tout. Mon père m'a poussé vers des études de commerce. C'était “pour mon bien”, comme on dit. Moi, je ne m'intéressais qu'à la littérature... l'influence de ma mère sans doute. J'ai écrit des textes qui ont été publiés. dans des revues de poésie... Oh, rien de très glorieux... Mon père n'a jamais pris cela au sérieux. Moi non plus d'ailleurs...

— Vos études vous ont permis tout de même d'avoir un emploi stable, de bien gagner votre vie... Comment peut-on être malheureux dans ces conditions ? »

Je sais, je sais, pensai-je, les « tendances dépressives », l'« inquiétude métaphysique », tout cela, ce sont des trucs de riches. Décidément, Léonora avait l'art de vous mettre au pied du mur. Mais déjà, elle levait son verre, gracieuse, conciliante : « En tout cas, je ne savais pas que vous étiez poète. Félicitations... Si on buvait à la poésie ?

— Volontiers. Je propose que nous portions un toast à Alexandre Blok, votre cher poète, et à votre thèse...

— N'oublions pas votre cher poète à vous, Viatcheslav Ivanov et sa célèbre Tour...

— Buvons à la vie, tout simplement.

— “La vie est un rêve et les rêves sont des rêves.” Au fait, de qui sont ces vers ?

— De Caldron, je crois.

— Oui, c'est cela, de Calderón, l'auteur de *La Dévotion à la Croix*. Voyez comme tout nous ramène toujours au journal d'Anastasia ! »

Désir de pénétrer plus avant dans cette complicité que je sentais se nouer entre nous ? Tentative ultime de me « rattraper » après l'échec patent de mon récit autobiographique, volonté de briller aux yeux de Léonora ?... Je me jetai à corps perdu dans un monologue hasardeux :

« Il m'arrive de plus en plus souvent d'en avoir assez d'Anastasia et de son journal. Il me semble que je poursuis un ectoplasme, une “âme morte”. J’en oublie de vivre. Et puis, toutes ces hypothèses qui s’accumulent et s’effondrent les unes après les autres comme des châteaux de cartes, c’est décourageant. J’ai l’impression de tourner en rond, d’évoluer au milieu d’une bulle tapissée de glaces, et qui flotte à la dérive... Encore un peu de pouilly-fuissé ? Un dessert ?... »

Encouragé par le silence de Léonora et le vin aidant, je me laissai aller à des considérations oiseuses : « ... Peut-être est-ce Pétersbourg qui veut cela. C’est une ville plus fictive que réelle, qui existe par sa littérature plus encore que par son histoire. Elle se plaît aux dédoublements, aux jeux de miroir. Elle brouille les pistes, estompe les frontières entre vérité et mensonge... Vivre dans une ville mythique ne vous laisse pas indemne... »

J’éprouvai avec une violence que je n’avais pas jusque-là soupçonnée le besoin d’être compris de Léonora, d’être aimé d’elle. Presque malgré moi, je posai ma main sur son bras nu.

... *Embrassé le creux du coude... chaud... blanc... intime...*

Nous sommes restés ainsi quelques secondes. Léonora gardait les yeux baissés. Je sentais la tension entre nous. J’essayai de maintenir cette tension par des mots, par des phrases, toujours plus audacieux, toujours plus avide de séduire Léonora, de l’enchaîner à moi :

« Et puis, après tout, qui me dit que ce journal n’est pas un faux ? Rien de plus élémentaire que d’imiter un document ancien avec une plume à l’ancienne et de l’encre spéciale. Rien de plus facile que de faire vieillir du papier ! »

Brusquement, Léonora retira sa main. « Tout ce que vous dites est passionnant, mais je dois rentrer... », et elle émit un petit rire cinglant comme un coup de fouet.

Sans un mot, je réglai la note et nous nous retrouvâmes dans la voiture, roulant en direction de la place Saint-Isaac. Léonora affichait une expression butée. Moi j’avais la gorge serrée, l’esprit vide. A mes oreilles tintaient la phrase abrupte, le petit rire acide qui avaient abrégé cette soirée commencée sous le signe de l'amitié amoureuse.

La Nevski était noire de monde. Les trottoirs semblaient « tartinés de caviar » selon le mot d'André Biély. On se serait cru en plein jour et pourtant il était onze heures du soir. Une lumière abricot éclairait chaque maison, chaque statue, chaque réverbère de tous les côtés à la fois. Cette absence d'ombre portée rendait plus irréelle encore l'atmosphère de la ville. La gaieté générale ajoutait à mon désarroi.

Place Saint-Isaac, mon esprit brouillé retrouva quelque peu ses capacités d'analyse. Pourquoi Léonora avait-elle réagi si brutalement ?

Première hypothèse : je ne lui déplaisais pas mais mon geste l'avait troublée. Elle n'avait pas prévenu sa mère qu'elle rentrerait tard et elle avait été surprise par le temps. Son rire n'était qu'un rire nerveux.

Seconde hypothèse : je ne plaisais pas à Léonora. Je l'avais déçue. Elle ne me pardonnait pas mes réflexions déplacées sur l'« enfance banale d'un petit Français des classes moyennes ». Elle avait jugé prétentieuses et cyniques mes affabulations à propos du journal de Nastia. Le « tout ce que vous dites est passionnant » était une antiphrase et le rire un rire de dépit.

Au pied de l'ascenseur, dans la lumière glauque du hall, Léonora fouilla nerveusement dans son sac.

Je me revois encore, les bras ballants, à ses côtés, attendant qu'elle ait fini de chercher ses clés, incapable de trouver le geste, la parole susceptibles de dissiper le malentendu qui avait surgi entre nous.

« Merci pour le dîner, dit-elle enfin avec un visage impassible, me tendant froidement la main. Je vous souhaite de bonnes vacances. » Et elle appuya sur le bouton de l'ascenseur.

A ce moment précis, j'eus envie de provoquer quelque chose d'irrémédiable entre nous : la gifler, ou la saisir brutalement dans mes bras, lui arracher son ridicule petit collier de perles, ses lunettes, piétiner tout ça... ou bien m'enfermer avec elle dans l'ascenseur comme autrefois Vadim avec Anastasia...

Vadim m'enlace. Ou plutôt non, il m'étreint, me serre jusqu'à m'étouffer...

... Lui déchirer son chemisier trop sage, sa jupe blanche... pénétrer cette chair diaphane, salir cette sacro-sainte dignité... Mais la grille de l'ascenseur se referma sur Léonora.

Ce grincement hostile cristallisa mes doutes, et la vérité m'apparut, éclatante, limpide comme une source : Léonora n'éprouvait pour moi que de l'indifférence, et même du mépris. Elle ne voyait en moi qu'un moyen de gagner de l'argent.

Je rentrai chez moi furieux contre moi-même, contre Nastia, contre Pétersbourg, ses mythes, ses mirages, ses jeux de miroir, son goût du malheur. Furieux contre la terre entière et le pouilly-fuissé. Convaincu d'une incompréhension existentielle entre les hommes et les femmes, entre « l'âme russe » et « l'esprit français ». Malheureux à mourir...

Je ne pouvais être malheureux puisque je n'étais pas amoureux. Non, je n'étais pas amoureux de cette étudiante bigleuse et mal fagotée, de cette... godiche ! « Godiche ». C'était le mot, si juste, employé par Mlle A. à propos de Léonora.

Le lendemain, j'appelai chez les Klein. Léonora avait pris le train à l'aube, m'annonça sa mère. Et il n'y avait pas le téléphone à la datcha.

Les trois dernières semaines avant mon départ pour Paris, fixé au 1er juillet, me trouvèrent mélancolique, impatient de quitter Pétersbourg. La ville était pourtant à l'apogée de sa splendeur. Les nuits ne duraient que quelques minutes. Les Pétersbourgeois les passaient dehors à communier dans l'amour qu'ils portaient à leur cité. Les nuits blanches sont une grand-messe.

Des familles entières, un cornet de glace à la main, arpentaient les trottoirs de la Nevski, de l'Amirauté au pont Anitchkov, s'attroupant parfois pour une conversation impromptue ou autour d'un concert de jazz improvisé. La foule s'étirait le long des quais, s'amassait dans les squares ou sur la plage de la forteresse Pierre-et-Paul. Des grappes humaines s'agrippaient aux rambardes de fonte ou de granit pour scruter l'horizon ou admirer en silence les reflets du ciel dans l'eau.

Le pas ralenti, le regard ébloui, presque en transe, les Pétersbourgeois avaient l'air d'attendre un événement exceptionnel, improbable : une éclipse, une apparition, la révolution, la fin du monde. Des micros diffusant des publicités à peine audibles pour des excursions en autocar semblaient des voix jaillies d'outre-tombe. Le ciel, que ne borne aucun gratte-ciel ni aucune colline, déployait des effets de lumière apocalyptiques. Soit qu'un orange vif, que l'on aurait pu croire artificiel, embrasât la ville comme un spot géant, soit qu'un bleu de cobalt, virant au vert émeraude, lui conférât une patine veloutée, soit encore qu'un mauve laiteux la noyât dans une clarté opaque, inquiétante, tandis que de fantomatiques embarcations glissaient silencieusement au fil de l'eau.

Sous de tels éclairages, Pétersbourg se transforme en une féerie cosmique qui n'est pas sans évoquer l'atmosphère des toiles de Chirico. La place du Palais est si vaste qu'elle en paraît courbe, comme posée sur le globe terrestre. L'hémicycle formé par l'ancien état-major et les Affaires étrangères embrasse d'autant plus l'espace que Carlo Rossi, l'architecte italien qui le conçut au siècle dernier, imagina d'en évaser les extrémités. Au milieu, l'arche monumentale semble s'ouvrir sur l'infini, surmontée d'un groupe équestre qui, de concert avec la colonne Alexandre, fait exploser les volumes vers le ciel.

Désertée d'ordinaire, abandonnée à sa majesté écrasante, la place du Palais se peuple pendant les nuits blanches. Comme à Rome ou à Bénarès, on vient s'y enivrer de beauté, de démesure et d'une spiritualité diffuse. Les touristes y fixent leurs dernières impressions d'une ville magique, les croyants y sentent palpiter la présence de Dieu, les amoureux en reviennent plus épris que jamais. Comme l'écrit Alexandre Dumas, dans son *Voyage en Russie*, « Aimer pendant de pareilles nuits, c'est aimer deux fois ».

Je ne me pardonnais pas d'avoir gâché, par suffisance, par maladresse, mes dernières heures en compagnie de Léonora. Plusieurs fois, j'eus des velléités de la rejoindre dans sa retraite champêtre. Kamarovo était le nom qu'elle avait prononcé devant moi, mais sans jamais me donner l'adresse exacte. En outre, Léonora m'avait prévenu : « Je tiens à m'isoler quand je travaille. »

Solitaire, je ne le restai pas longtemps. Mlle A. insista pour m'inviter à dîner chez elle avec Jean Dartel – son amant du moment, espérai-je, anxieux à l'idée de la voir jeter de nouveau son dévolu sur moi – et quelques autres « expats » français. Je découvris avec stupéfaction qu'elle habitait dans un immeuble du Champ-de-Mars qu'Anastasia mentionne dans son journal. La cave avait abrité la Halte des comédiens après la fermeture du Chien errant. Au premier étage avait vécu Pronine, le directeur malchanceux de ces deux cabarets, et au second Léonide Andréïev, le romancier fétiche des jeunes filles de l'Age d'argent. Le cinéaste Vassili Guermann y possédait aujourd'hui un studio. La « bonbonnière », comme elle disait, de Mlle A., occupait une partie du troisième étage.

Le dîner me parut ennuyeux, la conversation sans intérêt. Personne n'avait jamais entendu parler ni de la Halte des comédiens, ni de Léonide Andréïev. Pas même Mlle A. qui accueillit mes informations comme une preuve supplémentaire qu'elle avait fait une affaire en or en achetant cet appartement. Elle semblait ignorer qu'à Pétersbourg chaque maison raconte une histoire.

L'égérie de la communauté française de « Saint-Pète » arborait ce soir-là une robe spectaculaire au décolleté vertigineux qui lui conférait une allure de grande Catherine. Par son obstination à régenter le monde autour d'elle et à séduire la gent masculine – voir la statue de Catherine devant le théâtre Alexandra, ses favoris prostrés à ses pieds ! – Mlle A. pouvait, en effet, passer pour une pâle réplique de la tsarine.

Bien que russe d'origine et manifestant une admiration fervente pour cette « âme slave » qu'elle se targuait de posséder, Mlle A. se montrait résolument critique vis-à-vis d'un pays où, disait-elle, rien n'avait changé depuis l'époque soviétique, « les mentalités encore moins que le reste ». Cette méfiance à l'égard de la Russie qu'elle décelait très vite chez les nouveaux arrivants, Mlle A. l'entretenait, la cultivait, la mitonnait à grand renfort de petits raouts gastronomiques franco-français où elle exerçait son ascendant érotico-maternant.

« Vous verrez ce que c'est que de vivre à Saint-Pète », se plaisait-elle à répéter en régalant son monde de « terrines aux trois légumes » et de savarins, ravie de voir une lueur de terreur s'allumer dans les yeux de l'assistance. « Vous vous ferez attaquer en pleine rue, ou bien on dévalisera votre appartement. Vous verrez, les gens ici sont tristes, le climat effroyable, les hivers humides et venteux et les étés étouffants. Au bout de six mois on est insomniaque, perclus de rhumatismes. Si l'on ne prend pas soin de laver et relaver les légumes cultivés dans le sillage de

Tchernobyl et vendus en toute impunité sur les marchés de la ville, si l'on ne proscrit pas de son alimentation les produits irradiés comme les champignons, le miel et les laitages, on risque le cancer de la peau, celui des poumons ou du côlon. L'eau pullule de microbes qu'on avale en se brossant les dents et qui s'introduisent lentement mais sûrement par les oreilles et les yeux tandis qu'on se shampouine le crâne en toute innocence. On perd ses cheveux, les ongles ramollissent, des verrues vous poussent au coin du nez. Le corps se couvre de plaques rouges à force de démangeaisons. Des rides prématurées apparaissent, les chairs s'affaissent et, pour peu qu'on soit maigre – Dieu merci, ce n'est pas mon cas –, on se met à ressembler à une poire flétrie. Sans compter les métaux nocifs comme le plomb et le mercure qui encrassent les canalisations et pénètrent à travers les pores de la peau jusqu'au système nerveux, voire jusqu'aux cellules du cerveau ! N'oubliez pas que le saturnisme est l'une des causes, prouvée scientifiquement, de l'effondrement de l'Empire romain… »

Ces mises en garde apocalyptiques avaient pour corollaire : « Quand les premiers symptômes apparaîtront, n'hésitez pas à m'appeler au secours. » En effet, rien ne plaisait davantage à Mlle A. que de voir de jeunes et mignons coopérants fraîchement débarqués à Saint-Pétersbourg lui téléphoner en pleine nuit ou faire irruption chez elle à l'improviste en sanglotant : « Vous aviez raison. Ce pays est invivable. Je suis malade. Je déprime. Je suis au bord du suicide. De grâce, aidez-moi. » C'est alors qu'elle les prenait sous son aile – et dans son lit –, les couvait, les flattait et, mêlant la bonté d'âme à la perversité, s'employait à s'immiscer dans leur vie comme elle avait essayé de le faire avec moi. Mlle A. avait un cœur de pierre sous un corset de velours : elle adorait voler au secours des désespérés dont elle avait elle-même nourri le désespoir.

Ce soir-là, elle raconta pour la énième fois l'histoire de sa prestigieuse famille, « une lignée princière qui avait raflé toutes les premières places à Polytechnique et à l'ENA dans l'émigration ». On passa en revue tous les clichés les plus éculés : le fatalisme inné des Russes, leur incapacité de construire l'avenir, leur fuite devant les responsabilités. On se plaignit du mauvais « rapport qualité-prix » des restaurants russes, de l'absence de la « notion de service ». On vanta une fois de plus le Bistro français de la rue Galernaïa où je n'avais pas encore mis les pieds. On reprit en chœur le refrain obligé sur les nouveaux Russes, mais davantage pour critiquer leur mauvais goût que leur cynisme. Jean Dartel tenait en réserve quelques bonnes blagues à leur propos.

J'avais du mal à partager la bonne humeur de cette petite compagnie soudée par des liens factices. Les heures passées à réinventer la vie d'Anastasia Dalmatov m'avaient tenu éloigné de mes compatriotes et de leurs préoccupations. La plupart d'entre eux – cadres ou fonctionnaires – étaient, comme Mlle A., des Russes blancs qui s'étaient fait nommer à Saint-Pétersbourg par nostalgie familiale. Ils nourrissaient le vague espoir de retrouver une place laissée vacante depuis presque quatre-vingts ans par leurs ancêtres. Parmi ceux qui n'étaient pas d'origine russe se trouvait une poignée d'hommes d'affaires plus ou moins aventuriers, venus ici au moment de la Pérestroïka pour investir avant tout le monde et gagner beaucoup d'argent. Une minorité était là par hasard, qui ne parlait même pas russe. C'était les plus misérables et les première victimes de Mlle A.

Lorsque la conversation roula sur l'élection présidentielle et la victoire de Jacques Chirac, je mesurai à quel point le destin d'Anastasia dévorait le mien : j'avais oublié de voter !

« Je vous trouve mauvaise mine, mon cher Luc, déclara Jean Dartel en me passant religieusement le plateau de fromage, vous êtes resté trop longtemps à Saint-Pète sans sortir. Il est temps que vous preniez des vacances...

— Je vous l'avais bien dit, poursuivit Mlle A., qu'il fallait être solide pour supporter cette ville. Elle abat les mélancoliques, écrase les lymphatiques, conduit doucement les névrosés vers la psychose... »

Je protestai que tout allait bien et que j'étais en parfaite santé physique et mentale mais, à en croire les regards apitoyés ou méfiants qui convergeaient sur moi, on en doutait. Il est vrai que je fréquentais peu la communauté française et ne participais jamais à leurs activités collectives du week-end. J'ai toujours eu horreur des colonies de vacances et des voyages organisés. Aussi étaient-ils en droit de se demander à quoi je passais mon temps libre. En outre, j'eus le sentiment que les personnes présentes avaient été mises au courant par Mlle A. de mon équipée nocturne en pleine tempête et n'ignoraient rien du rôle héroïque qu'elle-même et Dartel avaient joué dans cette « histoire de fou ».

« Peut-être devriez-vous faire de l'exercice ? » suggéra M. Tefal, ainsi surnommé car il gérait une succursale locale de la célèbre fabrique de poêles à frire. Installée dans une ancienne usine d'armement, cette modeste fabrique était citée dans les milieux parisiens comme un exemple magistralement réussi – grâce à la France – de reconversion du complexe militaro-industriel soviétique.

« J'ai fondé un club de pétanque, m'expliqua M. Tefal en désignant fièrement le badge, un coq gaulois, qu'il portait épinglé au revers de sa veste. C'est très sportif, vous savez, la pétanque, et puis c'est typiquement de chez nous. Pas vrai, les gars ?

— Ça, oui alors ! » s'exclamèrent de concert les deux gardes de sécurité du Consulat que leur jeunesse et leur musculature avaient signalés à l'attention de Mlle A., au point qu'elle les invitait systématiquement à tous ses raouts.

« Et le bridge ? s'enquit, mondaine, la femme du vice-consul qui tenait à se démarquer des amateurs de pétanque. Vous ne jouez pas au bridge ? »

Je répondis qu'hélas non, et elle me gratifia d'un regard où se lisaient la pitié et le dédain.

« Vous êtes plutôt un... un solitaire, décréta le patron du Bistro français qui ne me comptait toujours pas au nombre de ses clients.

— C'est qu'il est plongé jusqu'au cou dans ses recherches, enchaîna, narquoise, Mlle A., tout en déposant une poire Belle Hélène dans mon assiette. Et je me suis laissé dire que la petite Klein l'aidait beaucoup... N'est-ce pas, Luc ?... Je me félicite de vous avoir mis en contact avec cette Lénora.

— Si nous étions encore au temps de la guerre froide, je vous conseillerais de vous méfier d'elle. Vous voyez ce que je veux dire... »

L'attaché commercial, nommé à Pétersbourg au moment de la Pérestroïka et depuis lors oublié par le quai Branly, venait de mettre son grain de sel.

« Tiens c'est vrai ça, après tout, reprit Mlle A. en me fixant d'un air affolé, je n'y avais pas pensé, mais le FSB a toujours des agents... »

Au café, Mlle A. qui aimait jouer les Verdurin proposa un divertissement éducatif : une séance-diapos sur son dernier voyage aux Baléares. J'en profitai pour m'éclipser, le cœur au bord des lèvres.

La frénésie culturelle des nuits blanches devint un exutoire à mes états d'âme. Répondant à l'invitation de Lev Dodine, j'allai assister à la pièce *Frères et sœurs* qu'il avait montée d'après Abramov. Je découvris les ballets contemporains de Boris Eifman : *Tchaïkovski, Les Frères Karamazov*. Je fréquentai assidûment la Philharmonie. L'émotion la plus forte fut un concert dirigé par Rostropovitch : La *Symphonie de Leningrad* de Chostakovitch, composée en l'honneur des victimes du terrible siège que la ville soutint pendant neuf cents jours de 1941 à 1943, contre les Allemands. Le public écoutait debout, recueilli, comme en prière, des larmes dans les yeux.

Au sortir d'un spectacle, d'un concert, je marchais seul, de longues heures, partagé entre l'éblouissement et une tenaillante mélancolie. Rentré chez moi, je mettais de la musique et, assis sur le rebord de la fenêtre, je passais la nuit à contempler le panorama étalé sous mes yeux, un mélange de Venise et de Versailles.

Par-delà la Neva, le quai Koutouzov, qui s'appela quai des Français avant de porter le nom du feld-maréchal Mikhaïl Ilarianovitch Koutouzov, dresse ses façades princières aux teintes pastel, aux fenêtres soulignées d'un fin liseré blanc. Avant la Révolution bolchevique, l'Ambassade de France était sise au numéro 10. Le bâtiment abrite à présent un institut d'atronomie qui découvre des étoiles et leur donne par tradition un nom français : Petit Prince, Louvre...

Un peu plus loin, l'hôtel particulier le mieux restauré, couleur abricot, est l'une des nombreuses résidences que Rostropovitch possède de par le monde. A quelques pas de là, le Jardin d'été. De ce trapèze de terre entouré d'eau, Pierre le Grand fit un havre de verdure voué à la flânerie, à la méditation, aux rencontres. Histoire et mythe s'y mêlent. Casanova prétend y avoir croisé Catherine II et badiné avec elle. Pouchkine venait chaque matin, en peignoir, y passer ses vers « au gueuloir ». Le prince Mychkine avait coutume d'apaiser là ses crises d'épilepsie, et les remarquables grilles en fonte conçues par l'architecte Felten servirent de décor à Tchaïkovski pour le premier tableau de sa *Dame de Pique*.

Dans ce parc, Nastia, petite fille, venait jouer à la « baguette volante » avec le jeune Alexis Kouropatkine, sous la surveillance de Pélagie.

Les visiteurs étaient si soigneusement sélectionnés, à l'entrée, par des maréchaux des logis en faction, écrit Nastia des années après, *qu'on aurait pu se croire dans une gravure de mode.*

Plus tard, presque en haillons, elle traversera ce jardin avec Vadim à la recherche de bois pour se chauffer...

Une foule de statues d'un blanc lunaire achèvent de donner au Jardin d'été un air follement romanesque. Soigneusement préservées du gel, l'hiver, par de petite cabanes en bois, ces œuvres de seconde zone dont Casanova se gausse d'abondance dans ses Mémoires, proviennent, dit-on, du parc de Lazienki à Varsovie où elles furent dérobées par Pierre le Grand.

De ma fenêtre, le Jardin d'été semble une île flottante que deux ponts d'une grâce toute vénitienne relient au quai. Le dessin des arches reproduit l'anse des urnes en granit perchées sur chacun des trente-six piliers de la grille. Le pont de gauche, dit « des lavoirs », enjambe la Fontanka, le plus long des trois canaux qui, tel un coup de griffe, raie Pétersbourg de trois arcs de cercle. Le regard se faufile le long de la rive gauche, doucement incurvée, de la Fontanka, détaille une succession d'étroites façades déployées en éventail, y repère un petit pan de mur qui, au coucher du soleil, devient plus jaune que celui de Bergotte, s'attarde sur la « cité du sel », luxueux entrepôt baroquisant transformé plus tard en Musée d'histoire du Blocus de Leningrad.

Puis la Fontanka paraît se perdre derrière la Maison d'été de Pierre Ier, œuvre de l'architecte Trezzini, que son élégance dépouillée rattache à la Hollande plus qu'à l'Italie. L'œil alors anticipe sur le château des Ingénieurs, forteresse d'ocre brûlé, d'aurore ou de sang selon l'humeur et la lumière. Le tsar Paul Ier y vécut quarante jours et quarante nuits avant d'y être massacré d'un coup de tabatière. Dostoïevski y poursuivit de barbantes études techniques, sentant monter en lui des vapeurs de révolte. De ma fenêtre, je n'aperçois du château des Ingénieurs qu'un clocheton surmonté d'une flèche à laquelle font écho, par-delà les toits du centre-ville, deux fines cheminées d'usine d'où ne s'échappe aucune fumée. Ironie du sort : Pétersbourg est une ville propre depuis que son industrie se meurt.

Vers deux heures du matin, j'assistais à l'ouverture des ponts. La structure métallique du pont de la Trinité d'abord, puis celle du pont Litéïny, se scindaient par le milieu, livrant passage aux navires de haute mer. Le trafic durait jusqu'à quatre heures du matin puis les ponts se refermaient. Pour moi qui n'avais jamais vu la Neva autrement que prise dans les glaces, cette masse d'eau enfin rendue à sa mouvance était une distraction sans fin. Les bateaux n'étaient plus les péniches chargées de bois que Nastia décrit dans son journal mais des croiseurs, des cargos, des navires revenant d'une croisière sur la Volga.

Je me mis à rêver voyage, évasion, en compagnie d'une femme – Léonora ? – dont la silhouette, la personnalité, le regard se superposaient à ceux de Nastia. A mesure que le temps passait et que les traits de Léonora perdaient de leur acuité dans mon souvenir, c'était ceux de Nastia, flous, fragmentés, reconstitués à partir de menus détails, d'indices disséminés dans le journal, qui s'imposaient à mon imagination.

Il y eut des soirs de magie pure que j'aurais aimé partager avec cette femme, des soirs où, assis sur le rebord de la fenêtre, nous aurions assisté à l'embrasement de Saint-

Pétersbourg. Les vitres innombrables des palais se mettaient alors à flamboyer, comme si un gigantesque incendie ravageait la ville. Le cuivre et le bronze doré se mettaient à resplendir : coupole de Saint-Isaac, bulbes de Saint-Sauveur, flèches de l'Amirauté et du château des Ingénieurs, « clocher » de la cathédrale Saint-Pierre-et-Saint-Paul. Le ciel était un brasier, la Neva une coulée de lave. Puis venait l'apaisement. Les pourpres incandescents viraient au carmin violacé, les violets au mauve bleuté, le mauve au rose pâle pour mourir au petit matin dans un dégradé de gris cendré. Je comprenais ce qui, en dépit de l'humidité et de la rudesse du climat, avait attiré Pierre le Grand dans ce coin du monde. C'étaient les amours de la lumière et du fleuve, les noces de l'eau et du feu.

Un jour d'orage que je m'extasiais d'un rougeoiement du soleil sur la surface irisée de la Neva, Maria me désigna la *Bolchoï dom* – grande maison – du bout de son plumeau. Ce cube de béton tout en hauteur, construit au début des années 30 pour abriter ce qui deviendrait le KGB, était la seule fausse note dans l'alignement parfait des palais le long du quai Koutouzov.

« Du temps de Staline, quand l'eau était rouge au pied de la *Bolchoï dom*, on disait que c'était le sang des gens exécutés dans les caves...

— Vous le croyez toujours ?

— Bien sûr. C'était une époque terrible, c'est vrai, mais...

— Mais ?

— Mais nous étions un grand pays... »

Chaque matin, vers sept heures, c'était toujours les mêmes bateaux qui saluaient mon réveil : un petit blanc tout pimpant et pétaradant style « Louisiane », et une longue barge noire où du linge séchait. J'avalais une tasse de café et j'allais courir dans l'île au Lièvre, au pied de la forteresse Pierre-et-Paul. A la pointe de cet îlot où, dit-on, un lièvre inspira au bâtisseur de Saint-Pétersbourg l'emplacement de la première pierre, je faisais une halte pour admirer la succession des demeures princières de l'Ermitage au Sénat, la colonnade de la Bourse, le dôme de l'académie des Beaux-Arts, les rostres de l'île Vassilievski... On aurait dit Venise vue de la basilique du Salut, dans le quartier de Dorsoduro.

Sur la plage de la forteresse Pierre-et-Paul, on croise surtout des hommes, et pas des moindres ! L'hiver, par moins dix, ceux qu'on appelle les « morses » creusent la glace pour trouver au fond d'un trou de quoi prolonger une vie que les statistiques estiment à cinquante-sept ans. L'été venant, la plage se peuple de *gay*. Debout, en string, adossés au mur d'enceinte rugueux et tiède où fleurissent les graffitis, un long manteau jeté sur leurs épaules s'il fait encore frisquet, les goluboï – les azurés –, comme les appellent les Russes, exhibent leurs torses musculeux avides de soleil...

Qui alors se souvient que derrière ce mur s'élevait une des prisons politiques les plus redoutables de tous les temps ? Dostoïevski y fut enfermé. On y exécuta Bakounine. En 1887, la condamnation à mort, par le tsar, d'un certain Alexandre Oulianov posa la première pierre de la Révolution : son jeune frère Vladimir deviendrait Lénine.

Cette vision des corps alignés, tels des condamnés à mort, le long de la muraille rougeâtre, couleur de sang éclaboussé, fut la dernière que je gardai de Pétersbourg avant de m'envoler pour Paris. Elle provoqua en moi un malaise qui, ajouté aux paroles pleines de nostalgie de Maria – « Sous Staline, le sang coulait, c'est vrai, mais nous étions un grand pays... » –, ne me quitta pas de tout l'été.

Au cœur même de sa beauté, Saint-Pétersbourg entretient le venin de sa malédiction.

Petrograd, le 25 février 1917.

Me voici de nouveau au 35 rue de Tauride. On ne peut plus laisser maman seule tant elle est devenue nerveuse, imprévisible. Elle passe des nuits blanches à répéter inlassablement les mêmes mots, les mêmes phrases. Parfois elle se met à crier que la Russie est perdue et que nous allons tous mourir. Pendant la journée, épuisée, abattue, elle somnole.

D'après papa, tout a commencé en décembre dernier au moment de la mort de Raspoutine. Cet homme la fascinait comme la fascine tout ce qui touche au surnaturel : la théosophie, le soufisme, Wagner, Nietzsche, les romans de Léonide Andréïev et d'André Biély... Quand elle a appris l'assassinat de Raspoutine, maman n'a pas pleuré. Elle s'est couchée et a décidé que le temps s'était arrêté. La mère que je retrouve aujourd'hui n'est plus celle que j'ai connue.

Papa souffre des ragots qui ont circulé en ville sur les relations entre maman et Grichka. En ce qui me concerne, je n'en crois rien. Je ne veux, je ne peux y croire. Car si ces rumeurs sont vraies, comment respecter une mère qui reproche à sa fille d'aimer un « fils de moujik » alors qu'elle-même se donne au plus grossier d'entre eux ?

Quand elle ne se trouve pas dans un état d'hébétude proche du coma, ma mère sanglote, prostrée sur un sofa. Parfois elle se lève et fait les cent pas en insultant les auteurs du complot, le prince Félix Youssoupov et le grand-duc Dimitri Pavlovitch.

Mon Dieu, faites que la guerre finisse, que ma mère retrouve la raison !

Vadim est parti en Crimée rendre visite à sa famille. Son retour n'est pas fixé car les trains sont devenus rares. En ville, même les tramways sont arrêtés.

Vers midi,

Me voilà assise près de la fenêtre en compagnie de mon journal comme lorsque j'étais une petite fille et que la vie me paraissait belle, l'avenir radieux...

En ce temps-là, le rossignol chantait dans le jardin de Tauride. Le palais de Potemkine abritait les expositions du Monde de l'Art organisées par Diaghilev et non pas des débats politiques sans issue.

Ma gorge se serre... Mon enfance me revient par bouffées... Je revois les Sorbiers, la maison rose de grand-père Diernov à Kuokkala, Pâques en famille... Je repense à Lydia Dimitriéva, à Véra, à Lida... Il est loin le temps où nous jouions Calderón sous la direction de Meyerhold. Je ne serai jamais actrice... La guerre, Dieu, ma mauvaise étoile, que sais-je encore, ont changé le cours de ma vie.

Miss Melvil s'en est allée, Mlle Lévrier a regagné sa Suisse natale. Il me reste Pélagie, ma chère Pélagie qui m'appelle encore sa « Natiouchka »...

« Pleure, Natiouchka, pleure tout ton saoul, ça fait du bien », m'a-t-elle dit, puis elle a ajouté cette remarque, si juste dans sa naïveté : « Je vois que tu écris toujours ton journal... Continue. L'encre qui coule, c'est le chagrin qui s'évacue... »

J'ai gratté la vitre gelée pour observer ce qui se passe dans la rue : une queue interminable s'est formée devant le magasin d'alimentation au rez-de-chaussée. Depuis hier, il faut une carte de rationnement pour se procurer de la nourriture. Les gens piétinent sur place, affamés, frigorifiés, à bout de nerfs. Ils n'en peuvent plus de cette guerre, du froid, des privations...

Un peu plus tard :

Mme Gordon vient de passer avec sa fille Hélène pour prendre des nouvelles de maman. Hélène a maintenant huit ans.

Nous avons beaucoup de chance d'avoir des locataires

aussi aimables. Il y eut un temps où papa pensait s'installer dans le duplex mais à quoi bon dans les conditions actuelles, avec l'instabilité politique et maman malade ? Le luxe qui nous paraissait indispensable hier déserte notre vie et nos préoccupations.

Au moment de prendre congé, la petite Hélène s'est suspendue à mon cou et m'a dit : « Anastasia Borissovna, je suis contente que vous soyez revenue. Pourquoi nous avoir quittés pendant si longtemps ? »

J'en avais les larmes aux yeux. Comment lui expliquer que je n'étais revenue chez mes parents que par devoir, pour soigner ma mère, et que ma vie était ailleurs ?

Je l'ai embrassée longuement. Cette petite fille, c'est moi autrefois, et c'est la fille que Vadim et moi nous aurons un jour.

Jeudi, huit heures du matin.

Vers minuit, maman a eu un cauchemar. Elle hurlait que le monde allait éclater en deux, que la Russie allait être rayée de la carte. Nous lui avons donné du bromure. Elle a fini par s'endormir et je me suis retrouvée seule avec papa. J'ai préparé du thé. J'ai prié mon père de s'asseoir et de m'écouter. Je lui ai demandé pourquoi, depuis mon retour à la maison, il ne s'était pas une seule inquiété de Vadim. Il m'a répondu : « Parce que ce garçon n'est pas fait pour toi. Il fera ton malheur. » J'ai protesté, pleuré. J'ai dit que les temps avaient changé, que l'avenir était au rapprochement des classes sociales. J'ai ajouté que Vadim deviendrait un grand artiste, reconnu de tous. Papa dodelinait de la tête, tombait de sommeil. Je l'ai laissé aller se coucher après lui avoir arraché la promesse d'un tête-à-tête avec Vadim à son retour de Crimée. Papa secouait la tête comme un vieillard en répétant : « Oui, oui, oui... » Je sens qu'il a l'esprit ailleurs, qu'il vieillit, qu'il est éreinté, qu'il n'est plus l'homme ouvert, brillant, alerte qu'il était autrefois. Ses yeux sont creusés. Il se voûte.

J'ai pitié de mon père comme j'ai pitié de ma mère.

Petrograd, le 26 février.

Ce matin, Pélagie a assisté à une émeute dans la Nevski.

Des ouvriers au chômage défilaient sous la bannière d'un syndicat. Les femmes, nombreuses, étaient les plus agressives. La police est arrivée, a voulu les disperser. Les émeutiers ont résisté. Ils criaient : « A mort le tsar ! Vive la république ! » Ils ont entonné La Marseillaise *et commencé à briser la devanture du fourreur Mertens. Voyant cela, des agents de police se sont rangés de leur côté, ainsi que des badauds qui passaient par là...*

« Fallait les voir se ruer sur les étoles de marte, les pelisses d'astrakan ! Y s'vautraient d'dans comme des p'tits chiots », m'a raconté Pélagie, les yeux brillants.

J'ai eu cette pensée terrible : Et si Pélagie choisissait « son » camp, celui des pauvres. Ce ne serait que justice...

Pas de nouvelles de Vadim mais la Crimée est calme, dit-on.

Le 27 février, quatorze heures.

Maman se repose. Elle est moins agitée depuis ce matin. Comme elle a vieilli, elle aussi, brusquement ! Deux traits creusent son visage de la bouche au menton. Ses yeux violets ont perdu leur éclat. Elle refuse de se faire coiffer par Pélagie. J'ai mal quand, passant le peigne dans sa longue chevelure maintenant striée de fils d'argent, je recueille de grosses poignées de cheveux morts.

Je me languis de Vadim, de mes amis, de l'atmosphère du Chien errant. Je souffre d'être retombée dans le giron familial et tourne dans l'appartement comme un lion en cage. Je tue le temps en explorant la bibliothèque. J'y ai trouvé le Capital. *Mais ce que la prose de Marx est rebutante !*

Remis le nez dans Gorki. C'est un grand écrivain réaliste mais sa conception de la littérature est dépassée. Pour lui, la forme est accessoire. Seul compte le message social. Il me semble à moi que bouleverser la forme c'est déjà changer le monde. Vadim serait d'accord avec moi.

Dix-sept heures.

En revenant du ministère de l'Agriculture, papa a vu la foule envahir le palais d'Hiver. Des ouvriers, des intellec-

tuels, des femmes, des soldats, des étudiants... sous la conduite de sous-officiers ! Personne ne leur a opposé la moindre résistance. Papa a vu le drapeau rouge flotter sur le toit du palais. Le peuple occupe le palais du tsar !

Nous sommes informés par téléphone de ce qui se passe à Moscou. Nicolas II continue de penser que Moscou lui restera fidèle. Il se trompe. La haine de la dynastie, l'esprit de vengeance, le désordre se propagent partout d'heure en heure...

Dix-huit heures.

Des cris me parviennent du jardin de Tauride.

Des manifestants envahissent la Douma !

Je tremble pour papa qui doit s'y trouver en ce moment. Et maman qui a enfilé son manteau et réclame un fiacre pour aller chez Ballet acheter des baisers [meringues] !

Un peu plus tard. Papa a appelé pour nous rassurer. « Je vous expliquerai ce soir », a-t-il dit.

Le soir.

La Douma a proposé un « Comité provisoire ».

Au même moment, dans la salle voisine, un soviet d'ouvriers et de soldats s'organisait.

Dans le même bâtiment cohabitent à présent deux assemblées. Kerenski est le seul à siéger dans les deux. « Un brillant avocat, a dit papa, mais un ambitieux, un opportuniste. Je crains pour l'avenir car l'équilibre des forces est fragile. »

Le 28, neuf heures.

Cette nuit, vers deux heures, remue-ménage au rez-de-chaussée. On brisait des vitres, on enfonçait des portes. C'était le magasin d'alimentation qu'on dévalisait. Nous avons appelé chez les Gordon dont le salon est juste au-dessus du magasin. Ils sont montés. La petite Hélène était terrorisée. Je lui ai fait visiter l'appartement pour la distraire et elle est tombée en arrêt devant la Dame en rose de Winterhalter. « Je veux une robe comme ça ! » s'est-elle écriée.

Pendant que, tendus, à bout de nerfs, nous prenions

le thé tous les six sans oser échanger un mot, des chants révolutionnaires, des refrains de cabaret mais aussi des grognements, des râles, des beuglements nous parvenaient du rez-de-chaussée. On faisait sauter des bouchons de champagne, on baffrait, on faisait l'amour... L'orgie nous a paru interminable. Et s'ils étaient montés jusqu'ici ? Vers cinq heures, ils sont partis et les Gordon sont rentrés chez eux.

Ce matin, le trottoir était jonché de cartons déchirés, de cadavres de bouteilles. De la sauce tomate, de l'huile, de la confiture souillaient les murs mais aussi du vomi, des excréments...

Appelé les Ouroussov, les Golitizine... Tout l'immeuble était aux abois.

Papa dit que ces débordements populaires sont inévitables.

Le peuple nous apparaît comme une bête féroce, sale, incontrôlable, menaçante. Ce chien qu'on gardait en laisse, qu'on flattait avec des friandises, discours, promesses, « œuvres de charité »..., ce chien a brisé sa laisse et réclame son dû.

Ma famille n'est jamais restée indifférente au sort du peuple. Mon grand-père Diernov avait financé la construction d'un hôpital et fondé des associations caritatives. Maman s'est occupée elle-même d'ouvrir une école de filles dans le village de Rojdestvéno. Et pourtant, il me semble que nous vivions à cent lieues de leurs préoccupations. Il me semble que nous n'avons rien compris et que nous sommes en train de payer cet aveuglement.

Moi-même, avant de rencontrer Vadim, qu'est-ce que je connaissais du « peuple » ? Enfant, on me disait qu'il fallait être « poli » avec les domestiques, avec les fermiers qui travaillaient pour nous à la campagne, avec les employés de grand-père Diernov, mais nous ne partagions jamais les jeux de leurs enfants. Ils nous saluaient de loin, humblement, casquettes à la main.

Avant de connaître Vadim, jamais l'idée ne m'avait effleurée que parmi ces gens se trouvaient peut-être des esprits supérieurs, des artistes de génie. Ils ne pouvaient être que « braves, honnêtes, travailleurs », à la rigueur « habiles » ou même « astucieux ». Seuls les gens comme nous pouvaient être « brillants, doués, talentueux ».

Plus tard, chez les Ivanov, j'ai beaucoup entendu parler du « peuple ». Parmi les gens qui fréquentaient la Tour, aucun n'était fils d'ouvrier ou de paysan mais tous parlaient du peuple qu'il fallait « éduquer ». On se battait la coulpe, on se réunissait, on débattait, on écrivait des traités, des manuels, des pamphlets. On éprouvait vis-à-vis du peuple un sentiment de culpabilité quasi religieux.

L'intelligentsia voulait éduquer le peuple, mais pour qu'il le serve mieux, pas pour qu'il prenne sa place !

Un peu plus tard,

Une lettre de Vadim ! Il est à présent à Koktébel, dans la belle maison du poète Max Volochine au bord de la mer. La Crimée est calme. Cela m'a fait drôle de l'entendre disserter sur le « cubo-futurisme » ou le « futuro-primitivisme » alors qu'ici, à Petrograd, nos lèvres gercées ne laissent passer que des mots simples : pain, bois, manger, mourir...

Le pianiste Prokofiev, le poète Mandelstam et son amie, une jeune poétesse du nom de Marina Tsvétaïéva sont à Koktébel eux aussi. Et d'autres encore... Si seulement je n'avais pas à m'occuper de maman !

J'ai essayé de lui parler de Vadim mais elle fait semblant de ne pas entendre ou détourne la conversation. Certes, elle s'est remise à lire – et quelles lectures : Goethe, Hegel, les poésies d'Anna de Noailles ! –, et je m'en réjouis, mais la lecture est pour elle un moyen de fuir le présent. Le mal – je me refuse à dire folie – dont elle est atteinte est étrange, difficile à cerner. Les événements extérieurs la laissent de marbre mais ses capacités intellectuelles sont intactes. Elle s'obstine à vivre et à penser comme la grande dame cultivée et mondaine qu'elle était avant la guerre. Pour elle, la pendule du monde s'est arrêtée avec la mort de Raspoutine.

De même, son esprit fonctionne en zigzag pour éviter de se confronter à la réalité quotidienne, devenue trop médiocre à son goût. Elle recopie des citations dans un cahier, les commente parfois à haute voix avec une grande finesse d'analyse mais sans les rattacher à l'actualité. Elle est, comme on dit, « perdue dans ses idées ». Ce qui ne l'empêche pas de se livrer au pires enfantillages. Ce matin, par exemple, elle a exigé qu'on lui apporte sur-le-champ des violettes de

Nice bien qu'elle sache pertinemment que le fleuriste a fermé et qu'on ne trouve plus une seule fleur en ville. A l'heure du déjeuner, elle a déclaré à Pélagie : « J'espère que vous n'avez pas oublié de mettre deux cuillers et demie d'armagnac dans le bœuf Stroganov. » Alors qu'on ne mange plus de viande. « Mais Madame ne voit donc pas que c'est la Révolution ! », a rétorqué Pélagie.

Parfois, je me demande si sa maladie n'est pas feinte. Je me demande s'il ne s'agit pas, de sa part, d'une mise en scène plus ou moins consciente destinée à me culpabiliser : je suis malade AUSSI [souligné] *à cause de toi. Si tu quittais* CE *Vadim, je guérirais...*

Le 29, midi.

Coup de téléphone du comptable de maman : il veut que nous allions nous-mêmes à son bureau chercher les revenus des magasins Diernov. « Par les temps qui courent, je ne peux pas prendre le risque de transporter des sommes d'argent, et comme on ne peut faire confiance à personne... »

17 heures.

Au moment d'accompagner maman chez son homme d'affaires, je me suis rendu compte qu'elle s'était habillée et maquillée n'importe comment. On aurait dit un clown. J'étais consternée. Je lui ai refait moi-même sa toilette car je serais morte de chagrin si quelqu'un s'était moqué d'elle dans la rue. Avec le temps, les rôles se sont inversés. C'est moi maintenant qui m'occupe d'elle et la protège.

Finalement, tout s'est bien passé. Maman n'a rien dit. Le comptable ne s'est aperçu de rien. Merci, mon Dieu !

L'atmosphère en ville sent le soufre. J'avais hâte de rentrer à la maison.

Vadim a appelé pendant mon absence. Toujours pas de train pour Moscou.

Le 1er mars au matin.

La contagion révolutionnaire gagne l'armée russe. Les soldats exigent la paix immédiatement. Le dégoût de la guerre va hâter la Révolution. Ces soldats qui suscitaient l'admiration générale il y a quelques mois encore, ces soldats sortent des casernes, désertent et rejoignent les révolutionnaires. Ces fils d'ouvriers font cause commune avec les ouvriers.

On dit que le grand-duc Cyrille s'est rendu au palais de Tauride pour déclarer à la Douma qu'il soutenait les révolutionnaires ! Le chaos est inévitable. Le tsar l'aura voulu. Nous l'aurons voulu. Nous l'aurons mérité.

Cela me coûte de le dire, mais à la faveur des troubles qui agitent la Russie, je retrouve une certaine complicité avec mon père. Je sais qu'il voit de plus en plus souvent ses amis du parti « Cadet » – Konstitutionnel-Demokrat – : Milioukov, Vinaver, ainsi que le prince Lvov qu'il estime beaucoup. Il me parle souvent de ces hommes – monarchistes constitutionnels comme lui, ou républicains – avec qui il partage un idéal de société libérale.

J'ai refait une tentative pour lui parler de Vadim. Il m'a serrée dans ses bras. Sa moustache blonde frémissait comme lorsque j'étais enfant et que je lui rappelais une promesse qu'il m'avait faite et qu'il faisait semblant d'oublier. Il a murmuré : « Il faut voir, il faut voir... » Il finira par se laisser convaincre, j'en suis sûre. J'ai confiance.

Le soir.

Mme Gordon est passée nous voir avec la petite Hélène. Ils parlent d'émigrer en France.

Hélène est restée pour une séance de pose. Je fais son portrait.

Pendant ce temps, maman lit Ainsi parlait Zarathoustra, *réfugiée dans ce qu'elle appelle son « cabinet de lecture ». Comme il fait très froid dans l'appartement, elle a transformé en lit de repos une antique baignoire portative en bois qu'elle a bourrée de couvertures. Ma mère passe là des heures, immobile, au chaud, isolée du monde... et loin de nous. Seules émergent du magma laineux sa tête enveloppée d'un fichu et ses moufles qui tiennent le livre.*

Le 2 mars, deux heures du matin.

La Révolution reprise en main : la Douma vient de constituer un gouvernement provisoire présidé par le prince Lvov avec Milioukov aux Affaires étrangères, Kerenski à la justice et Chingarev à l'agriculture. C'est papa qu'on a choisi comme bras droit de Chingarev. Les voisins – les Ouroussov, les Golitizine – sont venus le féliciter ainsi que le journaliste qui a remplacé les Ivanov au sixième. « Nous comptons sur vous et sur le prince pour modérer les élans socialistes de Kerenski », a dit Serge Pétrovitch Ouroussov en étreignant papa.

Dans la nuit du 3 au 4 mars.

Nicolas II a signé son acte d'abdication !

Le tsar a abdiqué en faveur de son frère mais le grand-duc Michel refuse d'assumer le pouvoir.

Il n'y a pas si longtemps, j'étais une enfant. On me disait que la dynastie des Romanov était inébranlable. Je la croyais éternelle. Aujourd'hui, je vis la chute du régime tsariste.

Je me sens tout à la fois triste, effrayée, soulagée, pleine d'espérance. Soulagée parce que je me dis : cela ne pouvait pas durer ; effrayée parce que je me dis : est-ce que tout [souligné] *sur cette terre, est aussi fragile ?*

Maman n'a pas l'air de réaliser la gravité de la situation. Elle a entrepris de ranger sa garde-robe et parle d'organiser un bal costumé à la campagne !

Le 5.

En bas, sur la porte d'entrée de l'immeuble, quelqu'un a écrit à la craie : « Ici vit une p... de Raspoutine. » J'ai effacé moi-même, très vite, un soir, en cachette de tout le monde. Ma détresse est immense.

Le 7.

Seule la lecture calme mon angoisse. Parfois, mon esprit s'envole vers la Crimée, vers Vadim.

Lu une biographie de Chateaubriand. Une partie de sa famille a été guillotinée à la Révolution. Le poète André Chénier lui aussi fut guillotiné. Il n'était pas noble que je sache ! Pourquoi un poète ?

J'ai terminé le portrait d'Hélène. Du jaune vif, du brun... L'influence de Vadim est évidente. « Et la robe rose ? » a demandé Hélène, un peu déçue.

Parlé longuement avec mon père. Avons évoqué le passé, les leçons de latin qu'il me donnait, ses remarques chaque fois que j'étais invitée à un bal, à un spectacle : « Profite bien, ma chérie, cela ne durera pas... »

Papa est étonné par la réaction de Nicolas II. Le tsar destitué paraît soumis à son destin, indifférent. Personne, dans toute Europe pour le plaindre. Au contraire, on se réjouit de la chute de la monarchie russe.

Le 9, midi. 1917

La tombe de Raspoutine à Tsarskoïe Selo a été violée. Je n'ai rien dit à maman.

Le soir.

Maman a su pour Raspoutine. Elle s'en est prise à moi comme si j'étais responsable de cet acte indigne et inutile. Elle ne cesse de me chercher noise et me traite comme sa femme de chambre.

Je n'en puis plus de rester ainsi confinée à la maison, impuissante. Je regrette de ne pas être partie comme infirmière sur le front...

Le 10 mars.

J'ai vingt-trois ans. Un bien triste anniversaire loin de l'homme que j'aime, entre un père distant et une mère retombée en enfance.

Le 20.

Kerenski vient dîner à la maison le 24. Le palais Marie a déjà fait envoyer des victuailles pour que nous puissions le recevoir dignement. Il y a bien longtemps que je n'ai pas mangé de « cochon de lait à la sauce raifort ».

Le 23 mars.

Le tsar et sa famille sont au palais Alexandre, à Tsarskoïe Selo. Les soldats sont là non plus pour les protéger mais pour les garder. Les Romanov sont prisonniers dans leur propre palais.

Le gouvernement provisoire souhaite les faire émigrer en Angleterre.

Demain Kerenski. Je suis nerveuse. J'ai cassé la soupière en porcelaine de Limoges.

A l'office, on astique l'argenterie.

Dans la nuit du 24 au 25.

Tout s'est bien passé. Nous étions dix à table dont Vinaver, Nabokov et [nom illisible]. *Maman, qui ne quitte plus son « cabinet de lecture », n'assistait pas au repas.*

Kerenski est un homme courtois, sec, intelligent. Sa belle stature, ses cheveux taillés en brosse et son regard glacial lui donnent un air important. Je l'ai bien observé pendant tout le repas. A mon avis, il se verrait bien à la place de Lvov à la tête du gouvernement provisoire. Il a beau jouer les sphynx impénétrables et porter le bras en écharpe comme Napoléon, on sent l'homme nerveux, vulnérable, animé de passions contradictoires. Ses positions sont parfois ambiguës, tiraillé qu'il est entre sa volonté d'éviter les effusions de sang et un désir effréné de « plaire au peuple ». Pour ce qui est de la guerre, en revanche, son choix est catégorique : pas de paix avec l'Allemagne sans victoire.

[Plus tard les historiens découvrirent, grâce à des archives longtemps restées secrètes, la raison pour laquelle Kerenski s'accrochait à cette position bien qu'elle fût nuisible à la Russie : franc-maçon, il était lié par serment aux ministres français, francs-maçons eux aussi, qui exigeaient de lui une fidélité totale à la France.]

... Nabokov gardait le silence. Je sais par papa qu'il a été sollicité pour rédiger le texte d'une amnistie éventuelle. Il ne s'est animé qu'au dessert, pour évoquer les talents poétiques de son fils. Le mignon Vladimir en costume marin de mon enfance a maintenant dix-huit ans !

Vinaver a dit qu'à Paris, on ne parle plus que de jazz et d'un nouveau courant artistique curieusement appelé « dada ».

Le 17 avril.

Lénine, exilé depuis des années à Zurich, est revenu à Petrograd. Il s'est installé dans l'hôtel particulier de la Kchessinskaïa, abandonné depuis que la danseuse s'est enfuie en France avec le grand-duc André. Lénine a maintenant son journal, la Pravda, *dans lequel il réclame un traité de paix avec l'Allemagne et appelle à la sédition.*

Grèves, émeutes en ville...

Le 1er mai.

Ce matin, une foule immense dans les rues pavoisées de drapeaux rouges, de bannières : « Vive l'Internationale, vive la paix ! A bas le gouvernement provisoire ! Les usines aux ouvriers, les terres aux paysans, le pouvoir aux Soviets. » On aurait dit que tout Petrograd était descendu dans la rue. Un vent de folie souffle sur le pays. Tout le monde revendique et fait la grève, de la blanchisseuse au garçon de café.

Les prix flambent. Le gouvernement provisoire est menacé. Les choses vont trop vite.

Le 9 juin.

Les Sorbiers ont été incendiés et mis à sac par une bande de malfrats recrutés parmi nos propres paysans ! Seule l'aile droite a été préservée. Notre régisseur a été lynché, le cheptel confisqué par la communauté villageoise... Je suis si bouleversée que j'ai du mal à écrire.

En quelques jours, les cheveux de papa sont devenus tout blancs.

Le 5 juillet.

Nous venons de vivre des journées sanglantes, terribles. Ouvriers, paysans, marins, étudiants, ont défilé dans la rue avant-hier. Les manifestations ont tourné en émeutes. Le sang a coulé. J'étais en ville avec papa. Notre voiture a été réquisitionnée pour transporter des soldats...

[paragraphe illisible]

... et la foule, comme en transe, a fait voler en éclats les vitres des banques, des magasins. Les gens emportaient tout ce qu'ils pouvaient. Devant le Crédit Lyonnais, des coffrets à bijoux étaient éparpillés sur le sol, brisés en mille morceaux. Des armoires fortes renversées bâillaient de toutes leurs portes ouvertes. Une pile de dossiers flambait... Des soldats dont le plus jeune n'avait pas dix-sept ans tiraient dans tous les sens, comme des enfants affolés. Papa s'est approché de l'un d'eux et lui a demandé qui lui avait donné l'ordre de tirer.

« Personne, a-t-il répondu... Et d'abord, de quoi tu te mêles, sale bourgeois ? Fous le camp avec ta gamine avant qu'on vous étripe ! »

Lorsque nous sommes rentrés à la maison, maman était sur le palier, en peignoir, échevelée. Elle parlait toute seule, invectivant à la cantonade les voisins mais aussi Félix Youssoupov, Kerenski, Marx, Lénine... Des mots grossiers sortaient de sa bouche, des mots que jamais je ne lui avais entendu prononcer. A notre approche, elle a hurlé : « Grégori l'avait prédit qu'après sa mort la Russie s'effondrerait ! » Puis elle s'est affaissée sur le sol comme une poupée de chiffon. Elle se roulait par terre. C'était horrible à voir. J'avais honte et mal pour elle, pour papa. Papa s'est occupé d'elle en silence, avec des gestes calmes, toute sa souffrance, rentrée en lui, serrée, bridée.

Il est devenu difficile de trouver un bon médecin en ville. Une infirmière est venue faire une piqûre de camphre à maman pour la calmer.

Je n'en peux plus. Je suis épuisée. Je tremble. Je ne dors plus. Je ne sais plus où j'en suis. Moi aussi je vais finir par perdre la raison.

24 juillet. 1917

Maman va beaucoup mieux. Elle lit, se repose. L'infirmière vient tous les jours lui faire sa piqûre. Je respire.

Les nouvelles :

Kerenski a remplacé le prince Lvov à la tête du gouvernement provisoire. C'était à prévoir.

L'Angleterre a changé d'avis et ne veut plus recevoir la famille impériale. Celle-ci ira vivre en Sibérie, à Tobolsk. Décision de Kerenski.

Lénine s'est enfui de la maison de Kchessinskaïa où Kerenski avait envoyé des troupes pour l'arrêter. Il s'est réfugié en Finlande.

28 juillet.

Tout s'est écroulé : l'espoir que j'avais de trouver un terrain d'entente avec papa, le respect et l'affection que je portais à mes parents...

Ce matin Vadim m'a annoncé par téléphone son retour

pour début août. J'ai aussitôt rappelé à papa sa promesse d'un entretien avec lui.

« Quelle promesse ? m'a-t-il répondu. Je ne t'ai rien promis car je pensais que tu te lasserais d'attendre Vadim. Jusqu'au bout j'ai espéré que tu renoncerais à lui, que tu l'oublierais... Assieds-toi. J'ai à te parler... »

Je m'assieds. J'écoute les paroles de mon père mais je sais déjà que la rupture est consommée. Il reprend : « La situation politique est explosive. Kerenski est socialiste. Il ne saura pas s'opposer à la montée des Bolcheviks. En mon âme et conscience, je ne me sens plus en mesure de le soutenir. J'ai donné ma démission. Par ailleurs, ta mère est malade et a besoin de soins sérieux. Pour toutes ces raisons, j'ai décidé d'émigrer en France. Nous partirons tous les trois dès que possible... »

Sans répondre, je me lève et me dirige vers la porte. Mon père agrippe mon bras, cherche à me retenir. En vain. Alors, abandonnant toute dignité, il se met à geindre comme un enfant, comme un vieillard sénile.

« Ecoute-moi encore, écoute... Tu es ma fille unique. Je pourrai t'assurer là-bas un avenir convenable... Tu aimes Paris, n'est-ce pas ? Ne proteste pas, je sais que tu aimes Paris... »

Je ne proteste pas. Je m'arrache à l'étreinte de mon père et franchis la porte sans me retourner. Ma décision est irrévocable : je reste avec Vadim.

Le 1er août 1917.

Vadim de retour !

Vadim, débordant de vie, d'idées, hâlé par le soleil, plus séduisant que jamais.

Exaltation, joie, griserie des retrouvailles. Il m'a dit : « La Révolution, la vraie, approche... Pas celle des bourgeois mais celle de toutes les forces vives de la Russie et d'ailleurs. Cette Révolution sera aussi la nôtre, celle des artistes, des gens qui créent, qui inventent une nouvelle façon de vivre et de voir le monde. Des perspectives insoupçonnées s'offrent à nous.

— On tue.

— Toute révolution se fait dans le sang. Celle-ci n'est pas simplement politique, elle est philosophique. Ne la laissons pas nous échapper. Repartons de zéro. Un homme nouveau est en train de naître. Cette Humanité nouvelle, c'est toi, c'est moi, c'est nous !... »

Nastia avait raison : Paris est beige et bleu ardoise. Je retrouvais mon studio de la rue Jacob, Les Deux Magots, mes librairies préférées. Cioran venait de mourir. J'allai prendre un verre dans ce café de l'avenue de Suffren où, un an auparavant, un nabot presque chauve m'avait ravi Ariane, et constatai que toute haine et tout amour avaient déserté mon cœur.

Je profitai quelque temps de Paris, étonné que tout fût si petit, si étroit – les rues, le ciel, la Seine –, stupéfait de ne pas tomber sur une décharge à chaque coin de rue, sur une carcasse de Gigouli au fond de chaque cour. Les boutiques proprettes et cossues ressemblaient à des maisons de poupées. De pimpantes retraitées conduisaient de rutilantes Austin. Le long du boulevard Saint-Germain devenu – malgré les nouveautés littéraires exposées par Sonia Rykiel dans sa nouvelle boutique – un quartier dévolu à la mode, des nouveaux Russes en goguette faisaient du lèche-vitrine, raflant tout ce qu'il y avait de plus cher et de plus voyant.

Je me croyais loin de la Révolution.

Je voulus revoir le musée d'Orsay, y découvris des œuvres russes auxquelles je n'avais jamais prêté attention : une sculpture de Nausicaa par Marie Bachkirtsev – dont le journal intime faisait rêver Nastia –, un portrait de Léon Tolstoï par Léonide Pasternak, le père de l'écrivain...

Il faisait beau. Paris était beige et bleuté, brillant, étroit et léger.

La violence éclata pourtant le 27 juillet. Attentat terroriste à la station Saint-Michel. Je sortais à ce moment-là de l'exposition Chagall au Musée d'art moderne. Je pensais à Nastia, à Vadim, à Chagall, à Léonora... J'appris la nouvelle par des passants.

Les images sanglantes des journées de juillet 1917 que je venais de lire ressuscitaient dans ma mémoire tandis que je rentrais chez moi à pied. Pendant ce temps, on lavait le sang à la station Saint-Michel.

Retour du même envahissement de notre quotidien par l'Histoire. Ce sentiment étrange m'étreignit encore quand début août, je pus joindre Jean Neuvecelle, le fils de Viatcheslav Ivanov, à Rome. Cet homme exquis, polyglotte, surgi tout droit du passé, avait répondu le plus naturellement du monde à mes questions.

Oui, il avait rencontré Anastasia Dalmatov une fois, à Rome, juste après la guerre. Elle accompagnait Zénaïda Hippius venue rendre visite à Viatcheslav Ivanov. Lida et Nastia ne s'étaient pas revues depuis l'époque de la Tour. Elles avaient pleuré en se retrouvant. Jean Neuvecelle se souvenait vaguement d'une jeune femme brune, ou plutôt rousse, élancée, fragile. Belle en tout cas, élégante. Elle travaillait dans la mode comme styliste ou comme journaliste, il ne se souvenait plus très bien.

« Avant que je ne rencontre Anastasia, m'expliqua-t-il au téléphone, j'avais entendu parler d'elle par ma sœur. Je suis né en Haute-Savoie en 1912 et la Tour Ivanov est pour moi un mythe autant que pour vous mais Lida me parlait souvent des "mercredis" et de ses amis du théâtre de la Tour. Anastasia a émigré à Paris dans les années 20 je crois. A ce moment-là, Lida vivait à Rome. Elles ne se sont jamais revues jusqu'à ces retrouvailles organisées par Zénaïda. Puis de nouveau, la vie les a séparées. On dit qu'Anastasia est retournée en URSS... »

Le nom de Joseph Termois n'éveilla en lui aucun écho. Ainsi, la « piste savoyarde » reconstituée par Léonora – Jean Neuvecelle aurait convaincu Nastia sur le quai de la gare de lui remettre le journal compromettant – se révélait une fausse piste.

A Thonon où j'avais prévu de passer le reste de mes

vacances, une lettre de Saint-Pétersbourg m'attendait. J'espérais que ce serait Léonora. C'était un courrier en anglais signé Timour Novikov. Le gourou du squat de la rue Pouchkine m'annonçait qu'une exposition intitulée « Redécouvrir Vadim Batiouk » était prévue au Musée russe pour la rentrée de septembre. Ce n'était pas tout : Batiouk avait une descendante, une jeune femme de vingt-cinq ans prénommée Nelly. Elle était la fille du fils unique que Vadim avait eu de sa femme Raïa, une actrice ukrainienne épousée en 1926. Timour avait parlé de moi à Nelly Batiouk. Celle-ci était prête à me rencontrer et à répondre à mes questions dès mon retour à Pétersbourg.

En attendant, je passai les quinze derniers jours du mois d'août 1995 à déchiffrer dans la fièvre les pages les plus tragiques du journal de Nastia, celles des années 1918-1923.

Si le journal d'Anastasia est une chronique presque jour par jour de la révolution de Février, il ne dit quasiment rien de celle d'Octobre. Sur l'emprisonnement des ministres du gouvernement provisoire et la fuite de Kerenski – ce Gorbatchev de la Révolution que Nastia retrouvera plus tard à Paris –, sur la proclamation de la République et le traité de Brest-Litovsk, sur la nationalisation des magasins Diernov et la mise à sac de la maison de Kuokkala désormais en terre étrangère – la Finlande a fait sécession –, sur l'exécution de la famille impériale, pas une ligne...

Chez un bouquiniste de Genève, je me procurai nombre de journaux intimes de personnages illustres, de mémoires écrits par des contemporains de Nastia : Nina Berberova, Nabokov, la ballerine Tamara Karsavina, Korneï Tchoukovski... J'y trouvai le même laconisme. L' événement qui a changé la face du monde n'a pas été vécu comme tel par la plupart de ceux qui en furent témoins. A l'échelle individuelle, les soucis quotidiens, l'amour, la famille, les petites vanités, les contrariétés touchent davantage que les pires catastrophes ou les événements dont on découvre *a posteriori* qu'ils étaient « historiques ».

Pendant l'automne 1917, Nina Berberova ne cesse de tomber amoureuse, Tchoukovski se plaint de ses insomnies et Vladimir Nabokov se sépare d'une certaine Tamara. Le soir du coup d'Etat, Gorki joue aux cartes chez Lili Brik et Karsavina assiste à un dîner mondain près du palais d'Hiver tandis qu'au théâtre Alexandra a lieu la première de *Mascarade*, d'après Lermontov, le spectacle le plus coûteux qu'aient jamais produit les Théâtres impériaux. Cette super-production est signée Meyerhold... Meyerhold qui ne tardera pas à devenir le chantre de l'art prolétarien. Ainsi va le monde. Au moment du naufrage du *Titanic*, les passagers ne dansaient-ils pas, insouciants, sur le pont ?

Par amour pour Vadim, Nastia a rompu avec sa famille et choisi son camp : celui des artistes et des intellectuels galvanisés par la Révolution.

Petrograd, le 25 octobre.
Journée calme.

C'est vrai, le palais d'Hiver ne fut pas pris d'assaut comme l'assure la légende mais investi par quelques détachements qui ne rencontrèrent aucune résistance. Pas un seul coup de feu ne fut tiré. On sait à présent que la célèbre photo intitulée « La Prise du palais d'Hiver », reproduite dans tous les manuels d'histoire, est tirée du film d'Eisenstein, *Octobre*, tourné en 1927. De même, on sait à présent que la révolution d'Octobre ne fut pas un soulèvement populaire mais un coup d'Etat financé par l'Allemagne. C'est un certain Parvus, anarchiste et milliardaire allemand d'origine russe, qui organisa le retour triomphal de Lénine en Russie...

Petrograd, le 1er novembre.
Vadim travaille dur en vue de l'exposition de l'« Union de la Jeunesse ». Son style a changé. Il est devenu moins figuratif et a perdu cette « rondeur » des toiles précédentes. Il se rapproche du travail de Filonov : tout en rectangles minuscules et fignolé à l'excès. Les teintes ? Jaune et ocre, comme le blé et les tournesols de Crimée. Sur fond rose comme les murs de notre mansarde où je vis désormais avec lui. Il faut dire que ce sont les seules couleurs que l'on trouve encore en ville...

Dans Petrograd affamée, l'intelligentsia exulte : c'est Lounatcharski, un ancien des mercredis de la Tour, que

Lénine a choisi pour remplir les fonctions de « commissaire du peuple à l'Instruction », autrement dit ministre de la Culture et de l'Education. Ancien dramaturge et critique littéraire, ce marxiste passionné de poésie affiche un profil rassurant. Sous son égide, les artistes se réunissent pour définir leur rôle dans la société nouvelle. « L'art est le moteur de l'Histoire, autant que le prolétariat », affirment en chœur Vadim, Altman, Pounine, auxquels font écho, à Moscou, Tatline, Malévitch, Kandinski... Et tous de reprendre le cri de Maïakovski : « Que vive longtemps l'art libre de la politique ! »

Dès les premiers mois en effet, c'est l'idylle – qui ne durera que quelques années – entre l'avant-garde et le nouveau gouvernement : à un Etat régénéré doit correspondre un art novateur. En septembre 1918, Lounatcharski fait voler en éclats les grandes institutions centralisées de l'ancien régime : l'académie des Beaux-Arts et l'Ecole du baron Stieglitz à Petrograd, l'école d'art Stroganov à Moscou. Il les remplace par une multitude d' « ateliers libres », accessibles à tous et gratuits. Les nouveaux enseignants sont tenus de n'exercer aucune contrainte sur leurs étudiants et de ne privilégier aucune tendance par rapport à une autre, car « l'art est illimité et indéfini. Il est impossible de l'apprendre ». Tous les examens sont supprimés. La même année, les théâtres sont nationalisés, les troupes dispersées. Des ateliers d'improvisation naissent çà et là. Mais comme il n'y a ni argent ni programme, chacun fait ce qu'il veut.

Petrograd 1918, le jour du printemps.

Cette année, je gagne un an. En passant du calendrier julien au calendrier grégorien le 1er février dernier, on a supprimé treize jours de façon à rattraper le temps européen, et mon anniversaire a sauté. Un événement pour moi de bon augure.

Comme tous les artistes et les intellectuels de Russie, nous voilà embauchés, Vadim et moi, à la section artistique du commissariat à l'Education pour former les masses populaires à la culture. C'est une tâche exaltante. Désormais, nous faisons partie du « Proletkult », *le mouvement pour la culture prolétarienne. L'« atelier libre » où je travaille est installé dans un des palais de la famille Youssoupov. Le directeur, que nous appelons tous « camarade », est un ancien cheminot formé au marxisme. Il avoue son ignorance en matière d'éducation, aussi me laisse-t-il carte blanche. Le problème est que je n'en sais pas plus que lui.*

Le matin, j'enseigne l'expression artistique à des enfants issus des milieux les plus pauvres. Certains vivent dans des familles d'adoption : la Révolution a fait beaucoup d'orphelins. Comme nous n'avons ni toile, ni papier à dessin, je les fais travailler sur les murs, les portes, les planchers. Ils s'en donnent à cœur joie et l'atelier, barbouillé du haut en bas de couleurs vives, commence à ressembler à un décor des Mille et Une Nuits.

Les enfants sont attachants mais souvent nerveux parce que mal nourris, mal aimés, mal éduqués. Ils ont du mal à se concentrer. Pour les divertir, je leur raconte des histoires. Comme on nous interdit de parler religion, de prononcer le mot « tsar » et même de mentionner Gogol ou Tolstoï considérés comme des auteurs du passé, je les régale de contes populaires que je leur demande d'illustrer. Ou de mimer. Car certains enfants sont plus à l'aise avec leur corps qu'un pinceau à la main. En période de pénurie, le corps est l'outil le moins coûteux !

La plupart de mes élèves sont doués et se prêtent volontiers à ma méthode. Le mot méthode est d'ailleurs bien prétentieux. Il s'agit plutôt d'improvisation au jour le jour, enrichie des souvenirs que j'ai gardés des cours d'Elisabeth Zvantseva et de mes contacts avec Bakst, Benois, Soudeïkine ou Meyerhold.

J'ai observé que les plus jeunes parmi mes élèves étaient capables de créer des formes que seuls des adultes cultivés peuvent normalement concevoir. Un temple grec par exemple. Passé l'âge de dix ans, les enfants perdent cette capacité. Sans doute Rudolph Steiner avait-il raison de dire que l'enfant naît avec un savoir hérité de sa vie antérieure, qu'il oublie à l'âge de raison. Rudolph Steiner... encore un nom à l'index, et que je ferais bien de rayer de mes références...

Mes cours du soir, réservés aux adultes, me donnent encore plus de satisfactions. Ce sont des ouvriers, de modestes employés, des paysans... Ils arrivent sales, affamés, pleins d'humilité. Ils ont fait des kilomètres pour venir assister à la leçon, et la joie naïve que je lis dans leurs yeux, dans leurs sourires édentés, m'émeut aux larmes. Ce que recherchent les peintres contemporains se trouve dans les œuvres de ces hommes et de ces femmes qui savent à peine lire et écrire, ont vécu par leurs muscles et non par leur esprit. Ignorants de la tradition, dépourvus du moindre souci de « faire vrai » ou d'illustrer une théorie, ils se laissent aller, en dessinant, à leurs rêves et à leurs impulsions. Sous leurs mains, les lois de la perspective explosent, l'humour jaillit, la fantaisie ne connaît pas de limites. Certains de leurs dessins feraient pâlir d'envie Vadim lui-même, ou Chagall. Pour la première fois de leur vie, ces gens ont le droit de s'exprimer. Pour la première fois, ils se sentent des créatures de Dieu [mot barré], *de véritables citoyens. Si la Révolution a apporté ne serait-ce que cela aux laissés-pour-compte de plusieurs siècles de régime tsariste, alors, on peut dire que nous n'aurons pas souffert en vain.*

Petrograd, le 4 juin.

Il m'est arrivé hier une aventure cocasse. Je marchais sur la Nevski quand j'ai croisé par hasard Meyerhold, à présent responsable du théâtre au Commissariat pour l'Instruction. Un commis le suivait, portant sous chaque bras un gros rouleau d'andrinople. Meyerhold m'a embrassée avec chaleur : « Nastiouchka, je suis si heureux de te revoir !... Comme tu es grande et belle ! Mais ta robe est usée, déchirée. Voilà de quoi te faire une tenue neuve. » Et il m'a donné un large coupon de ce beau tissu rouge destiné, m'a-t-il expliqué, à fabriquer des drapeaux pour le Parti. Ma suprise était grande : les gens n'ont rien à manger mais le Parti a besoin de drapeaux ! Il y avait des années que je n'avais pas palpé une cotonnade aussi lisse, aussi éclatante. Une joie enfantine a balayé mes doutes. J'ai pris l'étoffe et, rentrée à la maison, je me suis confectionné – moi qui n'ai jamais su coudre ! – une robe-sac serrée à la taille par un cordon de rideau. Le soir même, je me rends à l'atelier avec ma nouvelle robe. Applaudissements, félicitations ! Malgré mes protestations, on m'arrache du sol, on me porte en triomphe dans la rue en scandant des slogans révolutionnaires. Me voilà transformée en allégorie de la Révolution. Des badauds se joignent à nous et le cortège devient une véritable manifestation. Tout à coup, les « Vive la Révolution » dégénèrent en « Vive la fée de la Révolution ! » et même en « Vive la reine des Bolcheviks ! » Je suis morte de honte. Et de peur. Heureusement, un monsieur à l'allure de professeur intervient pour me libérer et expliquer à mes admirateurs que, dans la nouvelle société, il ne peut être question ni de fée, ni de princesse, même vêtue d'un drapeau rouge !

Vadim a beaucoup aimé cette histoire et a fait un portrait de moi dans la fameuse robe rouge.

Quand on aura enrayé la misère, quand le peuple sera éduqué et aura compris le sens de la Révolution, quand nos efforts auront porté leurs fruits et que nous recommencerons à vivre sur des bases nouvelles, alors nous pourrons avoir un enfant...

Peu à peu, le ton du journal évolue. Nastia commence à percevoir les limites et les dangers de l'utopie révolutionnaire.

Le 8 novembre 1918. Hier, on a fêté en grande pompe le premier anniversaire de la Révolution. De fausses flammes – drapées par Altman avec le fameux tissu rouge ! – brûlaient au pied de la colonne Alexandre. Ce brasier dévorant un monument du siècle dernier signifiait la destruction physique de l'ordre ancien. Une petite pluie fine s'est mise à tomber mais les gens sont restés pour écouter des discours vibrants qu'ils acclamaient sans y prêter attention : « Le pouvoir des soviets a libéré les prolétaires ! » L'atmosphère était à la gaieté, à la solidarité. Il fallait voir les grosses maraîchères embrasser à pleine bouche les petits bureaucrates bien coiffés.

Tout à coup, des aéroplanes sont passés au-dessus de nous en lâchant une pluie de vignettes imprimées : « Assassinons tous les bourgeois ! » Cette fausse note a jeté une ombre au tableau. D'un côté on annonce une vie nouvelle, de l'autre on appelle au meurtre... J'ai pensé à mes parents. J'espère qu'ils ont quitté la Russie. Je me suis juré d'aller faire un tour rue de Tauride en cachette de Vadim.

Le 20 novembre. J'écris serré pour gagner de la place. L'électricité est gratuite désormais. Décision généreuse vis-à-vis du bon peuple ? Pas du tout : il reviendrait trop cher au gouvernement d'émettre le papier-monnaie nécessaire à la payer ! Tout manque : le papier mais aussi le combustible et la nourriture. Pour se procurer la moindre marchandise – un peu de farine, des crayons pour mes étudiants –, il faut remplir des tas de paperasses, fiches, questionnaires, courir les bureaux, faire la queue, frapper à mille portes. Toutes les institutions ont été débaptisées et sont désignées maintenant par des sigles, ce qui provoque une grande confusion. Les enfants en font même des gorges chaudes, qui me saluent chaque matin d'un grand « BOM » : BOnjour Madame !

On perd son temps en d'interminables files d'attente pour être reçu par des « cadres du Parti » arrogants, inefficaces, vulgaires, qui vous regardent comme on regarde les derniers spécimens d'une espèce animale en voie de disparition et apposent un « niet » *à la moindre de vos requêtes, trop heureux de vous humilier. Nous, les « animaux condamnés », nous finissons par tous nous ressembler. Le dos courbé, le teint terreux, le regard veule, nous sommes devenus un peuple de taupes.*

L'hiver 1918-1919 est particulièrement rude et les autorités politiques sont incapables d'enrayer la misère qui touche toutes les couches de la société. Petrograd hiberne, figée sous le gel, isolée du monde comme une ville assiégée, pétrifiée de silence.

Vadim et Nastia ne se rendent plus au travail qu'épisodiquement et ne sortent que pour se procurer le strict nécessaire. Au fil de la plume, dans un style quasi télégraphique, haletant, haché, comme si elle écrivait dans l'urgence, « pour ne pas crever », Nastia analyse, tels qu'elle les observe sur elle-même et sur les autres, les effets de la famine, de l'inactivité, de l'obscurité et du froid.

Lundi, mardi, jeudi, je ne sais plus. Décembre... mais je pourrais dire « octiembre » ou « martobre » comme le fou de Gogol, tant la notion du temps nous échappe, tant la réalité elle-même semble se dissoudre dans l'angoisse et l'attente. Tous les jours sont pareils. On vit au ralenti. Comme si la terre s'était arrêtée de tourner. Qui n'a connu cette sensation ne peut comprendre ce qu'est l'oisiveté, la vraie. Elle vous oppresse. Elle vous ronge de l'intérieur... La faim : pas encore le pire. Non, pas le pire. Certes, la peau devient verdâtre, les yeux s'enfoncent, les jambes se mettent à enfler, mais on s'habitue. Il y a même dans la sensation de faim, quand elle commence à s'installer en vous, quelque chose qui vous détache du corps et vous rapproche de l'esprit. La sensation de faim est métaphysique. J'avais déjà lu cela dans un roman de Kurt Hamsun [il s'agit de La Faim]. Le travail de Vadim s'en ressent. Avec du noir et du blanc – c'est tout ce que nous avons –, il poursuit inlassablement le même rêve d'une forme brute, primitive, qui serait l'essence de l'art. Et il couvre inlassablement, de ses doigts gelés, la même toile d'un motif noir sur fond blanc qu'il efface inlassablement, recommence inlassablement. Non, la faim n'est pas le pire. Et puis, il y a les restaus communautaires. Tous à la même enseigne : anciens pauvres, nouveaux pauvres, ouvriers – pardon, prolétaires –, professeurs, lingères, actrices des théâtres impériaux, banquiers ruinés. On piétine dans la neige pendant des heures pour une écuelle de kacha [bouillie d'orge], un brouet d'eau sale dans lequel a bouilli mille fois la même tête de hareng. Dans les files d'attente, on entend des conversations interminables sur cuisine d'avant-guerre, restaurants d'avant-guerre, goût des pommes de terre d'avant-guerre. Les gens simples meurent plus facilement que nous. Je ne parle pas des pauvres. Nous sommes tous pauvres. Je parle des gens peu éduqués qui n'ont pas appris à contrôler leur volonté. Ils se précipitent sur la nourriture, avalent gloutonnement. L'estomac rétréci ne supporte pas. On meurt étouffé. C'est pourquoi je m'efforce de suivre quelques règles élémentaires : manger à heures régulières. Mettre le couvert. Oui, nous buvons le « thé » – une décoction d'épluchures de carottes ! – dans des tasses de porcelaine, je tranche le pain noir avec un couteau en argent ! C'est aussi une façon de faire taire en nous l'animal avide et sale, le loup prêt à bondir à la moindre défaillance. La faim renverse les valeurs. L'autre jour, j'ai voulu acheter Les Douze, le dernier recueil de Blok. A côté de la librairie, une boulangerie. Seul, un petit pirojki bien rond, lisse et doré brillait sur du papier journal dans la vitrine. J'ai cru à un mirage ! Le hoquet me prend. Des filets de salive aux coins de la bouche, je tends l'argent du livre au boulanger. Adieu Les Douze ! Le petit pirojki m'émeut aux larmes. Je l'enveloppe soigneusement dans mon mouchoir et le rapporte comme un trésor à la maison. L'obscurité est plus dure que la faim. Rhumatismes. Idées noires. On ne peut écrire que quelques heures par jour. Heures précieuses ! Précieux aussi mon petit crayon que je taille avec parcimonie et avec lequel *j'écris sans appuyer, de peur de l'user ! On vit couché. « Qui dort dîne », dit le proverbe français. Mais comment trouver le sommeil dans une pièce où il fait moins dix ? On est abruti. Il faut s'inventer des repères, s'imposer des rythmes. Là encore, exercice de volonté. Le plus horrible, c'est le froid. On ne s'y habitue pas. Dans immeubles, escaliers verglacés. Le papier peint des murs gèle. On dort tout habillé, recroquevillé sous un tas de linge. Le lit se transforme en yourte de nomade. On y vit jour et nuit. On s'y terre comme dans une niche, un terrier, un ventre maternel. La vie sociale n'existe plus. On hésite à se rendre visite : le téléphone ne fonctionne plus et, faute d'électricité, les sonnettes de porte restent muettes. Les conduites d'eau éclatent. Toilettes bouchées. Pas d'eau. On va la chercher dehors, à la pompe. Pour sortir, on enfile l'une sur l'autre des chaussettes trouées, on se bande les mains. Ah, le bruit du traîneau qu'on tire derrière soi, dans la neige, avec sa cargaison d'eau qui se recouvre si vite d'une couche de glace ! Et la vision d'un cheval mort dans la rue, pattes raidies dressées vers le ciel ! On ne se lave plus. Seulement les mains. Et à la cendre pour économiser l'eau. Celle-ci est si froide qu'elle brûle. Les doigts sont gourds, crevassés. On claque des dents en permanence. On lutte chaque seconde contre saleté, désordre, laisser-aller, bestialité. Les gens défèquent dans la rue, les cours, les escaliers. Notre ascenseur, bloqué au troisième étage, sert de waters aux gens du palier. On voit des excréments partout. Odeurs. Plaisanteries douteuses. Gaieté malsaine. La pudeur aussi est une chose du passé. Le bois manque. Pour se chauffer, les gens commencent par brûler meubles, puis portes, puis lames de parquet. Vadim et moi, nous avons dépiauté un appentis planche par planche, et même scié une poutre dans le grenier ! En ville, les grandes maisons de pierre avalent les petites maisons en bois. On brûle les livres en dernier. On les relit avant de les détruire. On relit les livres qu'on a aimés comme un dernier hommage rendu à un ami. Puis on arrache les pages les unes après les autres. On en fait des boulettes compactes qu'on humidifie. En séchant, ces boulettes deviennent un combustible efficace. Hier, j'ai dépecé mon exemplaire des* Trente-Trois Petits Monstres *de Lydia Dimitriéva. J'embrassais les pages avant de les malaxer. Je pleurais. Je n’ai pas eu le courage de détruire le* Bestiaire tragique. *Cette nuit, j’ai fait un cauchemar : Vadim trouvait mes cahiers dissimulés sous une lame du plancher, les jetait un à un dans le feu. Peut-être devrais-je cesser d’écrire en cachette de lui. Peut-être devrais-je lui faire lire ce journal ?*

La faim, le froid, le typhus, la dysenterie, la variole font des ravages. La mort nous est devenue familière. Chaque jour, un traîneau passe dans notre rue, chargé d’un cadavre qu’il emporte on ne sait où. Que d’efforts, que de sacrifices la Révolution exige de nous !

Le printemps 1919 arrive comme une libération.

Assise face à la lucarne, j’écris sur un nouveau carnet. Le papier est si fin qu’il part en lambeaux sous la mine. Voilà ce qu’on fabrique à présent dans les usines bolcheviques !

Le soleil gicle sur les toits. Petrograd revit. Mais c’est une autre ville, une cité-fantôme comme surgie du néant. Elle n’est plus capitale. Fonctionnaires, ingénieurs, diplomates, employés des ministères sont partis à Moscou. La ville désertée n’en est que plus majestueuse. Elle scintille comme l’Acropole dans l’air cristallin que n’empoisonnent plus ni les fumées, ni la poussière, ni le fracas des fiacres ou des tramways. Le regard file sans obstacle le long des avenues. Les rues s’élancent vers la mer, le ciel, l’infini. Les parcs sont dévastés. Les gens ont coupé les arbres pendant l’hiver, mais l’herbe pousse entre les pavés, entre les briques disjointes, sur les toits, les balcons. On se croirait dans un tableau d’Hubert Robert. Le long des quais, les palais où vivait autrefois une société brillante sont vides. Un silence morbide y règne. Les habitants ont fui. Ou sont morts. Des vandales sont entrés pour piller, se soulager, tourner l’ancien monde en dérision. Jamais pour s’y installer : trop de courants d’air. Trop de luxe inutile. Les rats commencent à grouiller.

Et les gens à sortir, cloportes hébétés par des mois de privations et d’inactivité forcée. Ils avancent lentement, en traînant leurs pieds enveloppés de chiffons. Glazounov, en haillons, mâchonne des mégots ramassés par terre. Vadim, très amaigri, a le dos voûté, les yeux enfoncés dans les orbites. Les femmes surtout font peur à voir. Un hiver a suffi pour les transformer en petites vieilles ridées et rabougries. Akhmatova n'est plus qu'un squelette. Moi-même, je ne me reconnais plus. Si j'ai sauté un an l'an dernier, cette année, j'en ai rattrapé dix. Mes cheveux sont ternes, mes traits creusés. J'ai perdu une dent. Nous n'avons plus nos règles. Les hommes deviennent impotents. Nous avons perdu le sens de la séduction amoureuse. Parfois, on voit sortir d'une voiture l'épouse d'un chef bolchevik, droite, fraîche, lisse, élégante, parfumée. On croit à une apparition. On se frotte les yeux. Dans son atelier, près d'ici, le peintre Kustodiev, cloué dans son fauteuil d'infirme, couvre de femmes roses et grasses, de fruits exotiques et de pâtisseries crémeuses des toiles de récupération.

Piter renaît de ses cendres. Artistes et intellectuels – les seuls êtres vivants, avec les rats, à n'avoir pas quitté Pétersbourg pour Moscou ! – retrouvent peu à peu leurs habitudes. On se réunit à la Maison des Arts, une institution de bienfaisance fondée par Gorki, installée dans l'ancien palais Elisseïev. On y organise des conférences, des débats. La bibliothèque a miraculeusement survécu et surtout, il y a une cantine gratuite ! Hier soir, on a même dansé le one-step. Nous avions revêtu nos hardes les moins usées. On flottait dedans. C'était comique. Il fallait nous voir nous agiter comme des pantins sous l'œil méprisant des anciens domestiques de l'épicier. Le spectacle devait être burlesque, mais comme nous étions heureux !

A la Maison des Arts, j'ai retrouvé avec joie Alexandre Benois – devenu conservateur en chef à l'Ermitage –, Korneï Tchoukovski, Nina Berberova et son ami le poète Khodassévitch. Chaliapine y fait quelques apparitions, ainsi que Blok, méconnaissable. Le beau poète aux yeux gris ressemble à un spectre tant il est sous-alimenté et affaibli. Mérejkovski et Zinaïda Hippius parlent de quitter le pays. Akhmatova nous a présenté son nouveau mari Chileiko. Revu Goumiliov. Je ne sais pouquoi Vadim déteste tant ce pauvre Nicolas Stépanovitch, si maigre sous son frac rapiécé, fermé par une épingle de nourrice.

Si, je sais : non seulement Goumiliov affiche sans pudeur ses opinions monarchistes mais il fait la cour à toutes les femmes. Et Vadim est jaloux.

Et de plus en plus irritable. J'ai renoncé à l'idée de lui faire lire mes cahiers. Il y trouverait mille prétextes à me quereller.

Mais, passons... Aujourd'hui, il fait beau. J'en ai assez de ressembler à une momie. Je troque mon manteau taillé dans une couverture contre ma robe rouge de « reine des Bolcheviks », même mangée aux mites ! J'ai soif de me remettre à vivre, à aimer, à penser normalement, à travailler. La vie me paraît tout à coup immense, sans limites. La Révolution a fait tomber toutes les barrières. Le monde est neuf. Tout est à construire.

A cet endroit précis du journal apparaît pour la première fois un post-scriptum. Il est post-daté du 10 avril 1924, jour du départ de Nastia pour la France. Je le livre dès à présent à la connaissance du lecteur même s'il anticipe sur des événements postérieurs comme la mort d'Alexandre Blok ou l'exécution de Goumiliov, en 1921. Ce post-scriptum indique que désormais Nastia relit son journal – ce qu'elle ne faisait manifestement jamais auparavant – et qu'elle prend un recul critique vis-à-vis de ses positions antérieures :

... se remettre à penser normalement, à aimer... [phrases soulignées rageusement]. *La vie paraît immense... monde neuf... Que de sottises ! Que de naïvetés ! Je savais pourtant, je savais qu'on tuait des hommes par centaines... Enfin, je m'en doutais. Des cris résonnaient dans la nuit : on torturait. Du sang souillait les trottoirs : on fusillait en pleine rue, à bout portant. Des gens disparaissaient à jamais. Vadim justifiait cette boucherie par la sacro-sainte « théorie ». Mais la théorie est-elle au service de l'humanité ou l'humanité au service de la théorie ?*

J'ai fait comme tout le monde : j'ai feint de croire que ce carnage n'était qu'une « étape nécessaire » de la « dialectique révolutionnaire », qu'il ne serait bientôt qu'un affreux souvenir, un « accident » à jeter dans les oubliettes de l'Histoire.

J'ai feint de croire à la bonté fondamentale de l'homme, à la lutte des classes, à la dictature du prolétariat, aux lendemains qui chantent. Pourquoi ? Je ne voulais pas admettre que la Révolution avait été trahie dès le début ou, pis, qu'elle avait été inutile. Il est trop insupportable de reconnaître qu'on a souffert en vain.

Lorsque le 9 août 1921 Blok est mort, j'ai cru que c'était de faim, de froid. C'était de désespoir. Et de la certitude qu'il n'avait plus sa place dans un monde dominé par une seule classe sociale : celle des ignorants, des aigris, des haineux, ceux pour qui un poète n'est qu'un parasite. J'aimais, j'admirais Blok, le héros de ma génération. Je n'ai pu retrouver mes amis le jour des funérailles et pleurer avec eux, pleurer avec Akhmatova, pleurer avec Tchoukovski... Vadim, sous la menace des coups, m'a interdit de me rendre aux funérailles.

Puis on a arrêté Goumiliov. Le 12 août, on l'a exécuté. « Nettoyer le pays de cette vermine réactionnaire était nécessaire ! » Tel fut le commentaire de Vadim. J'ai compris que les Bolcheviks étaient les héritiers des bourreaux d'André Chénier et que nous étions en train de vivre la Terreur.

Fallait-il que je sois amoureuse, ou bornée, ou stupide !

La Révolution a fait tomber toutes les barrières : voilà ce que j'écrivais au printemps 1919, la faim au ventre mais le cœur en goguette. Oui, la Révolution a balayé tous les « préjugés bourgeois », même ceux qui nous protégeaient contre le mal absolu et la haine de l'homme pour l'homme !

Ce n'est pas un hasard si des historiens placent en 1921 la fin de l'Age d'argent. La mort de ces deux grands poètes qu'étaient Blok et Goumiliov mais aussi l'émergence d'une esthétique utilitaire et de ce qui deviendra le dogme du « réalisme socialiste » font de cette période une date clé.

Certains ont pourtant le courage de résister... tout en faisant semblant de coopérer : Gorki, le comte Zoubov. On se souvient que Valentin Platonovitch Zoubov fréquentait le Chien errant, jouait les mécènes et flirtait avec les idées révolutionnaires. Rallié à Lénine en octobre 1917 – d'où le sobriquet de « comte rouge » dont on l'affubla –, il avait renoncé à ses biens et transformé son palais de la place Saint-Isaac – l'immeuble de Léonora ! – en un Institut d'art et de littérature, sorte de foyer de « résistance passive » où naquit au début des années 20 ce qui deviendrait le « formalisme » et plus tard le « structuralisme ».

A l'Institut du comte Zoubov, Nastia reprend des cours de dessin et d'histoire de l'art. Elle y rencontre Lili Brik dont la sœur, Elsa, épousera plus tard Aragon. La sexualité et le mariage subissent comme le reste les contrecoups de la Révolution. Le couple à trois est à la mode. Lili et son mari, l'écrivain Ossip Brik, ne sortent jamais sans le beau, le flamboyant Maïakovski. Elsa, quant à elle, a épousé un Français du nom de Triolet et vit avec lui à Tahiti.

Même s'il se pique d'être un « futuriste » et ne recule

devant aucune provocation, Vadim, « enfant du peuple », se sent mal à l'aise parmi cette faune infiniment pétersbourgeoise, raffinée à l'extrême et décadente.

Tant bien que mal le théâtre Marinski continue de produire des spectacles, mais les meilleurs danseurs ont émigré. On remplit la salle de prolétaires qui n'ont jamais vu un ballet de leur vie et bâillent en attendant, raconte Nastia, « que les acteurs se mettent à parler » !

La création se fait en marge. Le jeune Balanchine commence à se faire remarquer par des chorégraphies inspirées du music-hall américain. Il se produit dans des clubs, des hôtels, devant un public qui se croit libéré mais reçoit comme un choc tant de nouveauté et d'érotisme :

A la fin d'un pas-de-deux, Balanchine disparaît en coulisse avec sa partenaire dans les bras, comme s'il la portait dans sa chambre. Les spectateurs étaient médusés. On n'avait jamais vu cela. Qu'aurait pensé Petipa d'une allusion sexuelle aussi évidente ?

Petrograd, le 20 juillet 1919.

Canicule. Les canaux de la ville sont des cloaques. Partout des odeurs de pourriture et d'excréments. On vient de nous imposer un changement d'heure à cause du manque d'électricité. Les journées paraissent interminables. On se sent à la fois épuisé et exalté. On marche sur des nuages. C'est un sentiment étrange.

En dépit du manque de moyens, les projets les plus ambitieux sont dans l'air. Dans le but de faire découvrir au prolétariat soviétique les chefs-d'œuvre de la littérature mondiale, Gorki s'est lancé dans une grande entreprise de traduction à laquelle participent les meilleurs écrivains de Russie. Idée grandiose et généreuse, mais qui me paraît en contradiction avec la dernière décision de Lénine : retirer Goethe et Shakespeare des bibliothèques.

En peinture, la mode est au rejet de l'art bourgeois monnayable. Alors, on peint sur les arbres, les trains, les murs – exactement ce que je fais avec mes élèves –, sur tout ce qui appartient à tout le monde et ne peut être acheté. Les thèmes sont toujours les mêmes : slogans révolutionnaires, ouvriers brandissant le poing, machines agricoles... On appelle cela l'« agit prop ». Vadim s'y essaie...

Arthur Lourié, à présent responsable de la musique au commissariat pour l'Instruction publique, s'est livré à une expérience peu commune. Persuadé que le prolétariat est doué par nature, il a fait conduire sur un chantier où étaient garés des camions, des tracteurs et même un avion, les ouvriers d'une usine textile. Tandis que les véhicules se mettent à ronfler et l'avion à vrombir, il a invité les malheureux à chanter de tous leurs poumons non sans leur avoir expliqué au préalable qu'ils étaient en train de prêter leur concours à une expérimentation des plus pointues concernant les « bases concrètes de la musique ». Voilà qui me rappelle tout à fait les gags « bourliesques » du Chien errant, la naïveté et la bonne foi en plus !

A Moscou, le sculpteur Tatline prépare un projet de monument pour la Troisième Internationale prolétarienne à la demande de Lounatcharski. Il s'agit d'une structure métallique en forme de spirale oblique qui, une fois construite, sera plus haute que la tour Eiffel. Les parois seront en verre pour laisser visible le va-et-vient des ascenseurs à l'intérieur. Le monument abritera des auditoriums, des salles de gymnastique, des centres de propagande, un garage pour les automobiles et les motocyclettes, un écran géant visible à travers toute la ville qui diffusera les dernières nouvelles du monde, une station de radio, de téléphone et de télégraphe.

En revanche, on parle de transformer le palais d'Hiver en usine de macaroni. Maïakovski est encore plus radical : il propose de « passer Rastrelli au bulldozer ». Malgré l'enthousiasme de Vadim, je ne peux m'empêcher d'être sceptique. Il faut aller de l'avant, j'en suis persuadée. Mais faut-il pour cela détruire le passé ? Que serait Petrograd sans la cathédrale de Smolny, sans Saint-Nicolas-des-Marins, sans le palais d'Hiver ?... Autant le projet de Tatline suscite mon adhésion immédiate, autant les délires de Maïakovski me paraissent inquiétants.

Mardi 25 novembre 1919.

Ce matin, j'ai reçu du commissariat à l'Instruction publique un courrier mettant fin à mes fonctions. Je lisais et relisais la lettre, incrédule, mortifiée. Moi qui pensais avoir su établir avec mes étudiants un climat de confiance et même d'affection ! Moi qui pensais avoir contribué à leur développement intellectuel, à l'éveil de leur conscience politique et surtout à l'épanouissement de leur personnalité ! Ne me disaient-ils pas encore récemment « Chacune de vos leçons est une fête pour nous » ?

Je sais d'où vient le coup. Vendredi dernier, une certaine « camarade Olga », haut-fonctionnaire au commissariat, a débarqué à l'atelier sans prévenir pour une « inspection pédagogique ». Cette ancienne sage-femme est la sœur de Trotski et l'épouse de Kamenev, le plus proche collaborateur de Lénine. Cheveux tirés, lèvres pincées, cette Olga a tout de la tchékiste pure et dure, pleine de compassion à l'égard de l'Humanité mais impitoyable vis-à-vis des humains. En pleine leçon, elle a bondi vers moi et m'a accablée de reproches devant les élèves médusés. Selon elle, mes méthodes pédagogiques sont porteuses d'une idéologie rétrograde. Un exemple : si je demande aux enfants d'illustrer un poème montrant un jeune homme qui se promène seul dans un jardin, je me rends coupable des délits suivants :

— encourager chez l'enfant le goût petit–bourgeois du jardin individuel au détriment du square ou de l'espace public ;

— détourner son énergie de l'action et des buts collectifs liés à la construction du socialisme au profit du délassement solitaire et oisif ;

— favoriser ses tendances individualistes.

On s'emploie à éliminer les valeurs du passé. Mais par quoi va-t-on les remplacer ? Les grandes idées généreuses du socialisme sont gâtées par la volonté individuelle de s'en sortir à tout prix mais aussi par l'étroitesse d'esprit, la médiocrité, la sottise des cadres du Parti. Autour de moi, je ne vois qu'anarchie et cynisme.

OÙ EST L'HOMME NOUVEAU QU'ON NOUS A TANT PROMIS ?

A partir de là et jusqu'en 1923, le journal devient laconique, comme si Nastia se résignait, ou comme si elle craignait de confier à son journal des vérités trop crues.

Seules quelques notes brèves, factuelles, dépourvues de tout jugement et de toute émotion nous informent sur la vie quotidienne du couple : pendant l'hiver 1919-1920, Vadim et Nastia se voient attribuer un appartement de deux pièces sur la Nevski. Vadim travaille beaucoup à l'extérieur pour une mystérieuse « commande d'Etat ». Sur les provisions – pain blanc, thé, lait – qu'il rapporte chaque jour à la maison, Nastia ne fait aucun commentaire. Elle-même a trouvé un nouvel emploi de bibliothécaire à la Maison des Arts où, inévitablement, elle rencontre ses « vieux amis » Akhmatova, Benois, Tchoukovski. Sur eux, pas un mot. Ce silence prépare les explosions de souffrance et de haine de l'année 1923, la dernière de Nastia en Russie.

Petrograd, 24 avenue Nevski.
Dans la nuit du 5 au 6 janvier 1923.

Enfin je me décide à parler. J'ai perdu l'enfant que j'attendais. Vadim est fou de douleur. Mais ce n'est pas de cela que je veux parler. Il me semble que Vadim est fou. Fou, tout simplement. C'est terrible à dire mais je suis soulagée d'avoir perdu cet enfant. Vadim est fou de douleur et moi je suis soulagée. Je n'ai pas écrit depuis longtemps mais j'en ressens aujourd'hui la nécessité. Voilà, il me semble que Vadim est fou, fou à lier. J'ai écrit, quand je l'ai rencontré, que j'aimais en lui sa folie, oui, que j'aimais en lui l'artiste exalté, tourmenté, obsédé par l'avenir. C'était vrai. Et il me semble à présent que cette folie est une énergie de MORT, *tournée vers autrui, tournée vers lui-même. Il faut que je raconte cette nuit terrifiante, cette nuit qui m'a ouvert les yeux.*

Depuis quelque temps, il ne dormait pas, il s'interrogeait. « L'art est-il innocence ou cruauté ? » Il répétait : « Autrefois, je me récitais une légende de mon enfance le pinceau à la main et le tableau naissait tout seul », ou bien « Je ne supporte plus le monde des objets. » Il parlait sans arrêt d'innovation, je lui répliquais que le besoin d'innovation est un besoin récent, et qu'il n'est sans doute ni universel ni éternel. « Tu es bien une bourgeoise ! » me répondait-il, et il renversait rageusement un godet de peinture sur le sol en déclarant : « Regarde, voilà un tableau qui se défend d'être un tableau. » Puis il y a eu la mort de l'enfant. Mais peut-on parler de mort ? Le fœtus était resté moins de six mois dans mon ventre. « Tu prétends toujours que les larmes, le sentimentalisme, sont des choses du passé. » Voilà les phrases atroces que je lui disais pour le consoler. Et il se consolait pour replonger plus profondément, le lendemain, dans le désespoir. Quelques jours après cette... enfin cet accident, c'est-à-dire dans la nuit du...

[Interruption. Nastia reprend son récit sur la page suivante]

J'ai cru entendre du bruit, j'ai caché mon cahier. Mais non, Vadim dort à poings fermés. Voilà : dans la nuit du 17 au 18, il m'a réveillée en sursaut. Il était hors de lui. J'ai pensé qu'il avait bu mais son haleine ne sentait pas l'alcool. « Viens vite, me dit-il, j'ai des idées. Je vais faire ton portrait. » Me voilà en chemise de nuit près du chevalet. Je demande quelle pose lui conviendrait. Il me répond : « Peu importe, c'est le diable en toi que je peins. » J'éclate de rire car je sais que Vadim ne croit ni à Dieu, ni au diable. Une paire de gifles me coupe le souffle. Je reste silencieuse. Je ne me fâche pas. Je me dis qu'une femme ne doit pas réagir lorsque l'homme qu'elle aime est en proie à l'inspiration. D'habitude, Vadim s'enferme dans un mutisme têtu et travaille jusqu'à l'aube avant de s'écraser dans le sommeil. Cette fois-ci, l'inspiration a pris une forme plus violente. C'est tout. Du calme. Il voit le diable à travers moi ? Très bien. Je m'incline, sans lui faire remarquer que ses camarades du Parti seraient bien surpris – et fâchés – de l'entendre prononcer un mot banni par leurs soins de notre vocabulaire.

« Reste debout et ferme les yeux ! » Pas facile. Au bout de quelques secondes, je grelotte de froid, j'ai des fourmis dans les jambes et le tournis.

« Je peux faire une pause ?

– Pas encore, je t'empicasse. » C'est ainsi que Vadim désigne l'acte de distordre un corps à la façon de Picasso. J'ai l'habitude. La vivisection ne me fait pas peur. Quand Vadim a décidé de m'immortaliser dans ma robe rouge en « Fée de la Révolution », je me suis retrouvée écartelée en mille parcelles avec un œil au milieu du ventre et une oreille posée, papillon délicat, sur mon gros orteil. Demander à voir le résultat de l'« empicassage » est prématuré. Je me tiens

coite. Mais voilà que je perds l'équilibre. Je tombe à genoux et Vadim, furieux, me frappe violemment au visage. Je me rebiffe. Il se jette à mes pieds : « Pardon, pardon mais je suis si malheureux... J'ai peur de toute cette liberté pour laquelle je me suis tant battu... Où sont les limites ? Qui jugera de mon travail ? Pas toi, qui m'aimes trop, comme seules les femelles savent aimer... Pas le peuple qui n'aime que les bouquets de fleurs, ni ces idiots du Parti pour qui les bouquets de fleurs sont inutiles... Aide-moi s'il te plaît, je ne sais plus où j'en suis ! » Je prends sa tête dans mes mains comme le premier jour, dans le parc de Tauride. Je caresse sa nuque en silence avec la tendresse ancestrale des « femelles » qui ne comprennent rien à l'art, à la science, à la Révolution ; la tendresse de ces « femelles » rétrogrades qui, depuis la nuit des temps, ne vivent que par et pour l'amour. Vadim se relève brusquement, se rue sur la toile : « Au diable la fragmentation, la dynamisation... Je vais te réduire à une forme unique, à ton essence. Comment te sens-tu : un rond, un triangle ou un carré ? Au choix. » Un peu au hasard je réponds : « Je me sens en creux. » Cette boutade le met en joie : « Bravo ! Tu as compris toi aussi que la recherche des formes pures mène au néant, tu as compris que le suprématisme n'est qu'une géométrie pour analphabètes. Ce qu'il faut maintenant, c'est sortir de la toile, abolir les frontières entre peinture, sculpture, architecture... »

Avec des gestes rageurs, il lacère la toile au couteau, brise le chevalet qui rompt comme une allumette sous sa poigne puissante, saisit une chaise, la badigeonne de colle, y pose une planche à plat. « Malévitch est mort depuis son carré noir sur fond blanc. Quant à Chagall, il m'ennuie avec ses ânes roses et ses petits violoneux ! » Je sais que Vadim jalouse Malévitch et Chagall, ses aînés, déjà célèbres hors des frontières de la Russie. Je sais aussi que la surface plane et le folklore populaire ne le satisfont plus. Il a même cessé d'intégrer par collages ses poèmes à la toile, procédé qu'il juge naïf et dépassé.

Il fait courir sa gouge sur la planche puis sur le bois de la chaise. Je n'ose protester. « Tu n'as pas peur pour ta chaise ? me demande-t-il, goguenard. Nous n'en avons que deux n'est-ce pas ?

— Oui.

— Alors pourquoi ne me dis-tu pas que je fais fausse route au lieu de me couver avec tes yeux de merlan frit ? De la sculpture sur bois, peuh, comme les primitifs ! » Je baisse les yeux. J'essaie de faire monter la haine en moi, le sarcasme. Je n'y parviens pas. Mon éducation, la morale, la religion, tous ces garde-fous de mon enfance aujourd'hui voués au ridicule me poussent, au contraire, à la compassion, à plus d'amour...

« Tu es bien une bourgeoise ! » Ce reproche, il me l'a fait mille fois. Soudain, un sourire presque machiavélique tord ses traits. Mon cœur bat d'appréhension. Il saisit une bûche – nos précieuses bûches ! – et la pose sur la chaise. « Tu crois que je vais te représenter assise, avec une bûche en guise de tête ? Trop simple ! Trop simple !... Il ne s'agit pas de creuser [souligné] *la matière, il s'agit de la construire* [souligné], *de la créer !* [souligné]. »

Il s'approche de moi, m'arrache ma chemise. Accès d'érotisme en phase de création ? Trop simple ! Sans un regard pour mon corps, il arrache un bouton à ma chemise, le colle sur le dossier de la chaise.

« Ça, c'est toi ! Les femmes sont comme les boutons, elles s'accrochent. » Il rit d'un rire aigre. Je vois des larmes dans ses yeux. C'est dur de faire fi des sentiments ! C'est dur d'être à la fois un artiste et un communiste ! Ah ! Aimer sans aimer... Je comprends pourquoi il tenait tant à l'enfant : si l'amour n'a aucun sens, il sert au moins à mettre au monde des petits émules de Marx !

Tout en badigeonnant la bûche de colle – l'odeur tenace de la colle envahit la pièce – Vadim reprend le fil de son monologue, soudain doux et conciliant : « Tu sais, ma Nastia adorée, je crois que les grandes choses se font en marge. Ce sont les contraintes qui nous font avancer. Tu crois que si nous avions été riches, si j'avais eu les moyens de m' acheter de la belle toile blanche et des couleurs, tu crois que j'aurais eu l'idée de m'attaquer à du bois, à des matériaux bruts ? Bien sûr que non, je n'aurais pas évolué d'un pouce. Tandis que là, tu vois, j'invente avec ce que j'ai sous la main... Bientôt, quand on ne trouvera plus ni chaise, ni bois, ni gouge, ni bouton... mais c'est impossible puisque le socialisme doit – théoriquement ! – mener à la prospérité... en tout cas, même si je ne trouve plus rien, j'aurai toujours toi... »

Le voilà tendre ! J'exulte...

« Toi, c'est-à-dire ton corps... »

C'est vrai, j'avais oublié : le cœur, l'âme, tout ça, ce sont des fadaises...

« ... Ton corps comme support de mon œuvre, oui, j'aurai toujours cela, au moins cela. Mais au fait, pourquoi attendre ? Donne-moi une mèche de tes cheveux... non, deux. »

Je m'exécute.

« Les rognures de tes ongles... »

Je m'exécute.

Il dispose ces petits bouts de moi, pardon, de mon corps, sur la bûche, puis se tourne brusquement vers moi. Il me détaille des pieds à la tête d'un regard vide.

« Si, pendant ton sommeil, je badigeonnais de colle ton corps entier, tes cheveux, ton visage, tu deviendrais l'œuvre d'art la plus accomplie de tous les temps. Figée, nue, sous un glacis opaque, "engluée vive", translucide comme la reine des neiges, pure comme une vierge sacrifiée, jeune et belle pour l'éternité, tu prouverais que l'art est, telle la vie elle-même, le mariage fécond de l'innocence et de la cruauté... Rassure-toi, tu souffrirais à peine : la colle anesthésie les sens avant de paralyser les fonctions vitales... Et puis, mourir pour une telle cause !... »

C'est alors que j'ai perçu, au fond du regard de Vadim, cette flamme de FOLIE *dont j'ai parlé. Depuis, cette flamme me poursuit et ne me laisse pas en paix.*

Il contemplait son couteau, sa gouge, la bûche, le gros pinceau dégoulinant de colle, ma chemise de nuit jetée à terre. Son regard errait d'un objet à l'autre puis glissait le long de mon corps. J'ai cru sentir sur ma peau l'incision aiguë de la lame, dans ma gorge l'amertume abrasive de la colle. La courbure de la gouge semblait avoir le diamètre de mon œil, la bûche semblait n'exister que pour m'assommer, la chemise pour m'étrangler.

Je veux crier que je ne mérite pas ce châtiment, que je ne suis responsable ni de l'existence de la bourgeoisie, ni de la mort de mon enfant, mais aucun cri ne sort de ma bouche. C'est alors que Vadim exhibe de sa poche un petit objet métallique : un revolver. L'homme que j'aime possède un revolver. Je l'ignorais.

Il éclate d'un rire sardonique, braque son arme sur moi, puis sur lui, puis sur moi... Ma gorge n'est qu'une boule de sang et qui tourne sur elle-même à m'étourdir. Je ne suis que sang, épouvante et souffrance. Mais non. Je suis vivante et j'explose de colère. Vadim, démonté, a lâché son revolver et le voilà à genoux, ses bras autour de mes jambes comme le premier jour, dans le jardin de Tauride. « Pardon de t'avoir fait peur, pardon ! » Puis sur un ton railleur : « Ce serait pourtant tellement beau de s'endormir pour l'éternité sous une plaque "Morts pour l'art révolutionnaire". » Toujours cette ironie, cette dérision même au cœur du chagrin... Je me ressaisis, propose à Vadim du thé, du bromure pour dormir...

« Tu voudrais que je m'abîme dans le sommeil alors que je suis en train de découvrir les principes nouveaux de l'art de demain : ne rien retrancher à la matière, l'enrichir au contraire, l'augmenter, ne jamais revenir en arrière, vers le point zéro, le néant de l'œuvre. En augmentant progressivement la masse, on peut lui donner des dimensions infinies, exponentielles... La matière en expansion ! Je le sens, je le vois, mais pour le prouver, il me faudra encore beaucoup d'insomnies, de crises, de bois, de colle, de boutons, de bris, de débris... »

Vadim est en plein délire. Il ouvre l'armoire, saisit un verre, deux, trois – je n'en possède que six ! –, les brise sur le sol. Je cherche à m'interposer, il me chasse, saisit les morceaux de verre à pleine main – le sang coule –, les jette sur le bois enduit de colle. La colle se colore de rose. Vadim est en transe. Le voilà qui colle tout ce qui lui tombe sous la main, une chaussure, des pinceaux, un morceau de pain. Il mêle à la colle le sang de ses doigts, de l'encre, de la cendre, des copeaux, des épluchures, de la sciure. Tout en travaillant avec des gestes frénétiques il commente par petites phrases saccadées : « Il n'y a pas de matériaux nobles. Il n'y a pas de matériaux impurs, Nastia, ma chérie... Tout se vaut, oui, tout se vaut... »

Cette phrase est celle qui me bouleverse le plus. Je ne sais pas encore très bien pourquoi. Il me semble que, si Satan est quelque part, il est là, dans ce « Tout se vaut ». Pourtant, ce qui s'élabore sous mes yeux est diaboliquement puissant, diaboliquement original. Je ne peux détacher mes yeux de cet amas compact et confus d'éclats de bois, de matière organique et d'objets hétéroclites englués dans la colle rosâtre comme autant de... oui, de fœtus.

Je suis subjuguée. Je suis révulsée. Jamais, devant aucune œuvre, je n'avais éprouvé une émotion aussi mêlée, aussi violente.

C'est une construction à la gloire de la destruction [phrase soulignée].

« Il faut pouvoir revenir à l'œuvre, commente Vadim en se frottant tranquillement les mains avec un chiffon, reculant pour juger de l'effet. Il faut pouvoir sans cesse en modifier les reliefs, les contre-reliefs, augmenter son volume, la faire évoluer, lui faire grignoter l'espace, notre espace, jusqu'à nous en chasser car un jour nous vivrons dans un monde débarrassé de nous-mêmes... La matière en expansion dévorant l'espace, l'œuvre anéantissant son créateur. Voilà ce qu'il faut. Sinon, ce n'est pas la peine, c'est de l'art mort, établi une fois pour toutes, de l'art officiel comme on en voit dans les musées bourgeois. Tu saisis, ma petite aristo adorée ?... »

Le désir qu'il avait de moi, sa haine aussi, se sont sublimés dans le travail. Le voilà dévoré de sommeil. Il ne nous reste plus qu'à regagner notre paillasse, lui avec la satisfation du devoir accompli, moi l'angoisse aux tripes. Le petit objet métallique, oublié sur le sol, luit dans un rayon de lune.

« J'ai trouvé le titre, me dit Vadim dans un souffle avant de sombrer dans le sommeil. Erothanatos... »

Au moment où il crée *Erothanatos* et invente, en même temps que Gabo et Pevsner, cet art de la civilisation industrielle qu'on appellera le constructivisme, Vadim est encore un être de chair et de sang qui s'interroge, souffre, hésite, déchiré qu'il est entre ses aspirations d'artiste et les nouvelles directives officielles. Bientôt il choisira, et ce choix fera de lui un esclave du régime soviétique, une mécanique docile, un robot. Car le prochain avatar du constructivisme en marche vers le « réalisme socialiste » des années 30 sera l'art utilitaire au service duquel Vadim mettra – pour le restant de ses jours – son talent : maquettes de cantines ouvrières, de pissotières ouvrières, de vélodromes... abécédaires pour paysans analphabètes, théières en forme de locomotives, assiettes à rébus, uniformes, affiches publicitaires, pochettes de bonbons vitaminés, bandes dessinées de propagande...

Pour Anastasia, cette nuit de février a cristallisé toutes ses craintes. Elle sait désormais que derrière l'« homme nouveau » qui a tué Dieu, la morale, le tsar, et pour qui tout se vaut, pour qui tout est permis, se cache un être déboussolé, sans repères ni valeurs, un homme dangereux pour lui-même et pour les autres. Rétrospectivement, elle comprend pourquoi *Les Possédés* est un livre prophétique et pourquoi les Bolcheviks avaient banni Dostoïevski des bibliothèques. Celui-ci y décrivait l'homme du XXe siècle comme un démiurge à la fois cynique et suicidaire, cruel et désespéré. Un monstre.

Vadim était un monstre, un possédé. Mais Nastia n'avait pas encore sondé le fond de l'abîme. Des mois passent pendant lesquels elle partage les doutes et les angoisses de ce fou génial, supporte ses sautes d'humeur, ses accès de jalousie, son mépris pour ses œuvres à elle : portraits, caricatures, croquis saisis sur le vif, toutes formes d'art pour lui « dépassées ».

En septembre 1923, elle n'en peut plus. Elle n'a pas revu ses parents depuis six ans et, rongée de remords, décide de se rendre au 3 rue de Tauride à l'insu de Vadim. En passant devant l'institut Smolny, quartier général de Lénine entre octobre 1917 et 1919, elle ne peut s'empêcher de songer à sa grand-mère, à ses aïeules paternelles qui furent élevées là du temps où Smolny était un couvent pour les jeunes filles nobles. Son cœur bat lorsqu'elle aperçoit la Tour Ivanov. Les Gordon ont quitté la Russie et le duplex est devenu... un atelier d'artiste ! Au troisième étage, c'est Pélagie en personne qui vient lui ouvrir, une Pélagie qui, malgré ses cinquante-cinq ans, semble rajeunie avec ses joues rondes et ses cheveux frisés au fer.

L'épisode qui suit, Anastasia n'aura le courage de le raconter que bien après, en septembre 1930, alors qu'elle vit depuis six ans à Paris :

Pélagie et moi, nous nous jetons en pleurant dans les bras l'une de l'autre. Sur les murs du hall : des traces claires laissées par un miroir, des gravures, un cartel Louis XV qui y étaient suspendus autrefois. Tant mieux, me dis-je, si papa et maman ont pu les emporter... En revanche, le grand tapis persan est toujours là, ou du moins ce qu'il en reste. « On l'a débité pour s'en faire des bottes, m'explique Pélagie. Il a fallu le sécateur : aux ciseaux on n'y arrivait pas. Pour de la qualité, c'était de la qualité ! »

La porte de la salle à manger s'entrouvre. Un bébé nu et crasseux la franchit en rampant sur le sol, aussitôt rattrapé par une main inconnue.

« Comment, s'exclame Pélagie devant mon air ahuri, tu ne savais pas que c'était devenu un appartement communautaire, ici, depuis la mort de ton père ?

— Papa... est mort ? »

Ma voix s'étrangle dans ma gorge. La boule rouge et poisseuse se remet à tournoyer, à vriller. Pélagie semble ne pas comprendre, hésite puis les mots se bousculent sur ses lèvres maquillées :

« Mais voyons, ma p'tite Nasty, tu le savais bien qu'il était... enfin qu'on le surveillait de près. Ton pauvre papa était un homme fini, un suppôt du régime tsariste, un capitaliste, un résidu du passé... Ça aussi tu le savais... Tu en as assez souffert toi-même, allez !... Je me souviens comme vous vous disputiez en février 1917, à propos de Vadim ! Je me souviens comme tu es partie, un beau jour, en claquant la porte... C'était il y a six ans... Un mois ou deux après, je sais plus exactement, on arrêtait ton père. C'était quelques jours avant leur départ pour la France. Les bagages étaient prêts... Tiens, ils sont encore là, tout poussiéreux, ils n'ont pas bougé depuis six ans... C'est ton père qui avait tout empaqueté parce que ta mère, elle, la pauvre... enfin bon, tu la connais... Bref, la tchéka est venue... très corrects, les types hein, pas un mot plus haut que l'autre... Ils ont embarqué ce pauvre Boris Platonovitch. J'ai eu de la peine même si c'était un ennemi du peuple. On a beau dire mais j'avais quand même été à son service depuis... ben, depuis ta naissance tiens... Ça crée des liens même si la lutte des classes... Enfin bon, ils l'ont embarqué... le plus affreux, c'était le silence parce que personne ne pleurait, personne ne criait. On aurait entendu voler une mouche. Ta mère regardait dans le vague, la bouche ouverte, comme si elle ne comprenait rien à ce qu'il se passait. Quant à ton père, il était d'une dignité !... Ça, pour être digne, il est resté digne... Moi j'avais les larmes aux yeux mais je me retenais, je me cachais la figure dans mon tablier : j'avais peur d'être embarquée, moi aussi... Ton père a été exécuté le lendemain de son arrestation. »

La boule rouge crève dans mon ventre. La souffrance m'inonde lentement, sans éclat, sans scandale. J'aperçois Pélagie à travers un brouillard opaque. Je lui parle d'une autre planète :

« Et maman ?

— Toujours pareille, prostrée dans sa niche... »

Une « niche », le cabinet de lecture de maman !

« ... Oui, toujours pareille sauf que la pauvre est devenue muette comme une carpe et qu'elle peut même plus bouger. Elle dort dans sa niche, elle mange dans sa niche, si on peut appeler ça manger... un moineau a plus d'appétit !... Figure-toi qu'elle "fait" sous elle maintenant ! Elle est comme qui dirait grabataire. Faut s'en occuper comme d'un bébé mais t'inquiète pas, ma petite Nasty, je veille au grain, je lui donne moi-même sa kacha à la petite cuiller, je lui fais moi-même sa toilette... N'empêche, si c'est pas malheureux, elle qu'était si coquette, elle s'habille même plus. Elle si instruite, si éduquée, les livres la laissent de marbre. Faut dire que les voisins se sont pas gênés pour piller la bibliothèque... Si on lui met de la lecture entre les mains, alors là c'est autre chose, elle sourit comme une petite fille, elle lit consciencieusement d'un bout à l'autre. Ou elle fait semblant. En tout cas, ça l'occupe. C'est ce qu'il faut. Je lui donne tout ce que je trouve, des almanachs, des factures, des vieux magazines... et même des trucs sérieux sur Marx et Lénine, ou des publications du Parti. Dès fois que ça ferait tout doucement son chemin dans son esprit... Elle finira peut-être par penser comme nous autres, pas vrai ma petite Natiouchka ?...

— Où est-elle ?... Où est maman ?

— On l'a transportée dans sa chambre, elle et sa niche. Les autres pièces sont occupées par des gens plus ou moins propres, plus ou moins gentils mais bon, on s'accommode... On lui a laissé son boudoir du fait qu'elle avait été la propriétaire de l'appartement, et même de l'immeuble mais y reste pas grand-chose dedans. Un matin, c'était "la dame en rose" qu'avait disparu ; une semaine après, c'était un autre tableau, puis un autre... Quant aux meubles, y reste rien... Tout est passé dans le poêle pendant l'hiver 1919... Ah ! On peut dire qu'on a traversé des moments difficiles et que ça va beaucoup mieux maintenant ! »

Pendant que Pélagie m'étourdissait de paroles, cherchant à anesthésier tout à la fois le sentiment d'horreur qu'elle sentait monter en moi et la mauvaise conscience plus ou moins avouée qui la taraudait, j'entrai en titubant dans la chambre de maman. L'atmosphère y était fétide, irrespirable. Je ne sais pourquoi, peut-être parce qu'ils refusaient d'affronter la réalité en face, mes yeux se posèrent sur des objets sans impor-

tance, des objets qui, pourtant, portaient déjà les stigmates de ma honte et de ma détresse : un palmier en pot crevé depuis longtemps, les doubles-rideaux gris de poussière – ils étaient saumon dans mon enfance – et leurs gros glands de passementerie, dorés, pompeux, déplacés... le vase de nuit en porcelaine rose, de ce rose rococo de cocotte qui était la couleur de prédilection des dames sans souci du temps jadis... Mon regard se fixe enfin sur ce que Pélagie a appelé « la niche » : la baignoire portative en bois du XVIIIe *siècle dans laquelle maman avait établi ses quartiers pendant la Révolution... Je vois le tas de couvertures malodorantes d'où émerge une chose hideuse : la tête d'Anna Ivanovna, ma mère.*

Ce qui me frappa, ce fut moins la peau terreuse labourée de rides, les traits bouffis, le crâne apparent sous la chevelure clairsemée que l'expression d'hébétude qui se peignait sur le visage de maman. Il semblait que toute émotion, toute joie et toute souffrance l'eussent désertée à jamais. Ma mère ne me reconnut pas. Elle me fixa un instant de ses yeux qui étaient devenus blancs et glauques, de ses yeux qui avaient été si bleus, si violets, si vivants et qui semblaient à présent vidés de leur substance, puis elle retomba dans sa léthargie. Elle avait l'air d'avoir cent ans.

« Tu vois », dit Pélagie, quêtant auprès de moi la gratitude qui lui était due.

Je ne m'étais même pas rendu compte que je pleurais. Les larmes glissaient sans bruit sur mes joues, inondaient mon visage. Pélagie s'approcha. Je reculai. A mesure qu'elle s'approchait de moi – la main tendue vers ma figure pour essuyer mes larmes ou me « débarbouiller le museau » avec un pan de son tablier à carreaux mouillé de salive, comme elle le faisait autrefois lorsque j'étais sa « petite Nasty » –, je reculais vers la sortie.

« Tu as compris ma Nastia, tu as compris que ta maman est... enfin qu'elle n'en a plus pour très longtemps. C'est ce que dit le docteur : les fonctions sont usées, y compris la cervelle... Mais elle a bien tenu jusqu'à présent, je vois pas pourquoi elle tiendrait pas encore... »

J'éclatai en sanglots, la tête dans les mains.

« Pleure, mon petit. Ça fait du bien de laisser pleuvoir les larmes. C'est comme un orage : tout se fracasse d'un coup et

puis ça finit toujours par se calmer... Le temps fait son œuvre comme on dit... Je sais que c'est dur de perdre ses parents mais, enfin... ils n'ont pas toujours été bien compréhensifs avec toi, Boris Platonovitch et Anna Ivanovna... Souviens-toi comme ils t'en ont fait voir avec Vadim, comme ils t'ont fait souffrir sous prétexte qu'il était pas de vot' monde... Un garçon si gentil pourtant, si doué, si méritant... et beau avec ça ! Au fait, tu l'aimes toujours autant ton grand gaillard de Vadim ? Tu as bien raison. C'est un pur, un dur, un vrai... Il ira loin... Il ne faut pas lui en vouloir. Il a agi en son âme et conscience, pour toi, pour sauver votre amour, par fidélité à Lénine et pour l'avenir de la Russie... »

Une pensée insupportable, atroce, commence à germer dans mon cerveau, une pensée née sur le fumier de tous les petits bouts de phrases inachevées prononcées par Pélagie, de tous les petits mots lâchés çà et là par Pélagie, une pensée nourrie de la candeur, du dévouement, de la bonté perverse et de la cruauté aveugle de Pélagie...

« Comment papa a-t-il été... exécuté ?

— Certains ont dit que... mais ce n'est pas vrai j'en suis sûre... qu'il avait été jeté dans la Neva avec une pierre au cou, d'autres... calme-toi je t'en supplie... qu'on l'avait enterré vif dans une fosse... Ne pleure pas, ne pleure pas... Moi, je crois qu'on l'a fusillé bien proprement et qu'il n'a pas eu le temps de souffrir. Vadim n'aurait pas laissé faire ça. Il n'aurait pas admis qu'on torture ton père comme on fait pour certains, les grand-ducs et toute cette racaille... Non, non... Il a beau être intraitable quand c'est nécessaire, ton Vadim, c'est un garçon qui sait avoir du cœur, qui peut avoir du cœur... Encore l'autre jour, il...

— Mais tu... tu le connais donc si bien ?... »

Pélagie s'immobilise, interloquée.

« Comment ça ! Il ne t'a pas mise au courant ?... Je vois régulièrement le camarade Vadim aux réunions du Parti. On est dans la même section tous les deux... sauf que lui, il est dans les hautes sphères de la hiérarchie. Il a de grosses responsabilités à présent... Nastia, qu'est-ce qui te prend ? Pourquoi tu t'enfuis ? Ne te sauve pas comme ça ! Attends que je t'explique, que je sèche tes larmes, que je te débarbouille le museau... On dirait une souillon... Natiouchka, reviens, reviens !... »

Tandis qu'elle se répète jour et nuit qu'il faut « fuir très loin, fuir, fuir... pour ne pas devenir folle », tandis qu'elle prépare fébrilement, dans le plus grand secret mais avec une détermination farouche son départ pour la France, Anastasia repasse dans sa tête tout ce qui, dans le comportement de Vadim, aurait dû lui ouvrir les yeux : le nouvel appartement dans la Nevski, l'approvisionnement facile, les blousons de cuir de Vadim, ses casquettes à la mode – où trouvait-il l'argent ? –, sa réaction à la mort de Blok, à l'exécution de Goumiliov, le revolver dont elle savait pourtant qu'il était l'apanage des tchékistes. Et surtout ce regard effrayant qui était le sien, où se lisaient tour à tour le sadisme, la terreur, la folie, l'abattement...

Vadim Batiouk était un cadre du Parti, un membre éminent de la police secrète, et elle l'ignorait. C'est lui qui avait dénoncé et fait exécuter Boris Platonovitch Dalmatov avec la complicité de Pélagie acquise aux idées bolcheviques, et Nastia avait été la dernière à le savoir.

Mon cœur est devenu dur comme la pierre, écrit-elle alors, *plus rien désormais ne pourra me surprendre, me décevoir, m'humilier ou m'épouvanter...*

Voici, telles que j'ai pu les reconstituer, les circonstances dans lesquelles s'est déroulé le départ de Nastia :

La politique de la NEP avait inauguré une ère d'ouverture et de libéralisme relatifs. On était en janvier 1924, Lénine venait de mourir et un certain flottement se faisait sentir au niveau des décisions gouvernementales. En effectuant les démarches nécessaires à l'obtention de son passeport d'émigration, Nastia apprit qu'elle figurait depuis 1922 sur une liste d'« individus indésirables ».

Deux signatures étaient nécessaires pour avoir l'autorisation de quitter ce qui était, depuis le 30 décembre 1922, le territoire de l'URSS. Grâce à l'intervention de Meyerhold installé à Moscou, elle obtint la signature de Lounatcharski, le puissant commissaire à l'Instruction publique et celle d'un ambassadeur, ancien ami de Boris Platonovitch Dalmatov. Motif du voyage : raison de santé.

Nastia se rendit à la banque pour récupérer l'émeraude Tamanchov conservée dans sa famille maternelle depuis des générations. On lui rit au nez. La banque avait été nationalisée et l'émeraude devait se trouver à l'abri, lui assura-t-on, dans une vitrine de l'Ermitage. Elle finança son voyage en vendant quelques bijoux dont ses petits œufs Fabergé qu'elle avait toujours gardés, à l'insu de Vadim, cousus dans l'ourlet d'une robe.

Le 30 mars, comme d'habitude, Nastia quitte son domicile à neuf heures du matin, après avoir, comme d'habitude, embrassé Vadim, puis elle prend le chemin de la Maison des Arts dont elle est la bibliothécaire. A mi-chemin, elle change brusquement de direction et court 34 quai de la Fontanka où, dans un minuscule appartement du palais Chérémétiev, Anna Akhmatova vit chichement avec son amie, la danseuse Olga Soudeïkina qui se prépare, elle aussi, à émigrer. Nastia leur a confié quelques jours auparavant, en cachette de Vadim, sa valise et ses papiers. Mais aussi de l'argent à remettre à Pélagie pour l'entretien d'Anna Ivanovna.

Un petit groupe d'amis, parmi les plus intimes, se sont rassemblés pour dire au revoir à Nastia : Korneï Tchoukovski, Alexandre Benois, le décorateur des Ballets russes, les poètes Mandelstam et Kouzmine, tous deux familiers de la Tour Ivanov puis du Chien errant.

Quelques années plus tard, Meyerhold sera fusillé en prison, Mandelstam mourra dans un camp et Kouzmine disparaîtra dans des circonstances mystérieuses. Seul Tchoukovski, resté en URSS, vivra jusqu'à un âge avancé. Quant à Alexandre Benois, Nastia le retrouvera à Paris en 1926.

Anastasia prend le train pour Helsinki puis rejoint Berlin. Elle y restera trois mois avant d'obtenir son visa d'entrée pour la France...

TROISIÈME PARTIE

« Petits mois, petites fumées,
et l'oubli en robe de laine... »
Philippe Soupault

(Vers dédiés à Hélène Gordon-Lazarev)

Balzac dit à propos d'une brune « Elle avait un rire de blonde », Echenoz consacre aux « grandes blondes » un livre entier et Kundera, toujours un peu misogyne, tient au long de son œuvre des propos acidulés sur la blondeur. A croire que les blondes sont une race à part, une quintessence – ou une caricature – de la féminité.

Il n'y a avait pas que sa blondeur pour faire de Nelly Batiouk le prototype même de la femme-enfant mâtinée de femme fatale, à la fois soumise et capricieuse, exigeante et frivole. Non, il n'y avait pas que ses longs cheveux oxygénés pour la rattacher au monde de l'enfance, de l'innocence et de la niaiserie absolues. Il y avait aussi sa silhouette de poupée Barbie, son nez typiquement slave, minuscule et retroussé comme un nez de bébé, sa bouche pulpeuse, ses joues hautes, rondes et carminées qui méritaient bien leur nom de « petites pommes », une peau de baigneur en celluloïd brunie à la lampe, et des yeux, des yeux !... Etirés jusqu'aux tempes, et d'un bleu fluo de piscine californienne. La seule apparition de Nelly Batiouk dans une éclaboussure de parfum, de soie, de bas résille et de cuir verni vous plongeait dans l'univers clinquant et factice des séries télévisées américaines ou des romans à l'eau de rose de Barbara Cartland.

Quand je la vis pour la première fois, ce jour de la fin septembre 1995, elle sortait d'une Lamborghini extra-plate jaune citron et, malgré la chaleur, arborait un vison bleu. Elle mâchait allègrement du chewing-gum sous la protection – sans jeu de mots – d'un malabar à la mine de tortionnaire : son garde du corps. Ce n'est qu'une fois entré dans les salles du Musée russe où avait lieu le vernissage de l'exposition « Redécouvrir Vadim Batiouk », que je remarquai la présence aux côtés de Nelly – et lui arrivant à hauteur du menton – d'un ouistiti dégarni en smoking et Ray-Ban que j'identifiai aussitôt comme étant Anton Koustiev, député de la Douma, tsar de la gastronomie pétersbourgeoise et propriétaire de... la Tour Ivanov.

Il était donc resté fort peu de temps en prison !

Outre les œuvres déjà exposées au 10 de la rue Pouchkine, le Musée russe présentait une rétrospective complète de la carrière de Vadim Batiouk. Mort à Moscou en 1958, l'artiste s'était frotté à toutes les tendances de l'art russe, depuis l'école naturaliste des Ambulants jusqu'à l'art de propagande de l'ère stalinienne en passant par les avant-gardes les plus osées. Autant dire que la carrière de Vadim Batiouk avait accompli – là encore sans jeu de mots – une révolution, le réalisme socialiste renouant, à sa manière, avec le XIXe siècle.

On pouvait voir les premières esquisses exécutées dans l'atelier de Zvantseva où l'influence de Répine et celle de Cézanne étaient encore sensibles, puis les toiles primitivistes portant la marque du Valet de carreau ainsi que les collages à base de coupures de journaux et de poèmes. Vers 1917, une tendance suprématiste se fait jour avec des formes géométriques en noir et blanc et, dans les années 20, c'est le rejet de la peinture de chevalet et la découverte du matériau brut. La peinture devient sculpture, mobile, construction... Où était le fameux *Erothanatos*, décrit par Nastia dans son journal ? Nulle mention dans la brochure de l'exposition mais ce commentaire : « Comme ce fut le cas pour Tatline et bien d'autres artistes, un certain nombre d'œuvres de Batiouk ont disparu, mises à l'index par Staline, perdues ou détruites pendant le terrible siège de Leningrad. »

En revanche, le portrait d'Anastasia en robe rouge était là, intact, magnifique, occupant tout un pan de mur, la plus inspirée sans doute des toiles de Vadim ! Les plis de la robe taillée – on s'en souvient – dans une étoffe de drapeau, conjugaient toute la gamme des rouges dans un flamboiement de cônes, de carrés et de rectangles minuscules qui évoquaient le style de Filonov autant que l'art de la mosaïque ou du vitrail.

Je détaillai ce portrait avec émotion, un peu déçu que la manie futuriste d'« empicasser » les modèles ait brouillé jusqu'à les faire complètement disparaître les traits de ma Nastia, figée pour l'éternité dans ce rôle éphémère de « fée de la Révolution ».

Le conservateur du Musée russe – auquel je fus présenté – avait convié le Tout-Pétersbourg : du maire Anatoli Sobtchak au patron du Bistro français en passant par Victor Sarmanov, plusieurs consuls généraux, attachés culturels et autres diplomates feutrés, Mlle A. au bras non plus de Jean Dartel mais d'un nouveau venu, représentant de Moulinex à Piter, une brochette d'artistes en vue, quelques nouveaux Russes – sponsors potentiels – dont mon quadrige de l'agence immobilière Pulforth, un pope à la mode et bien sûr Timour Novikov. Je remerciai chaleureusement celui-ci d'avoir pris la peine de m'avertir par courrier de cet événement. Déjà, le pape de l'avant-garde des années 90 m'entraînait parmi la foule pour me présenter à Nelly.

Aux pieds de la belle se pressait toute une cour d'admirateurs, à faire pâlir d'envie Catherine II et Mlle A. Timour Novikov, quelque peu enclin à l'exagération, m'assura qu'elle faisait une brillante carrière de mannequin et qu'elle ne tarderait pas à détrôner les Claudia Schiffer, Kate Moss et autres Eva Erzigova. On disait même que le réalisateur Nikita Mikhalkov lui aurait proposé un rôle dans son prochain film.

Nelly Batiouk ne daigna point dès l'abord faire couler sur moi la coupe rafraîchissante de son regard javellisé mais me tendit le bout de ses doigts à baiser. Les ongles en étaient rouges et pointus comme des griffes de tigresse au sortir d'un carnage mais l'abondance et le miroitement des bagues dénotaient un certain degré de civilisation.

Enfin, elle me vit.

En vain cherchai-je dans ce visage juvénile et somme toute assez commun une ressemblance avec le peintre maudit aux traits aigus, aux prunelles enflammées.

« Vous êtes l'ambassadeur de France ? me demanda-t-elle avec ingénuité.

— Euh... non...

— En tous les cas, si j'ai bien compris ce que m'a dit Timour, vous collectionnez les tableaux de grand-papa.

— C'est-à-dire que...

— Je suis vraiment satisfaite de cette exposition, vraiment satisfaite. La cote de grand-papa va s'envoler... pfuitt ! Toutes ces vieilleries... » Elle balaya d'une main la salle. « Vont se mettre à flamber sur le marché. »

Ces propos étaient-ils à prendre au « second degré » ? J'eus la naïveté de me poser la question. Qu'importe. L'anglais approximatif de Nelly se truffait de russismes fort charmants et déconcertants, et chaque mot qui tombait de sa bouche me la rendait plus sensuelle.

« Certes, approuvai-je... Mais pour tout dire, ce n'est pas en tant qu'acheteur que je m'intéresse à... euh... à votre grand-papa. J'aurais besoin de renseignements sur lui pour un livre que je suis en train d'écrire. Auriez-vous par hasard entendu parler d'une certaine Anastasia Borissovna Dal...

— Oh vous savez, grand-papa est mort bien avant ma naissance !... Mais on peut se revoir, vous et moi, si vous voulez...Voici ma carte. »

A peine avais-je glissé dans ma poche le précieux bristol – lettres gothiques en relief d'or sur fond rose – qu'Anton Koustiev nous avait rejoints, affichant cet air blasé caractéristique des nouveaux Russes. Sans daigner répondre à mon salut, il saisit Nelly par la taille et la poussa littéralement vers le groupe des *VIP*.

Tandis que, quelque peu dépité, je me disais à part moi que le nombre d'années qu'il avait de plus qu'elle – trente, trente-cinq ? – devait être proportionnel au nombre de centimètres qu'il avait en moins, un miracle se produisit : la belle kidnappée se retourna...

Le sourire complice que Nelly m'adressa comme pour dire « Quel dommage ! J'aurais tant aimé poursuivre notre conversation... » et la gracieuse torsion du cou qui accompagnait ce sourire achevèrent de mettre le feu à mes sens.

Qu'on veuille bien me témoigner de l'indulgence. Je

menais à Saint-Pétersbourg une vie monastique. Quant à Léonora, son petit rire moqueur résonnait encore à mes oreilles, cruel, inexplicable. Et puis, n'avais-je pas décidé une fois pour toutes qu'elle n'était pas « mon genre » ?

« Mon genre », Nelly Batiouk ne l'était pas davantage. Lorsque j'y repense maintenant, à quelques années de distance, je mesure quelle part de « fantasme » entrait dans cette tocade. Nelly n'était-elle pas, en plus d'une créature de rêve, la petite-fille du grand amour de ma chère Nastia, et le seul trait d'union vivant entre elle et moi ? Je n'étais alors pas loin de penser qu'une conjonction stellaire exceptionnelle avait surgi dans mon ciel astral, destinée à donner un tour décisif à mon destin : Nelly Batiouk était née pour moi. C'est vers elle que m'avait conduit le journal d'Anastasia. Je touchais au terme de mon enquête historique, qui n'était en réalité qu'une quête amoureuse.

Une question restait en suspens : le couple Nelly Batiouk-Anton Koustiev illustrait-il simplement une loi sociologique bien connue – il était riche, elle était jeune et belle –, ou bien plongeait-il des racines plus profondes dans l'histoire de Saint-Pétersbourg ? Car le fait que la petite-fille de l'amant de Nastia soit devenue la maîtresse du nouveau propriétaire de la Tour Ivanov ne pouvait relever de la simple coïncidence.

Je les vis se diriger vers la sortie, Koustiev consultant nerveusement sa montre, Nelly traînant les pieds comme si elle quittait à regret cette fête dont elle était la reine. Sans réfléchir, je me mis à les suivre. Je hèle la première voiture qui passe, comme on fait partout en Russie. C'est une modeste Gigouli. J'intime au conducteur l'ordre de suivre la Lamborghini. Il s'exécute sans broncher. On est passé de Barbara Cartland à Raymond Chandler.

La Lamborghini de Koustiev est nerveuse, rapide, *ma* Gigouli cahotante et cabossée. A l'intérieur, ça sent la sueur et le cambouis. Un nounours en plastique, des outils, de vieux magazines jonchent le sol. Sur la banquette arrière, coincé entre une perceuse électrique et une douzaine d'œufs tremblotants dans leur cartonnage ondulé, j'écoute, compatissant, mon chauffeur me raconter sa vie. Il était médecin dans les sous-marins soviétiques. Depuis que l'URSS n'existe plus et que les sous-marins sont en rade, il s'est engagé comme manœuvre sur un chantier et « fait le taxi » après ses heures de travail. Famille nombreuse oblige.

Contrairement à mon attente, la Lamborghini n'a pas pris la direction du jardin de Tauride mais s'engage à droite dans la rue Sadovaya, descend la Nevski puis longe le quai de la Fontanka.

A travers le pare-brise étoilé de fissures – « le changer coûte trop cher », m'explique l'ex-médecin militaire –, je distingue la façade rouge brique du palais Beloselski-Belozerski et ses atlantes crémeux, les noirs chevaux cabrés du pont Anitchkov, l'alignement trop parfait des arbres le long des eaux violacées de la Fontanka et, à l'horizon, un ciel bleu saphir virant à l'émeraude. Tout cela, soudain, me semble irréel. J'ai l'impression de parcourir les décors d'un film tourné en studio. C'est une réadaptation contemporaine de *L'Idiot* avec Anton Koustiev dans le rôle de Rogojine, Nelly Batiouk dans celui de Nastassia Philipovna et ma pomme dans le rôle principal. Rien n'y manque : ni les miroitements de l'asphalte mouillé, ni la star en vison bleu, ni la poursuite en bagnole avec, au volant d'un bolide de rêve, un gangster tout petit, très laid et très méchant.

La Lamborghini tourne à gauche. Mon taxi braque, brinquebale, s'emballe. Au moment où, à deux doigts de caler, il parvient à s'engager dans la rue Gorokovaïa, la Lamborghini réapparaît dans mon champ de vision, ralentit, s'engouffre sous un porche. Les phares balaient le numéro de l'immeuble : 64. Je m'extrais de la Gigouli en coinçant trois fois le prix de la course entre deux œufs.

Koustiev et Nelly ont-ils quitté le Musée russe pour se rendre à une autre invitation ? chez des amis ? à une soirée dansante ? Je traverse une première cour, déserte et mal éclairée, passe de nouveau un porche. Quelques Mercedes sont garées là, dont plusieurs dépourvues de plaques d'immatriculation. Volées en Allemagne sans doute...

Mais de Lamborghini, point.

Côté rue, les maisons exhibent leurs balcons, leurs moulures, leurs larges croisées, mais ici, côté cour, les façades sont austères, lépreuses, traversées de tuyaux rouillés, percées de vasistas aux vitres jamais lavées : chiottes, cuisines... Du linge pend. On se croirait à Naples, les cris, les couleurs, la gaieté en moins.

Piter est un damier d'arrière-cours sordides qui communiquent entre elles par des porches bas. C'est ainsi qu'on peut passer à pied d'un quartier à l'autre comme on peut traverser le vieux Lyon par les traboules.

Encore un porche, qu'il faut franchir les pieds dans l'eau. Une troisième cour. Plus étroite que la précédente. Encore plus sombre : un vrai puits. Des poubelles béantes. Quelque chose de long et qui couine me file entre les jambes. Un rat. Je n'ai croisé personne. J'ai l'impression de m'enfoncer au cœur d'une ville désertée.

Des pas. Un homme vient à ma rencontre. Il est vêtu comme au siècle dernier : pardessus long, chapeau melon. Lui-même est grand, distingué, dégingandé. Une sorte de Tchoukovski. Plus encore que le chapeau, le nœud papillon de travers semble un accessoire insolite, burlesque. De quelle fête nocturne cet inconnu sort-il ? A y regarder de plus près, le pardessus est pisseux, le chapeau défoncé. L'homme traîne derrière lui un sac de jute rempli, semble-t-il, de vieilleries glanées dans des poubelles. En Russie, qui a l'air d'un clochard ne l'est pas forcément. Cet homme est peut-être un éminent helléniste qui profite de la nuit pour « faire les poubelles ». Les fantômes de l'hiver 1919 n'en finissent pas de se réincarner...

Sans que je lui demande rien, il m'indique de la main dans quelle direction aller : « La cour suivante, précise-t-il, découvrant une lumineuse rangée de dents en or, entrée du milieu, troisième étage à gauche. » A tout hasard je remercie. Il s'incline, me salue et reprend sa route le plus naturellement du monde, traînant toujours son sac derrière lui. Comment a-t-il deviné ce que je cherchais ?

Léonora m'a dit un jour d'Anton Koustiev qu'il était l'un des piliers du « Renouveau orthodoxe ». A coup sûr, l'endroit indiqué par l'inconnu abrite le quartier général de cette organisation ultra-nationaliste, antisémite et xénophobe. Une réunion a lieu ce soir à laquelle s'est rendu Koustiev accompagné de Nelly. L'inconnu m'a pris pour l'un des participants. La presse libérale accuse le Renouveau orthodoxe d'être impliqué dans une série d'attentats et de meurtres perpétrés sur des hommes d'affaires juifs ou des prêtres orthodoxes soupçonnés d'œcuménisme. Voilà qui sent le roussi mais il est trop tard pour rebrousser chemin.

Au seuil de la quatrième cour, plus vaste que les précédentes, je m'arrête médusé. C'est un immonde dépotoir où des bennes rouillées vomissent un mélange presque liquide d'immondices pourrissants. L'odeur âcre vous attaque les parois nasales comme une bouffée de chaux. D'un tas de détritus à l'autre des corbeaux volettent, lourdement, plus gras encore que ceux qu'on voit tournoyer au-dessus des bûchers funèbres de Bénarès. Au milieu de tout cela, entre une cuvette de waters renversée et un monceau de sacs-poubelle, la Lamborghini de Koustiev ressemble à une soucoupe volante.

Sur un vieux canapé rouge éventré d'où s'échappent des copeaux de polystyrène, une grande chienne au pelage argenté est allongée dans une pose qui rappelle Ida Rubinstein peinte par Sérov. J'y vois une allégorie de Piter. D'autres chiens font leur apparition, sortis d'on ne sait où, efflanqués, racés, sublimes. Lévriers bâtards, colleys mâtinés de caniches, tous ces déchets canins sont des laissés-pour-compte du snobisme pétersbourgeois. Même pauvres, les gens d'ici n'aiment que les toutous à pedigree qu'ils se ruinent à nourrir.

La meute se met à aboyer, à hurler à la mort. Aucune fenêtre ne s'ouvre. Nulle voix ne s'élève pour protester. Que ces monstres me dépècent, personne ne m'entendra crier, personne ne viendra à mon secours. Les chiens – toutes babines retroussées – sur les talons, je me hâte vers l'entrée indiquée par l'helléniste clochardisé et referme avec soulagement la porte derrière moi. L'escalier plongé dans l'obscurité tangue comme un bateau. Troisième étage à gauche. Non, je ne sonnerai pas. Trop risqué. Au moment où j'approche de la serrure une oreille circonspecte, la porte s'ouvre et deux enfants émergent dans la lumière d'une ampoule pendante ; deux garçons d'une dizaine d'années aux allures de « poulbot », hilares, gouailleurs, la morve au nez. Leurs pullovers pleins de trous dégagent des relents de friture refroidie. Derrière eux : les murs tachés par une fuite d'eau, les fils électriques emmêlés d'un appartement communautaire ordinaire.

« Vous venez pour visiter ? » me demande le plus âgé des deux, bourré de tics, excité comme un pou. Et devant mon air ahuri : « Ben oui, c'était l'appartement de Raspoutine ici. Personne le sait parce que c'est pas marqué dans les bouquins mais, depuis sa mort, c'est tout pareil comme avant. »

La leçon de russe quotidienne que je me suis imposée a porté ses fruits : j'engage le dialogue sur le même ton : « Alors comme ça, vous habitez ici ?

— Ben oui ! On n'est pas peu fiers d'habiter dans les murs de Grigori Iefimovitch. Viens voir... » Ils me tirent par la manche à l'intérieur de l'appartement. « On va te montrer quelque chose... »

Au bout du couloir, une cuisine rudimentaire où s'alignent trois frigos, trois gazinières. Dans un coin de cette cuisine, un box en bois d'environ deux mètres sur trois.

« Vise un peu ce box : c'est là-dedans que Grigori Iefimovitch faisait sa magie noire ! Nous aussi un jour on apprendra la magie noire. Pas vrai, Vassia ?

— Pour sûr. On mettra les autres familles à la porte et on transformera l'appart en clinique privée.

— Ouais, on soignera le cancer, le sida. On fera des miracles comme Grigori Iefimovitch. On gagnera plein de dollars, et on ira vivre à Paris... »

Les deux gamins s'étourdissent de paroles et j'ai bien du mal à en placer une : « Est-ce que par hasard il y aurait une réunion ici, ce soir, dans cet immeuble ?

— Une réunion ? » Ils pouffent, se donnent des coups de coude. « Une réunion de quoi ?

— Le Renouveau orthodoxe, ça vous dit quelque chose ? »

Ils éclatent de rire en se tapant sur les genoux : « Renou quoi ? Jamais entendu parler ! »

Je comprends que la réunion du Renouveau othodoxe n'existe que dans mon imagination. C'est l'appartement de Raspoutine que le clochard-helléniste m'indiquait. Que pouvait chercher d'autre un étranger perdu dans la nuit ?

Je traverse à pas de loup la cour puante où les chiens se sont endormis, cadavres dispersés comme sur un champ de bataille. La soucoupe volante jaune citron a disparu. Où sont passés Koustiev et Nelly ? Que venaient-ils faire au 64 rue Gorokovaïa ? Et moi-même, qu'y suis-je venu faire ? Pourquoi le hasard a-t-il conduit mes pas vers ce lieu maudit où Anna Ivanovna Dalmatov venait vendre son âme au diable et livrer son destin à la folie ?

Parti à la recherche d'une fée – Nelly Batiouk – j'étais tombé sur l'antre du plus redoutable sorcier de l'histoire.

Traversant à rebours l'enfilade des cours, je bute sur des spectres : un ivrogne aux yeux de lapin implorant le soleil, un lapin se hâtant, montre-gousset en main, vers je ne sais quel pays des merveilles, Alice tout en noir dans le halo d'une lampe verte, Véra dans le rôle d'Eusébio. Une gardienne de musée se mouche derrière une cloison. Maïakovski se cure les dents. Le ventre de Goumiliov éclate sous la balle. Une robe rouge sang. Sang de pigeon, pigeon vole, Volochine, Chien errant, rat des champs, rats des villes, Raspoutine...

Dans la rue Gorokovaïa déserte, des voix d'outre-tombe me sifflent aux oreilles ce refrain devenu familier : « Ne pas fouiller le passé, ne pas réveiller les morts. » Qu'importe, ma folie à moi est bien vivante. Elle est jeune et belle. Elle s'appelle Nelly Batiouk, et je ne suis pas près de renoncer à elle.

Paris, le 1er septembre 1924.

Me voici à Paris depuis quinze jours. Je loge à l'hôtel Pretty, une modeste pension de famille rue Amélie. A l'hôtel Pretty, on croise une faune hétéroclite presque exclusivement russe : grands-ducs devenus portiers, ex-ballerines des Théâtres impériaux reconverties dans le french-cancan, espions soviétiques déguisés en princes, pseudo-journalistes, poètes maudits... La Russie s'est reconstituée à Paris avec ses classes sociales – un peu sens dessus dessous –, ses manies, ses coutumes, ses tendances politiques extrêmistes et ses clubs littéraires. Chinchilla m'a promis de me faire découvrir tout cela...

Diaghilev : la première personne avec laquelle j'ai pris contact en arrivant à Paris, mon espoir, ma chance ! Il m'a donné rendez-vous dès le lendemain dans un bar à l'angle de la Chaussée-d'Antin et de la rue de Provence. J'y suis allée avec, au fond du cœur, un soupçon d'inquétude : comment Chinchilla allait-il me recevoir à présent que je n'étais plus rien, qu'une déracinée sans le sou, une apatride ? Après tout, nous ne nous étions plus revus depuis l'époque du Chien errant, c'est-à-dire depuis neuf ans !... Il m'a embrassée avec chaleur, a commandé pour moi du thé et des gâteaux. Non, il n'a pas changé : la mèche blanche au-dessus du front, les yeux tombants, le gros cigare, les bagues à tous les doigts, et cette façon bien à lui de sucer le pommeau de sa canne !

« Alors, comment va cette chère, cette exquise Anna Ivanovna ? » m'a-t-il demandé sur un ton jovial.

Je lui ai raconté les drames qui avaient brisé ma famille, la maladie de maman, l'exécution de papa. J'ai essayé de lui donner une idée de l'enfer que nous avions vécu pendant la guerre civile, mais je sentais bien que les mots étaient impuissants. Il m'écoutait avec attention mais je lisais l'incrédulité dans ses yeux. Je me rendais compte que Diaghilev n'avait qu'une vague idée de ce qui se passait dans notre pays.

Ce qu'il m'a dit ensuite, combien de fois me le suis-je répété en mon for intérieur pour être bien sûre de ne pas avoir mal entendu ! « Natiouchka, tu es une ancienne de l'atelier Zvantseva. Tu as étudié avec Bakst, avec Benois. Je sais aussi que tu as fréquenté Meyerhold et que tu as même écrit des poèmes. Tu portes en toi l'atmosphère du Pétersbourg que nous avons aimé, son esthétique, ses valeurs. Et c'est cela qui m'intéresse en toi. Dès que tu auras reçu ton passeport Nansen, je me fais fort de te trouver du travail. »

En attendant ce jour béni, une association d'aide aux émigrés m'a procuré un emploi à domicile. A raison de soixante-dix centimes de l'heure, je brode des napperons au point de croix. Pour quelqu'un qui n'a jamais su manier l'aiguille, c'est un comble ! Je possède une bouilloire, une assiette, deux robes, un manteau et quatre recueils de vers que je feuillette chaque soir avant de m'endormir, comme une prière : Pouchkine, Fet, Viatcheslav Ivanov et ma chère Anna Akhmatova. Je fais deux repas par jour et je peux m'offrir le cinéma de temps en temps. Comparé aux hivers noirs de la guerre civile, c'est le luxe ! Mes précieux documents – mes dessins, mes aquarelles et surtout mon journal – sont indemnes, sauf le dernier cahier qui contenait mes notes de voyage : perdu, oublié dans le train, sur le bateau ou... volé !

J'ai un peu d'argent de côté, « de quoi voir venir » comme disent les Français.

Mais il faut que je raconte mon arrivée à Paris pendant que les détails en sont encore frais dans ma tête.

Parvenu à la gare du Nord, notre train a déversé sur le quai une foule de passagers pâles et défaits, éreintés par le long voyage depuis Berlin. C'était comme si Petrograd s'était transportée dans la capitale française : la même tristesse, la même apathie. J'avais conscience d'avoir moi-même une mine de déterrée. Voulant faire un brin de toilette avant d'« affronter Paris », j'ai mis mes deux valises à la consigne. Une fois les mains libres, j'aurais dû commencer par me débarbouiller avant de songer à me restaurer mais j'avais tellement faim que je me suis précipitée au buffet pour commander une tartine et un café. J'avais gardé un souvenir si ému des cafés parisiens servis dans des mazagrans ! Lorsque le garçon est arrivé avec son plateau, j'étais au bord des larmes. Je nous revoyais, maman et moi, assises à la terrasse de Poirier, en 1914, avec nos grands chapeaux fleuris, nos robes de chez Vionnet et nos cœurs pleins d'illusions... Est-ce mon visage fatigué, mes yeux rougis, mes vêtements couverts de poussière ? Une ombre de pitié est passée dans le regard du garçon. Au lieu de déposer le café et la tartine devant moi, il a fouillé dans la poche de son gilet et a glissé quelque chose dans ma main. Une pièce de monnaie ! Je le fixais dans les yeux sans comprendre. « Sortez vite, murmura-t-il, le patron est là... » Je ne comprenais toujours pas. Il m'obligea alors à me lever en me prenant fermement par le bras. « La sortie est par là... Dépêchons, dépêchons... » Il m'avait prise pour une mendiante !

J'ai couru me réfugier dans les toilettes et là j'ai pleuré toutes les larmes de mon corps. Pendant ce long périple, je m'étais efforcée de faire le vide en moi pour me préparer à ma nouvelle existence, et voilà qu'à cause d'un garçon de café – pourtant bien intentionné – tout me revenait en vrac : ma jeunesse brisée, mon amour déçu, mon aveuglement, ma solitude, et surtout les terribles révélations de Pélagie : l'exécution de papa, la déchéance de maman... maman qui aurait eu tant besoin de moi, maman que j'avais lâchement abandonnée... Comme si l'argent que j'avais laissé pour elle pouvait remplacer ma présence à ses côtés ! J'étais tellement assaillie de remords que je décidai de reprendre aussitôt le train en sens inverse.

Puis quelqu'un a frappé à la porte avec impatience. J'ai ravalé mes larmes et suis sortie dignement. Presque malgré moi, avec des gestes d'automate, j'ai fait ma toilette, brossé mes vêtements, repris mes valises, hélé un taxi. Pendant le trajet, assise au fond de la voiture, je ne sais quelle transfor-

mation s'est opérée en moi. J'étais devenue une autre femme, bien décidée à être heureuse coûte que coûte.

Je contemplais Paris qui défilait derrière les vitres et j'étais frappée par l'animation mais aussi l'atmosphère de légèreté, de facilité. Comme les trottoirs étaient propres, les tramways en bon état, les arbres verts et luisants, les boutiques bien approvisionnées ! A croire que je traversais un décor de fête foraine, une affiche de publicité. Les femmes portaient ces chapeaux « seaux à charbon » à la mode qui emboîtent bien la tête et redonnent à la silhouette toute son aisance. Leur élégance, la liberté de leurs jambes minces sous les tailleurs « demi-saison » – une expression si parisienne ! – avaient quelque chose d'insolent. Il n'y avait donc personne pour leur reprocher de « cultiver la coquetterie », d'être « bourgeoises » ou « décadentes » ! Des gens normaux vaquaient dans un monde normal. Leurs regards n'étaient pas fuyants, leurs orbites creusées par les privations et la peur comme chez nous. Mêmes les ouvriers avaient l'air bien nourri. Je les regardais arpenter les trottoirs moustache au vent, la casquette en arrière, sautillant comme des moineaux. Ils n'avaient pas connu la révolution bolchevique...

Le soir tombait. Les restaurants scintillaient de toutes leurs lumières. Des queues se formaient devant les cinémas, les théâtres. Rien à voir avec nos files d'attente où une foule silencieuse piétine sur place pendant des heures pour un bout de pain. Ici, les gens bavardaient en grignotant des friandises. Les amoureux s'embrassaient devant tout le monde.

A chaque tournant, un monument, un point de vue, une scène, m'arrachaient un cri de surprise que j'étouffais aussitôt de crainte que le chauffeur ne me prenne pour une pauvresse, lui aussi ! S'il m'avait chassée de son taxi comme le serveur m'avait chassée du café !

Ce chauffeur-là portait une vareuse impeccablement propre et un col de chemise immaculé. Sa femme devait passer des heures à s'occuper de son linge. Ce col me fascinait et je crois que, tant que je serai en vie, mes premiers souvenirs d'émigrée russe à Paris y seront associés. Il me vint même cette pensée loufoque : en Russie, nous luttions depuis des années pour survivre, pour ne pas devenir des animaux alors qu'ici, les chauffeurs de taxi avaient des cols amidonnés.

Depuis, cette impression d'un pays de cocagne s'est estompée au profit d'une vision plus mitigée et sans doute plus objective de la France, mais sur le moment, dans ce taxi qui me conduisait à l'hôtel Pretty, il me semblait qu'en quittant Piter pour Paris j'avais quitté l'enfer pour le paradis.

L'automne 1995 à Saint-Pétersbourg... Le soleil brillait sur la ville. Les boutiques, les banques, les restaurants se multipliaient. Le parc automobile et le nombre de téléphones portables étaient en progression constante. Les investissements étrangers affluaient et au Crédit Lyonnais, le volume de nos affaires avait considérablement augmenté. Partout dans le monde, la Russie était à l'honneur. En France, André Makine obtiendrait le prix Goncourt pour *Le Testament français*. Seuls quelques esprits chagrins – mais lucides comme le révélera la crise d'août 1998 – évoquaient le décalage entre une économie stagnante, les usines fermées et le chômage d'une part, la spéculation financière effrénée et l'argent trop facile d'autre part.

Fin septembre, en rentrant chez moi après une journée de travail, je trouvai un paquet. « Lénora est passée ce matin, me dit Maria. Elle est rentrée de la datcha et m'a chargée de vous remettre cela. Dommage que vous l'ayez manquée : elle était superbe, bronzée comme un abricot. »

Je déchirai le paquet. Il contenait la traduction du journal d'Anastasia de son arrivée à Paris à son départ en 1947. Mais pas une lettre, pas un mot de Léonora. Je me précipitai sur le téléphone. De sa voix douce, Mme Klein m'informa que sa fille était retournée à la datcha.

« Mais pourquoi ?

— Pour se reposer. Elle vient de soutenir sa thèse. Elle a obtenu les félicitations du jury. »

Mon Dieu, la thèse ! « La rime dans la poésie de Blok » ! j'avais oublié... Léonora avait soutenu sa thèse et je n'avais même pas pensé à la féliciter.

« On ne peut vraiment pas la joindre ? Quand revient-elle à Pétersbourg ?

— Elle ne m'a donné aucune précision... »

Mais à quoi jouait donc Léonora ? Pourquoi ce cache-cache perpétuel ? Aimait-elle à ce point la campagne ? Je chargeai Mme Klein d'un message de félicitations et de remerciements pour sa fille. « Sans doute vous appellera-t-elle à son retour », suggéra-t-elle avec prudence.

Je passai la soirée avec Nastia : son arrivée à Paris, ses espoirs, ses doutes, ses premières déconvenues... Je l'imaginais arpentant les rues de Paris son journal sous le bras, curieuse, attentive, sa svelte silhouette et ses yeux de porcelaine attirant le regard des hommes. Ou bien seule, le soir, dans sa chambre de l'hôtel Pretty, sa longue chevelure dénouée, le visage penché sur sa broderie ou assise à une petite table, comptant et recomptant chaque sou, inquiète de l'avenir mais confiante en sa bonne étoile...

Hôtel Pretty, 30 novembre 1924, six heures du matin.

Avant-hier, la France a reconnu officiellement le gouvernement soviétique.

J'attends toujours mon passeport Nansen. Je passe des heures à broder. J'en ai mal aux yeux. Je ne saurais dire si je suis triste ou gaie tant mes états d'âme varient. « Ah si l'aiguille pouvait parler ! » disait ma grand-mère. Elle avait raison...

Je ne cesse de me répéter que j'ai trente ans. Trente ans ! Ce n'est pas vieux mais ce n'est plus jeune non plus. Je ne peux me permettre de perdre du temps. Il ne s'agit pas de l'amour. Je n'y songe pas pour le moment. Je parle de la nécessité de trouver dans les plus brefs délais un travail qui me permette de vivre décemment. J'ai espoir : avant-hier, Diaghilev m'a appelée de Londres où il est en tournée avec sa troupe. Lui, si occupé, si sollicité, a pris la peine de m'appeler. « Patience, Natiouchka, m'a-t-il dit au bout du fil, je m'occupe de toi dès mon retour. »

A part Chinchilla, je ne peux pas dire que la commu-

nauté russe – y compris les anciennes relations de ma famille – m'ait accueillie à bras ouverts. Il est vrai que je fréquente peu l'église orthodoxe de la rue Daru. Les émigrés de la première génération se méfient des émigrés récents. Ils nous reprochent d'avoir manqué de perspicacité à l'égard des Bolcheviks – Mea culpa, *en effet ! Certains sont persuadés que nous sommes des espions à la solde de Moscou. On nous met tous « dans le même sac », comme disent les Français. On nous appelle les « Rouges ».*

Les « Blancs », eux, se retrouvent dans des « cabarets russes », à Pigalle ou dans le XV*e* *arrondissement. Intérieurs d'isba reconstitués, samovars, icônes, rideaux de dentelle, chants tsiganes, rien ne manque à ces décors faussement rustiques où d'anciens officiers devenus chauffeurs de taxi viennent manger un borsch en pleurant sur notre « sainte mère la Russie ». Cette Russie-là n'est pas la mienne. Je préfère celle des cafés de Montparnasse où se retrouve une intelligentsia qui ne se réclame ni du tsar, ni de Lénine.*

Montparnasse, c'est Paris dans Paris, un îlot où l'on vit en marge, hors du temps. Chacun se sent chez soi. Dans les cafés où se retrouvent des artistes du monde entier, on ne chasse pas les sans-le-sou. Les Russes y sont en majorité. On entend parler russe au Dôme, au Sélect, à La Closerie des Lilas, au restaurant Sainte-Cécile. Des bals russes sont organisés dans la salle Bullier, à l'angle du boulevard Saint-Michel et du boulevard Montparnasse. Au 21 avenue du Maine se trouve la fameuse cantine Vassiliev où l'on peut prendre un repas pour quelques sous.

A la brasserie La Rotonde – celle que je préfère – errent des fantômes qui me sont familiers : Rimbaud, Apollinaire dont je connais des vers par cœur, Cézanne que vénéraient les primitivistes russes, Modigliani encore inconnu lorsqu'il fit ce portrait d'Akhmatova qu'elle garde toujours avec elle. A La Rotonde, j'ai retrouvé de vieilles connaissances : Nina Berberova et son ami le poète Khodassévitch, des anciens de la Maison des Arts, émigrés eux aussi, l'acteur Ivan Mosjoukine – un ex du Chien errant – et... Maïakovski, de passage à Paris !

Vladimir Vladimirovitch est toujours aussi beau, brillant, espiègle, remarquable ! On se retourne sur lui à Paris comme on se retournait sur lui à Pétersbourg. Un accord tacite s'est établi entre nous : ne pas parler de Vadim...

« Jambon » est le seul mot que Maïakovski sache dire en français. Dieu merci, ses deux « fiancées », Lili et Elsa, lui servent d'interprètes. La mode est la grande préoccupation des deux sœurs, qui savent par ailleurs se montrer très « intellectuelles ». Entre elles, ce ne sont que babillages sans fin sur les régimes amaigrissants, les effets du soleil sur la peau, les parfums en vogue. Mis à part cette passion et leurs voix, identiques au point de s'y méprendre, les deux sœurs n'ont rien en commun : Lili est mince et fine, fougueuse et volubile. Epais cheveux d'un brun roussi, yeux luisants pareils à des châtaignes grillées, pommettes hautes... Elle a un charme fou et séduit tout le monde. Avec son mari, le scénariste Ossip Brik et Maïakovski, ils forment le plus célèbre couple à trois de Moscou.

A l'inverse de sa sœur, Elsa est réservée, solitaire. Menue, potelée, elle a des cheveux clairs, le teint rose et des yeux étonnants, ni bleus ni gris, presque translucides... Elle a deux ans de moins que moi. Emigrée elle aussi, elle habite à l'hôtel Istria, 29 rue Campagne-Première, chambre 12. Elle reçoit une petite pension de son ex-mari, un certain Triolet, mais enfile des perles pour une maison de couture histoire de boucler les fins de mois. Elle lit, rêve du grand amour et de succès littéraires, s'ennuie beaucoup... Nous avons décidé de nous revoir...

On se retrouve le soir, en bandes, à La Coupole. On rit, on bavarde, on se change les idées plus qu'on échange des idées. Tout cela reste superficiel. Il y a toujours un moment où il faut se séparer et regagner en solitaire sa petite chambre sordide où, en attendant le sommeil, on s'interroge sur le sens de sa vie.

Deux ou trois fois, des gens – dont Elsa – m'ont dit cette chose étrange, qui m'a flattée et effrayée à la fois : « Tu es si belle et si froide qu'on ose à peine t'aborder. » Moi, belle et froide ? Il me semble que ma froideur est surtout de la réserve. Quant à la beauté, je n'en vois guère. Je suis trop grande, presque voûtée, osseuse, avec des traits creusés, des pieds longs et plats. Mon teint n'est pas parfait, ni mes dents. J'ai des cernes sous les yeux... mais, après tout, la chanteuse

Kiki aussi, ce qui ne l'empêche pas d'être la reine des « Montparnos » et l'égérie du photographe Man Ray !

A Montparnasse, la jeunesse et la beauté d'une femme lui servent souvent de carte de visite. On en voit qui passent des heures, désœuvrées, à attendre qu'un peintre les remarque et leur demande de poser pour lui. Un moyen comme un autre de gagner sa vie, mais qui n'a qu'un temps. Que deviendront ces femmes une fois l'âge venu ? Et moi, que serai-je dans cinq ans, dans dix ans ?

Montparnasse attire les célébrités mais aussi des épaves, « pseudo-artistes » morphinomanes cultivant leur désespoir comme une fleur rare, alcooliques, cyniques, suicidaires, paresseux. Comme si traîner dans les bars pouvait remplacer le travail ! Comme si le talent était contagieux ! Ces gens-là s'assoient à côté de vous sans vous demander la permission et vous racontent pendant des heures à quel point le destin est injuste à leur égard. Puis tout en vous posant une main sur la cuisse, ils vous réclament de l'argent ou une nuit d'amour. Je fuis comme la peste ce genre d'individus. L'existence m'a appris à résister à la force destructrice d'autrui.

L'autre soir, j'ai aperçu Picasso en compagnie d'une femme très belle qui n'était pas son épouse russe, la danseuse Olga Koklova. Ils s'embrassaient à pleine bouche. Les yeux de Picasso sont deux cratères de braise. « Pourquoi ne le voit-on pas plus souvent ? ai-je demandé au garçon.

– C'est qu'il boude Montparnasse depuis qu'il s'est installé rive droite. »

Rive droite ! Rive gauche ! Voilà des catégories qui tiennent dans la vie des Parisiens une place aussi importante que la cuisine ou le bon vin. « Capitale du monde », Paris a des côtés très provinciaux : chaque arrondissement est un village. Entrez acheter un croissant dans une boulangerie, et vous vous y retrouvez coincé une demi-heure par une pipelette de boulangère qui vous annonce sous le sceau du secret que le pharmacien du coin est cocu.

Tout cela m'étonne autant que la légèreté avec laquelle les Français traitent de la mort : « Je suis mort de peur », s'exclament-ils à la vue d'une araignée. Il faut voir dans les vitrines des magasins de pompes funèbres les pierres tom-

bales exposées comme des pièces montées ! Peut-être la mort fait-elle moins peur dans un pays où la tradition est reine, où la continuité est une évidence.

Un des charmes de Paris, ce sont ses très vieilles maisons, ses rues étroites aux noms étranges – Rue du Chat-qui-pêche – et, le long des quais de la Seine, les bouquinistes qui ont l'air aussi vieux que leurs livres. Paris est éternel car il a le culte de son passé. Pourtant, le monde moderne est là, qui affleure : une publicité pour Citroën éclaire le haut de la tour Eiffel. L'Amérique des gratte-ciel est à la mode mais aussi l'architecture soviétique. Tatline n'est pas un inconnu. De nouveaux quartiers se construisent.

J'aime marcher dans Paris. J'en parcours chaque rue, j'en détaille chaque monument. Je couvre de notes mon nouveau journal, un superbe cahier à la couverture argentée comme les toits en zinc de la ville. En prévision de mon futur emploi chez Diaghilev – mais dois-je vraiment y croire ? –, j'ai repris le dessin et m'essaie à la caricature. Assise derrière une baie de La Rotonde, j'observe les passants, mon bloc à la main. De la pointe de mon crayon, j'esquisse un profil, je fixe une atmosphère. Quelques détails suffisent : un pigeon en équilibre sur le rebord de fenêtre écaillé d'un immeuble en « pierre de Paris », une chope de bière qui pétille près d'un cendrier « Dubonnet », le nez retroussé d'une « mam'zelle » sous son épaisse frange de cheveux noirs. Je reste ainsi une heure ou deux, sereine, détendue, un café au lait à vingt centimes à portée de main. A La Rotonde, les garçons sont indulgents et ne poussent pas à la consommation.

Paris est une ville qui se prête à la caricature : tout y est piquant, pointu, excessif. Les Parisiens offrent un éventail humain des plus variés. Mais peut-être est-ce mon œil tout neuf ? Profitons-en, de cet œil neuf, avant que le temps et l'habitude n'en aient émoussé l'acuité !

Les Parisiennes surtout me fascinent. Elles sont légères comme des plumes, physiquement et spirituellement. On dirait qu'elles n'ont pas d'état d'âme, ce qui est probablement illusoire. Mais leur sort me paraît si enviable en comparaison du mien !

La toilette est leur souci principal, la gaieté leur philosophie. Elles recherchent les hommes d'esprit mais ne cultivent pas l'esprit elles-mêmes. La « grisette », la « p'tite femme de Paris » ne sont pas des mythes. Quand je pense aux jeunes Russes de « mon temps » : de vrais rats de bibliothèques, obsédées par le travail, préoccupées de leur indépendance, lisant Nietzsche, Marx, Rudolph Steiner et disputant aux hommes le droit de faire de la politique ! »

Depuis le vernissage de l'exposition « Redécouvrir Vadim Batiouk », mon esprit était tout entier absorbé par Nelly. Je me doutais bien que celle-ci ne devait pas être un « rat de bibliothèque » mais qu'elle ne lût pas Rudolph Steiner et ne s'intéressât pas le moins du monde à la politique ne me paraissait pas une tare fondamentale. Après tout, la brièveté de notre premier dialogue ne me permettait pas de la juger. Elle devait avoir de l'humour, j'en étais persuadé, elle devait être drôle. De toute façon, elle était si sexy ! Et puis, elle m'avait manifesté avec tant d'évidence que je ne lui étais pas indifférent. Et puis, et puis, je me croyais amoureux, voilà tout.

Faute de temps – et sans doute parce que je redoutais de tomber sur Koustiev – je ne m'étais pas encore décidé à lui téléphoner mais sa carte de visite ne me quittait pas, glissée dans mon portefeuille.

Par l'agence immobilière Pulforth – celle qui m'avait loué mon appartement – j'appris qu'Anton Koustiev avait racheté le pâté de maisons entre la rue Gorokovaïa et la rue Borodine pour y faire construire un centre commercial. Les travaux venaient tout juste de commencer. Etaient prévus : un magasin de viennoiseries « espagnoles », une pizzeria grecque Au bon Bouddha et... une boîte de nuit, Le Raspoutine, spécialisée dans le strip-tease de travestis. Ainsi s'expliquaient les virées nocturnes en Lamborghini du côté de chez Grichka. Pauvres gosses du troisième étage à gauche : un député rapace s'employait à réduire à néant leurs glorieux projets d'avenir !

Le 3 octobre 1995 au soir, grande première au théâtre Marinski : on a reconstitué avec une fidélité jamais vue les immenses succès des Ballets russes : *Shéhérazade, Le Pavillon d'Armide, Les Sylphides*. Spectacle éblouissant. Toute mon admiration et ma reconnaissance vont à Diaghilev, mécène de génie mais aussi protecteur et mentor de ma Nastia à Paris. C'est Dior qui a financé l'entreprise. Le Tout-Pétersbourg est là. Réception dans le salon d'honneur du Marinski. Je force un peu sur le champagne. J'ai des excuses. Je travaille beaucoup en ce moment et puis j'ai le vertige : dans ma tête, le Pétersbourg d'autrefois et celui d'aujourd'hui se télescopent. Mon cerveau est une fête en feu : j'ai vu le nom de Nelly Batiouk dans la liste des invités et j'erre à sa recherche parmi la foule. Maïa Plissetskaïa converse avec Patrick Dupond, le directeur artistique du Marinski avec le consul général de France. Ce visage-là, il me semble le reconnaître... l'écrivain Dominique Fernandez ! « Il écrit un livre sur Tchaïkovski », m'informe l'attaché culturel. Mais tout cela m'est bien égal : j'attends la plus belle femme du monde... Ce qui ne m'empêche pas d'être soudain captivé par une autre : une ballerine du corps de ballet qui vient de faire son entrée sous les applaudissements. Fine, racée, des cheveux roux tordus en chignon sur une nuque gracile, elle ne m'est pas inconnue... L'élégante en béret bleu qui achetait du jus de tomate chez Elisséïev ! Cette femme est d'autant plus troublante qu'elle a plusieurs visages : celui de Zénaïda Hippius à qui elle me fit penser dès le premier instant, et celui de Léonora, avec qui je l'avais confondue chez l'antiquaire de la place des Arts.

Elle était donc danseuse ! J'aurais dû m'en douter... En d'autres temps, cette découverte m'eût comblé mais aujourd'hui, seule Nelly m'intéresse, Nelly qui vient de faire son entrée, plus sculpturale, plus radieuse que toutes les ballerines réunies. Certes, un mouvement imperceptible des mâchoires révèle la présence d'un chewing-gum derrière la barre éclatante de ses dents ; certes, avoir dédaigné de laisser son manteau – un vison bleu il est vrai ! – au vestiaire est une faute de goût mais bah... Que ne pardonnerait-on pas à une telle femme ! Elle distribue à la cantonade bisous et risettes, sûre de son charme, grisée de sa propre beauté. Koustiev n'est pas là. Chacun s'empresse autour d'elle. Le ministre de la Culture de l'*oblast* – la région – littéralement chaviré, couvre de baisemains humides les poignets de Nelly.

Laid, pauvre, insignifiant : voilà ce que je suis tout à coup. Je me sens le nègre de *Shéhérazade*, esclave dévoré de désir tapi comme un chien dans un coin du palais. Comment avais-je pu imaginer un instant que Nelly Batiouk se souviendrait de moi ? Tandis qu'elle butine d'un groupe à l'autre, je traîne mon désarroi le long du buffet, faisant mine de picorer pour me dérober à l'attention d'autrui. Mais l'impensable se produit : au moment où je décide de m'éclipser en catimini Nelly, plantant là un diplomate américain qui lui comptait fleurette, fonce droit sur moi – elle me guettait donc, elle aussi ! – et me barre toute poitrine dehors l'accès à la sortie. « Non seulement vous ne m'avez jamais fait signe mais vous faites semblant de ne pas me connaître ! Je suis vexée..., minaude-t-elle avec une moue de marquise XVIIIe croquée par Benois.

— Ce soir vous n'êtes pas libre, naturellement ? » J'ai prononcé cette phrase malgré moi. En dépit de la syntaxe prudente, le sens est sans équivoque.

« Je suis libre. Anton est à New York. »

Voilà qui est clair. Sans un mot de plus, nous quittons aussi discrètement que possible le Marinski. Pendant le trajet – plutôt silencieux –, je m'attends à tout moment à voir Nelly s'évaporer dans l'air telle une sylphide du ballet de Fokine.

Me voici seul chez moi avec Nelly Batiouk. Son parfum – « J'ai osé », m'informe-t-elle. Tout un programme ! – envahit déjà l'appartement, preuve impalpable et pourtant si tangible de l'existence de Nelly Batiouk et de sa présence sur mes terres.

Le salon est plongé dans l'obscurité, éclairé seulement par les réverbères du quai de Pierre, les reflets irisés de la Neva et les derniers flamboiements d'un ciel « bleu comme une orange ».

« La vue est chouette, m'accorde Nelly. Vous avez du cognac ? » J'en ai. Je l'aide à ôter son vison mais sitôt dévêtue, elle me l'arrache des mains pour, une fois assise, l'étaler autour d'elle comme un doux rempart, comme une corolle protégeant le vibrant pistil de sa chair. Manifestement, Nelly ne se sépare pas plus de sa fourrure qu'un bambin de son nounours. Peut-être dort-elle avec ? Son vison bleu est à Nelly ce qu'une signature prestigieuse au bas d'un tableau est à un collectionneur.

J'allume deux bougies, m'en vais à la cuisine préparer l'apéritif. De retour dans le salon, je trouve Nelly occupée à se redessiner les lèvres. Cette manie qu'ont les femmes de se barbouiller la bouche au moment précis où l'on a décidé de les embrasser ! Je m'assieds en face d'elle. Elle me sourit d'un air mutin, fait claquer le fermoir doré de son sac à main Christian Dior – le modèle à breloques dit « sac Diana » –, y glisse bâton et miroir de poche, en extirpe une Dunhill que je me propose aussitôt de lui allumer. C'est ce qu'on appelle en rhétorique les effets dilatoires.

Bien calés dans nos fauteuils respectifs à souffler des ronds de fumée au plafond, nous nous observons l'un l'autre en silence, animaux domestiques prêts à se transformer en bêtes sauvages et à bondir. En ce qui me concerne, je m'efforce d'adopter cet air énigmatique que les femmes prêtent volontiers aux hommes qui ne leur sont pas indifférents. La longue chevelure de Nelly raide, épaisse, scintillante, coule librement sur ses épaules et jusqu'à sa taille. Je songe : « La fille aux cheveux de lin », mais Nelly Batiouk n'a rien d'une créature évanescente à la Debussy, pas plus qu'elle ne me rappelle les héroïnes tendres et passionnées de l'Age d'argent. Avec son tee-shirt moulant, son pantalon de cuir noir, ses talons-aiguilles aiguisés comme des lames, ses lèvres soulignées d'un trait foncé – tatouage esthétique ? –, ses seins agressifs – prothèse de silicone ? –, son cou et ses poignets alourdis de chaînes, chaînettes, anneaux, sautoirs, gourmettes, menottes, breloques, pendeloques et autres coûteux symboles de l'asservissement sexuel, elle semble tout droit sortie d'un « James Bond » ou d'une bande dessinée érotique. Je l'observe et la trouve... provocante, désirable certes, mais stéréotypée jusqu'à la caricature : une petite fille à la fois candide et cynique, étourdie par le succès et l'argent facile, une poupée sans âme. Elle ne me touche pas. Pis, sa vulgarité me frappe de plein fouet et l'évidence s'impose : Il ne peut être question d'amour entre nous. Simple feu de paille, ma passion s'est éteinte ce soir, au moment où Nelly me devenait accessible. Loin de m'accabler, cette constatation me rassure. Je me sens soulagé. Reste le désir, et encore... Je sens qu'une fois celui-ci assouvi, je n'aurai qu'une envie : n'en plus revoir l'objet. Mais Nelly n'est pas qu'une machine à déclencher l'érection, elle est aussi la petite-fille de Vadim Batiouk et, à ce titre, une précieuse source d'informations. Ma soirée n'est donc pas perdue. Au contraire. En outre, la perspective de me dédoubler – amant d'un côté, détective de l'autre – m'amuse beaucoup. J'ignore que ce double-jeu va me coûter cher...

J'ai mis Rimski-Korsakov en sourdine : allusion au spectacle auquel nous venons d'assister. Nelly ne relève pas, réclame « du Frank Sinatra ». Non, je n'ai pas de Frank Sinatra mais je promets que, dès demain, je remédierai à ce manque... Un semblant de conversation s'amorce enfin dans un sabir mâtiné de russe et d'anglais. « Il n'y a pas de terrasse chez vous ? s'enquiert Nelly. Pas de solarium ? Alors comment vous faites, l'été, pour bronzer ? » Non, je n'ai pas, non plus, de lampe à bronzer.

Mais, dès demain, promis, juré, je file au Gostiny Dvor m'en acheter une.

« Y'en a des livres ! Vous les avez tous lus ?

— Oui, tous, sans exception », dis-je, croyant l'impressionner.

Je ne l'impressionne pas. Au contraire. Dans les grands yeux délavés arrondis par la stupeur, je lis : « Mon pauvre ! Quand est-ce que vous vivez, alors ? » J'aurais dû m'en douter : pour Nelly Batiouk, lire, c'est s'absenter de la vie. Histoire de limiter les dégâts. Je hasarde : « Le cinéma, ça, j'aime.

— Ah bon ? Moi je trouve ça énervant, tous ces coups de feu, ces morts, ces bagarres. C'est trop violent le cinéma. Je préfère la variété. Philippe Kirkorov : en voilà un chanteur ! Quand il chante *Viva Victoria !* j'en ai les larmes aux yeux. »

Comme quoi on peut être en cuir noir et sentimentale. Je n'ose demander qui est Philippe Kirkorov. En revanche, je me dis qu'il n'est peut-être pas prématuré de quitter mon siège et de franchir d'un pas, qui devra être nonchalant mais assuré, les quelques mètres qui me séparent de Nelly afin de me placer debout derrière son fauteuil dans une position de tendre domination destinée à faciliter la première étape : le baiser dans la nuque.

A cet instant-là, deux hommes coexistent en moi : l'amant et le détective. De leur bonne entente dépend la réussite de la soirée...

Mais voilà que Nelly se dégage de sa corolle de vison, se dresse, haute et mince, et me demande si elle peut visiter mon appartement. Mais voyons, bien sûr ! Que pourrait-on refuser à une telle femme ?

Impériale, impérieuse, elle me précède dans le couloir et ouvre une première porte au hasard tandis que je découvre l'inscription au dos de son tee-shirt noir : « Je m'aime en Chanel. » Je ne peux m'empêcher de sourire intérieurement, amusé par ce nouveau clin d'œil du destin...

« ... *Je ne me lasserai pas de le redire... Les femmes ne passent plus leur temps dans leur boudoir à se recevoir pour le thé. Elles travaillent, elles font du sport, elles bougent, alors elles mincissent... Logique. La femme de l'avenir sera mince... Poiret habillait des oisives qui avaient des bonnes pour les aider à serrer leur corset. Maintenant, il leur faut du pratique, du fluide, du naturel... Le pantalon, c'est mon cheval de bataille... Quant aux chapeaux, ça doit emboîter la tête, qu'on n'ait pas à s'en soucier... Quelle idée ces massifs de fleurs qu'on portait posés sur le crâne juste avant la guerre !... Aux courses à Deauville, il fallait nous voir résister contre le vent, les mains agrippées au chapeau ! Ridicule... La couleur par excellence, c'est le noir... Ce sera la couleur du siècle, dans la mode, sur les murs... les autos noires, la "petite robe noire"... C'est la distinction qu'on ne remarque pas, l'élégance discrète, la vraie... Ma couleur à moi, c'est le beige, mais, en vieillissant, une femme doit porter du blanc. Le blanc éclaire. Le blanc rajeunit... Au fait, tu as quoi... dix ans de moins que moi ?... Les perles, c'est bien. Même fausses, on s'en fiche. Qu'est-ce que l'argent a à voir avec la beauté ? Une petite employée a bien le droit d'être pimpante, non ? L'élégance est dans la silhouette, pas dans le prix des boutons... D'ailleurs l'avenir appartient à ceux qui travaillent... Bientôt les idées ne viendront plus d'en haut mais d'en bas... C'est dans la logique des choses... Tu en sais quelque chose, toi qui étais à Pétersbourg en 1917... Le "sens de l'histoire", comme ils disent... Où sont mes lunettes ? Pas celles-ci, les autres avec la chaînette... Approche... »*

Mademoiselle Chanel me détaille à travers ses lunettes comme autrefois Zénaïda Hippius à travers son face-à-main. Il n'y a rien comme une femme sûre de sa beauté pour savoir reconnaître la beauté chez les autres.

« Tu es belle... Si, si. Tu es belle à la façon moderne : une petite tête sur un corps svelte, de longs bras, une allure un peu garçonne... Et quels yeux, quels cheveux !... De la classe, comme tous les Russes... Bonne famille, des manières, j'aime ça... Je sais que tu veux dessiner mais ça me plairait de te faire faire un peu le mannequin, pour voir... Tu n'as pas très bonne mine ? C'est vrai... Il faudra aller canoter au soleil... Quoi ? Des grands pieds ! Qu'est-ce que tu me chantes ? On n'est pas en Chine ! C'est la ligne de la jambe qui compte, le pied on s'en tape, pourvu qu'il soit propre et à l'aise dans son soulier... Et puis tu sais t'habiller... Pas mal cette robe grise toute simple... Des épaules bien placées... Important l'épaule, souviens-toi de cela : de la façon dont elle est posée sur l'épaule dépend la réussite d'une robe... La tienne est bien, si, si... et sobre. On la saisit d'un coup d'œil. Tu comprends ce que je veux dire ?... Elle serait encore mieux avec la taille basse, vu ton bassin... Des hanches étroites, comme je les aime... C'est que les femmes ne sont plus des pondeuses !... Tu as des enfants ?... Moi non plus... Approche... La trouvaille, c'est ces bouts de chiffon imprimé : l'un en guise de cravate, l'autre en guise de pochette... Très important l'accessoire, primordial... Où est-ce que tu as appris à te nipper si bien avec quat'sous ?... Lydia qui ?... Ivanov ?... Jamais entendu parler... Les Russes, pourtant, je les connais comme ma poche grâce à mon ami Serge [Diaghilev]*... Tiens, il vient de me présenter un chorégraphe génial, un Géorgien... Ba... Bala... Balanchivadzé* [Balanchine]*, c'est ça... Ah bon ? Tu l'as vu danser à Pétersbourg ? Et Nijinska ! En voilà une qui a du talent... Le calibre de son frère !... Dire que ce pauvre Vaslav est devenu fou... L'an dernier, j'ai créé les costumes pour* Le Train bleu*... Musique de Darius Milhaud, scénario de Cocteau... décapant comme tout ce qu'il fait notre petit Jean... Des histoires de sportifs, le tennis à Biarritz, l'atmosphère*

des Jeux olympiques et tout et tout... On n'avait encore jamais vu ça dans un ballet... Picasso avait fait le rideau de scène. Une merveille évidemment... Pour les costumes, j'avais utilisé du tricot, des maillots à rayures... Tu vois ce que je veux dire... Parce qu'enfin le jersey, la maille, c'est ça le confort, la liberté du corps !... Nijinska était folle de rage...

« Qu'est-ce que c'est que ces barboteuses de moussaillon ? C'est avec ça que mes danseurs vont faire leurs entrechats ? On a crié au scandale. Mais moi je me suis accrochée, sûre de mon coup... Stravinski m'a fait une crise de jalousie quand il a su que je travaillais avec Darius [Milhaud]... *C'est que ce pauvre Igor est fou de moi, paraît-il. Des bêtises ! Quand il te verra, c'est de toi qu'il tombera amoureux... Il t'emmènera au Bœuf sur le toit ou voir danser Joséphine Baker... Parce que tu ne vas pas me faire le coup de rester vieille fille, ça non ! j'aime qu'on soit heureux autour de moi à l'atelier... question atmosphère et rendement... et une femme sans amour, c'est pas une femme heureuse, surtout une femme russe... Je ne me lasserai pas de le redire... Ah, les Russes ! Des idées à revendre, la poésie, la passion, l'âme ravagée et tout le tintouin... Mais attention, chez moi, ce n'est pas la fête à Neuneu tous les jours. On travaille dur. Je sors pas de la cuisse de Jupiter, tu sais, j'ai grandi en province chez les bonnes sœurs, alors le travail, les horaires, la rigueur, tout ça, je sais ce que c'est. La paresse, c'est pas ma* cup of tea *comme dit ce cher duc de Westminster que j'adore... Donc, il faudra bûcher... Serge* [Diaghilev] *m'a parlé de toi. Il m'a montré tes croquis. Ceux de Saint-Pétersbourg et tes Parisiennes de Montparno. Pas mal. Tu sens bien l'esprit nouveau... Je crois qu'on pourra s'entendre... Bon, au début, ne t'attends pas à faire la styliste en chef... Tu vas commencer par observer, me rendre des petits services par-ci par-là, et surtout ouvrir bien grand tes oreilles quand je donne des explications, quand je corrige... Je veux voir de quoi tu es capable... Chez moi, tu ne seras pas dépaysée : c'est plein de Russes... Il paraît que tu as connu le grand-prince Dimitri à Saint-Pétersbourg ?... Entre nous, j'étais dingue de lui... Un an, ça a duré... Maintenant, on est amis-amis... Tu sais que mes bijoux en forme de cabochon, mes grosses croix byzantines, c'est à lui que je les*

Bulka

Bouvard
Les seniors
La belle vie après 70 ans

98540.25

Monseigneur le Comte de Paris
et Marcel Spilliaert

Marcel et Franck Spilliaert

Experts en tableaux modernes

Ecoles française, hongroise, italienne et américaine depuis 1950

Sa Majesté le Roi Fouad d'Egypte
et Franck Spilliaert

HOTEL DES VENTES
47 RUE FALQUE - 13006 MARSEILLE

VENTE AUX ENCHERES PUBLIQUES
DE 400 TABLEAUX MODERNES

SAMEDI 4 NOVEMBRE 2000 à 15 HEURES
DIMANCHE 5 NOVEMBRE 2000 à 15 HEURES

Toutes nos manifestations
sur le site : www.artshau.com

consul - 23 €

MADAME LASGOUTE LAURENCE
2 BIS RUE AGRIPPA
30000 NIMES

Chère Cliente, Cher Client, Madame, Monsieur,

J'ai le plaisir de vous convier à la prochaine vente aux enchères publiques de 400 tableaux modernes, qui aura lieu à

l'Hôtel des Ventes - 47 rue Falque - Marseille (6e)
les samedi 4 novembre 2000 à 15 heures
et dimanche 5 novembre à 15 heures

par le ministère de Maîtres François Fleck et Francis Raymond, commissaires-priseurs associés à Marseille.

"Marin au coq" tmi 100 x 81 cm

Claude VENARD
"Compostion aux fruits" hst 75 x 75 cm

Gérard VALTIER
"Arlequins de nuit" hst 65 x 54 cm

19 heures 30, samedi 4 et dimanche 5 de 11 à 13 et de 15 à 19 heures. L'accès en est libre et gratuit.

Vous y découvrirez une très belle collection d'œuvres de qualité qui proviennent, pour la plupart, directement des ateliers d'artistes (français, italiens, hongrois, américains), mais également de collections particulières : huiles, techniques mixtes, estampes de *Alvard, Cook, Coutin, D'Anty, Dromik, Gouvrant, Hinsberger, Keitel, Kleinmann, Levier, Michaud, Ortéga, Raya Sorkine, Tobiasse, Tortès, Trotzier, Valtier, Vénard*...

Pour tout renseignement, n'hésitez pas à m'appeler sur mon portable au 06 07 27 35 92.

Lors de votre visite et sur présentation de ce courrier, je vous remettrai, gratuitement en cadeau une magnifique gravure couleur signée par un artiste.

Dans l'attente de vous accueillir personnellement, je vous adresse, chère Cliente, cher Client, Madame, Monsieur, mes très cordiales salutations.

Marcel Spilliaert

Très important : A la fin de chaque vente un tirage au sort gratuit vous permettra, peut-être, de gagner un tableau d'une valeur commerciale de 10 000 F.

Correspondants permanents à New-York, Londres, Bruxelles, Naples, Lausanne, Budapest et Hong-Kong

3, rue de Bellefond - 75009 Paris - ☎ 06.07.27.35.92 - 06.11.64.64.00 - Fax : 01.40.23.99.92

- théosophie Theos, Dieu sophia, sagesse doctrine religieuse qui a pour objet l'union avec la divini
- lubrique - relatif aux jeux - activite ludique
- acmeistre - point culminant
- nihiliste - negation de toute croyance - latin. nihil, rien. destruction radicale
- androgyne - qui tient des 2 sexes - grec - andro homme gyne femme
- simiesque - qui rappelle le singe
- alogisme -
- ~~pebleen~~ plébeien - de la plèbe a rome antique opposition à patricien - homme ou femme du peuple -
- ectoplasme - en sciences ~~occultes~~ occultes
- démiurge - nom du dieu createur dans la philosophie Platonnicie
- palimpseste - manuscrit sur parchemin dont on a fait disparaitre l'ecriture pour ecrire de nouveau
- anthroposophie - antho.
- chinchilla - Daguilev
- calderon auteur de le Devotion à la croix
= acmeiste - akmé grec - la pointe - point culminant d'un évenement
- nihiliste - negation de toute croyance

dois ? Il me parlait souvent des églises à bulbes de son enfance, des icônes... Mes chemisiers blousants serrés à la taille façon "moujik", même chose... Il n'y a pas jusqu'à mon "Numéro cinq" qui ne soit inspiré de la Russie... Ernest Beaux, le chimiste qui me l'a mis au point, avait tout appris de son père qui travaillait pour les tsars... Mon prochain parfum s'appellera Cuir de Russie... Il y a même des Russes qui nous font de la concurrence sur nos propres terres : le prince Youssoupov par exemple... Ce Félix ! Quand on pense qu'il a assassiné Raspoutine et qu'à présent il veut habiller les Françaises !...Comme quoi la mode, ce n'est pas si frivole qu'on dit. Ce n'est même pas frivole du tout. On est dans sa tête comme on porte ses habits... Je ne me lasserai pas de le dire... Habillez mieux les gens, et on évitera peut-être une guerre ou une révolution... Bon, alors, assez bavardé... quand est-ce que tu peux commencer ?... »

L'hôtel Pretty, 8 février 1925.

Me voilà engagée chez Gabrielle Chanel grâce à Chinchilla qui m'a introduite auprès d'elle. Ils sont nombreux les Russes émigrés qui doivent à Diaghilev leur emploi !

Mon premier rendez-vous avec « Coco », comme l'appellent ses amis, m'a tellement marquée qu'une fois rentrée chez moi, j'ai aussitôt noté de mémoire – voir ci-dessus – tout ce qu'elle m'avait dit. Elle parle beaucoup, à voix basse, par petites phrases sèches, comme pour elle-même, vous pose une question, anticipe sur votre réponse et reprend son monologue. Tout cela sans cesser de vous scruter de son œil pénétrant à l'iris argenté, surmonté d'un sourcil dru, noir et fourni comme sa chevelure. Sa silhouette fragile, son visage finement ciselé, ses chemisiers blancs – aussi impeccablement amidonnés que la chemise de mon chauffeur de taxi ! –, ses tailleurs stricts éclairés de perles en sautoirs, tout en elle dit l'élégance « rationnelle », le style français par excellence.

Dans son atelier rue Cambon, elle est étonnante de maîtrise, de concentration. Il faut la voir accroupie devant un mannequin, travailler un tissu de ses petites mains soyeuses, le pincer, l'aplatir, le faire bouffer, le faire vivre autour du corps ! Il faut la voir manipuler ses redoutables *ciseaux suspendus en sautoir sur sa poitrine ! Elle tranche à vif dans l'étoffe sans hésitation, se lève, recule, penche la tête, lâche à la cantonade quelques petites phrases sibyllines, revient, s'accroupit de nouveau, ré-empoigne les ciseaux, retaille puis ré-ajuste avec des épingles qu'elle porte en permanence fichées dans une sphère de mousse à son poignet. Rien ne lui échappe, pas le moindre petit défaut dans la découpe d'une encolure, l'arrondi d'un ourlet ou le tombé d'un pli. Quand elle se relève, le vêtement est parfait.*

En la voyant s'agiter, tendue, inspirée, au milieu de ses mannequins et de ses modistes, des souvenirs me revenaient en mémoire : Soudeïkine confectionnant les costumes de La Dévotion à la Croix *avec les chiffons imprimés de Lydia Dimitrieva Hannibal, les machines à coudre Singer crépitant autour de lui... C'était en 1910, chez les Ivanov. C'était il y a quinze ans. C'était il y a cent ans. C'était hier...*

Paris le 24 avril 1925 dans mon nouvel appartement, une grande chambre de bonne au 12 rue Lecourbe.

Il y a bien longtemps que je n'ai pas écrit car je n'ai plus un moment de libre. Mon travail chez Mlle Chanel m'absorbe complètement et, lorsque je rentre chez moi, je me jette sur mon lit et m'endors d'un sommeil de plomb. C'est tout juste si j'ai le temps d'aller au cinéma ou de visiter une exposition avec Elsa. Le temps passe vite, trop vite... Mais je ne me plains pas : je gagne ma vie, modestement certes, mais tout de même... Mes fonctions sont encore très floues. Dieu merci, j'ai passé l'âge de participer aux défilés – me pavaner devant un parterre de dames, non, je ne m'y vois pas !–, mais Mlle Chanel s'obstine à me faire essayer ses nouveaux modèles sous prétexte que j'ai « la silhouette idéale ». Moi qui, pendant toute mon adolescence, me suis trouvée trop grande, trop maigre, et dotée d'un visage ingrat ! Les époques changent, les critères évoluent... Mis à part jouer les mannequins de temps en temps, je rends divers services, des nobles et des moins nobles : faire patienter une cliente au téléphone, houspiller les petites mains qui ne terminent pas les commandes à temps, partir en catastrophe à la recherche d'un objet oublié ou introuvable, mais aussi donner mon avis.

« Cette veste, Anastasia, tu la sens comment ? pour aller au marché ou pour assister à une course automobile ?... à ton avis, ce revers de manche, on lui met deux ou trois boutonnières ? » me demande Mlle Chanel. Cela arrive de plus en plus fréquemment... Factotum, voilà ma fonction en somme, un factotum dont Coco ne peut plus se passer : elle me veut sans cesse à son côté, m'appelle à toute heure du jour et de la nuit.

Elle me fait rencontrer ses relations, des personnalités aussi étonnantes que celles que je rencontrais chez les Ivanov ou au Chien errant : Jean Cocteau, génial farfadet, Anna de Noailles, qui a versé des larmes quand je lui ai dit qu'à Pétersbourg, avant la Révolution, des gens, dont ma propre mère, connaissaient et admiraient son œuvre, Stravinski, qui n'est pas tombé amoureux de moi, ni moi de lui !, le duc et la duchesse de Beaumont qui reçoivent dans leur hôtel de la rue Duroc la fine fleur de la société internationale, Paul Morand, l'écrivain à la mode, la merveilleuse Colette... [En 1932, Colette ouvrira une boutique de cosmétiques dont elle voudra confier à Nastia la gérance. Nastia déclinera cette offre par fidélité à Chanel.]

Mlle Chanel ne m'a pas menti : la plupart de ses amis sont russes : le grand-duc Dimitri Pavlovitch, sa sœur aînée Marie qui dirige l'atelier de broderie pour lequel j'ai travaillé et leur demi-sœur la jeune Nathalie Paley [qui deviendra l'épouse du couturier Lucien Lelong et l'égérie de Jean Cocteau]. *Il y a aussi les Youssoupov, Stravinski, Diaghilev, son conseiller artistique Boris Kochno, le danseur Serge Lifar mais aussi les princesses Marie Eristova et Galli Bajénova, mannequins favoris de Coco, et trois fortes personnalités qui travaillent en étroite collaboration avec elle : Misia Sert, sa meilleure amie, muse de Diaghilev, reine du Tout-Paris et* « public relation » *comme disent les Anglo-Saxons ; le comte Koutouzov* [descendant du général], *ex-gouverneur de Crimée, à présent directeur de la maison Chanel, et... Ilia Zdanévitch, un ancien du Chien errant ! Je le revois encore déguisé en « œuvre d'art », le visage et le corps barbouillés de peinture, proclamant haut et fort les principes du « toutisme » ! A présent, Ilia crée des tissus pour Mlle Chanel...*

La Russie est à la mode dans les magasins, les restaurants, au cinéma, au théâtre et même aux Folies-Bergère. Les Parisiens raffolent du caviar et des cigarettes « Gordon ». Tout ce qui vient de Moscou ou de Saint-Pétersbourg est « pourri de chic », comme on disait avant la guerre. Anna Pavlova et Olga Spessivtseva sont des ballerines de renommée internationale, Ida Rubinstein une tragédienne reconnue dans le monde entier. Le plus célèbre critique de danse de Paris, André Levinson, est russe, comme est russe la décoratrice, Sonia Delaunay. Fokine, le chorégraphe des Ballets russes a émigré aux Etats-Unis ainsi que Soudeïkine et David Bourliouk mais Chagall, Larionov et Gontcharova ont choisi la France. Dans leur atelier de la rue Visconti, j'ai retrouvé Alexandre Benois et Olga Soudéïkina. L'ex-reine du Chien errant et amie d'Akhmatova vit seule à Paris et vivote en fabriquant des « poupées russes ». Elle revoit le compositeur Arthur Lourié qui a renoncé à ses expérimentations musicales prolétariennes pour venir se réfugier à Paris... »

Oui la Russie est là, bien présente. De nombreux amis, mais surtout un emploi du temps de plus en plus chargé auprès de Gabrielle Chanel font oublier à Nastia qu'elle est seule malgré de brèves aventures sans lendemain. Un homme passe et repasse dans sa vie, mentionné dans le journal sous la lettre Z... Z comme Zdanévitch, qui deviendra un peu plus tard directeur de l'usine de tissus Chanel Black Belair puis éditeur de livres d'art ?... Ou Z. comme Zlobine, né la même année qu'elle, secrétaire de Zénaïda Hippius et Mérejkovski à Paris ?... A moins qu'il ne s'agisse de l'écrivain Zaïtsev réfugié en France en 1924, ou du sculpteur Zadkine dont l'atelier rue d'Assas est aujourd'hui un musée ?...

Ou alors, si derrière la lettre Z. se cachait « Zoria », autrement dit Zakhar Ilitch Volovitch, agent secret soviétique à Paris pendant les années 20 ?...

Nastia ne tarde pas à prendre du galon chez Chanel :

Paris le 11 octobre 1925.

Il est minuit. Je suis épuisée mais heureuse : depuis quelque temps je dessine des accessoires – cols, sacs, fou-

lards – pour Mlle Chanel. Elle m'a demandé d'où me venaient mes idées, mon style qu'elle trouve « à la fois rustique et raffiné », ma façon d'associer les couleurs... Je lui ai répondu « de Saint-Pétersbourg » sans entrer dans les détails. Ce qui détermine une vie – les souvenirs d'enfance, les premières lectures, les rencontres, les amitiés amoureuses, le jeu complexe des influences –, tout cela est incommunicable.

Incommunicable l'impression que me fit Lydia Dimitrievna la première fois que je la vis : ses robes fluides quand toutes les femmes portaient le corset, ses tuniques drapées, ses châles sans ourlets... Inimaginable pour l'époque la façon qu'elle avait de mélanger le rose et le rouge, le bleu et le vert, les rayures et les ramages, les soieries précieuses et la simple cotonnade... Je me souviens de ces bouts de tissus achetés en solde et entassés en vrac dans des corbeilles aux quatre coins de l'appartement, chiffons auxquels Lydia attribuait des fonctions multiples, tant vestimentaires que décoratives : retenir un pan de rideau, nouer un chignon, orner un col, garnir un plateau, tamiser une lampe... Si je n'avais pas connu Lydia Dimitrievna, jamais ne me serait venue l'idée de cette ceinture-foulard en patchwork qui a tant plu à Mlle Chanel.

J'ai un rêve : ouvrir ma propre maison de couture. En souvenir de Lydia mais aussi de ses filles – Véra à la silhouette androgyne qui, si elle n'était morte prématurément, serait devenue la première femme metteur en scène, et Lida qui rêvait d'être chef d'orchestre, et avec qui je me suis si souvent déguisée ! –, en souvenir de cette famille exceptionnelle qui illumina mon enfance de sa joie de vivre et de ses talents, j'appellerai ma maison de couture La Tour Ivanov.

La Tour Ivanov ! Un modeste atelier au début, dans le XVe ou dans le VIe... Trois ouvrières d'abord puis dix, puis cinquante... Je vois déjà la devanture de la boutique... des panneaux peints... quelque chose de coloré, de touffu, un peu comme les fresques du Chien errant... Rien à voir avec la sévérité apollinienne de Chanel, le triomphe du noir, etc. Je vois du rouge, du jaune orangé, ces teintes « dionysiaques » chères au couple Ivanov... Côté travail, je mets en pratique cette intuition géniale de Lydia : une mode qui transcende la mode, des tenues atemporelles à base de coupons utilisables tels quels, sans ourlets, sans coutures ni boutonnière, un peu comme les toges romaines ou les saris indiens. C'est la femme elle-même qui invente sa tenue en juxtaposant, en superposant, en nouant ces coupons à sa façon... On commence à parler de moi. Des journalistes de Vogue *viennent m'interroger : « Quels sont vos buts ? » Je réponds : « Résoudre la contradiction entre élégance et vie pratique, rendre la femme encore plus libre et encore plus féminine.*

– De quelle façon ?

– En lui donnant les moyens d'exercer son imagination et d'affirmer sa personnalité. Chaque femme créera sa mode.

– Avec de telles conceptions, n'allez-vous pas vous mettre à dos les artisans, les couturières ?...

– Ce ne sont peut-être pas des métiers éternels... Une femme doit être capable de s'habiller en fonction de son physique, de sa personnalité, de ses activités.

– Mais il faut bien des gens pour souligner des tendances...

– Les tendances viennent de l'air du temps, de la marche du monde... Chacun peut les sentir et s'y conformer ou ne pas s'y conformer...

– Ne seriez-vous pas anarchiste ? Si les femmes ne renouvellent plus leurs tenues, l'économie s'effondre...

– Les femmes qui aiment renouveler leur apparence continueront à le faire, ni plus ni moins qu'auparavant... Les professionnels de la mode n'auront qu'un rôle de conseil... »

Tu délires, Nastia !...

Incommunicable l'influence conjuguée qu'exercèrent sur moi les artistes de l'atelier Zvantseva et ceux du Monde de l'Art : silhouettes précieuses et orientalisantes de Bakst, ânes multicolores du jeune Chagall mais aussi improvisations débridées de mes étudiants de l'« atelier libre » au moment du Proletkult. *Comment expliquer à Mlle Chanel l'origine de ce sac en tapisserie à motifs géométriques rouges et verts ? Elle n'a jamais vu Soudeïkine affalé parmi les tapis des Ivanov, élaborant son décor rouge et vert de* La Dévotion à la Croix. *Elle ne sait pas que, pendant la guerre civile, on découpait les tapis pour se faires des bottes, des sacs...*

« Et ces cols roses, mauve, bleus bordés d'un biais, ça te vient d'où, ma grande ?

– L'architecture de Pétersbourg, mademoiselle. La cathédrale de Smolny d'azur et de craie, les palais aux façades pastel, leurs fenêtres soulignées d'un fin liséré blanc.

– Et le béret noir et blanc ?

– Une réminiscence de Malévitch.

– Et ces gants rouges ? »

J'hésite. Je ne réponds pas. Parler de V. [Vadim], *raviver de poignants souvenirs... Non, je ne peux pas. Pas encore...*

En lisant ces lignes étonnantes, je m'étais dit que Nastia ne pouvait pas ne pas avoir laissé de traces dans des archives, des correspondances... et j'avais écrit au 31 rue Cambon, pour demander qu'on vérifiât si une certaine Anastasia – ou Nastia – Borissovna Dalmatov avait bien été une collaboratrice de Mlle Chanel au milieu des années 20. J'envisageai un séjour à Paris pour des recherches en bibliothèques, des rendez-vous avec des historiens de l'art ou des spécialistes de la mode. Parmi les gens qui l'avaient connue, certains devaient être encore vivants...

« C'est ça la cuisine ?

— C'est ça.

— Des carreaux blancs comme dans un hôpital... pas de four micro-ondes... Je plains votre femme...

— Pas de femme non plus.

— Des domestiques ?... Combien ?

— Oh, simplement une femme de ménage... »

Je m'enfonce... refais surface : « Maria est excellente pour la cuisine russe. Elle fait le bortsch comme personne. Quant à sa kacha, c'est un vrai régal.

— La kacha, le bortsch, quelle horreur ! De la cuisine de pauvres... Sans compter que ça fait grossir. »

Enfoncé ! Ultime effort : « Voulez-vous un peu de caviar ? »

Les yeux de Nelly s'illuminent comme des enseignes de casino. Du caviar, voilà ce qu'il lui faut. Rien ne s'accorde mieux avec un manteau de vison, un sac Diana et un tee-shirt Chanel qu'un chouïa de Béluga. Heureusement, j'en garde toujours quelques boîtes en réserve.

« Et du camembert, vous en avez ? » s'informe la belle en plongeant le nez dans mon réfrigérateur.

Non, je n'ai pas de camembert. Faut-il être plouc, tout de même, pour ne posséder ni camembert, ni CD de Frank Sinatra, ni balcon, ni lampe à bronzer, et aimer les livres, les cuisines toutes blanches, la soupe de betteraves et le cinéma !

J'ouvre la boîte de caviar, mets des tranches de pain à

griller. Du fromage, quelques fruits... Dans mon esprit, il s'agit d'une légère collation destinée à « chauffer l'atmosphère », à préparer la suite. L'essentiel n'est pas là, et l'essentiel tient en quelques mots, qui sonnent comme le titre d'un roman-photo : Confidences sur l'oreiller – sur l'oreiller ou pas d'ailleurs.

Néanmoins, connaissant la sensibilité – je dirais même la susceptibilité – des femmes en matière d'esthétique, je fais un effort du côté de la présentation. Foin des serviettes en papier, pas assez raffinées pour mon top model ! Je me fends de deux belles serviettes damassées héritées du trousseau maternel, essaie de leur donner la forme d'une cocotte. N'y parvenant pas – la cocotte en tissu des restaurants n'a rien à voir avec la cocotte en papier des classes primaires – je me contente de les rouler, d'en écorner les bouts pour donner un petit côté « couture » et de les enfoncer artistement dans les verres à pied en cristal en prenant soin de maintenir l'élégante rigidité de l'ensemble.

Au moment où je pose le plateau garni et mes deux verres empanachés sur la table du salon : « Il n'y a pas de salle à manger ? » s'étonne Nelly. Non. En célibataire studieux – et un peu plouc – que je suis, j'ai sacrifié le luxe mondain d'une salle à manger au plaisir égoïste d' un bureau à moi.

« Pas la peine de rien préparer, décide intempestivement Mlle Batiouk, je n'ai plus faim. »

Elle s'est mis en tête de poursuivre la visite de ma garçonnière. Je m'en retourne dans la cuisine débrancher le grille-pain. Au passage, j'aiguille Nelly non pas vers le bureau – on a assez perdu de temps, et d'abord il n'y a que des livres ! – mais vers la chambre à coucher. Tout cela avec un imperceptible sentiment d'agacement que je n'aimerais pas voir se transformer en franche irritation.

C'est alors que retentit la sonnerie du téléphone. Je cours dans le salon pour décrocher. Dans mon dos, je devine le sourcil relevé, l'expression passablement dédaigneuse de Nelly : « Tiens, il n'a pas de portable ce minable ? » Non, je n'ai pas de portable et n'ai nulle envie d'en acheter.

« Allô, mon petit Luc, c'est moi... »

Mlle A. ! Il y avait bien longtemps qu'elle ne m'avait appelé, au point que j'en avais conclu – à mon grand soulagement – qu'elle me boudait.

« C'est fini avec Jean-Jacques.

— Jean-Jacques ?

— Vous savez bien, le représentant de Moulinex. Il a été odieux avec moi... Les presse-purée électriques, les aspirateurs de table et autres vibromasseurs antirides, j'en ai soupé. On ne m'y reprendra plus.

— Il fait de la concurrence à Alcatel ? » J'ai posé cette question au hasard, paniqué, pressé d'en finir : Nelly attend au seuil de ma chambre.

« Mais non ! Qu'est-ce que vous racontez ?... Je vous parle de ma relation avec Jean-Jacques. Vous étiez au courant ?... Non ? Tout le monde savait, pourtant... Au début, c'était la passion. Un truc très physique, à la limite du pervers. Voyez ce que je veux dire ?... »

Non. Je ne voyais pas Mlle A... ligotée en jarretelles aux barreaux de son lit.

« Il se serait damné pour moi, Jean-Jacques. Rien qu'avec les cadeaux qu'il m'a faits, j'ai pu ré-équiper mon appartement : cafetière-espresso, fer à vapeur, autocuiseur, broxo-jet... et même un robot qui découpe le rôti tout en débitant les carottes...

— Les carottes ? Pas possible !... Ecoutez, je vous demande pardon mais, là, je suis très pressé...

— Et bien figurez-vous qu'il m'a larguée.

— C'est affreux. Je suis désolé... Bon, j'attends un coup de fil urgent de Paris. Je vous rappelle plus tard... »

« Une femme ? » me demande, laconique, une Nelly semble-t-il déçue par l'austérité de ma chambre sobrement meublée d'un lit, de deux chaises et d'une étagère à livres...

« Ma mère. »

Nelly me croit volontiers. Il n'y a aucune raison pour que le mot « carotte » – identique en anglais et en français – apparaisse dans une conversation amoureuse. En revanche, dans la bouche d'une mère...

« Elle n'est pas malade au moins ?

— Non, non, elle revient de la datcha. Elle a fait des plantations de carottes.

— Elle a bien raison : c'est excellent pour le teint, les carottes... Dites-moi, c'est drôlement vide cette chambre... Les autres pièces aussi d'ailleurs : des murs peints en blanc, pas de meubles... A part les livres, il n'y a pas grand-chose chez vous. Vous n'avez qu'un seul poste de télé. Et même pas géant ! Ce n'est pas comme ça que je me figurais l'appartement d'un banquier français. Vous avez des goûts modestes, tout le contraire d'Anton... »

L'occasion rêvée d'en savoir plus ! Je plonge la tête la première : « Justement, justement, ça doit être magnifique chez vous... Vous habitez au 35 rue de Tauride, troisième étage, n'est-ce pas ?

— Oui.

— C'est un bel immeuble. Vadim Batiouk y venait souvent avant la révolution...

— Ah bon ? »

Elle me dévisage, troublée, intriguée. Attention, me dis-je, l'entreprise est périlleuse, l'instant grave : posséder le corps glorieux de Nelly sans rien perdre des renseignements qu'elle pourrait me fournir. Je m'identifie au loup attirant le petit chaperon rouge dans ses filets. Côté ton, j'opte pour le patelin :

« Voyez comme j'en sais des choses... J'ai lu quelque part... comme quoi les livres peuvent être utiles... que votre grand-pè... enfin, votre grand-papa, fréquentait un atelier de peinture au cinquième étage...

— Là où se trouve maintenant le siège du Renouveau orthodoxe ? »

Tiens, tiens...

« Oui, c'est cela. Il y rencontrait une jeune fille qui est devenue sa maîtresse...

— Grand-papa n'a jamais eu de maîtresse. »

Le ton est tranchant. N'insistons pas. On peut être entretenue par un mafieux et bégueule.

« Autre chose : au troisième, dans l'appartement que vous occupez a vécu...

— La grand-mère d'Anton, je sais. Pélagie Koustiev était bonne chez des gens riches. C'est pour ça qu'Anton tenait tant à vivre là et qu'il a racheté tout l'immeuble... Une revanche, quoi. »

Minuit. Une lumière bleuâtre baigne ma chambre d'ascète où Nelly ne va pas tarder à m'appartenir. Sous le tee-shirt noir Chanel, les seins dardent leurs rayons, m'entraînent dans leurs champs magnétiques. Deux bras parfaits – cobras caressants –s'enroulent autour de mon cou, un front vient buter contre le mien :

« Vous êtes tellement différent d'Anton... Pour lui, y'a que deux choses qui comptent dans la vie : le fric et le sexe. »

Selon le journal de Nastia, aucun doute : les « Années folles » sont russes.

En 1926 elle assiste, éblouie, à une projection du *Cuirassé Potemkine* d'Eisenstein. « Si c'est cela le cinéma soviétique, écrit-elle, alors bravo, tous les espoirs sont permis. » Premier jugement positif sur l'URSS à apparaître dans le journal, première étape vers la décision de 1947. Nastia ignore qu'à Moscou comme à Leningrad, ce n'est pas *Le Cuirassé Potemkine* que le Parti offre à l'admiration des foules mais *Miss Mend*, de Boris Barnett et Fédor Otsep, un film autrement plus populaire et distrayant !

Russes les « Années folles », et surréalistes. A la Coupole se réunissent Aragon, Eluard, Péret, Philippe Soupault, Roger Vitrac, Raymond Queneau, Robert Desnos, Michel Leiris... sous la houlette du grand manitou André Breton.

Je n'aime pas André Breton. Il me rappelle V. Léger, inconscient, sûr de lui, il a fait siennes les devises qui ont mené la Russie au chaos : « Recrachons le passé collé à nos dents. » « Tout se vaut, tout est permis. » « On ne fait pas d'omelette sans casser d'œufs. » Un cynique, de la graine de tyran...

Je n'oublierai pas le scandale provoqué par Breton le soir de la première de Roméo et Juliette *sous prétexte que Miró et Max Ernst, l'un et l'autre communistes, acceptaient de coopérer avec le « capitaliste » Diaghilev. Diaghilev ne mérite pas cela. Les surréalistes prennent des positions indéfendables par pure provocation.*

Plus tard, en 1933, au moment du procès de Violette Nozière assassin de ses parents, Nastia ne pardonnera pas aux surréalistes de prendre parti pour la jeune femme.

1928 : C'est l'année où Chanel, plus célèbre et plus riche que jamais, s'installe au 31 rue Cambon dans un fabuleux décor de miroirs qui restera sa maison de couture toute sa vie, l'année où André Breton publie un roman au titre inspiré de la Russie, *Nadja*, l'année où Elsa Triolet rencontre Aragon.

Décembre 1928, à la Coupole, Elsa présente à Nastia son « Aragoncha ». Commentaire brutal – mais lucide – de Nastia, le soir même :

C'est la jalousie qu'elle éprouve depuis toujours pour sa sœur qui a poussé Elsa dans les bras d'Aragon. Elle en voulait à Maïakovski de lui avoir préféré Lili et d'avoir fait de celle-ci son égérie officielle en URSS. Pour se sentir l'égale de Lili, il fallait à Elsa son poète engagé, son héros du peuple. Aragon sera le Maïakovski français.

Cette remarque prend tout son sens à la lumière de ce qu'on pense aujourd'hui : à savoir qu'Elsa Triolet poussa Aragon à s'engager toujours plus dans la voie du communisme jusqu'à faire de lui le chantre de l'idéologie soviétique et un allié de Staline.

Peu à peu – on le sent à la lecture du journal –, une rivalité diffuse commence à opposer Elsa et Nastia. Elsa, romancière à succès, muse d'Aragon, est devenue une femme en vue. Nastia reste seule, chaînon indispensable mais obscur de la firme Chanel.

Z. est très occupé. Je ne le vois presque plus. Quant à moi, le travail dévore mes jours, dévore mes nuits. Mon salaire a été augmenté mais je n'ai plus un instant à moi. Je croise des hommes passionnants, qui me plaisent, à qui je plais. Mais tout va trop vite. On ne se revoit plus. Aucune relation durable n'est possible... A quoi me servent ma beauté, mes robes signées Chanel ? La vie passe, brillante, étourdissante, mais sans but. Pour qui tout cela ? Et pour qui mes projets, mes ambitions ? Il me manque un compagnon, un foyer. Je ne parle même pas d'un enfant. Il est trop tard. Je me surprends quelquefois à regretter le bébé que j'ai perdu, l'enfant de V. Oh, cela suffit de retourner le couteau dans la plaie !...

En arrivant à Paris, au lieu de chercher du travail j'aurais dû faire comme Elsa : traîner à Montparnasse, « mettre le grappin » [en français] *sur une célébrité... Mais voilà, mon éducation, ma fierté, une certaine exigence m'ont empêchée de trouver l'« âme sœur ». Sans compter cette « froideur » qui rebute les gens...*

PS du soir : comment ai-je pu écrire de telles ignominies ? Je ne me reconnais plus. Je vieillis, je deviens amère... Je ne prie même plus. Je crois peut-être encore au diable mais plus du tout en Dieu.

Lorsque l'accablent la solitude et le cafard, Nastia se console en pensant à sa future maison dc couture :

La Tour Ivanov... une centaine d'employés... l'atelier tendu d'étoffe jaune soleil, de rouge Dionysos... des tapis partout comme chez Lydia... des clientes qui deviennent des amies... pas comme Chanel qui refuse de les rencontrer... Des robes-manteaux sans boutonnières, des drapés... rationnaliser... faire tomber les frontières...

De son côté, Elsa envie Nastia. Elle aussi rêve de travailler dans la mode. Elle fabrique des colliers qu'elle voudrait vendre à Chanel. Bonne fille, Nastia la présente à celle-ci. Le courant ne passe pas entre les deux femmes :

« *Elle ne me plaît pas du tout ta copine, m'a déclaré Coco, péremptoire comme toujours, après une entrevue avec Elsa. C'est une bolcheviste, je le sens. Et je ne veux pas de ces gens-là rue Cambon.* »

Quelques années plus tard Nastia écrira :

La vengeance est un plat qui se mange froid. Depuis qu'elle tient la rubrique mode du journal Le Soir *dont Ara-*

gon est directeur, Elsa proclame que Chanel est dépassée et chante les louanges de sa concurrente Schiaparelli.

Coco s'en fiche. Elle est l'une des reines incontestées de Paris. En 1929, elle séduit et scandalise en affublant de cravates nouées les muses néo-classiques du ballet de Balanchine *Apollon musagète,* musique de Stravinski.

Les cravates, c'était MON *idée...,* note Nastia en passant... Même remarque huit ans plus tard lorsque Chanel transforme Jean Marais en momie métallique pour *La Machine infernale* de Cocteau : *Qui saura jamais que les bandelettes de métal, c'est moi qui les ai créées...*

D'ailleurs, dès 1930, Nastia n'appelle plus dans son journal la grande prêtresse de la mode française « Mademoiselle » mais seulement « Chanel ». Nastia admire Coco mais elle a compris qu'à moins de rompre brutalement avec elle, elle ne se fera jamais un nom.

Folles. Et si ces années-là ne l'étaient pas tant que ça ?

Tout ce qu'on croit nouveau aujourd'hui n'est qu'un prolongement des audaces d'avant-guerre : le cubisme, l'abstraction, la nécessité de revenir aux sources primitives de la création mais aussi de faire descendre l'art dans la rue et d'utiliser les techniques nouvelles...

Tout ce qui choque Paris aujourd'hui m'était déjà familier à Saint-Pétersbourg. Kouzmine revendiquait son homosexualité bien avant Cocteau, Zénaïda Hippius portait des tailleurs-pantalons qui auraient pu être dessinés par Chanel. La provocation sexuelle et morale était monnaie courante dans les ateliers, les cabarets, les salons littéraires des années 10... Je suis bien placée pour savoir que cette « libération », une fois lancée, ne connaît pas de limites. Les Français se grisent d'avant-garde. Ils ne savent pas qu'en voulant hâter artificiellement l'évolution naturelle de la pensée et des mœurs, l'esprit avant-gardiste prépare le terrain de la révolution, justifie l'anarchie et le crime. Je sais ce que le « léninisme » doit aux futuristes : l'oubli systématique du passé, le rejet des valeurs traditionnelles – l'amour, la générosité, la compassion –, le culte de la jeunesse, de la vitesse, du corps pour le corps, du sexe pour le sexe, le mépris des vieux et des faibles, la pratique du cynisme... Je me souviens comme il était devenu démodé, en 1917, de respecter ses parents, de vénérer l'amitié. Même le mot « humain » était devenu tabou...

Tout au long de sa vie, Nastia se montrera méfiante envers les avant-gardes. Cette même méfiance qui la fit quitter la Russie en 1924 l'y fera retourner après la guerre. Mais nous n'en sommes pas là...

De juin 1929 à fin 1930, pas une ligne. La mort de Diaghilev, le suicide de Maïakovski laissent Nastia sans voix. Fin mai 1932, indifférente à l'actualité – l'assassinat le 6 mai, à Paris, du président de la République française Paul Doumer par le Russe Gorgoulov –, elle note :

Je ne me remets pas de la mort de Diaghilev, encore moins de celle de Maïakovski. Chinchilla est mort à Venise, usé par le diabète. Sa vie, sa carrière étaient derrière lui. La présence de Chanel et de Misia Sert à ses côtés a apaisé ses dernières heures. Volodia, [Vladimir Vladimirovitch Maïakovski], *lui, s'est donné la mort. Il avait trente-sept ans, il était le plus grand poète soviétique. Et pourtant, il s'est suicidé, comme avant lui Essénine. Je ne puis croire que ce soit son amour malheureux pour Tatiana* [Tatiana Yakovleva, 1906-1991, ex-mannequin de Coco Chanel et dernier grand amour du poète] *qui ait conduit Volodia à de telles extrémités. Alors ? Est-il mort de désespoir, comme Blok ?... Pourtant on dit que la Russie a changé. On dit que les Bolcheviks de 1932 ne sont plus ceux de 1920. On dit que la vie est redevenue normale, que les poètes ne sont plus considérés comme des « ennemis de classe ». Volodia lui-même disait qu'il était « chouchouté ». Elsa, à Moscou avec Louis en ce moment, m'a écrit une lettre enthousiaste. Les Etats-Unis s'apprêtent à reconnaître l'URSS. Oui, la Russie change... Alors pourquoi Maïakovski s'est-il suicidé ?... Réflexion faite, certainement à cause de Lili qui, toujours avide de nouvelles amours, avait rompu brutalement avec lui. Selon Elsa, sa sœur s'est vite consolée dans les bras d'un brillant officier du nom de Vitali Primakov* [et père d'Evguéni Primakov, Premier ministre de la Fédération de Russie pendant quelques mois en 1998-1999].

Difficile de juger... Je me sens seule et perdue. J'ai trente-six ans. Ma jeunesse est finie. Je ne revois plus Z. La Russie me manque... »

En 1933, ce n'est pas l'accession au pouvoir d'Hitler que Nastia mentionne dans son journal mais l'attribution du prix Nobel de littérature à un Russe : Bounine. Et toujours cette réflexion lancinante :

La Russie me manque... Pétersbourg me manque...

Mais aussi, et de plus en plus fréquemment :

Et maman ?... Je n'ai pas moins de remords qu'en 1924 de l'avoir abandonnée, au contraire... Une image me poursuit : ma mère prostrée dans ce qui sera sans doute son cercueil : cette baignoire transformée en « cabinet de lecture » où, dans un autre temps, dans une autre vie, elle lisait Nietzsche... Trois lettres de Pélagie, seulement, depuis mon départ, avec ces deux mots : « Vcio kharacho. » [« tout va bien »].

D'autant que les Aragon sont revenus enchantés de leur voyage à Moscou :

« Si j'étais toi, me confie Elsa, je retournerais là-bas. Le pays s'ouvre. Il y a du travail. Staline encourage les initiatives. La femme de Molotov a créé une gamme de produits de beauté, la première d'URSS. Elle cherche une partenaire pour la mode. Tu es la personne qu'il lui faut... »

Les années 30 : crise économique, guerre d'Espagne, Front populaire, grèves chez Chanel, grands procès staliniens, bruits de bottes du côté de l'Italie, de l'Allemagne mais, à en croire Nastia, on ne s'est jamais autant amusé.

Paris me rappelle Pétersbourg à la veille de la guerre : bals masqués, débauche, mascarades...

Dans sa villa de Roquebrune-Cap-Martin, Chanel reçoit somptueusement des personnalités aussi différentes que les Etienne de Beaumont, le poète Reverdy, son amant du moment ou le jeune peintre espagnol Salvador Dali accompagné de Gala, « *une aventurière russe du même âge que moi* », remarque Nastia.

Rien n'est assez cher, rien n'est assez fou, rien n'est assez grandiose pour amuser les convives, poursuit Nastia au lendemain d'une folle nuit autour de la piscine illuminée. *C'était à qui portait le maillot de bain le plus cher et le moins couvrant ! Peut-être à cause de ma jeunesse brisée et des fantômes qui me hantent, ces enfantillages de nantis me laissent un goût d'amertume. Comme au Chien errant autrefois, on se grise pour oublier la tragédie qui se prépare, on se hâte de vivre avant de se confronter à la mort.*

La mode est au satin blanc : « glamour », optimisme, luxe, fric et volupté... Exit la « petite robe noire », le style pensionnaire ou employée des postes. « Ils veulent du froufrou, donnons-leur du froufrou ! » répète à l'envi Chanel. Pour être au goût du jour, il faut avoir l'air d'une star, être bronzée, capricieuse et blonde platine, arborer le sourire hollywoodien et les « gambettes » [en français] *de Mistinguett. Je suis rousse au teint clair, lucide, voûtée, fatiguée... Je commence à avoir des rides. Trop tard, trop tard...*

Trop tard pour l'amour mais pas pour l'action.

Août 1936.

Mon projet de maison de couture est mûr mais je n'ai pas encore assez d'argent...

Visité quelques pas-de-porte...

Ne pas oublier de contacter [suivent plusieurs noms. Des banquiers ?].

Plus j'attendrai pour quitter Chanel, plus mon départ sera interprété comme une trahison. Tant pis... La Tour Ivanov est le grand projet de ma vie et je compte bien le réaliser d'ici deux ou trois ans.

Comblé par les révélations inattendues de Nelly Batiouk – Anton Koustiev est le petit-fils de Pélagie ! –, j'envisageais de « conclure » rapidement l'affaire.

« Je peux prendre un bain ? » entendis-je soudain.

La tête se penche sur le côté, la bouche se fait boudeuse, les yeux implorants : Nelly Batiouk veut prendre un bain. *Hic et nunc.* Je ravale mon impatience et l'accompagne cérémonieusement jusqu'à la salle de bains.

« Pas mal mais c'est minuscule ! Rue de Tauride, notre salle de bains mesure quarante mètres carrés. Elle occupe toute la pièce d'angle. »

Un frisson d'horreur me parcourt l'échine : le petit-fils de Pélagie a transformé la rotonde – la fameuse « tour » qui, du temps où l'immeuble abritait un poète, lui avait valu le nom de Tour Ivanov – en salle de bains !

« Notre baignoire, continue Nelly imperturbable, c'est une piscine en marbre rose avec des monstres marins pour cracher l'eau. Au plafond : un miroir géant, des appliques vénitiennes au mur. Dans un coin, les appareils à UV, un pour Anton, un pour moi... de l'autre côté, la table à massage, une cabine de sauna...

— Je suppose que les robinets sont en or.

— Dans la cuisine seulement », répond Nelly, sourde à toute ironie.

Un doute m'assaille : comment une femme comme Nelly peut-elle s'intéresser à un « plouc » comme moi ? Tout vieux et peu ragoûtant que soit son Anton, son immense fortune le place bien au-dessus d'un jeune cadre du Crédit Lyonnais... Soudain, tout s'éclaire : Nelly est une prostituée de luxe et Koustiev son souteneur ! Au cas où mon intuition serait la bonne, avais-je bien dans mon coffre la somme suffisante ?... en dollars, cela va sans dire.

Tandis que je ronge mon frein dans le salon, mon odalisque s'est enfermée dans ma minuscule salle de bains et fait couler plein pot les robinets en alu.

Le téléphone de nouveau. Mlle A. à tous les coups ! Maudite soit la représentante d'Alcatel sur la terre et dans les cieux, de tout temps et pour l'éternité ! Je laisse sonner.

« Votre maman !, s'exclame Nelly à travers la porte. Répondez donc, malotru, c'est votre maman ! »

Et si je débranchais le téléphone subrepticement, histoire de ne pas gâcher une nuit d'amour qui risque de me coûter cher ? La prise du téléphone se trouve derrière une bibliothèque. Pour atteindre cette prise, il faut décoller légèrement la bibliothèque du mur, une modeste « Ikea ». Je la saisis à pleines mains, tente de la soulever. Impossible, sa charge de livres la rive au sol. Je m'accroupis, la saisis à la base, parviens tant bien que mal à la faire glisser doucement vers l'avant quand elle se met à vaciller. Des étagères supérieures tombent quelques livres : *Nadja*, *Les Champs magnétiques*, *Le Fou d'Elsa*, *Le Paysan de Paris*... mon rayon surréaliste ! Je n'ai que le temps de me précipiter pour recevoir le meuble sur le dos et l'empêcher de s'effondrer au milieu de la pièce.

Alertée par le bruit – celui de l'eau remplissant la baignoire a cessé et seul me parvient un léger clapotis –, Nelly fait irruption dans le salon, naïade sublime enveloppée dans un peignoir, le mien, trop vaste pour elle, sa tignasse relevée en plumeau au sommet du crâne. Entre-temps, la sonnerie du téléphone s'est tue.

« Mais qu'est-ce quc vous faites ? Encore dans les livres ! Ma parole, c'est une obsession. Vous pourriez répondre, quand même, lorsque votre maman vous appelle. Quelle honte ! »

Après ces admonestations adressées à un individu dans l'incapacité de se mouvoir, ma sirène retourne à ses ablutions en faisant flip-flop sur le plancher avec ses petons mouillés. A peine la porte de la salle de bains s'est-elle refermée en claquant que le téléphone se remet à sonner. La prise téléphonique est enfin dégagée, presque à portée de main. Immobilisé comme je le suis – dos ployé, nuque meurtrie, jambes flageolantes –, sous le poids de ma bibliothèque, je ne puis franchir les quelques centimètres manquants sous peine de déséquilibrer ma charge et de me retrouver écrabouillé face contre terre. Je réussis à coincer le fil du téléphone sous ma semelle et j'essaie de tirer dessus par des mouvements secs et répétés du genou, voire de toute la jambe. Cette vaine initiative ne fait qu'aviver le frottement du bois sur mes cervicales. Les livres continuent de pleuvoir comme des grêlons – le rayon philo, celui du droit commercial, allégeant d'autant la bibliothèque que je parviens tant bien que mal – ouf – à repousser contre le mur en marchant à reculons. Je suis là, hissé sur la pointe des pieds, muscles bandés, bras à l'horizontale tel un Christ en croix, à rétablir l'équilibre initial de mon meuble quand ma nymphe surgit de nouveau de sa retraite aquatique, ruisselante, les mains sur les hanches, le plumeau tressautant et le regard furibond.

« Sa maman l'appelle, peut-être foudroyée par l'orage au milieu du potager et lui, il déménage tranquillement ses meubles. Ils sont fous ces Français !... Je vais lui répondre, moi, à cette pauvre femme... »

Lâchant ma bibliothèque, enjambant mes livres, je me rue sur *mon* téléphone. Trop tard. Nelly a le récepteur collé à l'oreille et vocifère :

« Allô, allô ? Mama ? Yes ? Hello mama, hello ! Vous êtes okay ? »

Puis, me le tendant avec un regard plein de désapprobation :

« On n'a pas idée de traiter ainsi sa propre mère ! Jamais un Russe ne se permettrait ça. Jamais. Même Anton. C'est tout dire... Allez, je vous laisse avec elle, demandez-lui pardon. Pendant ce temps, je vais me faire un petit peeling et me remaquiller.

— Allô Luc ? Qu'est-ce que c'est que cette hystérique qui appelle sa mère ? Nous n'avons pas gardé les truies ensemble que je sache ! Vous en recevez du beau monde chez vous le samedi soir ! (Silence) Ah, j'ai compris ! Une petite partie de jambes en l'air ? J'ai deviné : c'est Lénora. Dites-le franchement, Luc, vous êtes avec Lénora...

— Non... Si... Ecoutez... »

Je brûle de lui demander de quel droit elle me traque ainsi chez moi. Quelques noms d'oiseaux traversent même l'horizon brouillé de ma colère mais les consignes du Crédit Lyonnais sont formelles : ménager à tout prix Alcatel, client privilégié.

« Je dois vous avouer, mon cher Luc, que je suis déçue, et même ulcérée par votre réaction de tout à l'heure. Je vous appelais comme on crie au secours, pour me confier à vous, pour vous raconter une histoire d'amour commencée sous le signe du bonheur et qui vient de s'achever dans des circonstances tellement horribles que j'en ai le cœur brisé, que je risque de me suicider, et vous, vous me raccrochez froidement au nez... Bravo, le Crédit Lyonnais ! »

Quelle perversion sous le masque du chagrin ! Brandir sous mon nez par des insinuations perfides le spectre bifide du chantage sentimentalo-commercial !

« Je vous appelais... (sanglot) Pardon si je vous dérange... Je vous appelais (sanglot déchirant) comme on appelle à l'aide un ami, oui, un ami cher... et sans savoir que vous étiez en galante compagnie... »

Gros sanglot déchirant. On sombre en plein mélo.

« Ecoutez, Alcatel, pardon, mademoiselle. Premièrement, je ne suis pas en... comme vous dites, et deuxièmement, venons-en au fait, je vous en supplie, venons-en au FAIT !

— Attendez, je prends un Kleenex (sniff, sniff), et je m'assieds pour vous expliquer plus tranquillem...

— Ne vous asseyez pas, je vous en conjure, nous n'avons pas le temps ! Et soyez concise. Je vous le répète, j'attends un appel urgent de Paris...

— Quel ton ! Quelle dureté ! Moi qui vous considérais comme un homme à part, comme un être sensible. Moi qui vous admirais... Je vois que je me suis sottement trompée. Vous êtes comme les autres (très gros sanglot très déchirant) vous êtes comme Jean-Jacques...

— Jean-Jacques ?

— Oui, Jean-Jacques (léger ressaisissement dans la voix, puis sifflement prolongé d'un nez qu'on mouche), le représentant de Moulinex...

— Ah oui ! Les carottes...

— Plaît-il ?

— Non, rien. »

Je bous.

« Comme je vous le disais, il m'entourait, me gâtait comme une princesse... Cocotte-minute dernier cri, sèche-cheveux ultra-léger et tout et tout. Et puis, l'autre jour... mardi dernier, non, mercredi... il oublie de passer me chercher au bureau... «

J'enrage.

« Je lui fais part de mon étonnement, il se fâche... Puis ses appels se font plus rares, son attitude moins empressée... Finis les cadeaux Moulinex... Et cela de façon tout à fait inexplicable... »

Nelly vient d'apparaître dans l'encadrement de la porte, cuisses nues sous le tee-shirt Chanel. Tout en démêlant ses longs cheveux défaits encore humides, elle darde sur moi un œil soupçonneux, accroissant mon embarras et ma nervosité. A l'autre bout, la voix de Mlle A. passe du registre aigu de la hargne aux modulations syncopées de la plainte. Notre dialogue, à l'évidence, a tout d'une scène de ménage.

« Carottes, fis-je dans l'appareil, en articulant bien et en m'efforçant d'afficher un air *cool*, carottes... Jean-Jacques vous offrait des râpes à carottes...

— Electriques, oui. Mais cela n'a pas duré. Pas plus tard qu'hier, il m'a fait passer une lettre... Et quelle lettre !

— Ecoutez... je dois absolument...

— Vous avez compris : une lettre de rupture. Inutile de vous dire que j'ai pleuré comme une madeleine...

— Bien sûr. C'est effroyable. Je compatis de tout cœur, mais je vous répète que j'attends un appel urgent de Paris... «

Comme sous le coup d'une révélation subite, Nelly est repartie à toute vitesse dans la salle de bains. Je l'entends se rhabiller, ranger précipitamment ses affaires : un zip crisse dans du cuir noir, un fermoir claque, des sautoirs sautillent, des grelots grelottent...

Je suis un homme au bord de la crise de nerfs. A l'instant où mon attention se concentre de nouveau sur mon interlocutrice, je comprends, interloqué, que celle-ci est en train de me faire une déclaration d'amour.

« ... Et puis ce matin, en me levant, je me sentais déjà mieux. En buvant mon café – sans tartines car je suis au régime –, je me suis rendu compte que ce n'était pas Pierre ou Paul, Jean Dartel ou Jean-Jacques l'homme de ma vie, mais vous, Luc. Tout simplement. Je n'ai plus honte de le dire, même en présence de cette... Lénora. Oui, je vous aime... Et n'oubliez pas la prédiction que je vous ai faite, l'an dernier, dans ce bistro de Répino où nous avions pris un thé... Il faisait si froid... Vous vous souvenez ? Nous avions parlé de nos ancêtres, du journal de Nastia, de *Bagdad-Café*... On était bien... Je portais un chapeau tyrolien tout neuf, des mocassins en crocodile... Jœ Dassin chantait *Aux Champs-Elysées*. Un gentil toutou... un berger allemand il me semble... en tout cas asthmatique, le pauvre...

— Je vous supplie à deux genoux...

—... nous couvait des yeux. J'ai saisi votre main toute chaude entre mes doigts et, dans le réseau des lignes entrelacées, j'ai visualisé votre avenir en un éclair...

— Il faut que je raccroche... Je dois raccrocher...

— Il y a plusieurs femmes dans votre vie, mais écoutez bien ceci : vous croyez en aimer une et c'est l'autre que vous aimez... Cette autre vous aime en silence, mais elle vous fuit pour cacher son amour, persuadée qu'elle vous est indifférente, que vous ne la trouvez pas assez belle pour vous...

— Je vais raccrocher...

— Cette *Autre*, Luc, vous avez deviné, ce ne peut être que moi... »

Nelly ré-apparaît dans mon champ de vision, coiffée, « peelée », maquillée, harnachée... et haletante d'indignation.

« On fait venir une femme chez soi et non seulement on la fait poireauter pendant des heures avec une autre au bout du fil mais on l'humilie avec des mensonges grossiers, des histoires de maman foudroyée au milieu des carottes ! »

Elle fulmine de rage tandis que Mlle A. continue de pérorer mièvrement au creux de mon oreille : « Nous sommes faits l'un pour l'autre, Luc, c'est inscrit dans les astres. »

Soudain, Nelly passe près de moi sans me regarder, cambrée, cabrée, sa crinière balayant ma figure, ses fins naseaux écumant, ses longues jambes cisaillant l'air, ses talons-aiguilles s'enfonçant sans vergogne dans *Les Yeux d'Elsa* – en poche, mais tout de même ! Elle saisit son vison, s'en drape et ressort avec la dignité d'une tsarine offensée. Cette fois, j'ai bel et bien raccroché au nez d'Alcatel et je m'élance sur le palier. Nelly est en train de dévaler les marches – l'ascenseur est en panne comme d'habitude –, j'entends les talons qui claquent, les gourmettes qui cliquettent, et je me penche au-dessus de la rampe pour proférer des paroles de conciliation. Le spectre de Béria aurait surgi devant ma Barbie à la tignasse de nylon qu'elle n'aurait pas réagi autrement : « Au secours, au viol ! Ce Français est un monstre ! », se met-elle à hurler en accélérant sa course au risque de se rompre le cou. Ses cris stridents, ses propos incohérents proférés moitié en russe moitié en anglais retentissent, absurdes, dans la cage d'escalier pleine de silence et d'indifférence.

« Maman, tu parles ! Carottes, tu parles !... A l'aide !... Anton est puissant... Il saura me venger... »

Les voisins n'entendent pas. Ils regardent la télé, ils font l'amour ou bien ils s'en fichent. D'ailleurs c'est samedi et ils doivent être à la datcha en train de récolter les... pommes de terre.

Nelly s'éloigne, sa voix décroît puis plus rien... A la seconde même où je franchis le seuil de mon appartement – le silence, enfin ! –, le fracas d'une bibliothèque en train de s'effondrer me parvient du salon.

Cet épisode de ma vie dans lequel je n'ai pas eu le beau rôle, je peux le raconter aujourd'hui, à quelques années de distance, avec humour et détachement. Mais je dois avouer que sur le moment, lorsque je compris dans quel guépier je m'étais fourré, je maudis ma sottise, ma vanité, et mon entêtement à traquer Nastia en chaque femme. Pendant les semaines qui suivirent cette burlesque et pitoyable aventure, je vécus dans l'angoisse que soient mises à exécution les menaces de Nelly dévalant l'escalier : « Anton est puissant, il saura me venger ! » Et ces paroles qui, depuis mon arrivée à Saint-Pétersbourg, avaient hanté mes rêves et mes errances, prenaient tout leur sens : « Ne pas fouiller le passé, ne pas réveiller les morts... »

La maison de couture Tour Ivanov ne verra pas le jour. Quand l'Allemagne déclenche la Seconde Guerre mondiale, le 1er septembre 1939 peu après la signature du pacte Molotov-Ribbentrop, Nastia en est à négocier un prêt. Le 10 septembre 1939, elle écrit :

De même que la guerre de 1914 puis la Révolution ont brisé ma carrière d'artiste, cette guerre va ruiner la dernière chance qui m'était offerte de me faire un nom. Sans doute suis-je née pour être spectateur du monde et non pour y jouer un rôle.

Désormais, Nastia sera moins fidèle à son journal. Quelques notes éparses jalonnent l'année 1939 : la fermeture de la maison Chanel, le mariage d'Elsa et d'Aragon, le suicide de Khodassevitch... En 1941, c'est Marina Tsvétaïéva qui se pendra à Moscou.

Paris occupé, vidé de ses habitants, rappelle à Nastia le Pétersbourg de 1919.

... en moins horrible. On ne peut comparer les privations et les souffrances endurées par les Parisiens avec celles des Russes à la Révolution.

Difficile de suivre Nastia à la trace dans ces années-là. Elle quitte Paris, séjourne à Billancourt, à Rambouillet, rejoint les Aragon à Nice, revient à Paris où elle s'installe rue de Grenelle. C'est à peine si elle mentionne les amis à qui elle reste fidèle : Elsa, Serge Lifar, Nina Berberova.... En juin 1941, Nastia signale l'arrestation par les Allemands de plusieurs personnalités russes, des francs-maçons. Quelques jours plus tard, c'est elle qu'on arrête. Elle doit prouver qu'elle n'est ni juive ni espionne soviétique. On la libère grâce à l'intervention de Z. qui, peu après, disparaît du journal...

Début mars 1942, elle relit *Guerre et Paix* dans un abri souterrain tandis que les Anglais et les Américains bombardent Billancourt.

1943, l'année des retrouvailles décisives en attendant 1946 qui sera celle des grandes décisions.

Grâce à Nina Berberova, j'ai revu Moura Boudberg, une cousine du côté de maman que nous fréquentions un peu autrefois, note Nastia en passant. *Presque obèse, alcoolique et, d'après Nina, menteuse et mythomane, telle est devenue l'ex-compagne de Gorki. Pourtant, elle passe pour la grande spécialiste de la Russie. Veut-on écrire un roman historique, reconstituer au cinéma l'assassinat de Raspoutine ? C'est elle que l'on consulte.*

Ainsi, comme l'avait supposé Victor Sarmanov, Nastia était apparentée à celle qui est considérée aujourd'hui comme l'une des plus célèbres espionnes soviétiques : Maria Ignatievna Benckendorff, alias comtesse Zakrevski ou baronne Boudberg, dont le rôle auprès de Staline reste encore à élucider.

Toujours par l'intermédiaire de Nina Berberova, Nastia retrouve aussi celle qui, à Saint-Pétersbourg, l'effrayait autant qu'elle la fascinait : Zénaïda Hippius, terriblement vieillie depuis la mort de Mérejkovski. Désormais, Nastia fréquente l'appartement de la rue du Colonel-Bonnet où l'ex « madone des décadents », fidèle à ses robes blanches et à ses dessous roses mais sourde comme un pot, n'en continue pas moins de recevoir la fine fleur de l'intelligentsia russe émigrée : Nabokov et Bounine, devenus des stars internationales, mais aussi des anciens de la Tour Ivanov comme le philosophe Berdiaïev, des cadets de l'éphémère gouvernement provisoire de 1917 comme Kerenski, Milioukov, Vinaver, de jeunes talents littéraires de la seconde génération formés en France comme Joseph Kessel ou Henri Troyat – pseudonyme de Lev Tarassov –, ou des artistes comme la ballerine Olga Tarassova, sœur d'Henri Troyat.

Avant sa mort en 1945, Zénaïda veut rendre une dernière visite à son vieil ami Viatcheslav Ivanov installé à Rome. C'est Nastia qu'elle choisit pour l'accompagner. A cette occasion, Nastia retrouve Lida, son amie d'enfance, musicienne et compositeur. Restée célibataire, Lida vit avec son père tandis que Dimitri, l'« enfant du scandale » devenu un brillant journaliste, se partage entre Rome et Paris.

Après trente ans de séparation, c'était comme si nous nous étions séparés la veille. Nous avons bavardé des nuits entières, déclamé de la poésie en versant des larmes, chanté et dansé ensemble. En dépit de son âge, Viatcheslav Ivanov n'a rien perdu de sa verve et Lida – qui a toujours son visage d'icône – est restée une petite fille dans l'âme malgré son immense talent de musicienne. Sous l'œil attendri de Viatcheslav et celui, amusé et surpris, de Dimitri, nous retrouvions nos voix d'enfant, nos gestes d'enfant pour imiter Kouzmine chantant Le Petit Vin blanc, *Meyerhold se moquant de Chaliapine ou le concierge Pavel filtrant les convives du « mercredi » à l'entrée de l'immeuble.*

Lida m'a fait visiter Rome, dont la majesté paisible m'a rappelé Saint-Pétersbourg. La vue de Saint-Pierre-de-Rome qui, manifestement, a servi de modèle à Notre-Dame-de-Kazan, a ravivé en moi cette vieille nostalgie de la terre natale, nostalgie que ne partagent pas les Ivanov, européens dans l'âme. Nous nous sommes quittées, Lida et moi, en nous promettant de nous revoir, mais je sais qu'au fond, aucune de nous n'y croit vraiment, et même ne le souhaite. Ces retrouvailles ont été si émouvantes que je n'imagine pas qu'elles puisent se renouveler, comme si ces moments uniques devaient rester gravés en lettres d'or dans le marbre de nos mémoires.

Si les retrouvailles avec Hélène Gordon, la « petite Hélène » du deuxième étage, sont moins bouleversantes, elles auront cependant des répercussions plus décisives dans la vie de Nastia. Après leur départ de Russie en 1917, les Gordon avaient vécu en Turquie avant de s'installer à Paris où Boris Abramovitch avait continué de gérer ses nombreuses entreprises – tabac, transport, presse, édition – devenues entre-temps un véritable holding international.

Et Hélène ? Après son bac, un premier mariage raté, un flirt avec Philippe Soupault et les surréalistes, et des études d'ethnologie, elle s'était entichée de journalisme et était partie aux Etats-Unis s'initier à ce qui deviendrait sa vocation. En 1939, elle avait épousé le journaliste Pierre Lazarev.

La « petite Hélène » est devenue une jeune femme élégante, très « Chanel » dans son style, cultivée, extraordinairement forte et déterminée malgré sa frêle silhouette. Elle rêve de créer un magazine écrit par des femmes, pour les femmes. Les Françaises veulent oublier la guerre, m'a-t-elle dit, elles ont soif de gaieté, de frivolité. Il leur faut un journal à elles, qui sache leur parler de leur vie quotidienne mais aussi les faire rêver...

La fortune de son père et la célébrité de son mari aidant, je pense que les talents d'Hélène, son énergie et son expérience américaine la mèneront loin, très loin...

Nastia ne se trompe pas. Le 21 novembre 1945, Hélène Gordon-Lazarev fait paraître le premier numéro du magazine *Elle*. La rédaction s'installe au 100 de la rue Réaumur, au-dessus de celle de *Paris-Soir*. C'est là que Nastia, recrutée par Hélène, passera ses dernières années parisiennes.

Hélène m'a demandé une série de dessins sur le thème de la distinction féminine. Elle se souvenait de La Dame en rose, *le tableau de Winterhalter suspendu dans le boudoir de maman, et elle voulait absolument que je m'en inspire. A la vue de mes esquisses, elle a pleuré, et j'ai pleuré avec elle. Tous nos souvenirs nous tombaient dessus : la rue de Tauride, notre immeuble... Ce tableau, Hélène l'adorait. Elle disait : « Quand je serai grande, j'aurai une robe comme celle-là... »*

Nous nous sommes remémoré cette nuit de cauchemar que nous avions vécue ensemble en février 1917. Des gens s'étaient introduits dans l'épicerie du rez-de-chaussée. On les entendait brailler, bâfrer, faire l'amour... Hélène était montée chez nous avec ses parents... Elle avait huit ans. J'en avais vingt-trois.

Nous passons des heures à parler de Pétersbourg, à évoquer le fracas des fiacres sur les pavés de bois, le parfum des « Gordon » dans le tramway, le glissement furtif des traîneaux sur la neige, la rue des Millionnaires, le coup de canon de midi à la forteresse Pierre-et-Paul, les pêcheurs de « korouchka » *le long des quais de la Neva, la grande jarre en porphyre à l'entrée du Jardin d'hiver... Et nous rions, et nous pleurons d'émotion.*

Le journal fourmille de détails sur les débuts de *Elle* :

Comme Colette avait cédé des inédits à Hélène pour son magazine, celui-ci devait initialement s'appeler Claudine. *En fin de compte, Hélène a choisi* Elle *en souvenir d'un de ses professeurs de lycée qu'elle adorait et qu'elle désignait ainsi dans sa correspondance... On manque de tout, de papier, de pellicules, mais pour Hélène, rien n'est impossible. On triche, on se débrouille.*

1945, c'est aussi l'année où Elsa Triolet obtient le prix Goncourt pour *Le premier accroc coûte deux cents francs*.

Les Russes émigrés ne cessent de se distinguer, les femmes en particulier, qu'elles soient écrivains, artistes ou... simples égéries. Je me réjouis de voir à quel point cette communauté à laquelle j'appartiens s'est intégrée rapidement, et avec éclat, à la société française.

Ma vocation à moi, plus modeste, aura été de vivre à l'ombre des « grands », de les côtoyer, de les observer, sans jamais devenir l'un d'entre eux. D'autres que moi – Elsa, Hélène, Lida, Gala – ont su capter à leur profit les vibrations d'un monde que j'ai pourtant vu se transformer, se fissurer, se détruire et renaître...

Ma nostalgie de Pétersbourg et surtout mes remords vis-à-vis de ma mère ont toujours freiné mes élans. Je ne me suis jamais sentie parfaitement bien en France. J'ai émigré trop tard. J'aurais dû suivre les conseils de mon père, partir avec lui et maman dès 1917. Mais j'étais jeune, idéaliste, naïve... et amoureuse.

Peut-être n'aurais-je jamais dû émigrer. Peut-être aurais-je dû m'occuper de maman tout en poursuivant mes études à l'institut Zoubov. Qui sait si, restée en URSS, je ne me serais pas fait un nom en art ? Quant à Vadim [pour la première fois, Nastia cesse de le désigner par la lettre V.] *qui sait s'il n'est pas devenu le Salvador Dali soviétique ?*

Et l'idée de revenir en Russie se fait de plus en plus pressante, de plus en plus précise.

En décembre 1995, j'effectuai un bref séjour à Paris. Parmi les quatre ou cinq hôtels de la rue Amélie, j'identifiai celui où Nastia passa les premiers mois de sa vie d'émigrée.

Perpendiculaire à la rue Saint-Dominique et à la rue de Grenelle, où se trouvait autrefois l'ambassade soviétique, la rue Amélie est une venelle sans charme qui n'en revendique pas moins aujourd'hui son appartenance au Paris chic et cosmopolite du VIIe arrondissement. L'hôtel Pretty est devenu Les Jardins d'Eiffel. Un dépliant publicitaire posé sur le comptoir de la réception et dépourvu de toute référence au passé quelque peu bohème de l'établissement, vante le luxe de ce trois étoiles, l'« accueil personnalisé et le confort haut de gamme » !

Au 100 bis de la rue d'Assas, je découvris ce paradis en miniature qu'est le musée Zadkine, autrefois atelier de l'artiste. Dans les sculptures disséminées parmi la verdure, j'essayai de retrouver la silhouette de Nastia, et dans les portraits de Zadkine par ses contemporains, les indices d'une passion demeurée clandestine. Je repartis convaincu que le fameux Z. du journal était plus probablement Zdanévitch.

Au 100 de la rue Réaumur où se trouvaient après la guerre le siège de *France-Soir* et celui de *Elle*, le bel immeuble évoqué par Nastia venait d'être rénové. A l'intérieur, plus rien ne subsistait de ce qui avait été le « fief des Lazarev ».

« Bien qu'elle soit morte depuis 1988, Hélène Lazarev reçoit encore du courrier », me confia la standardiste.

Enfin, j'appelai à Levallois-Perret, au siège actuel de *Elle*. Et là, je crus à un mauvais rêve : non seulement personne n'avait jamais entendu parler d'Anastasia Dalmatov mais son nom ne figurait même pas dans les archives. Je venais de raccrocher lorsqu'une explication s'imposa à moi : Nastia avait dû travailler sous un nom d'emprunt, un pseudonyme qui lui rappelait sa belle jeunesse pétersbourgeoise... Le lendemain, je rappelai et insistai au risque de passer pour un maniaque. J'avais raison : c'est sous le nom fantaisiste de N. Bléklov — par lequel elle signait ses poèmes-objets à l'époque du Chien errant – qu'Anastasia avait collaboré au journal en tant qu'illustratrice, de 1945 à 1947.

Même chose rue Cambon, chez Chanel, où l'on me montra quelques esquisses de Bléklov des années 20, oubliées dans des tiroirs.

Rentré chez moi rue Jacob, je me surpris à broyer du noir. Mon enquête touchait à sa fin, Nastia me révélait son mystère mais un vide s'ouvrait en moi : une histoire d'amour s'achevait.

Je passai ma dernière soirée parisienne à lire le dernier cahier, superbement traduit par Léonora, cahier dans lequel Nastia explique les raisons de son retour en URSS.

La France d'après-guerre n'est plus celle qu'elle aimait, ou plutôt, celle à laquelle elle s'était habituée. Montparnasse a perdu son âme. Les jeunes artistes, les écrivains en vogue ont déserté la Rotonde pour le Flore ou Les Deux Magots. On s'étourdit de jazz dans les caves de Saint-Germain-des-Prés. On oublie. Epuisée par deux guerres, l'Europe accepte l'URSS au point de mettre en doute les témoignages des victimes du communisme. Déjà, le marxisme remplace l'existentialisme dans le cœur des intellectuels fascinés par Staline.

Bientôt, toute l'intelligentsia française sera de gauche et rêvera de révolution, écrit Nastia avec perspicacité. *L'expérience et la mémoire collective ne servent donc de rien ?*

Sa solitude ne fait que s'intensifier. Ses amis et ses relations, les uns après les autres, ont quitté Paris pour les Etats-Unis : Nina Berberova, Stravinski, Balanchine, Nabokov...

« *Prokofiev, lui, est retourné au pays* », note Nastia laconique.

Chanel vit toujours retirée en Suisse et ne reviendra pas avant 1954. Il n'y a pas jusqu'à la nouvelle mode vestimentaire qui ne heurte la sensibilité de Nastia :

Pour moi qui ai assisté, de Pétersbourg à Paris, de Lydia Dimitrieva à Coco Chanel, à la naissance de la femme moderne, le succès du « new-look » lancé par ce jeune disciple de Lelong qu'est Christian Dior me choque au plus haut point. Ces jupes-corolles tout droit sorties du XVIIIe *siècle, ces tailles étranglées qui rappellent les pires moments du corset, ces bustes rendus à leurs rondeurs me paraissent un retour en arrière, une régression...*

Et plus loin :

Je ne cesse de grommeler contre tout ce qui est nouveau. C'est donc ça, la vieillesse... Il est temps pour moi de me retirer au pays.

Les pages du 1er mars 1946 me réservaient une surprise : les raisons invoquées ci-dessus n'étaient pas les bonnes !

A la terrasse du Flore, dix-huit heures.

Il est temps de passer à des aveux qui, jusque-là, m'avaient paru impossibles à faire. Par pudeur.

En septembre dernier, je passais rue de Grenelle. C'était le matin vers neuf heures. Un groupe d'une dizaine de personnes était en train de sortir de l'ambassade d'URSS. Allure humble, vêtements étriqués et vieillots : des Soviétiques. En entendant leur conversation, je compris qu'il s'agissait d'une délégation d'artistes russes en visite à Paris. Lorsque le dernier sorti leva la tête, je reconnus Vadim. Il était plus maigre, plus voûté qu'autrefois, ses cheveux avaient blanchi, mais c'était bien lui. J'étais si bouleversée qu'au lieu de m'attarder, au lieu d'essayer de capter son regard – entrer en communication avec lui eût été impossible : le KGB veillait... – je me suis littéralement enfuie ! J'ai marché des heures au hasard avant de rentrer chez moi, passant et repassant dans ma tête comme un disque rayé les instants fugitifs que je venais de vivre...

... Quelques jours plus tard, je vais au cinéma. Il s'agit d'une projection exceptionnelle organisée par le PCF : un film soviétique récent. Les techniques de propagande y sont si grossières que l'envie me prend de sortir. Mais le film montre des vues de Leningrad et je reste, captivée. Saint-Pétersbourg ! Rien n'a changé... ses palais, ses places, ses longues avenues, le miroitement de ses eaux sous le ciel immense... La caméra suit la perspective Nevski jusqu'à la Laure, emprunte la rue Nekrassov, passe l'institut Smolny, débouche sur la cathédrale... Dans la rue de Tauride, elle s'attarde un instant sur un immeuble – celui de mon enfance, devenu le numéro 25 ! – avant de plonger dans les futaies du parc. La surprise éveille en moi des émotions oubliées depuis de longues années : celles d'une jeune fille amoureuse... Je revois Vadim marchant à grands pas devant moi le long des allées. Je suis vexée car il n'a pas pris ma main. Peu de temps avant, il était enfermé avec moi dans l'ascenseur. Il appuyait et appuyait encore sur le bouton. Dans quelques minutes, il va tomber à genoux devant moi. Je l'entends. Je n'en crois pas mes oreilles : « Vous êtes une demoiselle... je suis accablé de timidité... Je suis indigne de vous... » Il m'étreint. J'imagine Mlle Lévrier nous guettant de la fenêtre... Qu'importe... J'aime, j'aime, j'aime... Ou bien il est dans son atelier, il mélange ses couleurs en évoquant la Crimée, recherche la nuance exacte des blés sous le soleil... Puis nous sommes au Chien errant, parmi nos amis, l'estomac vide mais la tête tourbillonnante d'idées et de projets... Vadim monte sur la scène pour donner la réplique à Maïakovski... Il porte une chemise brodée, des bottes de cuir... Il cite Rimbaud... J'admire sa haute taille, ses cheveux roux, ses yeux de flamme... Ou bien, après l'amour, il court à son chevalet... Je porte ma robe rouge, celle taillée dans un bout de drapeau offert par Meyerhold... Vadim peint avec frénésie... toute la nuit... J'assiste à la naissance d'un chef-d'œuvre... Au matin, nous nous aimons... et tout le jour jusqu'au soir... Le plafond rose... Mon châle bleu jeté sur la

chaise... l'odeur de térébenthine... Au-dehors, le vent venu du golfe de Finlande fait craquer les poutres, les ponts, les arbres, les mâts...

Des souvenirs poignants m'assaillent tandis que je sors du cinéma. Il fait nuit. Dans le métro, les gens ont des regards vides, indifférents. Moi, j'ai du mal à contenir mon émotion : en l'espace d'une semaine, j'ai croisé Vadim rue de Grenelle et j'ai aperçu la Tour Ivanov dans un film !

Que cette simple coïncidence me soit apparue comme un signe du destin en dit long sur mon état d'esprit : je suis mûre pour retourner en Russie et retrouver le seul homme que j'ai jamais aimé.

Chez moi, dans la nuit :

Après les bon souvenirs, voici les mauvais qui m'accablent, et les doutes qui me torturent. Je revois Vadim en proie à la jalousie, me reprochant de fréquenter ces « bourgeois » de la Maison des Arts... Je le revois ivre d'angoisse, de colère, dans notre appartement de la Nevski, me réveiller en pleine nuit pour me faire poser. Fou ? Génial ?... Il m'interdit de revoir mes parents... Je retourne rue de Tauride... L'appartement méconnaissable... Maman prostrée dans sa baignoire... Les révélations de Pélagie... « Comment, tu ne savais pas que ton père avait été exécuté ?... Non, il n'a pas été torturé... Vadim n'aurait pas permis... Il est mort proprement...

Et si tout cela était un malentendu ? Et si Pélagie, pour une raison ou pour une autre, avait menti ? Après tout, aucun homme averti, ni Maïakovski, ni Ehrenbourg, ne m'a jamais fourni la moindre explication... Et jamais je n'ai cherché moi-même à faire la lumière sur le sort de mes parents, sur l'implication de Vadim dans le meurtre de papa... Je n'ai eu vent d'aucune enquête, je n'ai aucune preuve... Et puis, c'était la Révolution, une époque troublée... Personne ne savait où il en était... ni moi, ni les autres... Le monde vacillait... La vie, la mort avaient un autre sens... Les familles se déchiraient... Des erreurs ont été commises... Il y a eu des drames affreux... C'était inévitable... la France républicaine, démocratique, n'est-elle pas sortie, elle aussi, d'une révolution sanglante ?... D'un mal naît un bien, c'est ce que Marx appelait la dialectique... Elle règle la Nature et l'Histoire... la contradiction fait partie de la vie... Elle EST *la vie.*

S'il n'y avait pas eu des gens comme Vadim, la Russie serait restée un pays arriéré, profondément inégalitaire et en marge du monde moderne... On dit qu'à présent il fait bon vivre en URSS... que les campagnes ont rattrapé leur retard... qu'il n'y a pas de chômage, que tous les enfants vont à l'école... Staline a gagné la guerre. C'est un grand homme, un héros... On dit que... On dit...

Ce lent, hésitant, mais décisif processus de réhabilitation éclairait les phrases écrites le 2 octobre 1947 :

Pourquoi tant d'efforts pour me justifier ? Pourquoi ne pas dire la vérité, simplement ? Si je ne suis pas sincère avec mon journal, avec qui pourrais-je l'être ? Aurais-je honte d'avouer à moi-même que, si je pars, ce n'est pas seulement pour répondre à l'appel de Staline ? Aurais-je honte d'admettre qu'à cinquante-trois ans, j'ai encore l'espoir d'aimer et d'être aimée...

Entre mars 1946 et l'automne 1947, un long silence avant que Nastia, enfin sûre de sa décision et presque sereine, ne reprenne son journal et en rédige les dernières pages qui s'achèvent sur ces mots :

Le 28 octobre 1947, onze heures du soir.

Finalement, le train part demain matin à sept heures. J'ai réservé un taxi pour cinq heures. Je vais dormir tout habillée. Mes bagages sont prêts, mes trente-six cahiers bien empaquetés au fond d'une valise avec quelques lettres auxquelles je tiens et mes meilleurs dessins.

Ce cahier sur lequel j'écris, je le garderai avec moi dans mon sac à main, entre mon passeport et mon portefeuille. Les prochaines phrases, sûrement, seront rédigées dans le train...

C'est dans l'avion pour Moscou que je refermai le trente-septième cahier du journal d'Anastasia Dalmatov. Bien des questions subsistaient : comment ce journal s'était-il retrouvé en France, et pourquoi chez mon oncle ? Nastia avait-elle atteint sa destination ? Qu'était-elle devenue ?

Janvier 1996. Mitterrand venait de mourir. Brodski venait de mourir. Le « scandale du Crédit Lyonnais » défrayait la chronique. L'incendie du siège allait se déclarer quatre mois plus tard. Je faisais une halte à Moscou pour raisons professionnelles avant de regagner Pétersbourg où une mauvaise surprise m'attendait.

Moscou et Pétersbourg ont en commun le gigantisme. Pour le reste, les deux villes sont l'antithèse l'une de l'autre. Moscou lance à la conquête du ciel ses tours et ses buildings, insensible aux isbas centenaires tapies dans l'ombre, tandis que Pétersbourg étale avec lenteur et majesté ses jardins, ses quais, ses palais. Formée au fil des siècles par l'agrégat anarchique de villages, Moscou conserve de son passé une mentalité de gros bourg un peu fruste tandis que Pétersbourg n'en finit pas de jouer les grandes dames. On flâne dans Piter comme dans un jardin à la française. Tout y est symétrique et solennel. A Moscou, au contraire, une fois franchies les grandes artères soviétiques qui encerclent la ville, on se perd dans un dédale de rues et de venelles où se côtoient sans façon gratte-ciel en béton et bulbes dorés du XVe siècle.

Lorsque je débarquai à Moscou, la ville n'était pas encore au faîte de sa gloire comme elle le serait en septembre 1997, au moment de la célébration, en grande pompe, de son huit cent cinquantième anniversaire. Néanmoins, elle n'avait plus rien de la triste métropole de l'époque communiste. Sous l'égide de son maire Youri Loujkov, nombre de monuments avaient été restaurés, de façades ravalées, de quartiers réhabilités. Des rues étaient devenues piétonnes. La reconstruction, à l'identique, de l'église Saint-Sauveur que Staline avait dynamitée pour faire construire à sa place une piscine, était presque achevée. Par-delà la coupole dorée de Saint-Sauveur, entre l'usine de chocolat Octobre rouge et la pointe de l'île, se profilait la silhouette monumentale d'une statue en bronze de Pierre le Grand par le sculpteur en vogue Tsérételli.

Un soin tout particulier avait été apporté aux éclairages de la ville. Les tours du Kremlin mais aussi les sept gratte-ciel staliniens à l'architecture futuristico-baroque construits après la guerre par les prisonniers allemands, ruisselaient de lumière, accentuant ce côté « américain » que Staline lui-même avait voulu pour sa capitale.

Moscou était une vitrine. Flatteuse, trompeuse comme toutes les vitrines. Partout des banques, des restaurants, des boutiques de luxe, des salles de spectacle pleines à craquer. Partout des Mercedes, des BMW Partout des couples beaux comme des dieux, arrogants comme des princes, et qu'on aurait crus tout droit sortis des pages mondaines de *Vogue*. Le Moscou de la NEP devait ressembler à cela.

L'été, Moscou a un petit côté oriental – fumet de brochettes grillées en plein air, Causasiens attendant le bus accroupis sur le trottoir – inconnu à Pétersbourg, européenne par tradition. L'hiver venu, cet exotisme disparaît au profit d'images non moins convenues : la carte de vœux, le conte de Noël... C'est ainsi que je vis Moscou en ce mois de janvier 1996 : de gros flocons bien blancs se posaient mollement sur la place Rouge et les bulbes bariolés de Saint-Basile-le-Bienheureux. Il faisait moins vingt-trois.

C'est des larmes plein les yeux et les mains tordues de désespoir, avec ce rien d'exagération qui caractérise l'« âme russe », que Maria me reçut parmi les chaises renversées, les placards grands ouverts et les tiroirs vides. Ce n'était plus une, mais toutes mes étagères qui s'étaient effondrées, et tous mes livres qui jonchaient le sol. « Voilà comment j'ai trouvé l'appartement hier, sanglotait-elle, et dire que je vous avais rapporté de la datcha quatre bocaux de cornichons et une pleine marmite de chou fermenté ! ILS ont tout cassé ! »

Dans la bouche de Maria, ce « ils » désignait la Mafia en général. De toute façon, Maria m'avait toujours pressenti comme une victime potentielle. « Là où il y a des sous, il y a la Mafia ; et comme vous êtes dans la banque... », me disait-elle souvent avec son sens inné de la fatalité. Pour moi, tout était clair. Dans mon malheur, je devais néanmoins reconnaître que l'équipe de Koustiev avait exécuté la besogne sans faire trop de casse, en professionnels : un caprice de femme ne valait pas plus.

Cette mésaventure fut pourtant la goutte d'eau qui fit déborder le vase. J'en avais assez de Saint-Pétersbourg. Mon enquête piétinait. J'avais exploré toutes les pistes. Sarmanov n'avait toujours pas trouvé trace de la mort de Nastia. Côté travail, la routine me pesait chaque jour davantage. A la mi-janvier, je remis ma démission à Jean Dartel qui ne s'en montra pas surpris. Mon départ définitif fut fixé au 20 février. Le 15, je décidai de retourner une dernière fois à la Tour Ivanov : je n'avais pas encore visité ce qui était à présent un « jardin d'enfants », à savoir le duplex du premier étage où avaient vécu Ivan Ivanovitch Diernov, le grand-père maternel de Nastia, puis la famille Kouropatkine et enfin Hélène Gordon.

Au moment où je quittais l'appartement pour me rendre rue de Tauride, Maria me remit une lettre.

« Avec toutes ces émotions, j'allais oublier... C'est Léonora qui l'a apportée pendant votre absence. Elle avait l'air désolé de vous avoir encore manqué. »

Désolée, Léonora ? Voilà qui était nouveau.

« Si elle appelle, que dois-je lui dire ? »

J'avais envie de répondre « Que j'ai hâte de la revoir... que je la retrouve aujourd'hui même... », mais je ne sais quelle pudeur me retint devant Maria : « Dites-lui que je suis rue de Tauride ; elle comprendra. »

Je glissai la lettre dans ma poche et pris le chemin de la Tour Ivanov. Dans le parc de Tauride où mes pas crissaient le long des allées, givre et soleil étaient au rendez-vous comme dans le célèbre poème de Pouchkine. Pouchkine, mais aussi le ciel bleu « Rastrelli » et les bancs enneigés du parc éveillèrent en moi un souvenir : un dimanche passé à Pavlovsk en compagnie de Léonora. Des détails sans importance de cette journée traversaient ma mémoire : le thermos de thé brûlant, les *pirojki*, les petites dents blanches et étincelantes, de Léonora, son regard animé tandis qu'elle me parlait de la baronne Boudberg ou de Tchaïkovski... Puis il y avait eu le retour à Saint-Pétersbourg, le goûter place Saint-Isaac dans le halo de la lampe verte, Mme Klein fragile comme une porcelaine de Meissen, le crocodile empaillé, la voix irréelle du vieillard à travers la cloison, puis les photos, puis le pot de confiture puis, puis... Léonora et moi, nous avions déjà quelques souvenirs en commun, nous avions vécu des moments forts. C'est elle qui avait traduit en français les cahiers parisiens de Nastia. C'est elle qui m'avait conduit jusqu'au squat de la rue Pouchkine et jusqu'à Timour Novikov. Grâce à elle, j'avais appris qui était Vadim Batiouk et pourquoi la Tour Ivanov était entre les mains d'un des chefs les plus redoutés de la mafia locale. Ensemble, nous avions arpenté la ville, imaginé des scénarios, échafaudé des hypothèses... Puis il y avait eu cette soirée au Café littéraire, mes indiscrétions, mes ridicules envolées lyriques interrompues brusquement par le petit rire cassant de Léonora... Puis notre départ précipité dans la lumière rose des nuits blanches, notre gêne à tous deux, le grincement lugubre de l'ascenseur... Depuis, plus rien, sinon ma solitude, une aventure amoureuse grotesque et mon désarroi.

Sans interrompre ma marche, j'ouvris la lettre de Léonora. Le contact du papier, de couleur ivoire et légèrement craquant, l'écriture fine et penchée de Léonora produisirent en moi une émotion étrange, comparable à celle que j'avais éprouvée en parcourant pour la première fois le journal de Nastia. C'était comme si les catégories du temps – passé, présent, avenir – s'étaient concentrées et mêlées dans l'écriture pour lui donner la saveur de l'éternité.

Cette émotion s'estompa dès la lecture du message : Léonora m'assurait du plaisir qu'elle avait eu à traduire les cahiers de Nastia rédigés en russe et espérait que sa traduction me convenait. Elle me renouvelait ses remerciements pour l'aide financière, etc., et me transmettait les salutations de sa mère... Rien que de très convenu. A la lecture du post-scriptum, dont le ton était différent et le style plus maladroit, je fis halte. Les phrases se brouillaient, les mots dansaient devant mes yeux comme les taches multicolores d'une toile futuriste. Je lisais et relisais ces mots, j'essayais de les fixer pour leur donner un sens qui, à chaque tentative, se dérobait de plus belle : « Je me décide enfin à m'expliquer sur ma conduite au Café littéraire... Croyez bien que je ne voulais pas vous blesser –

votre amitié m'était, et me reste, si chère – mais il me paraissait tellement impossible que vous vous intéressiez à moi autrement... Pardon, j'ai du mal à exprimer ces choses-là en français. J'ai réagi comme si j'étais impatiente de vous quitter, ce qui n'était pas tout à fait le cas. Lorsque vous avez pris ma main, j'ai cru que vous vous moquiez de moi. Auparavant, vous m'aviez toujours considérée – me semblait-il – comme une simple interprète, à peine comme une amie. J'ai donc voulu couper court. Depuis, vous me... disons que nos discussions à propos de Nastia me manquent... »

Je franchis la porte du rez-de-chaussée, celle du jardin d'enfants. Le silence règne. C'est l'heure de la sieste et les enfants doivent dormir. Devant moi se dresse un escalier majestueux éclairé par un haut vitrail Art nouveau.

Ce vitrail inondé de soleil qui projette des rayons rouges, vert d'eau, violine sur les marches de marbre blanc, j'en connais chaque motif, chaque nuance.

Cet escalier, je le connais comme si je l'avais gravi mille fois, ou plutôt, comme si je l'avais gravi dans une vie antérieure : Nastia en parlait souvent dans son journal.

Mon œil glisse le long de la rampe de fer forgé dont elle évoque la main courante recouverte de velours grenat. Le velours a disparu mais les deux superbes têtes de bélier sont intactes, comme est intacte, à l'étage, une copie des Trois Grâces placée sur le balcon en arrondi qui surplombe l'escalier.

Au plafond, les lustres à pendeloques sont recouverts d'un tulle poussiéreux. Sur les murs courent des fresques « façon Boucher » représentant des Bacchus enamourés ou des bergères perchées sur des escarpolettes. Les miroirs sont piqués, les moulures de stuc disparaissent sous une épaise couche de badigeon. Car, par-dessus ce décor typique du goût d'un riche marchand du début du siècle, se sont inscrits, en palimpseste, les signes de temps plus récents : des appliques 50 aux abat-jour de nylon jaune, un tapis mécanique comme en voit reproduits par milliers dans toutes les administrations soviétiques et, alignés dans le vestiaire, des vêtements d'enfants des années 90. Le mot Reebok, sur un anorak, me frappe comme un anachronisme, pire, comme une faute de goût.

Parvenu à l'étage, je m'attends à voir surgir une fée, ou Carabosse, ou la Belle au bois dormant en personne. Une porte s'ouvre, en effet, et une femme grande et maigre apparaît. Elle est vêtue avec cette élégance désuète typique de Saint-Pétersbourg : robe noire, camée agrafé sur un col de dentelle. La chevelure argentée est nouée en chignon sur la nuque. Le visage, bien que ridé, a gardé l'éclat de la jeunesse. Cette femme a dû être belle. Je ne peux détacher mon regard de ses yeux d'un gris bleuté, translucide, éclairés d'un sourire que je n'oublierai jamais : j'y lis un mélange d'incrédulité, d'inquiétude, d'espoir fou, de joie retenue... Comme si cette femme m'attendait depuis toujours.

Je me sens confus, intimidé. J'aurais dû téléphoner au lieu d'arriver à l'improviste ; j'aurais dû apporter des fleurs en plus des bonbons achetés pour les enfants...

C'est alors que j'entends ces paroles incroyables :

« Vous êtes M. Termois ?... Je veux dire, son fils... »

Elle me dévisage avec attention, se reprend : « Vous devez être plutôt son petit-fils...

— Je suis le petit-neveu de Me Joseph Termois.

— J'étais sûre que vous viendriez ! »

Sa voix s'est brisée. Je la sens bouleversée par l'émotion, au bord des larmes.

Elle m'invite à la suivre dans son bureau. Cheminée de marbre rose, frise de petits amours... cette pièce devait être autrefois une chambre à coucher ou un boudoir.

« Je vous en prie, mettez-vous à l'aise... Toutes ces friandises !... Les enfants n'ont pas l'habitude. Vous les avez gâtés... Je vais faire préparer du thé. »

Elle me quitte précipitamment. Je l'entends s'agiter dans la cuisine : « Héléna Simionova ! Du thé, s'il vous plaît ! De la confiture ! Est-ce que l'on a de quoi faire des blinis ? Le petit-neveu de M. Termois est là ! Il est là ! Vous vous rendez compte ? »

Cette femme doit avoir soixante-dix ans au plus. Elle ne peut être Anastasia Borissovna Dalmatov. Et pourtant, elle correspond à l'image que je me fais de Nastia à cet âge. Lorsqu'elle réapparaît dans le bureau, son visage est rose d'émotion, presque juvénile.

« Excusez-moi... Je ne me suis même pas présentée ! Victoria Grigorievna Smirnov, directrice de ce jardin d'enfants. Du temps où Anastasia vivait ici avec ses parents, mon grand-père était le concierge de l'immeuble...

— Vous êtes la petite-fille de Pavel !

— Oui. Je vois que vous avez lu le journal de Nastia avec attention. Mon père, enfant, a joué dans la *Dévotion à la Croix*. Il était un des petits négrillons qui déroulaient le rideau et déplaçaient les candélabres. Il n'avait alors qu'une dizaine d'années, mais il avait déjà conscience de vivre une expérience extraordinaire, comme il me l'a expliqué plus tard. Combien de fois n'a-t-il pas évoqué devant moi la famille Ivanov et les mercredis de la Tour ! Il m'en parlait comme d'un paradis perdu... Il me disait : "Tu te rends compte, petite Vika, j'ai connu Viatcheslav Ivanov, j'ai connu Alexandre Blok, j'ai connu Meyerhold !..."

» J'ai été nourrie des souvenirs de mon père et de mon grand-père. Je les ai conservés pieusement. Ces souvenirs m'ont aidée à supporter la sottise, la médiocrité, la peur qui ont été notre lot, à nous les Russes, pendant tant d'années... Mais il faut que je vous parle d'Anastasia. Vous êtes venu pour cela... »

Victoria Grigorievna me fait asseoir dans une vieille bergère de soie crème. Elle-même s'installe en face de moi, les coudes posés sur son bureau, une méchante table en formica couverte de dossiers, de courriers, de dessins d'enfants éparpillés. Les doigts croisés devant son visage, les yeux fermés comme pour mieux plonger à l'intérieur de sa mémoire, elle respire profondément puis commence son récit :

« Jusqu'à ce que le KGB vienne l'arrêter, ici-même, en plein jour, un matin d'octobre 1965 – elle avait alors soixante et onze ans –, Anastasia Borissovna n'a jamais désespéré de recevoir la visite de Joseph Termois. Elle me disait : "Un jour ou l'autre, les frontières de l'URSS s'ouvriront et Joseph tentera sûrement de me retrouver. Il me remettra ce journal que je lui ai confié. Nous ferons plus ample connaissance. Il me parlera de lui, de sa famille. Il me donnera des nouvelles de la France..." Cet homme qu'elle n'avait rencontré en tout et pour tout que quelques minutes sur un quai de gare – vous allez bientôt comprendre pourquoi –, elle en parlait souvent, comme d'un ami cher, comme d'un frère ou plutôt, vu la différence d'âge, comme d'un fils parti loin et qui a promis de revenir... Elle lui portait une reconnaissance infinie, elle l'appelait "le sauveur de ma mémoire". Elle essayait d'imaginer sa vie en France, sa femme, ses enfants...

— Mon grand-oncle était célibataire, dis-je. Il nous a quittés en 1992. »

Une ombre passe dans le regard de Victoria Grigorievna :

« Joseph Termois est donc mort... »

Elle a l'air si navrée que je n'ai pas le courage de lui faire cet aveu : jamais, une seule fois, mon grand-oncle n'a mentionné devant nous le nom de Nastia.

On apporte le thé.

« Ce matin d'octobre 1965, reprend Victoria Grigorievna, des policiers en civil sont venus chercher Anastasia Borissovna, et ils l'ont emmenée dans un lieu inconnu d'où elle n'est plus jamais revenue. 1965 : douze ans après la mort de Staline, neuf ans après le XXe Congrès. Les camps de la mort n'étaient plus qu'un mauvais souvenir... mais nos gouvernants avaient d'autres méthodes, plus discrètes et plus sournoises, pour punir les "ennemis du peuple" : la prison, l'hôpital psychiatrique...

» Nastia n'a jamais revu Joseph Termois. Mais elle m'a raconté comment elle l'avait connu ; elle m'a confié aussi les secrets, les désillusions et les espoirs de sa vie. J'étais son amie, j'ai repris le flambeau... Par fidélité à sa mémoire et à ce qui nous liait : l'Age d'argent, la tour Ivanov, et surtout au nom de l'admiration que j'avais pour elle et de l'affection que je lui portais, j'ai attendu moi aussi, j'ai attendu Joseph Termois comme on attend le Messie, tout en sachant au fond de moi que cet espoir était fou : l'URSS ne semblait-elle pas définitivement coupée du reste du monde ?... Ainsi les années se succédaient-elles, toutes pareilles, sans que personne entrât ici en disant :

“Je suis français et je cherche Anastasia Borissovna Dalmatov.” »

Victoria Grigorievna verse le thé dans les tasses. Sa main tremble, sa main frêle et tachetée, légère comme un mouchoir de soie.

« Quand le communisme s'est effondré dans notre pays, j'ai repris espoir. Je me disais : “Maintenant, il n'y a plus d'obstacle à ce que Joseph Termois, ou l'un de ses proches, reviennent en Russie sur les traces de Nastia... Et moi, je n'ai plus rien à craindre du KGB...” »

De toute mon âme, j'écoute cette femme me raconter avec des mots simples ce que je cherche à comprendre depuis si longtemps. Des larmes brouillent les yeux de Victoria Grigorievna tandis qu'elle scrute mon visage avec intensité, à la recherche d'une ressemblance avec Joseph Termois.

« Nastia, je vous l'ai dit, n'a vu votre grand-oncle que quelques instants, mais les traits de son visage sont restés gravés en elle. Elle m'a décrit cet homme si souvent qu'il me semble parfois l'avoir connu moi-même... Mais commençons par le début... »

Victoria Grigorevna prend une longue inspiration, rajuste son camée.

« Le récit que je m'apprête à vous faire, Nastia me l'a fait des centaines de fois. Elle voulait qu'il s'imprime dans ma mémoire pour que je puisse vous le restituer fidèlement, de vive voix, un jour... Vous vous étonnez sans doute qu'elle ne l'ait pas elle-même consigné par écrit, mais Nastia avait appris à ses dépens ce qu'il advient des témoignages écrits...

» Le 29 octobre 1947 au matin, sur le quai de la gare de l'Est, juste avant de monter dans le train qui devait la ramener en URSS, Anastasia a été saisie d'une peur soudaine, instinctive... Elle avait assisté à des rafles pendant la guerre. Elle savait ce que cela voulait dire de monter dans un train pour une destination inconnue, et sous surveillance policière... Car ce 29 octobre 1947, il y avait des policiers sur le quai, des policiers français et soviétiques. Et ils étaient armés... Ils surveillaient de près les hommes et les femmes qui s'étaient rassemblés sur le quai et s'apprêtaient à monter dans les wagons : des Russes émigrés en France après la Révolution, leurs enfants ou leurs petit-enfants... Ils étaient cinq cents, sept cents peut-être. Parmi eux, Nastia a reconnu des Chérémétiev, des Volkonski... Ces aristocrates qui avaient tout abandonné pour fuir la terreur bolchevique, reprenaient le chemin en sens inverse, en abandonnant tout derrière eux encore une fois. Pourtant, ils étaient gais, pleins d'animation : ils l'avaient tant attendu ce jour ! Les plus âgés avaient la larme à l'œil. Certains d'entre eux avaient vécu en France "la valise à la main", persuadés que l'heure du retour sonnerait un beau matin. L'aristocratie française réfugiée à l'étranger au moment de la Terreur n'était-elle pas rentrée à la Restauration ?

» La plupart des voyageurs rassemblés sur le quai n'étaient pas naïfs au point de croire qu'une fois revenus en Russie ils retrouveraient leurs palais, leurs datchas, tous leurs biens. Non. Mais ils pensaient qu'on leur permettrait de s'installer dans la ville qu'ils avaient choisie pour y mettre à profit leurs compétences. Parmi ces gens, il y avait des savants, des ingénieurs, des médecins, des artistes, mais aussi des employés, des commerçants, des chauffeurs de taxi... Tout ce que ces "ré-émigrés" espéraient, c'était une vie décente dans le pays de leurs ancêtres.

» Sur le quai de la gare de l'Est où ils étaient arrivés en famille, pleins de gaieté et d'optimisme, ces gens ignoraient que le train dans lequel ils s'apprêtaient à monter les conduirait vers une tout autre destination que celle qu'ils avaient demandée. Ils ignoraient qu'une fois arrivés, ils seraient parqués, maltraités, humiliés...

» Nastia avait été frappée par un incident survenu sur ce quai de gare, quelques instants avant qu'on ne criât "en voiture !", un incident qui lui avait fait pressentir le pire. Parmi les voyageurs se trouvaient les Orlov, une famille au grand complet avec une ribambelle d'enfants. Des gens modestes, qui n'avaient plus rien à voir avec leurs origines princières... Ils étaient chargés de vieilles valises serrées avec de la ficelle, de gamelles, de ballots, de paniers remplis de victuailles... "des choux énormes, se souvenait

Nastia, des conserves en bocaux, des saucissons...” Ils emmenaient avec eux un petit caniche blanc que le plus jeune des enfants portait avec précaution dans ses bras. Un policier soviétique s'est approché et a déclaré qu'il était hors de question de faire monter ce chien dans le train. Malgré les protestations et les pleurs de l'enfant, il a chassé le caniche à coups de pied. “C'est alors que j'ai senti en moi un déclic, m'expliquait Nastia, comme si mon être tout entier se révoltait.”

» A ce moment précis, un groupe de voyageurs en partance pour Bâle ou Zurich passait sur le quai d'en face, visiblement intrigués par cette foule de gens chargés comme des baudets. Ils ne se doutaient pas du sort qui attendait ces Russes, citoyens français comme eux. Comment auraient-ils pu se douter ? La guerre était finie. Les camps de travail en Allemagne et les wagons plombés appartenaient déjà au passé. L'URSS n'effrayait plus personne depuis que Staline était sorti vainqueur du conflit. La France avait si bien assimilé les Russes blancs qui tenaient le haut du pavé dans le monde du cinéma, du spectacle, de la mode et des arts en général, qu'on ne pouvait imaginer que certains d'entre eux se soient laissé tenter par les propositions de Staline leur promettant un avenir radieux. Personne n'avait jamais entendu parler des “ré-émigrés” et personne ne se sentait concerné par leur sort.

» A la vue de ces paisibles voyageurs, Nastia fut prise d'une inspiration subite : sa valise dans une main, son sac dans l'autre, elle a couru dans leur direction, sans réfléchir, sans se retourner. L'un d'eux, âgé d'environ trente, trente-cinq ans, affichait un air bienveillant qui plut aussitôt à Nastia. Surtout, il n'avait pour tout bagage qu'un seul sac, un grand fourre-tout à moitié vide. C'était Joseph Termois, que le hasard avait placé sur le chemin de Nastia. Elle s'est précipitée vers lui. Toute haletante, elle lui a expliqué en deux mots qu'elle était russe, qu'elle repartait pour l'URSS. Elle ne le connaissait pas, ne le reverrait sans doute jamais, mais elle lui confiait ce qu'elle avait de plus précieux : son journal intime, qu'elle avait tenu régulièrement depuis l'âge de treize ans. Elle a déballé à la hâte sa valise, puis le sac à main où était rangé son cahier en cours, et Joseph Termois, un peu ahuri, n'a eu que le temps de fourrer dans son grand sac les trente-sept cahiers que cette inconnue avait l'audace de lui confier. Cette inconnue avait l'air si sincère, ses yeux étaient tellement suppliants que Joseph Termois n'a pas posé de questions et s'est exécuté sans protester. Il a même eu la présence d'esprit de lui griffonner son nom sur un bout de papier : "Me Joseph Termois, notaire." Nastia l'a appris par cœur avant de déchirer, le bout de papier, et de le jeter. Elle avait déjà acquis les réflexes soviétiques... »

Victoria Grigorievna s'interrompt, secoue la tête, les lèvres crispées... L'appartement est toujours silencieux. On n'entend que le tic-tac d'une vieille pendule et comme l'écho étouffé d'un orage souterrain : le sang dans nos veines, les battements de mon cœur... Le thé refroidit dans les tasses.

« La suite n'est qu'une longue descente aux enfers. A Sarbourg, on leur a fait prendre un autre train nettement moins confortable que le précédent. C'est à ce moment-là qu'on leur a demandé leurs passeports... "Simple vérification", leur a-t-on précisé pour les rassurer. Mais les passeports ne sont jamais réapparus. Oui, c'est difficile à croire, et pourtant c'est vrai : ces gens étaient encore sur le territoire français lorsque les autorités soviétiques leur ont confisqué définitivement leurs passeports. Détail significatif : Nastia se souvenait d'avoir aperçu des officiers soviétiques et des officiers français qui se serraient la main sur le quai de la gare de Sarbourg...

» Puis le train s'est ébranlé. Il a traversé lentement l'Allemagne occidentale. Les arrêts étaient fréquents et interminables mais, à leur grand étonnement, les voyageurs n'avaient pas le droit de sortir. Entassés sur des bancs de bois, ils ont roulé ainsi pendant de longues heures. Les fenêtres – fermées hermétiquement – étaient si petites et si poussiéreuses qu'on distinguait à peine le paysage à travers les carreaux. Les toilettes et le lavabo se trouvaient au milieu du convoi. Des miliciens soviétiques, maussades et méprisants, leur servaient un bol de soupe et une tranche de pain deux fois par jour. Quelques voyageurs ont demandé s'ils pouvaient avoir un petit complément, un peu de beurre ou de lait pour les enfants... en payant naturellement. Ils ont vidé leur porte-monnaie, mais on ne leur a rien donné en retour.

» Les victuailles des Orlov ont été alors les bienvenues, mais elles ont été vite épuisées. “Après avoir dévoré le saucisson puis vidé les bocaux de tomates, m'a raconté Nastia, on s'est rabattu sur les choux qu'on dépeçait au canif et qu'on broutait pendant des heures comme des ruminants.” Le train roulait, roulait... traversait des villes en ruine, des champs dévastés : l'Allemagne n'était pas encore remise de la guerre. C'était comme un train fantôme, un serpent métallique hurlant et fumant qui filait à travers un *no man's land* en route pour nulle part. “Nous, à l'intérieur, on se serrait les coudes, on formait comme une grande famille bruyante, chaude, bien vivante... L'entraide régnait. On chantait en chœur de vieilles romances russes, on plaisantait... pour ne pas laisser le doute monter en nous. On chantait jusqu'à épuisement et on glissait aussitôt dans le sommeil. Il ne fallait surtout pas penser, se poser de questions et prendre conscience de ceci : nous étions prisonniers...”

» Dans la petite ville de Döbeln, non loin de Dresde, le train s'arrêta et on les fit descendre, à leur plus grande joie. “On éternuait. On piquait des fous rires : c'était l'air pur qui nous chatouillait les narines !” »

Le récit de Victoria Grigorievna est entremêlé de phrases qu'elle tient de la bouche même d'Anastasia, et il me semble que celle-ci revient au monde à travers la voix de son amie. Réciproquement, et par un troublant phénomène d'osmose, le journal de Nastia qui n'était pour moi qu'une écriture trouve tout à coup une voix, sa voix : celle de Victoria Grigorievna.

« “Les enfants Orlov se sont mis à gambader comme des cabris, racontait encore Nastia. Ils avaient tellement besoin de se dégourdir les jambes !” Alors, un des miliciens a ôté son ceinturon et en a cinglé les jambes du petit garçon. Celui-ci est tombé à la renverse, muet de surprise et de douleur. Un silence glacial s'est abattu sur nous. Chacun commençait à prendre la mesure de la réalité.

» Puis on a emmené les voyageurs dans une caserne où ils ont dormi à même le sol dans d'immenses dortoirs sans chauffage. Des enfants pleuraient, des vieillards ont gémi de faim et de fatigue pendant toute la nuit. Il y avait une vieille comtesse parisienne, ruinée paraît-il mais très distinguée, qui voyageait accompagnée d'une jeune fille qu'elle rabrouait à tout instant. Cette jeune fille russe était sa bonne. Curieusement, même dans les pires conditions, leurs relations ne se sont jamais modifiées, et c'était un curieux spectacle que de voir la jeune fille obéir aux injonctions de sa maîtresse avec une docilité infinie, alors même que toutes deux se voyaient traitées – maltraitées ! – à égalité.

» Pour gagner de la place, on avait demandé aux voyageurs de laisser leurs bagages dans le hall de la caserne. Ils ne les ont pas retrouvés le lendemain. Des hommes ont protesté mais on leur a répondu que les bagages avaient été mis en sécurité. Ils apprirent plus tard que ces bagages – dont la valise de Nastia heureusement délestée de ses cahiers – avaient été confisqués eux aussi.

» A Döbeln, les voyageurs ont demandé à prendre une douche. On leur a accordé ce "privilège", à titre "exceptionnel", mais ils n'ont pas eu la permission de laver leurs vêtements. On les a rassemblés dans la cour de la caserne, une vaste cour vide entourée de hauts murs comme une cour de prison. On les a fait asseoir sur le sol et on leur a distribué – "jeté, plutôt", disait Nastia – à chacun un morceau de pain. Nous avions l'impression d'être des repris de justice. Un prince, Apraxine, jeune avocat du barreau, ne cessait de répéter : "Mais qu'avons-nous bien pu faire de répréhensible pour en être arrivés là ?"

» Toute la journée, des orateurs se sont relayés pour leur vanter à grand renfort de poings brandis et de slogans martelés, amplifiés par des haut-parleurs installés aux quatre coins de la cour, les mérites du camarade Staline et la grandeur de l'URSS. Le bourrage de crâne a duré dix jours. Quand il pleuvait, on faisait rentrer les voyageurs dans un hangar et on leur passait des films de propagande. En comparaison des discours en plein air dans le froid, ces séances de "cinéma" étaient un plaisir. Au moins, les voyageurs étaient à l'abri. Ils voyaient des images. Ils auraient presque remercié leurs bourreaux. Les plus excités étaient les enfants. Ils s'extasiaient à chaque image. Ils vibraient au rythme de la musique militaire. Ils buvaient les paroles comme du petit-lait, insensibles à leur emphase et à leur mièvrerie. Ces jeunes Français étaient en train de devenir de vrais citoyens soviétiques.

» Ces films montraient le "petit père des peuples" communiant avec la foule. Il serrait la main de braves gens au sourire plein de reconnaissance, il caressait avec bonhomie la tête de leurs enfants, et sa moustache frémissait de bonté et de sensibilité ! On voyait aussi d'immenses usines ultramodernes où des ouvriers vêtus d'uniformes impeccables s'affairaient en cadence comme de petits automates, mais aussi de champêtres paysages où des kolkhoziennes bien nourries trayaient joyeusement leurs vaches. On voyait aussi, le long des avenues de Moscou toutes pavoisées à l'occasion d'une fête ou d'une commémoration, d'impressionnants défilés. Des camions, des moissonneuses-batteuses, des blindés rutilants étaient offerts à l'admiration du peuple tandis que des acrobates blonds et musclés exécutaient des sauts périlleux dans un ciel sans nuage. Le long des trottoirs, aux fenêtres des immeubles, une foule innombrable agitait la main en criant son bonheur. On ne pouvait qu'admirer la propreté, l'efficacité et la gaieté d'un tel peuple, et la perfection d'un tel régime.

» Vers midi, on leur jetait leur quignon de pain, puis les séances de lavage de cerveau reprenaient. Au bout de dix jours, les voyageurs étaient si épuisés et si abrutis qu'ils ne posèrent aucune question lorsque, pour traverser la Pologne, on les fit embarquer dans un troisième convoi, plus sordide encore que le précédent. "De véritables wagons à bestiaux, se souvenait Nastia, sans sièges, ni eau, ni toilettes, ni aération, rien. Un seau par wagon, qu'on vidait tous les deux ou trois jours lorsque les miliciens daignaient déverrouiller la porte. Nous commencions à ne plus avoir visage humain. »

» Pour toute nourriture, on leur distribuait des pommes de terre qu'ils ne pouvaient faire cuire faute de poêle. Les voyageurs avaient froid. Ils souffraient de maux de ventre, de bronchites, de dysenteries. Ils réclamèrent en vain des médicaments. Une fillette de quatre ans mourut et le petit cadavre fut emporté sans ménagement par les miliciens. C'est alors qu'un mouvement de révolte courut parmi les voyageurs. "Je connais le général de Gaulle, criait un vieux monsieur qui se disait historien et membre de l'Académie, dès mon arrivée à Leningrad, je lui écrirai pour lui expliquer de quelle façon inadmissible nous avons été traités !" Il ignorait que le train n'atteindrait jamais Leningrad... D'ailleurs, ce vieux monsieur a disparu peu après, et personne n'a plus jamais entendu parler de lui.

» A Grodno, une ville de Biélorussie près de la frontière polonaise, le convoi est resté une semaine. Dans une ferme désaffectée sans eau ni électricité, on a fait subir aux voyageurs de nouvelles séances de lavage de cerveau encore plus abrutissantes. Pas de films, mais des discours interminables où il était question des conditions de vie effroyables dans les pays capitalistes. On assommait les voyageurs de slogans du genre "Camarade Staline, notre chef, nous t'aimons comme un père", qu'ils devaient reprendre tous en chœur. Ceux qui ne beuglaient pas assez fort étaient privés de nourriture.

» Puis les voyageurs sont remontés sans un mot dans leurs wagons à bestiaux. "Nous étions sur les genoux, racontait Nastia, sales, dépenaillés, anéantis, comme vidés de nous-mêmes."

» Quelques jours plus tard, les voyageurs débarquaient enfin en Russie, à la gare de Kostroma. On leur annonça qu'ils étaient arrivés à destination et qu'ils allaient enfin connaître la vraie vie. Les voyageurs ont échangé des regards consternés car aucun d'eux n'avait demandé à venir vivre à Kostroma, cette ville perdue sur les bords de la Volga. Nastia m'a raconté qu'à ce moment-là elle était partie d'un rire nerveux, hystérique : elle se souvenait avec quelle application, quelques jours avant le départ de Paris, elle avait préparé l'étiquette à fixer sur sa valise selon les normes inscrites sur un papier officiel émanant de la commission franco-soviétique. "L'étiquette devra impérativement être blanche et indiquer en lettres majuscules et à l'encre de Chine le nom de la destination choisie."

» Puis on leur distribua un bol de soupe chaude "qui suffit à nous ragaillardir et à nous rendre Kostroma plus accueillante, ajoutait Nastia, car nous étions affamés."

» Sans plus attendre, on les fit monter dans des chars à bancs tirés par des ânes et on les conduisit à travers champs vers des baraquements insalubres, vers ces fameux kolkhozes que le monde entier enviait à Staline.

» A mi-chemin, les carrioles s'arrêtèrent en rase campagne au milieu d'un paysage de friches désert et désolé. C'est alors qu'on procéda à une répartition des forces vives et que l'on divisa les familles. Il y eut des pleurs et des grincements de dents, et même des velléités de rébellion bien vite étouffées. Les voyageurs furent encerclés par les soldats qui les mirent en joue. Le village le plus proche se trouvant à plusieurs kilomètres, il n'y avait personne alentour pour entendre les hurlements des enfants ou les coups de feu éventuels. Il n'y eut pas de coups de feu. Simplement quelques coups de crosse sur le dos d'Orlov qui ne voulait pas se séparer de ses enfants. Sur les cinq, on lui fit la grande faveur de lui laisser les deux derniers.

» Pendant trois ans, Anastasia vécut la rude vie du kolkhoze. Elle se levait à l'aube, travaillait toute la journée dans les champs et regagnait chaque soir un dortoir surpeuplé et malodorant où elle se jetait tout habillée sur sa couchette. "Nous étions tellement épuisés que nous n'avions même pas le courage de nous distraire pendant nos rares moments de repos. Pour rester vivante, pour ne pas devenir une machine ou un animal, je me répétais inlassablement, de mémoire, les vers de Viatcheslav Ivanov, de Zénaïda Hippius, de Blok ou de Maïakovski que j'avais aimés dans ma jeunesse. C'était comme si je me remémorais une langue étrangère très ancienne et très belle, apprise il y a bien longtemps, une langue incroyablement profonde et sophistiquée, fruit d'une civilisation qui avait disparu de la surface du globe..."

» Elle se souvenait d'avoir assisté à des scènes tragiques : une femme accusant son mari de lui avoir imposé ce retour en URSS, alors qu'elle-même était française de souche et se trouvait très heureuse dans son pays. Le couple avait laissé son magasin de cycles parisien entre les mains d'Albert, son fils unique. « Imbécile, tu t'es laissé berner ! reprochait chaque jour la femme à son mari. A cause de toi, on ne reverra jamais plus ni notre magasin ni notre pauvre Bébert ! » Les premiers temps, le malheureux haussait les épaules en répondant que tout allait s'arranger, que c'était une question de patience. A mesure que le temps passait, il cessa de répondre aux reproches toujours plus violents de sa femme et se réfugia dans un silence résigné... Mais le thé est froid. Je vais demander qu'on en refasse... »

Avant même que je m'en aperçoive, Victoria Grigorievna a quitté la pièce. Je me sens engourdi, cafardeux, comme après un trop long sommeil peuplé de cauchemars. Autour de moi, la table en formica, les amours roses et la pendule égrenant son tic-tac surgissent peu à peu de l'ombre et me redeviennent familiers.

« Voici le thé, dit Victoria Grigorievna revenant de la cuisine ? Servez-vous, monsieur Termois...

— Verdon, Luc Verdon. Joseph Termois était le frère de ma grand-mère maternelle. J'ai trouvé le journal de Nastia dans un coffre qu'il m'a légué à sa mort. Depuis, je n'ai pas eu un moment de répit. Je voulais tout savoir d'Anastasia Dalmatov... »

J'explique à Victoria Grigorievna comment j'en suis venu à vivre à Saint-Pétersbourg, et les différentes étapes de mon enquête. Lorsque je prononce le nom d'Anton Koustiev, elle me confirme qu'il est bien le petit-fils de Pélagie, qu'il vit actuellement dans l'ancien appartement des Dalmatov et que l'immeuble entier lui appartient.

« Je m'attends d'un jour à l'autre à ce qu'il nous mette à la porte, me confie Victoria Grigorievna. Plusieurs fois, il est venu visiter notre jardin d'enfants, qu'il trouve encore plus beau que son propre appartement... Mais revenons à Nastia.

» En 1950, elle a pu quitter Kostroma grâce à l'intervention de son vieil ami Korneï Tchoukovski, à qui elle avait réussi à faire passer une lettre. Tchoukovski n'avait jamais quitté la Russie et était devenu un écrivain soviétique célèbre. Par son intermédiaire, elle a pu obtenir un permis de séjour à Leningrad. Mais elle était sans travail, sans argent. Son premier réflexe fut de retourner rue de Tauride, à son ancienne adresse, et de monter au troisième étage où elle avait passé son enfance. Sa mère était morte et enterrée. Pélagie avait disparu. Plus personne ne reconnut Nastia dans l'appartement transformé en kommulnaka.

» Le cœur lourd, Nastia est redescendue et elle a eu l'idée de sonner ici, à la porte de ce duplex où avait vécu son grand-père maternel, Ivan Ivanovitch Diernov. Elle est entrée, comme vous, à l'improviste. Je m'en souviendrai toujours. J'avais vingt-huit ans, et Nastia cinquante-six. Elle était d'une maigreur effrayante mais elle avait une allure folle. Elle portait un manteau gris qui avait dû être superbe, très chic, un modèle de la haute couture parisienne signé...

— Chanel ?

— C'est cela, Chanel, mais il était si usé qu'on voyait à travers la trame du tissu.

» Ce duplex était alors une école de dessin. J'y enseignais l'histoire de l'art. C'est moi qui ai reçu Nastia lorsqu'elle est entrée ici ce matin d'hiver 1950. Nous n'avons pas mis longtemps à nous rendre compte de tout ce qui nous rapprochait, et nous sommes tombées dans les bras l'une de l'autre. Elle aussi, comme mon père et mon grand-père, avait connu la famille Ivanov, Blok, Akhmatova, Diaghilev, Meyerhold... Elle aussi avait joué dans *La Dévotion à la Croix*. Elle se souvenait parfaitement de mon père et de mon oncle, le visage enduit de cirage noir sous leurs turbans à plumes !...

Avec l'appui du directeur de l'école qui était un homme bon et ouvert, je me suis battue pour qu'on engage Nastia comme professeur. Elle avait étudié les beaux-arts. Elle avait sa place ici. Cela a pris un an. C'était un excellent professeur. Les étudiants l'adoraient. Elle débordait d'idées originales qui tranchaient avec l'enseignement officiel de ces années-là. Elle avait l'art de balayer les frontières entre les styles et de trouver des connexions inattendues qui déroutaient et enchantaient les élèves.

Moi-même, j'admirais avec quelle aisance pleine d'audace elle esquissait un profil ou fronçait un bout de chiffon pour en faire une robe. Elle avait des doigts de fée. En outre, c'était un esprit brillant, cultivé, je dirais même universel. Elle racontait que l'art et la littérature l'avaient sauvée de l'angoisse et arrachée au suicide. Elle ne nourrissait aucune rancœur. Sa gaieté et sa générosité éblouissaient tout le monde. Nous étions très amies. "Victoria Grigorievna, me confiait-elle souvent, grâce à vous et à nos élèves, j'ai repris goût à la vie."

» Nastia est restée avec nous jusqu'à ce jour d'octobre 1965 où on est venu l'arrêter... Tout s'est passé très vite, comme toujours dans ces cas-là... Depuis, aucune nouvelle, rien, pas un témoignage, pas une lettre, pas le moindre indice... Vous rendez-vous compte, monsieur Verdon ! Anastasia aurait aujourd'hui cent deux ans et nous n'avons même pas la preuve qu'elle soit morte...

» Avec d'autres personnes qui avaient connu et aimé Nastia, nous avons bien essayé d'entreprendre des recherches mais, chaque fois, nous nous heurtions à un mur... Un jour, en 1970, alors que je m'adressais pour la énième fois à un responsable du Parti, il m'a répondu, agacé : "Mais voyons, camarade, vous devez bien vous doutez que votre Anastasia Borissovna est morte en prison !" Depuis, je fais souvent ce cauchemar étrange qui me semble une sorte de prophétie : Nastia franchit, les menottes aux poignets, le seuil d'une forteresse lugubre perchée en haut d'un rocher. Le vent souffle, les arbres sifflent, un éclair zèbre le ciel noir. Nastia trébuche sur une marche. Son enveloppe charnelle s'affaisse mais son âme s'envole dans l'éther, à la recherche d'une ré-incarnation... »

J'observe le visage exalté de Victoria Grigorievna tandis qu'elle profére ces paroles aux relents d'anthroposophie à la Rudolph Steiner. Combien de fois n'ai-je pas entendu, dans la bouche de Russes formés à l'école soviétique, des considérations d'ordre philosophique aux antipodes du marxisme-léninisme et même du plus élémentaire rationalisme !

Revenant à des préoccupations plus terre à terre, je

demande à Victoria Grigorievna des détails sur l'arrestation de Nastia.

« Comme vous le savez, le KGB a toujours eu les réémigrés à l'œil. Depuis son retour à Leningrad, Nastia était souvent tourmentée par la police, de façon indirecte, perfide. Elle avait obtenu une chambre tout près d'ici, rue Saltykov-Chtchédrine. Un soir, en rentrant du travail, elle retrouvait sa chambre en désordre, fouillée de fond en comble, le lendemain, elle recevait une lettre lui intimant de quitter cette chambre immédiatement. Nastia ne donnait pas suite. Les choses semblaient s'apaiser, puis tout recommençait deux mois plus tard. On s'arrangeait pour lui rendre la vie impossible... C'était toujours Tchoukovski qui arrangeait les choses. Anna Akhmatova, qui était son amie, ne pouvait rien pour Nastia. Elle-même avait tellement d'ennuis à l'époque !

— Je sais que Nastia avait rencontré la poétesse chez les Ivanov puis au Chien errant. Le jour où Nastia a quitté la Russie, en 1924, Akhmatova était auprès d'elle pour lui souhaiter bonne chance.

— Nastia et Anna Andréievna se sont retrouvées avec émotion vingt-six ans après et se sont beaucoup vues entre 1952 et 1964. Akhmatova a été, avec moi je pense, la dernière amie de Nastia, et je trouve bien injuste que la fille de Tchoukovski ne parle pas de nous dans ses *Mémoires*... Mais il faut que je vous montre une photo. »

Victoria Grigorievna se lève et sort d'une armoire métallique fermée à clé un épais dossier cartonné qu'elle ouvre précautionneusement. Elle en retire une toute petite photo, un vieux cliché jauni et froissé qu'elle dépose religieusement sur la table. Autour de moi, tout s'estompe : le formica turquoise, écaillé, de cette table, les abat-jour de nylon jaune, le parquet en marqueterie recouvert, par endroits, de linoléum. Je vais enfin découvrir le visage de Nastia !

Sur ce bout de papier de cinq centimètres sur cinq, deux femmes sont assises côte à côte sur un banc de jardin, deux femmes que l'on pourrait prendre pour deux sœurs : toutes deux énormes, avec des visages bouffis...

« C'était en 1964, à la datcha d'Akhmatova, m'explique

Victoria Grigorievna d'un ton parfaitement naturel. A droite, vous reconnaissez la poétesse. Elle s'apprêtait à se rendre en Italie pour y recevoir un prix. Le gouvernement soviétique commençait à se montrer plus clément à son égard et on l'a laissée partir sans trop de difficultés. A l'époque, elle nous disait souvent : "Il faut absolument que j'écrive mes souvenirs sur Viatcheslav Ivanov et sur les mercredis de la Tour !" Mais elle n'a pas eu le temps : elle avait déjà de graves problèmes cardiaques et devait mourir deux ans plus tard... A gauche, c'est notre chère Nastia. Elle était malade elle aussi, mais pour d'autres raisons... «

Elle est grosse, c'est vrai, les traits du visage sont empâtés mais le regard est vif, le port altier, le maintien plein de dignité... N'empêche, je suis déçu. Ma gorge se serre. Je scrute et scrute et scrute encore le visage de celle qui n'est plus pour moi Nastia mais Mme Dalmatov. J'y mets toute mon énergie, toute ma tendresse, tout mon désespoir. Je scrute ce visage et cette silhouette, et je ne vois que le visage enlaidi et le corps difforme d'une inconnue au soir de sa vie. La douleur m'empoigne. Elle me tord les tripes et ce paquet de chair saignante qu'on appelle le cœur. Je vais pleurer. Je ne veux pas pleurer. Nastia, mon bel amour !

« Nastia avait été ravissante dans sa jeunesse, je sais », reprend Victoria Grigorievna s'apercevant de mon désarroi...

Je vais pleurer. Je ne veux pas pleurer.

« Je suppose qu'elle avait été beaucoup courtisée, poursuit-elle en essayant de donner un ton enjoué à sa voix, mais elle ne m'a jamais parlé que d'un seul homme : le peintre Vadim Batiouk. C'est pour lui que Nastia était revenue en URSS mais, hélas, elle ne l'a jamais revu. C'était-là une souffrance dont elle parlait rarement. Batiouk avait épousé une actrice et il vivait tranquillement à Moscou riche, célèbre, comblé. Il est mort là-bas en 1958... »

Victoria Grigorievna pose sa petite main soyeuse et ridée sur mon épaule et se penche vers moi. Elle pleure elle aussi, mais je la sens qui sourit à travers ses larmes, maternelle, compatissante.

« Pardon... je n'aurais pas dû vous montrer cette photo... Vous êtes jeune, séduisant. A votre âge, on préfère rêver... Mais ne m'avez-vous pas dit que vous vouliez tout savoir de Nastia ? Il fallait que vous sachiez qu'à la fin de sa vie elle était épuisée, malade, qu'elle avait même du mal à se déplacer... C'est ça, la vieillesse ! Et que voulez-vous, elle avait enduré tant d'épreuves !... Il ne faut pas que vous l'en aimiez moins. Au contraire... »

Victoria Grigorievna égrène doucement à mes oreilles ses petits mots tout simples et ses phrases sans suite, décousues mais si chaudes, si apaisantes comme des comptines, comme une berceuse qu'elle chanterait à un enfant pour le consoler d'un gros chagrin et l'endormir.

Oui, je voudrais dormir, engloutir ma douleur dans le néant.

« Vous savez, continue Victoria Grigorievna, une photo, une toute petite photo comme ça, qu'est-ce que c'est, hein, dites-moi franchement, monsieur Verdon ? Le photographe était mauvais, voilà tout, ou la lumière peu flatteuse !... Et de toute façon... »

Elle hésite, se tait, reprend...

« De toute façon, est-ce que le corps est si important que cela ? »

Je me tais, mais un élan d'affection me pousse vers cette femme de soixante-dix ans douce et sage. Je lui souris. Oui, vous avez raison, Victoria Grigorievna, l'enveloppe charnelle n'est rien. C'est notre âme qui compte...

Victoria Grigorievna retourne à sa table et retrouve le ton et la contenance d'une directrice d'école.

« Il faut que je vous rapporte un incident dont je pense qu'il a précipité la fin de Nastia... Vous souvenez-vous de l'émeraude Tamamchov léguée à Nastia par son aïeule géorgienne ?

— Celle dont parle Alexandre Dumas dans son livre sur le Caucase ?

— C'est cela. Pendant la Révolution, Nastia est allée à la banque du Commerce privé où le joyau avait été déposé. Elle voulait le récupérer pour en tirer une somme d'argent qu'elle savait substantielle. On lui a dit qu'il avait été mis “à la disposition du peuple”... Un jour de 1964

– Krouchtchev avait démissionné et Brejnev venait de prendre le pouvoir –, la famille Brejnev est venue en visite officielle à Leningrad. Lors d'un concert public donné en leur honneur, Nastia a eu le regard attiré par une broche magnifique que la fille de Brejnev arborait fièrement au revers de sa veste. C'était son émeraude, Nastia en était sûre ! Elle ne put se retenir et s'écria : "Mais c'est à moi !" Il s'est avéré plus tard, en effet, que la fille de Brejnev, qui vit actuellement aux Etats-Unis, était à la tête d'un puissant réseau de trafic de bijoux et de pierres précieuses...

» Après cet incident survenu au printemps 1964, tout se dégrada pour Nastia. Elle était victime de maux de tête violents, de vomissements répétés. Elle arrivait ici le matin, pâle comme un linge, titubante. Elle se faisait violence pour assurer ses cours. Je lui conseillais de rentrer chez elle, de se reposer. Un jour, elle finit par m'avouer qu'elle redoutait de se retrouver seule chez elle. Elle se sentait surveillée, menacée. Elle avait l'impression que des gens s'introduisaient dans sa chambre à son insu et trafiquaient sa nourriture. Elle tombait malade de plus en plus fréquemment. Ses doigts, son cou, se mettaient à enfler sans raison apparente. Elle avait des paralysies locales subites. C'est à ce moment-là qu'elle a beaucoup grossi. Le KGB cherchait à empoisonner Nastia. J'en ai eu très vite la conviction. C'était une méthode classique pour se débarrasser des "ennemis du peuple" lentement mais sûrement. On les faisait mourir à petit feu. On m'a raconté, il y a peu, la façon dont on a assassiné avec discrétion, dans les années 70, un éditeur moscovite qui diffusait par samizdats des témoignages de ré-émigrés. On a provoqué un cancer en plaçant une plaque de radium dans le siège de son bureau...

» Pour ce qui est de Nastia, elle ne pouvait plus continuer à vivre seule rue Saltykov-Chtchédrine. Elle est venue s'installer ici. Elle dormait dans cette pièce, là, sur un lit de camp qu'elle démontait chaque matin. Nous préparions nous-mêmes les repas... Nous passions de longues soirées et même des nuits entières à parler, assises dans la cuisine près de l'évier ouvert pour que le bruit de l'eau couvre nos voix. On avait peur des voisins, des micros, de tout... On vivait avec la terreur au ventre. Et pourtant, nous parlions, nous parlions. Parler nous soulageait, nous élevait... C'est ainsi que nous en sommes venues, elle à me raconter sa vie, moi à la mémoriser... C'était au début de 1965... Vous connaissez la suite... »

Une pause. Victoria Grigorievna se lève, s'approche de moi et met sa main sur mon épaule. Ce geste à la fois si familier et si solennel me bouleverse. Nous nous taisons. Ce bref silence est notre hommage posthume à Anastasia Borissovna Dalmatov.

« Nastia aurait été si heureuse de vous remettre elle-même un objet qu'elle vous destinait depuis longtemps, reprend Victoria Grigorievna en se dirigeant vers la porte. Venez ! »

Je la suis comme dans un rêve à travers les couloirs de l'appartement... une porte entrouverte. C'est la cuisine...

« Autrefois la salle à manger », précise Victoria Grigorievna...

Et je revois cette pièce telle qu'elle était du temps de Nastia : lambrissée, à la mode de l'époque, de bois sombre et de cuir de Cordoue – aujourd'hui remplacés par des carreaux de faïence – et meublée dans un style pseudo-Renaissance. Plus loin, le grand salon blanc et bleu, de style néo-classique, est devenu un dortoir. Les enfants commencent à s'éveiller de leur sieste... Enfin nous pénétrons dans ce qui fut, d'après Victoria Grigorievna, la bibliothèque d'Ivan Ivanovitch Diernov, puis le boudoir de la générale Kouropatkine, puis la chambre d'enfant d'Hélène Gordon-Lazarev...

La « dame en rose » est là, suspendue au-dessus de la cheminée.

« Ce tableau n'a jamais quitté la maison, m'explique Victoria Grigorievna. Caché au fond d'un placard, il a survécu à tous les pillages, à toutes les révolutions. Je pense que c'est un objet magique, un porte-bonheur... L'émeraude Tamamchov a disparu mais ce portrait est à vous... »

Quelques instant plus tard, me voilà seul dans l'escalier de marbre blanc traversé de longs cônes lumineux roses, rouges, mauves... Sous mon bras, un encombrant paquet soigneusement emballé dans du papier journal. Dans ma tête, des pensées nébuleuses, contradictoires : mélancolie, déception, soulagement...

En bas, dans le vestibule, quelqu'un m'attend : une jeune femme rousse aux chevilles « de verre filé ». Elle porte un tailleur bleu Rastrelli, des bas noirs, des escarpins vernis à hauts talons. C'est Léonora, métamorphosée...

Ou est-ce mon regard qui a changé ?

Mlle A. avait donc raison lorsque, les yeux fixés sur les lignes de ma main, elle prophétisait : « Je vois autour de vous deux femmes, non trois... Vous croyez en aimer une, mais c'est une autre que vous choisirez. Cette autre vous aime en silence, mais elle fuit pour cacher son amour, persuadée qu'elle vous est indifférente... »

Simplement, Mlle A. se trompait de personne...

Je sors dans la rue de Tauride accompagné de Léonora. A la vue des arbres gelés, lumineux comme des miroirs, leurs branches fines dressées vers le ciel couleur d'hortensia, une joie intense me saisit. Un vent se lève, léger et grisant à vous donner le vertige. Des flocons de neige tourbillonnent au ras de l'asphalte. Le grand parapluie mauve de Léonora se déploie au-dessus de nos têtes. Serrés l'un contre l'autre, nous traversons le parc enrobé d'une brillance de naphtaline. L'air vibre comme au temps des nuits blanches. On dirait qu'à l'horizon, un arc-en-ciel se dessine – bleu, rose, parme, violet... les couleurs de Nastia –, comme ce jour d'octobre 1994 ou, à la recherche du 3 rue de Tauride, je m'étais assis sur les marches de Smolny pour écouter un jeune mendiant jouer du violon... Nous sommes le 15 février 1996, et il n'y a pas d'arc-en-ciel en hiver. Mais, après tout, Piter n'est-elle pas la ville de tous les mirages ?

« Maintenant, Luc, dit Léonora en me pressant très fort la main, vous allez raconter tout cela dans un livre... ».

Glossaire des noms propres

AKHMATOVA **Anna** (1889-1966) : la plus célèbre, sans doute, des poétesses russes et soviétiques, membre du groupe « acméiste » dont son premier mari, le poète Goumiliov, fut l'un des fondateurs. Le couple fréquenta les mercredis de la Tour et le cabaret le Chien errant. Après l'exécution de Goumiliov par les Bolcheviks en 1921 puis l'arrestation de son fils et de son second mari, Pounine, dans les années 30, Akhmatova fut considérée par le gouvernement soviétique comme un auteur bourgeois et décadent mais elle ne quitta jamais l'URSS et vécut surtout à Leningrad. Exclue de l'Union des écrivains en 1946, elle devint une « émigrée de l'intérieur ». On lui doit *Le Rosaire*, *Poème sans héros*, *Requiem* (dédié aux martyrs des purges staliniennes). Elle est enterrée au cimetière de Kamarovo, un village situé dans la banlieue de Saint-Pétersbourg, traditionnellement le lieu de villégiature des intellectuels soviétiques.

ALEXANDRA FÉODOROVNA (1872-1918) : fille du grand-duc de Hesse Louis IV et petite-fille de la reine Victoria, elle épousa le tsar Nicolas II en 1893 et fut massacrée avec lui et leurs enfants dans la maison Ipatiev à Iekaterinbourg, en Sibérie.

ANDREÏEV **Léonide Nicolaïévitch** (1871-1919) : l'un des plus célèbres romanciers russes du début du XXe siècle et pionnier de la photographie en couleurs.

BACHKIRTSEV **Marie** (1860-1884) : morte à l'âge de vingt-quatre ans et enterrée au cimetière de Passy, cette jeune Russe émigrée en France en 1870 et élève du peintre

Emile Bastien-Lepage tint un journal resté célèbre. Ce journal écrit en russe fut publié en France en 1887, puis en Russie en 1893.

BAJENOVA **Galli** : princesse russe émigrée à Paris, fut mannequin chez Chanel.

BAKOUNINE **Mikhaïl Alexandrovitch** : (1814-1876), d'origine noble, il fut l'un des théoriciens de l'anarchisme après avoir participé à la Ire Internationale dont il fut exclu en 1872.

BAKST **Léon** (1866-1924) : cofondateur, avec Diaghilev, Benois, etc., du groupe et de la revue *Le Monde de l'Art*. Peintre et décorateur des Ballets russes.

BALANCHINE **George** (1904-1983) : danseur et chorégraphe d'origine géorgienne né à Saint-Pétersbourg, naturalisé américain. Il fut l'un des collaborateurs de Diaghilev avant de créer l'*American School of Ballet*. Son style, parfois appelé « néo-classique », réconcilie l'esprit de la danse contemporaine et la technique rigoureuse du ballet classique.

BALMONT **Constantin Dimitrievitch** (1867-1942) : poète symboliste russe. Il a renouvelé la technique du vers et mis au goût du jour une poésie brillante aux effets sonores recherchés.

BENOIS **Alexandre** (1870-1960) : peintre et décorateur. Avec Diaghilev, Bakst, etc., il fonda le groupe (et la revue) *Le Monde de l'Art* à Saint-Pétersbourg au tournant du siècle. Il émigra en 1926 et s'établit à Paris. Alexandre Benois, comme son frère Albert Benois, peintre lui aussi, appartenait à une famille française installée à Saint-Pétersbourg depuis le XVIIIe siècle. Le sculpteur animalier Lanceray appartenait à cette famille ainsi que le peintre Zénaïda Sérébriakova. L'acteur et réalisateur Peter Ustinov est l'un de leurs descendants.

BERBEROVA **Nina** (1901-1993) : poète et écrivain née à Saint-Pétersbourg. Fut associée à la vie intellectuelle pétersbourgeoise des années 1910-1920. Elle émigra en 1922, vécut en Allemagne, en France puis aux Etats-Unis où elle fut professeur de littérature russe à l'université de Princeton. Elle est l'auteur de romans, de nouvelles et d'une autobiographie qui lui apporta la consécration quelques années avant sa mort, *C'est moi qui souligne*.

Beria Lavrenti (1899-1953) : chef de la police secrète soviétique après 1938, une des figures les plus redoutables du régime stalinien. Il fut exécuté peu après la mort de Staline.

Biély André (1880-1934) : écrivain et théoricien du symbolisme russe, grand ami de Blok et de Viatcheslav Ivanov. Bien que né à Moscou, il est l'auteur du plus prodigieux roman jamais écrit sur Saint-Pétersbourg, *Pétersbourg* (1912), où apparaissent les personnages de Nicolas Apollonovitch et de Doudkine. Comme un certain nombre de symbolistes russes, il interpréta la Révolution bolchevique comme un événement ayant une portée messianique.

Bleklov N. : ce nom dissimule un artiste russe futuriste ayant publié des poèmes-tableaux dans des revues d'avant-garde des années 1913-1915 comme *La Queue d'âne* et *La Cible*, et dont on n'a jamais pu découvrir l'identité.

Blok Alexandre (1880-1921) : le plus grand poète symboliste russe, auteur des *Vers à la Belle Dame* (1904) et de *La Ville*. D'abord favorable à la Révolution bolchevique à laquelle il attribuait une portée mystique dans *Les Douze*, il devint de plus en plus critique. A partir de 1918, son inspiration sembla se tarir. Incapable d'activité autre que poétique, il mourut de faim et de désespoir.

Bounine Yvan (1870-1953) : écrivain réaliste (*Le Village*, 1910). En 1920, il émigra en France où il resta jusqu'à la fin de sa vie. Prix Nobel de littérature en 1933.

Bourliouk : nés en Ukraine, les trois frères Bourliouk (David, Nicolas et Vladimir) contribuèrent en tant que peintres et poètes au mouvement futuriste russe.

Brik Lili (1892-1978) : née à Saint-Pétersbourg, comme sa sœur Elsa Triolet, cette grande séductrice fut au centre de la vie intellectuelle et artistique de l'URSS. Elle eut successivement pour compagnon son mari Ossip Brik (1888-1945, critique littéraire et scénariste), le poète Maïakovski dont elle fut l'égérie, Agranov (un des responsables de la police secrète soviétique), le général Primakov et enfin Chaguinian, biographe de Maïakovski.

Brioussov Valéri Iakovlévitch (1873-1924) : poète

et théoricien du symbolisme russe, il devint bolchevik en 1919 et mourut morphinomane.

Brodski **Joseph** (1940-1996) : poète russe né à Saint-Pétersbourg, forcé d'émigrer aux Etats-Unis après avoir été taxé de « parasitisme » par le régime soviétique. Prix Nobel de littérature en 1987.

Chagall **Marc** (1887-1985) : né à Vitebsk (Biélorussie), il fut de 1908 à 1910 un familier de l'atelier d'Elisabeth Zvantséva situé au cinquième étage de la Tour Ivanov. Chagall lui-même considérait que ces années d'apprentissage auprès de Bakst, Benois et Doboujinski avaient été décisives pour sa carrière. Favorable à la révolution bolchevique, il fut nommé, en 1917, Commissaire des Beaux-Arts pour la province de Vitebsk. En 1920, il partit pour Moscou où il travailla pour le Théâtre de chambre juif d'Alexandre Granovski. Il émigra en 1922 et passa les dernières années de sa vie à Saint-Paul-de-Vence.

Chaliapine **Féodor** (1873-1938) : basse très célèbre en Russie, il fut l'un des premiers artistes lyriques à participer aux représentations des Ballets russes à Paris où il triompha principalement dans *Boris Godounov* de Moussorgski. Né comme son ami l'écrivain Gorki dans une famille de paysans modestes, il bénéficia de l'indulgence des Bolcheviks. Il émigra néanmoins en 1922.

Chémiakine **Michel** : peintre et sculpteur contemporain né à Moscou en 1943. Il émigra à Paris en 1972, puis se fixa à New York en 1980.

Chestov **Léon** (1866-1938) : écrivain et philosophe né à Kiev, émigra en France.

Chileiko **Vladimir** (1891-1930) : assyriologue, second mari d'Akhmatova de 1918 à 1923.

Chostakovitch **Dimitri** (1906-1975) : compositeur russe dont les relations avec Staline furent toujours conflictuelles. Il fut professeur aux conservatoires de Leningrad et de Moscou. On lui doit la célèbre *Symphonie de Leningrad* dédiée aux victimes du siège de la ville par les nazis, siège qui dura de 1941 à 1943.

Delaunay Sonia (1885-1979) : peintre et décoratrice d'origine russe, elle appliqua ses recherches sur la couleur aux tissus et à la mode. Femme du peintre abstrait Robert Delaunay.

Diaghilev Serge de (1872-1929) : d'abord créateur dans les années 1895, avec ses amis Alexandre Benois, Filosofov, Nouvel, Roerich, Bakst, Doboujinski, etc., d'un mouvement (et d'une revue) basé à Saint-Pétersbourg, destiné à renouveler et à faire connaître l'art russe en Russie et à l'étranger : Le Monde de l'Art. Les membres du Monde de l'Art se réunissaient pour échanger des idées, organisaient des expositions, des conférences, etc., sous l'égide de leur mécène Diaghilev. Plus tard, Diaghilev fonda une troupe : Les Ballets russes, destinée à faire connaître les artistes lyriques et les danseurs russes à l'étranger. Les Ballets russes triomphèrent à Paris à partir de 1909 puis dans le monde entier. Directeur artistique, mécène, génial « découvreur de talent », Diaghilev défendait l'idée du « spectacle total » où musique, chorégraphie, décor, costumes, etc., forment un tout homogène. Les plus grands talents de l'époque collaborèrent aux Ballets russes : Nijinski, sa sœur Bronislava, Anna Pavlova, Tamara Karsavina, Fokine, Massine, Balanchine, etc., pour la danse ; Stravinski, Prokofiev, Ravel, Auric, Milhaud, etc., pour la musique ; Benois, Bakst, Roerich, Doboujinski, Larionov, Sert, Miró, Picasso, Survage, Chanel, etc., pour les décors et les costumes ; Kochno, Cocteau, Vaudoyer, etc., pour les livrets, et tant d'autres... Diaghilev mourut à Venise où il est enterré.

Dimitri Pavlovitch grand-prince (1892-1942) : fils du grand-duc Paul et d'Alexandra de Grèce, il était poète à ses heures. Avec son ami Félix Youssoupov, il participa au complot qui aboutit à l'assassinat de Raspoutine en 1916. Emigré à Paris, il devint l'amant de Gabrielle Chanel avant d'épouser une Américaine. Sa sœur Marie, divorcée du prince Guillaume de Suède, créa un atelier de broderie à Paris pour venir en aide aux émigrés. Elle a laissé un émouvant livre de souvenirs.

Doboujinski Mstislav Valérianovitch (1875-1957) : peintre et décorateur des Ballets russes, membre du

Monde de l'Art. Fidèle de l'atelier d'Elisabeth Zvantseva, il émigra en 1925 et termina sa carrière aux Etats-Unis.

DODINE **Lev** : homme de théâtre travaillant à Saint-Pétersbourg, l'un des plus célèbres metteurs en scène russes contemporains. On lui doit des pièces comme *Gaudéamus*, *Claustrophobia*, *Frères et sœurs* d'après Abramov, etc. A effectué de nombreuses tournées en France.

DUNCAN **Isadora** (1877-1927) : née à San Francisco, l'une des pionnières de la danse contemporaine. Femme d'Essénine, elle vécut en URSS de 1921 à 1924.

EHRENBOURG **Ilia Grigorievitch** (1891-1967) : écrivain, journaliste, il fut toute sa vie déchiré entre d'une part son attrait pour la culture et le mode de vie européens et d'autre part son rôle de porte-parole de la propagande soviétique. En 1954, il publia un roman intitulé *Le Dégel*, qui donna son nom à la période qui suivit la mort de Staline. Dans ses mémoires, *Les Hommes, les Années, les Jours*, Ehrenbourg s'efforça enfin, en toute franchise, de rétablir la vérité sur l'horreur stalinienne.

EIFMAN **Boris** : danseur et chorégraphe russe contemporain travaillant à Saint-Pétersbourg. Créateur de ballets tels que *Les Frères Karamazov*, *Tchaïkovski*, *La Gisèle rouge* (sur la danseuse Olga Spessissetsva). A effectué de nombreuses tournées en France.

EISENSTEIN **Serge** (1898-1948) : l'un des plus grands metteurs en scène du cinéma soviétique (*Le Cuirassé Potemkine*, *Ivan le Terrible*).

ELISSEÏEV : famille de riches commerçants vieux-croyants de Saint-Pétersbourg. Leur hôtel particulier se trouvait à l'angle de la Moïka et de l'avenue Nevski et fut transformé en « Maison des arts », après la révolution bolchevique. Les Elisseïev possédaient de superbes magasins d'alimentation dans le style Art déco à Pétersbourg et à Moscou. Ils émigrèrent à Paris. Le japonologue Serge Elisséiev est le fils du fondateur des magasins, le sinologue Vadim son petit-fils.

ERISTOVA **Marie** : princesse russe émigrée à Paris, fut mannequin chez Chanel.

Essénine Serge (1895-1925) : poète soviétique d'origine paysanne, chantre de la vie rurale, créateur d'un des nombreux (et éphémères) mouvements poétiques des années 1915-1920 : « L'imaginisme ». Epousa la danseuse américaine Isadora Duncan. Se suicida dans une chambre de l'hôtel d'Angleterre (aujourd'hui hôtel Astoria) à Leningrad.

Filonov Pavel Nicolaïevitch (1883-1941) : peintre russe des années 20 dont les toiles très travaillées s'inspirent de la technique de la mosaïque et du vitrail.

Fokine Michel (1880-1942) : danseur et chorégraphe russe né à Saint-Pétersbourg, créateur des plus célèbres chorégraphies des Ballets russes (*Les Danses polovtsiennes du prince Igor, Le Pavillon d'Armide, Carnaval, Shéhérazade, Les Sylphides, Pétrouchka, Le Spectre de la rose...*).

Gabriac Chérubina de : ce nom fantaisiste est lié à une mystification qui fit grand bruit à Saint-Pétersbourg au début du siècle et dont l'initiateur fut le poète Volochine. Une de ses maîtresses (institutrice) était bon poète mais laide et boiteuse. Il eut l'idée de faire publier ses poèmes sous le nom romantique et mystérieux de Chérubina de Gabriac en précisant, dans la notice bibliographique, qu'elle était belle, riche et française. Ce « coup médiatique » fut un succès mais se solda par un duel entre Volochine et Goumiliov pour les « beaux yeux » de la poétesse.

Glazounov Alexandre Constantinovitch (1865-1936) : compositeur né à Saint-Pétersbourg, auteur de symphonies et de musique de chambre.

Gordon Boris Abramovitch : homme d'affaires, indutriel du tabac, éditeur, il fut au centre de la vie économique et culturelle de l'Age d'argent. A Saint-Pétersbourg, il habita plusieurs années le duplex de la Tour Ivanov puis émigra à Paris au moment de la révolution bolchevique. Sa fille, **Hélène** (1909-1988), fonda le magazine *Elle* en

1945. Elle épousa **Pierre Lazarev** (1907-1972), lui aussi d'origine russe, rédacteur en chef de *Combat* puis de *France-Soir*. Il participa à la création de l'émission « Cinq Colonnes à la une » pour la télévision, à l'époque de l'ORTF.

Gorgoulov : assassin du président de la République française Paul Doumer en 1932. Son acte était une protestation contre la politique pro-soviétique de la France à l'époque.

Gorki Maxime (1868-1936) : écrivain russe réaliste, auteur, entre autres, de *Ma vie d'enfant* (1914), *Les Bas-Fonds* (1902), *La Mère* (1907), *La Vie de Klim Samguine* (1927-1936). Ses relations avec Lénine dont il fit la connaissance en 1905 et avec le gouvernement soviétique en général furent longtemps conflictuelles et il vécut de nombreuses années en exil à Berlin et surtout à Sorrente en Italie. Après la révolution bolchevique, il fonda les éditions La Littérature mondiale pour faire connaître la littérature occidentale en URSS et aider les intellectuels russes en difficulté. Dans le même but, il fonda la Maison des arts installée dans l'ancien hôtel particulier de la famille Elisséïev à Pétersbourg. Sa troisième et dernière compagne fut sa secrétaire, Marie Zakrevski, dite la baronne Boudberg. A l'appel de Staline, Gorki rentra définitivement en URSS en 1933 et mourut à Moscou dans des circonstances obscures en juin 1936.

Gorodetzki Sergueï Mitrofanovitch (1884-1967) : poète russe mineur, un des fondateurs du mouvement acméiste avec Goumiliov. Il devint plus tard l'un des chantres du régime soviétique.

Grjebine Zinovi Issaïevitch (1869-1929) : éditeur célèbre à Saint-Pétersbourg (entre autres de Gorki, Biély, Khodassévitch...). Il émigra à Berlin puis à Paris.

Ivanov Viatcheslav Ivanovitch (1866-1949) : poète, philologue, historien de l'Antiquité, traducteur, essayiste, il fut le théoricien du symbolisme russe et l'un des maîtres à penser de l'intelligentsia de l'Age d'argent. Dans son appartement du 3 rue de Tauride à Saint-Pétersbourg décoré par sa femme Lydia Dimitrievna Hannibal, il recevait les poètes, les écrivains et les artistes célèbres de l'époque. En 1913, il s'établit à Moscou puis vécut à Bakou. En 1924, il émigra en Italie où il se convertit au catholicisme et poursuivit son activité de poète et de savant. Sa femme, **Lydia Dimitrievna Hannibal** (1866-1907), auteur du *Bestiaire tragique*, des *Trente-Trois Petits Monstres*, était « l'âme » de la Tour Ivanov. Leur fille **Lydia (Lida)** (1896-1985) émigra en Italie en 1924 avec son père et devint un compositeur célèbre. **Véra** (1890-1920), fille d'un premier mariage de Lydia Dimitrievna Hannibal, fut étroitement associée à la vie intellectuelle et sociale de la tour Ivanov. Passionnée de théâtre, elle créa le Théâtre de la Tour, dans le cadre duquel Meyerhold mit en scène la pièce de Calderón, *La Dévotion à la Croix*. Fils de Viatcheslav Ivanov et de Véra, **Dimitri Ivanov**, né en 1912 en France dans le village de Neuvecelle (Haute-Savoie), fit sa carrière sous le pseudonyme de **Jean Neuvecelle**. Agrégé d'allemand, traducteur, auteur de plusieurs ouvrages sur le Vatican, grand reporter et journaliste, il fut le premier envoyé spécial de *France-Soir* en URSS en 1955. Jean Neuvecelle vit actuellement à Rome.

Jaques-dalcroze Emile (1865-1950) : musicien suisse, créateur de la « gymnastique rythmique » (qui sera amplement utilisée sous Staline pour les défilés).

Jeverjeïev Levski : héritier d'une affaire de tissu, collectionneur, mécène, ami de Maïakovski comme de Malévitch, il joua un rôle important dans la vie intellectuelle de Saint-Pétersbourg dans les années 1910-1920 et fit don de ses biens au moment de la révolution bolchevique. Par sa personnalité, il eut une grande influence sur le jeune George Balanchine qui épousa sa fille Tamara en 1922.

Kamenev Lev Borissovitch Rosenfeld dit (1883-1936) : leader bolchevik, le plus proche ami de Lénine, membre du Comité central à partir d'octobre 1917 puis membre du triumvirat (avec Staline et Zinoviev) qui prit la tête du Parti après la mort de Lénine. Il aida Staline à se débarrasser de Trotski, puis fut lui-même arrêté et exécuté. Sa femme, **Olga Kameneva** (1883-1941) était la sœur de Trotski. Elle occupa de hautes fonctions au commissariat à l'Instruction publique auprès de Lounatcharski et mourut exécutée sur ordre de Béria.

Kandinski Vassili (1866-1944) : peintre et théoricien de l'art né en Russie, initiateur de l'art abstrait. En 1921, il émigra en Allemagne où il enseigna au Bauhaus. En 1933, il émigra à Paris où il obtint la nationalité française.

Karsavina Tamara (1885-1978) : née à Saint-Pétersbourg, elle fut l'une des plus célèbres danseuses des Ballets russes de Diaghilev et la meilleure interprète des chorégraphies de Fokine. Elle émigra après la révolution bolchevique et fut naturalisée anglaise.

Kchessinskaïa Mathilde (1872-1971) : étoile au Grand Théâtre de Saint-Pétersbourg, elle fut l'une des plus brillantes danseuses de son temps. D'abord maîtresse du jeune tsar Nicolas II, elle épousa le grand-duc André et émigra en France au moment de la révolution bolchevique. On peut visiter sa maison Art déco à Saint-Pétersbourg.

Kerenski Alexandre Fédorovitch (1881-1970) : avocat, franc-maçon, membre du parti social-révolutionnaire puis ministre, il devint chef du gouvernement provisoire en juillet 1917. Renversé par les bolcheviks au moment de la révolution d'Octobre, il s'enfuit à Londres puis à Paris où il mourut oublié. Auteur de *Mémoires* (1966).

Khlebnikov dit Velemir (1885-1922) : poète d'avant-garde, ami de Maïakovski, un des pionniers du futurisme. Ses expérimentations techniques sur le langage à partir des racines et des suffixes furent à l'origine de ce qu'il appela la « poésie transmentale » ou « Zaoum ». Meurt de faim à Moscou.

Khodassevitch Vladislav Félitsianovitch (1886-1939) : poète russe, émigra à Paris en 1922 avec sa compagne Nina Berberova. Se suicida à Paris.

Kirkorov Philippe : chanteur de variété très populaire en Russie aujourd'hui, mari de la non moins populaire chanteuse Alla Pougatchova.

Klioujev Nicolas Alexeïevitch (1884-1937) : poète paysan d'inspiration mystique hostile au bolchevisme. Mort en déportation en Sibérie.

Kochno Boris (1904-1980) : conseiller artistique de Diaghilev puis fondateur de diverses troupes de ballet.

Koklova Olga : danseuse des Ballets russes de Diaghilev, fut l'une des épouses de Picasso.

Kommisarjevskaia Vera Fedorovna (1864-1910) : célèbre actrice russe de Saint-Pétersbourg. En 1904, elle fonda son propre théâtre où Meyerhold monta des pièces de Maeterlinck, d'Ibsen et de Block.

Kontchalovski Piotr Petrovitch (1876-1956) : peintre, un des fondateurs du groupe Valet de carreau, un mouvement inspiré de la technique de Cézanne mais ancré dans la tradition russe. Grand-père des cinéastes Nikita Mikhaïlkov et André Kontchalovski.

Kouropatkine Alexeï Nicolaïevitch (1848-1925) : général russe, commandant en chef en Mandchourie pendant la guerre russo-japonaise, désastreuse pour la Russie. Il fut ministre de la Guerre sous Nicolas II et vécut dans la Tour Ivanov rue de Tauride, de 1905 à 1912.

Koutouzov Mikhaïl Ilarionovitch (1745-1813) : feld-maréchal né à Saint-Pétersbourg. Il commanda victorieusement les forces opposées à Napoléon en Russie en 1812.

Kouzmine Mikhaïl Alexeïevitch (1875-1938) : poète russe symboliste proche des « acméistes » mais aussi musicien et passionné de théâtre, il fut l'un des piliers de la bohème de l'Age d'argent, fréquenta les mercredis d'Ivanov et le cabaret du Chien errant, contribua à la création des Ballets russes de Diaghilev. Tenu à l'écart après la Révolution bolchevique, il fut oublié dès 1930 et mourut dans la misère. Il a laissé un journal intime publié tout récemment en Russie.

Kroutchionykh Alexeï Elisseïevitch (1886-1969) : poète futuriste ami de Maïakovski, auteur (avec Matiouchine et Malevitch) du livret du premier opéra futuriste *Victoire sur le soleil* (1913). Cet opéra, qui était tombé dans l'oubli, a récemment été monté à Moscou.

LARIONOV **Mikhaïl Fiodorovitch** (1881-1964) : peintre russe naturalisé français. Avec sa femme, le peintre **Natalia** GONTCHAROVA, il fonda le « rayonnisme ». Tous deux collaborèrent aux Ballets russes.

LERMONTOV **Mikhaïl Iourevitch** (1814-1841) : grand poète et romancier russe, mort en duel prématurément, comme son ami Pouchkine.

LEVINSON **André** (1887-1933) : né à Saint-Pétersbourg et émigré à Paris, il est considéré comme le premier critique de danse digne de ce nom.

LIFAR **Serge** (1905-1986) : danseur et chorégraphe russe naturalisé français, maître de ballet à l'Opéra de Paris dans les années 30, chercha à réconcilier le ballet classique et la danse contemporaine.

LIVCHITS **Bénédict Constantinovitch** (1887-1939) : poète futuriste et traducteur de poésie française. Fusillé pendant les purges staliniennes.

LOUNATCHARSKI **Anatoli Vassilievitch** (1875-1933) : dramaturge et critique littéraire bolchevik, il fut nommé commissaire du peuple à l'Instruction en 1917, et le resta jusqu'en 1929. Il vint en aide aux écrivains et aux artistes russes en difficulté et finit par émigrer en France.

LOURIE **Arthur Sergueïevitch** (1892-1966) : pianiste et compositeur passionné d'expérimentations, devint responsable de la musique dans le gouvernement bolchevique. Emigra en 1922 à Paris, puis aux Etats-Unis.

LVOV **Gueorgui Evguéniévitch**, prince (1861-1925) : membre du parti « Cadet » (K.D. : Konstitutionnel Demokrat), président du gouvernement provisoire de mars à juillet 1917. Emigra à Paris en 1920.

MAÏAKOVSKI **Vladimir Vladimirovitch** (1893-1930) : poète futuriste, auteur du *Nuage en pantalon*. Une grande partie de son œuvre lui fut inspirée par sa compagne Lili Brik. Familier du Chien errant, il devint très vite le chantre de la Révolution bolchevique avant de lui devenir peu à peu hostile. Il se suicida (ou fut assassiné).

MAKINE **André** : écrivain français né en Russie en 1957, auteur de romans ayant pour thème la Russie. Prix

Goncourt et prix Médicis étranger 1995 pour *Le Testament français*.

MALÉVITCH **Kasimir Serevinovitch** (1878-1935) : né à Kiev, il fut l'une des figures les plus audacieuses de l'avant-garde russe des années 1910-1920, fondateur du « suprématisme » et auteur du célèbre *Carré noir sur fond blanc*. Après 1928, il revint à la peinture figurative.

MANDELSTAM **Ossip Emilievitch** (1892-1938) : l'un des meilleurs poètes acméistes. Bien que peu abondante, son œuvre est considérable par sa qualité : *La Pierre* (1913), *Iristia* (1922), *Poésies* (1928). Il fut arrêté en 1933 et mourut en déportation. Sa femme Nadejda a laissé de remarquables et bouleversants mémoires, *Contre tout espoir*.

MARINETTI **Filippo Tommaso** (1876-1944) : écrivain italien, créateur du futurisme (*Manifeste du futurisme*, 1909), mouvement qui vise à intégrer les manifestations scientifiques, techniques et sociales du monde moderne dans l'art et la littérature. Le futurisme eut une grande influence en Russie dès 1911 et jusque dans les années 20.

MASSINE **Léonide** (1895-1979) : danseur et chorégraphe dans la troupe de Diaghilev.

MATIOUCHINE **Mikhaïl Vassilievitch** (1861-1934) : l'un des artistes futuristes les plus complets de son époque, il fut peintre, sculpteur, musicien, théoricien de l'art (la « culture organique », la « vision élargie ») et éditeur. Avec sa femme **Héléna GOURO** (1877-1913), peintre et poète née à Saint-Pétersbourg, il fréquenta l'atelier d'Elisabeth Zvantseva.

MÉREJKOVSKI **Dimitri** Sergueïevitch (1866-1941) : romancier, critique littéraire, un des piliers du renouveau spiritualiste de l'Age d'argent en Russie, il est l'auteur de romans historiques remarquables (*Pierre et Alexis*) et de biographies religieuses (*Saint François d'Assise*, *Jeanne d'Arc*, etc.). Favorable à la révolution de 1905, il se montra très hostile à celle de 1917. Sa femme **Zénaïda HIPPIUS** (1869-1945), une des beautés de l'Age d'argent, était poète et écrivain. Nina Berberova lui consacre des pages superbes dans *C'est moi qui souligne*. Le couple fréquentait assidûment la Tour Ivanov. Tous deux émigrèrent à

Paris en 1919 et s'installèrent dans leur appartement parisien de la rue du Colonel-Bonnet, qui ne tarda pas à devenir l'un des lieux de rencontre de l'intelligentsia russe émigrée.

MEYERHOLD **Vsevolod Emilievitch** (1874-1940) : avec Stanislavski (1863-1938), il est le plus célèbre metteur en scène d'avant-garde et directeur de théâtre du début de l'ère soviétique. Il renouvela complètement l'approche du théâtre et créa la « biomécanique », technique fondée sur le travail du corps de l'acteur. D'abord très favorable à la révolution bolchevique, il fut arrêté en 1939 et exécuté en 1940. Du temps où il fréquentait les mercredis de la Tour, il aida Vera Ivanov à monter le Théâtre de la Tour et réalisa lui-même la mise en scène restée célèbre de *La Dévotion à la Croix* de Calderón, représentée à la Tour Ivanov le 19 avril 1910.

MICHEL, grand-duc (1878-1918) : frère cadet de Nicolas II ; ce dernier abdiqua en sa faveur mais il refusa d'assumer le pouvoir. Fut exécuté par les Bolcheviks.

MILIOUKOV **Pavel Nicolaïevitch** (1859-1943) : historien, franc-maçon, chef du parti « Cadet » puis ministre des Affaires étrangères pendant le gouvernement provisoire dirigé par Kerenski. Il émigra en 1918 et devint à Paris le rédacteur en chef du quotidien de l'émigration russe *Les Dernières Nouvelles*.

MOSJOUKINE **Ivan** : acteur et réalisateur de cinéma né à Saint-Pétersbourg, il émigra en France après la révolution bolchevique et créa « l'Ecole russe » de cinéma au sein des studios Pathé de Montreuil. Il est considéré comme la première star masculine de l'histoire du cinéma. Son déclin commença avec le cinéma parlant et il mourut oublié à la fin des années 30. Ivan Mosjoukine serait le père de l'écrivain Romain Gary.

MOUROUZI : riche famille princière qui émigra après la révolution bolchevique. L'immeuble de style mauresque qui leur appartenait à Saint-Pétersbourg abrita la maison d'édition fondée par Gorki La Littérature mondiale et nombre de célébrités de l'Age d'argent puis de l'époque soviétique. Joseph Brodski vécut dans cette maison, dont il parle dans son récit *Une chambre et demie*.

NABOKOV **Vladimir Vladimirovitch** (1899-1977) : né à Saint-Pétersbourg, il émigra en Europe puis aux Etats-Unis où il fut naturalisé américain et commença à écrire non plus en russe mais en anglais. Poète, critique, traducteur, dramaturge, il est l'auteur du best-seller *Lolita* mais aussi de *La Vraie Vie de Sébastien Knight*, *Machenka*, *Désespoir*, *Ada ou la passion*, *La Défense Loujine*, etc. Nabokov a été publié pour la première fois en URSS à la fin des années 80. Son père, **Vladimir Dimitrievitch** NABOKOV (1869-1922) était juriste et éditeur. Il fut l'un des leaders du parti « Cadet » et participa au Gouvernement provisoire. Il émigra après la Révolution bolchevique et fut assassiné à Berlin par erreur, à la place de Milioukov. On peut visiter la propriété familiale des Nabokov à Rojdestvéno, près de Saint-Pétersbourg.

NESTÉROV **Mikhaïl** (1862-1942) : peintre inspiré par la Russie traditionnelle, un des membres du groupe des Ambulants. On lui doit des fresques et des toiles consacrées à la vie religieuse de la vieille Russie.

NIJINSKI **Vaslav** (1890-1950) : d'origine polonaise, il est né et a vécu à Saint-Pétersbourg avant de devenir l'un des plus grands danseurs de tous les temps. Etoile des Ballets russes (*Shéhérazade*, *Le Spectre de la rose*) et chorégraphe d'avant-garde (*L'Après-Midi d'un faune*), il laissa un journal bouleversant écrit entre 1918-1919 au moment où il sombrait dans la maladie mentale. Sa sœur **Bronislava** NIJINSKA (1891-1972) était danseuse et chorégraphe des Ballets russes (*Les Noces*, *Les Biches*...).

NOVIKOV **Timour** : artiste contemporain vivant et travaillant à Saint-Pétersbourg. Il fut dans les années 80 l'un des piliers du squat du 10 rue Pouchkine à Saint-Pétersbourg devenu aujourd'hui un centre culturel municipal.

PALEY **Nathalie** (1905-1981) : nièce du tsar Alexandre III, elle émigra à Paris où elle devint mannequin puis épousa le couturier Lucien Lelong.

PARVUS (1869-1924) : de son vrai nom Alexandre

Alexandrovitch Helphand, homme d'affaires et anarchiste allemand d'origine russe, il inspira à Trotski certaines de ses théories. Joua un rôle de conseiller auprès du gouvernement allemand de 1915 à 1916. Des archives récemment découvertes prouvent que c'est lui qui organisa et finança le retour de Lénine en Russie en mars 1917.

PASTERNAK **Boris Leonidovitch** (1890-1960) : poète et écrivain soviétique, auteur du célèbre *Docteur Jivago* (1957). Prix Nobel de littérature 1958 (qu'il fut contraint de refuser). Son père **Léonide** était un peintre réputé.

PAVEL : bien qu'il n'ait pas laissé de traces dans l'Histoire, ce Pavel est mentionné par plusieurs écrivains auteurs de mémoires (Blok, Piast, Biély, Marguerite Volochine...). Il était le concierge (haut en couleurs) du 3 rue de Tauride où Viatcheslav Ivanov tenait salon.

PAVLOVA **Anna** (1882-1931) : née à Saint-Pétersbourg, elle fut l'une des plus grandes danseuses de son temps, créatrice, entre autres, de la *Mort du cygne* (musique de Saint-Saëns, chorégraphie de Fokine).

PETIPA **Marius** (1818-1910) : chorégraphe français né à Marseille. Il fit toute sa carrière à Saint-Pétersbourg où il créa une soixantaine de ballets considérés comme des modèles de « l'école russe ». Les plus célèbres furent créés en collaboration avec le compositeur russe Tchaïkovski (*La Belle au bois dormant*, *Casse-Noisette*, *Le Lac des cygnes*).

PIAST **Vladimir Alexandrovitch** (1886-1940) : poète, ami de Blok et familier des mercredis de la Tour. Il est l'auteur d'un recueil de souvenirs, *Rencontres* (1929).

PLISSETSKAÏA **Maïa** (née en 1925) : danseuse étoile qui s'illustra d'abord au Bolchoï entre 1943 et 1988 puis fit une carrière internationale comme interprète, chorégraphe et pédagogue. A publié ses mémoires : *Moi, Maïa*.

POTEMKINE **Grigori Alexandrovitch** (1739-1791) : homme politique, feld-maréchal, il fut l'amant de Catherine II qui lui offrit le palais de Tauride, à Saint-Pétersbourg, en remerciement de la conquête de la Crimée (appelée Tauride à l'époque).

POUCHKINE **Alexandre Serguéiévitch** (1799-1837) : le plus célèbre, le plus adulé des poètes russes. Auteur de

Rouslan et Ludmila (épopée fantastique), de *Eugène Onéguine* (roman en vers), *Boris Godounov* (drame historique) et de nouvelles (*La Dame de pique*, *La Fille du capitaine*). Dans son récit fantastique *Le Cavalier de bronze*, Pouchkine met en scène un fonctionnaire de Saint-Pétersbourg pourchassé par la célèbre statue de Pierre le Grand (œuvre du sculpteur français Falconet) qui se dresse, face à la Neva, à l'extrémité de la place des Décembristes.

Pounine Nicolas Ivanovitch (1886-1953) : historien et critique d'art, vice-commissaire du peuple à l'Instruction publique de1919 à 1921, il fut le troisième et dernier mari d'Akhmatova de1924 à 1938. Mort au goulag.

Primakov Vitali Markovitch (1897-1937) : un des plus grands chefs militaires de l'époque soviétique. Des missions secrètes lui furent confiées en Chine, au Japon, en Afghanistan. Il fut l'amant de Lili Brik pendant les sept dernières années de sa vie. Torturé et exécuté par le KGB. Son fils, **Evguéni Primakov**, fut Premier ministre de la Fédération de Russie en 1998-1999.

Raspoutine Grigori Iefimovitch Novykh dit (1872-1916) : illettré et débauché, ce moine joua un rôle décisif auprès du tsar Nicolas II et de sa femme Alexandra Fédorovna à partir de 1905 car il soulageait, semble-t-il, les souffrances du tsarévitch atteint d'une maladie congénitale. Raspoutine fut assassiné en 1916 par le prince Félix Youssoupov et ses complices. Il habita plusieurs années au 64 de la rue Gorokovaïa à Saint-Pétersbourg. Son appartement est aujourd'hui un appartement communautaire.

Rastrelli Bartolomeo (1700-1771) : architecte italien né à Paris. Il fit toute sa carrière en Russie sous le règne de la tsarine Elisabeth qui aimait le style baroque. On lui doit des palais (le palais d'Hiver de Saint-Pétersbourg, le palais Catherine à Pouchkine) et des églises (Smolny, Saint-Nicolas-des-Marins).

Remizov Alexeï Mikhaïlovitch (1877-1957) : écrivain, spécialiste des contes populaires et des vieilles légendes russes, émigra en 1921.

Répine **Ilia Efimovitch** (1844-1930) : chef de file de l'école russe réaliste appelée « Les Ambulants », il est considéré comme l'un des plus grands peintres russes.

Romanov **Boris** : danseur et chorégraphe russe, un des fondateurs du Chien errant. Emigra à Berlin où il fonda le « Théâtre romantique russe ».

Rossi **Carlo** (1775-1849) : architecte russe d'origine italienne. On lui doit, entre autres, la célèbre rue du Théâtre à Saint-Pétersbourg, les bâtiments de l'état-major et des palais au style néo-classique très caractéristique.

Rubinstein **Ida** (1880-1960) : née à Saint-Pétersbourg, elle débuta comme actrice avant de se rendre célèbre au sein des Ballets russes de Diaghilev dans le rôle de Cléopâtre puis de Shéhérazade. Médiocre danseuse, elle se distinguait par sa plastique parfaite et ses dons de tragédienne. Maîtresse de Walter Guinness, le propriétaire des célèbres brasseries, elle fonda sa propre troupe et finança une bonne partie des spectacles de l'Opéra de Paris dans les années 30, spectacles dont elle se réservait les rôles principaux. Reine de Paris dans les années 20 et 30, elle fut l'amie de toutes les personnalités de l'époque, de Sarah Bernhardt à Robert de Montesquiou en passant par Paul Valéry, Stravinski ou Ravel qui écrivit pour elle son fameux *Boléro*.

Scriabine **Alexandre Nicolaïevitch** (1872-1915) : pianiste et compositeur russe, à la fois théoricien de la musique et mystique. Son neveu **Viatcheslav Mikhaïlovitch Scriabine, dit Molotov** né en 1890, fut l'un des piliers du régime stalinien. À deux reprises commissaire du peuple aux Affaires étrangères, il fut écarté du pouvoir quatre ans après la mort de Staline. Entre-temps, à la demande de celui-ci, il avait présidé la commission franco-soviétique chargée du rapatriement des Russes qui avaient émigré en France après la Révolution bolchevique.

Serov **Valentin Alexandrovitch** (1865-1911) : né à Saint-Pétersbourg, ce peintre fut l'élève de Répine puis se rapprocha du groupe Le Monde de l'Art.

Sert **Misia** : pianiste née à Saint-Pétersbourg. Une

des reines du Tout-Paris au début du siècle. Elle fut l'épouse de Thadée Natanson, un des fondateurs de la *Revue blanche*, d'Alfred Edwards, directeur du journal *Le Matin*, puis du peintre José-Maria Sert. Amie et mécène de Diaghilev.

SÉVERIANINE **Igor** (1887-1942) : avec Maïakovski, le poète le plus populaire en Russie juste avant la révolution bolchevique, fondateur de « l'égo-futurisme » en 1911. Il émigra en Estonie en 1918.

SHEIKEVITCH **Marie** : née à Moscou dans une famille riche et lettrée, elle émigra en 1894 à Paris où elle étudia la peinture et épousa le fils du peintre Carolus Durand. Son salon parisien était fréquenté par tous les artistes et les personnalités politiques de l'époque. Grande amie d'Anatole France et de Proust avec qui elle entretint une correspondance.

SOMOV **Constantin Andreïevitch** (1869-1939) : peintre, portraitiste, ami de Diaghilev, membre du Monde de l'Art. Il émigra à Paris en 1925.

SOUDEIKINE **Sergueï** (1882-1945) : peintre et décorateur, il créa le décor du cabaret le Chien errant et collabora aux Ballets russes. Sa première femme, **Olga** SOUDEIKINA (1885-1945) était l'une des beautés célèbres de Saint-Pétersbourg et le symbole de cette époque raffinée que fut l'Age d'argent. Elle fut actrice chez Meyerhold, danseuse puis aquarelliste et créatrice de marionnettes. Elle était la meilleure amie d'Anna Akhmatova qui fit d'elle l'un des personnages principaux de son *Poème sans héros*. Olga Soudeïkina émigra à Paris en 1924 et mourut dans la misère.

SPESSIVTSEVA **Olga** (1895- ?) : avec Anna Pavlova, la plus célèbre danseuse romantique russe du XXe siècle. Comme Pavlova, elle quitta la troupe de Diaghilev pour faire une carrière internationale.

STEINER **Rudolf** (1861-1925) : philosophe autrichien résidant en Suisse, fondateur de l'anthroposophie, mouvement philosophique spiritualiste qui eut une grande influence en Russie. Après la Révolution bolchevique, les adeptes de l'anthroposophie furent d'abord tolérés puis, dès 1922, poursuivis.

STOLYPINE **Piotr Arkadievitch** (1862-1911) : ministre de l'Intérieur puis président du Conseil des ministres sous Nicolas II, il fut l'initiateur d'une réforme agraire visant à faire accéder une classe de paysans à la propriété foncière. Il fut assassiné par un membre d'un groupuscule révolutionnaire.

STRUVE **Piotr Berngardovitch** (1870-1944) : philosophe, historien, économiste. D'abord marxiste, il devint par la suite l'un des leaders du parti Cadet. Emigra en France. Son petit-fils Nikita Struve, professeur et éditeur (notamment de Soljénitsyne) est aujourd'hui l'un des meilleurs spécialistes de la Russie.

TATLINE **Vladimir Evgrafovitch** (1885-1953) : peintre, décorateur de théâtre et architecte, il est considéré comme l'un des pionniers du constructivisme soviétique. C'est lui qui, en 1920, conçut la maquette du *Monument à la IIIe internationale* qui le rendit célèbre. En 1930, il imagina une « machine volante ».

TCHOUKOVSKI **Korneï Ivanovitch** (1882-1969) : historien de la littérature et traducteur, il fut également le plus populaire des écrivains pour enfants d'URSS. Dans son journal, tenu de 1907 jusqu'à la fin de sa longue vie et publié récemment chez Fayard, il décrit ses relations conflictuelles avec le régime soviétique. Il aida les écrivains persécutés, notamment Soljénitsyne. Sa fille **Lydia** TCHOUKOVSKAIA (1907-1995) était écrivain et traductrice. Elle est l'auteur d'une biographie d'Anna Akhmatova.

TOLSTOÏ **Alexis Nikolaïevitch** (1883-1945) : écrivain et éditeur. Après avoir émigré en 1918, il revint en URSS en 1923 et devint l'un des écrivains officiels du régime.

TOURGUENIEV **Ivan Sergueievitch** (1818-1883) : écrivain russe très influencé par la pensée occidentale, il fut l'ami de George Sand, Flaubert, etc. C'est dans son récit *Pères et Fils* (1862) qu'apparaît pour la première fois le mot « nihiliste ».

TRIOLET **Elsa** (1896-1970) : née à Saint-Pétersbourg dans une famille juive de l'intelligentsia aisée, elle présenta Maïakovski à sa sœur Lili qui allait devenir l'égérie du grand poète soviétique. Mariée à un officier français (Triolet), Elsa vécut à Tahiti d'où elle rapporta son premier roman. Emigrée à Paris en 1924, elle vécut longtemps à l'hôtel Istria rue Campagne-Première et fréquenta la bohème de Montparnasse avant de rencontrer Aragon à la Coupole en 1928, devenant à son tour, comme sa sœur tant aimée et tant haïe, l'égérie d'un grand poète communiste. Romancière (prix Goncourt 1945), elle fut aussi traductrice et journaliste de mode. Son journal a été publié récemment ainsi que sa correspondance avec sa sœur Lili Brik.

TSERETELLI : peintre et sculpteur russe d'origine géorgienne. Il est actuellement l'artiste le plus en vogue auprès des autorités de la post-Pérestroïka et plus particulièrement auprès du maire de Moscou, Youri Loujkov.

TSVETAIEVA **Marina** (1892-1941) : avec Akhmatova, elle est la plus grande poétesse russe du XXe siècle. Elle entretint avec Pasternak et Rilke une correspondance amoureuse restée célèbre. En 1912, elle épousa un officier de l'Armée blanche qui passa du côté des Bolcheviks et mourut exécuté. Elle-même se suicida en 1941, après avoir vécu dans la misère morale et matérielle la plus extrême.

VASSILIEV **Marie** : peintre russe émigrée à Paris, elle ouvrit en 1909 l'académie Vassiliev puis, pendant la guerre, organisa une cantine pour les artistes. On peut encore visiter la cantine et l'académie Vassiliev au 21 rue du Maine, à Montparnasse.

VIKTIOUK : l'un des dramaturges les plus en vogue au moment de la Pérestroïka (*Les Bonnes* d'après Genet).

VINAVER **Maxime Moïssevitch** (1863-1926) : journaliste, un des membres éminents du parti Cadet, député à la Douma. Il émigra à Paris où il poursuivit son activité de journaliste et tint l'un des salons littéraires les plus courus de l'émigration. Aïeul du dramaturge Jean-Claude Grinberg.

VOLOCHINE **Maximilien Alexandrovitch** (1877-1932) : poète et peintre, familier des mercredis de la Tour. Sa maison de Koktébel, en Crimée, où il se réfugia à partir de 1917, fut le lieu de rencontre des écrivains et des artistes russes entre 1910 et 1930. Il n'émigra jamais mais fit partie, comme Anna Akhmatova, des « émigrés de l'intérieur ». Sa femme, **Marguerite Volochine**, grande amie des Ivanov, était peintre et a laissé des mémoires sur la période révolutionnaire.

Wrangel Piotr Nicolaïevitch (1878-1928) : avec Dénikine, un des généraux de l'Armée blanche en lutte contre le régime bolchevique.

Yakovleva Tatiana Alexeïevna (1906-1991) : née en Russie, émigrée à Paris, elle fut mannequin chez Chanel, puis épousa le diplomate Bertrand du Plessis (dont elle eut une fille, devenue la célèbre romancière Francine Grey), puis Liberman. Elle fut le dernier amour de Maïakovski qui lui dédia plusieurs poèmes.

Youriev Youri : acteur célèbre de Saint-Pétersbourg sous Nicolas II, il fut le dernier artiste russe à recevoir un cadeau des mains du tsar : c'était pour la première de *Mascarade* d'après Lermontov, mise en scène par Meyerhold au théâtre Alexandra, le 25 février 1917.

Youssoupov Félix (1887-1967) : il fut l'instigateur du meurtre de Raspoutine perpétré le 30 décembre 1916 dans le palais du prince à Petrograd (Saint-Pétersbourg). Emigré à Paris avec son épouse Irène, nièce du tsar, Félix Youssoupov fonda plusieurs maisons de couture aujourd'hui disparues et publia ses mémoires.

Zadkine Ossip (1890-1967) : sculpteur français d'origine russe. De nos jours, son atelier du 100 bis rue d'Assas à Paris est transformé en musée.

Zaitsev Boris Constantinovitch (1881-1972) : auteur de romans et de biographies (Tourgueniev, Tchekhov), il émigra en 1922 et mourut à Paris.

Zakrevski Marie ou **baronne Boudberg** (1892-1974) : traductrice et secrétaire de Gorki dont elle fut la compagne avant de devenir celle de l'écrivain britannique

Wells. Le destin et la personnalité étonnante de cette femme, dont on dit qu'elle fut une espionne soviétique, sont racontés par Nina Berberova dans son livre *La Baronne Boudberg*.

ZDANEVITCH **Ilia Mikhaïlovitch** (1894-1975) : auteur, dessinateur futuriste, concepteur de livres – on dirait aujourd'hui *designer* – né en Russie. Emigré à Paris en 1921, il entra comme peintre sur tissu à l'usine du Black Belair (où étaient conçues les étoffes destinées à la maison Chanel) et en devint le directeur. Après le départ de Chanel en Suisse, il se consacra à l'édition de livres d'art.

ZLOBINE **Vladimir Ananievitch** (1894-1968) : poète, journaliste, fut le secrétaire du couple Mérejkovski de 1916 à 1945.

ZORIA : de son vrai nom Zakhar Ilitch Volovitch, agent secret soviétique qui s'inflitra dans les milieux parisiens influents à la fin des années 20. Exécuté en URSS.

ZOUBOV **Valentin Platonovitch,** prince (1885-1969) : descendant du favori de Catherine II, il se convertit aux idées révolutionnaires et transforma son hôtel particulier de la place Saint-Isaac à Saint-Pétersbourg en Institut d'histoire de l'art qui fut fermé par le gouvernement en 1930. Après avoir été emprisonné, le comte Zoubov fut relâché et autorisé à émigrer à Paris. Son Institut est à présent un musée des instruments de musique.

ZVANTSEVA **Elisabeth** : peintre, élève de Répine, elle n'a pas laissé de traces dans l'histoire de la peinture, mais son atelier situé au cinquième étage de la Tour Ivanov, accueillit des artistes célèbres comme les peintres du Monde de l'art ou Chagall.

Pour les informations qu'ils m'ont fournies et l'attention qu'ils ont portée à l'élaboration de ce roman, je tiens à remercier Alla Béliak, Varenka Marc, Olivier Mauvisseau, Valentin Moultatouli, Serge Orlov, Nathalie Sakharova, Claire Zavadovski-Volkov et...

Tout particulièrement **Georges Krassovski** et **Anela Oumikova**, qui ont bien voulu « prêter » à Nastia une partie de leurs généalogies respectives et m'ont accordé les longs entretiens passionnants sans lesquels ce livre n'aurait pu voir le jour.

Sans oublier bien sûr Nathalie Diernov-Dalmatov, petite-fille du premier propriétaire de la Tour Ivanov.

Photocomposition Nord Compo
Villeneuve d'Ascq

Impression réalisée sur CAMERON par

BRODARD & TAUPIN
GROUPE CPI

La Flèche
en janvier 2001

Imprimé en France
Dépôt légal : janvier 2001
N° d'édition : 11243 – N° d'impression : 5455